六安山上请刘公

肖田军王盐城妥

赤胆忠心王令官

山东关外辽东请

邀神先在远处邀

付仪接了公文表

打闹公文对合同

别的公文未到此

逢到小庙说一声

付司仪未付司神

邀神

五台山上真武庙

海门立庙李侯公

吴锡县请岳元帅

十三省内下公文

条鞭打马动了身

就在本坛上了马

和尚表来道士牒

把我公文摆在心

公文表牒交代你

神门嘱咐你请神

二郎住在贯州城

南公北山李大圣

南朝圣主周相公

青山顶上三官殿

阳元各备拜请神

请神先在远处请

内有关封印不同

路上如若未盘向

谷洲府县拜请神

逢到大庙下马请

《江淮神书·邀神》抄本内页

土地忏

内容 吴汉三杀妻
刘秀走南洋 全本
王莽串位

阮有江编抄本

《江淮神书·土地忏》抄本封面

黃河擺陣全卷

劉宏修著

重神啟告仲子臣 啟奶玄壇趙公明 家住山東㑹昌郡
蔡城西北趙家村 父姓趙來名天略 母親金氏坌安人
所生姐妹人馿个 䇿卜排行大長兄 入學官名趙公明
羅府洞內去修行 授咩師父通天主 煉成几件貴寶珍
定海明珠二拾却 降龍繩旦貴寶珍 龍虎鋼鞭無價賣
又收門徒兩个人 姚邵司陳九公各有寶貝在月中
不表公明來修煉 再表採了三个人 瓊瓊雲肖人三个
桃花洞內去修行 姐妹郤右三仙島 聚練無價貴寶珍
大娒練成金交剪 二娒練成混天綾 三娒練成混圓斗
陣々寶法會拿人 不表姐妹人馿个 簡再表射至無道君

《江淮神书·黄河摆阵全卷》抄本封面、内页

紂王天子登龍位 妲己妖妃選進宮 自從妖人把宮進
屈害文武眾大臣 大夫揚入玉二目 比干丞相活剖心
正宮皇后被他害 劉武二目苦傷心 子牙登台拜子師
興周滅紂動刀兵 十天軍擺十絕陣 連破入陣傷道鬼
看守城垣下高營 想起路西東趙公明吩咐一眾
太師文仲心不服 太師文仲不代慢 翻身上了黑麒麟
神風一陣行千里 過了潼西勁路東 高處水盡處如湖
南山鳥蛋跳山龍 高處斷飛東鳥 風颭推去水中魚
口中含住自坐騎 翻身下了黑麒麟 來到羅府洞口口
許君不衣曰道童 借你言東備保語 服與道兒將知
道童聽說不敢慢 急急忙忙往內行 將身來向高堂到
口稱仙師在上聽 開外來了人一笛 自稱太師名文仲
公明聽說如此話 連忙移身出來迎 請身來到洞門口
會見太師老文仲 把他請到山洞內 松柏香茶飲喉嚨
茶飲三盃方落盞 公明開言把話論 請向道兄那洞府
未到我洞為和因 文仲聽說曾言答 道兄有所不知情
你不問我不說 向我根由說你聽 我之與紂王皇教父
文仲太師是我名 只恨別一個 可恨千歲姜太公
只恨姜尚無道理 興周滅紂動刀兵 降下十在心不服
現領兇師發步兵 十天軍擺下十絕陣 連破八陣傷道兄

《江淮神書·黃河擺陣全卷》抄本內頁

总序：论傩戏与傩戏剧本

朱恒夫

在中国戏剧的大家庭中，傩戏是极其重要的成员。不仅历史悠久、种类繁夥、分布较广、观众众多，还因其所具有的强大的宗教功能，与人们的生活甚至生命紧密地联系在一起。一般的戏剧，只有审美与教育的作用，而无关人们的生活与生命，故而可演可不演、可看可不看。而傩戏则不是这样，任何一种傩戏自它形成之日起，就成了一种民俗事象，或在规定时间内，或在与神灵"商约"的时间内，不但必须演出，而且必须观看，甚至组织者或观众也要在一定程度上参与"表演"。

然而，如此重要的戏剧形式，却长期没有得到学术界应有的重视。傩戏从萌发时算起，迄今已有数千年历史，而傩戏的研究，只是从 20 世纪才开始，而且是零星的、断断续续的，使得绝大多数人在 20 世纪 90 年代之前都不认识"傩"字，更不要说它的形态、特征和价值了。

直至到了 20 世纪 80 年代中期，随着"中国戏曲志"编写工作的开展，全国进行民族戏剧的普查活动，许多省份的傩戏才从历史文献与活态的民间风俗中浮现出来。于是，在"文化寻根"与保护文化遗产的背景下，戏曲学、民族学、人类学、宗教学等学术领域的专家们携起手来，不断地掀起傩戏及傩文化的研究热潮。尤其是在成立了"中国傩戏学研究会"之后，傩戏的研究成了一种常态性的学术工作。迄今为止，中国傩戏学研究会以及相关机构举办了三十多次国内国际的大型学术研讨会，出版了四百多部有关傩戏及傩文化的调查报告、学术著作、傩祭或傩戏的画册，搜集到了数以百计的傩戏手抄本。更让人欣喜的是，在其过程中，形成了一支较为稳定的有百人之多的专家学术队伍。

当然，傩戏研究尽管取得了一定的成果，但实事求是地说，仍处在起步的阶段，有许多问题的讨论还停留在表层上，还有一些问题则从来没有涉及过，譬如，傩戏该如何定义？不同地区的傩戏之间有什么关联？傩戏的剧目是怎样产生的？每一种傩戏中的神灵形象是如何形成的？傩戏有哪些宗教成分，它们是如何融合在一起的？等等。而要深入地讨论这些问题并取得突破性的进展，前提条件是研究者必须掌握较为丰富的傩戏资料，即了解傩戏的演出过程、傩戏所在地区的文化生态环境和读到能够进行纵横比较的各地各种类的傩戏剧本。

一、傩戏的名称、分类与定义

旧时的傩戏几乎遍布全国城乡，就是今日，大部分省份仍有留存。由于傩戏所在地区的政治、经济、教育、宗教、民族等背景不同，所以，各地的傩戏会呈现出不同的形态，连名称也因此而不一样。

有的以傩戏主要演出者巫师的地方称谓来命名，如称巫师为"端公"的就叫"端公戏"，有安徽端公戏、陕南端公戏、成都端公戏、云南昭通端公戏等；称巫师为"香火"的则叫"香火戏"，如六合香火戏、金湖香火戏、天长香火戏等。与"香火戏"大同小异的南通、连云港、盐城的傩戏，则因这些地区称巫师为"僮子"，故而皆名"僮子戏"。借巫师的地方性称谓而名傩戏的，还有流行于广西的"师公戏"，流行于湖南、四川等地的"道公戏"（又称"师道戏"），流行于岷江流域茂县、理县等地的"释比戏"。

有的以祭坛的名称命名，如贵州、四川、湖南、湖北等省的一些地方称祭坛为"傩坛"或"傩堂"，故而将在傩坛上演出的傩戏称为"傩坛戏"或"傩堂戏"，如贵州道真仡佬族傩坛戏、土家族傩堂戏、德江傩堂戏、思南傩堂戏等。

有的以傩戏的功能来命名，如源于福建泉州开元寺由僧人演出旨在将亲人的鬼魂从地狱中救拔出来的"打城戏"；河北邯郸武安市和石家庄市井陉县的以扫除不洁、搜拿恶鬼为目的的傩戏"捉黄鬼"、"拉死鬼"、"拉虚耗"等；在山西北部经常演出的以消灭旱魃为演出内容的傩戏"斩旱魃"；流行于浙江永康及其毗邻地区的作用在于警醒世人的傩戏"醒感戏"；以去阴壮阳、治病救人为其功能的傩戏"剑阁阳戏"、"梓潼阳戏"、"酉阳阳戏"、"接龙阳戏"、"江北阳戏"、"福泉阳戏"等。

有的以人们供奉的神祇命名，如流行于合江县的所供奉的主神为"州人顶戴，视为神明"的隋朝加州刺史、后在神话中被称为"灌口二郎"的赵昱的傩戏，称为"赵侯坛";产生于云南玉溪澄江小屯村的主神为关羽之子关索的傩戏,名为"关索戏";演孟姜女万里寻夫哭倒长城故事并借助此戏祈求孟姜女保佑的傩戏,就叫"孟戏"或"姜女戏"。

另外,还有以演出场地来命名的,如贵州安顺的"地戏"。因为该地属于山陵地区,平坦的"小坝子"(平地)较少,而戏剧在小坝子上演出,故有是名。

上面从称谓的角度列举的并不是傩戏的全部,还有一些如贵州威宁裸戛村彝族的"撮泰吉",藏族的白面具戏、蓝面具戏以及"羌姆",湘西土家族的"毛古斯",广东潮汕地区的"英歌舞",东北各地的"旗香",内蒙古赤峰市的"呼图克沁",青海同仁、民和等地土族的"跳於菟"、"纳顿会"和以驱邪纳吉、绥靖地方为目的的"目连戏",等等。

这么多的傩戏,可以根据其组织者的身份和演出的场所分为四种:一是民间傩。顾名思义,就是老百姓所组织演出的行傩活动。历史上和现存的傩戏,绝大多数是民间傩。民间傩的历史悠久,《论语·乡党》中所记载的春秋时期的"乡人傩"无疑就是民间傩。二是宫廷傩。即在宫廷中的行傩活动。常为人们引用的《周礼·夏官·方相士》所描述的行傩情形就是宫廷傩:"方相士,掌蒙熊皮,黄金四目,玄衣朱裳,执戈扬盾,帅百隶而时难(傩),以索室驱疫。大丧,先柩,及墓,入圹,以戈击四隅,驱方良。"① 宫廷傩一直延续至清代,只是在规模上,各朝或各个时期不完全一样。三是军傩。军傩肇始于何时,因资料缺失,已经无法溯源,但至迟在宋代即有军傩活动,宋人周去非在《岭外代答》"桂林傩队"中说:"桂林傩队,自承平时,名闻京师,曰'静江诸军傩'。"② 军傩兼有祭祀、操练、誓师、娱乐等功能,贵州的地戏、云南澄江的关索戏等都属于这一种类,所演的多是表现金戈铁马的战争故事。四是寺院傩。为僧人在寺院中演出的傩戏。泉州开元寺和尚所演的"打城戏"、藏族喇嘛在寺庙中演出的蓝面具戏与白面具戏以及"羌姆"即属此类。

形态如此多样的傩戏,要将它们共同的特征抽绎出来进行准确的定义,是一件较为困难的事情,所以,学术界至今在傩戏的概念上也没有取得共识。

若要把握傩戏的性质,首先要对"傩"有正确的认识。《礼记·月令》云:

---

① 〔清〕孙诒让《周礼正义》,中华书局1987年版,第2493页。
② 〔宋〕周去非《岭外代答》卷七。

"季春之月,命国傩,九门磔攘,以毕春气。""仲秋之月,天子乃傩,以达秋气。""季冬之月,命有司大傩,旁磔,出土牛,以送寒气。"① 东汉高诱对"命有司大傩"做过这样的注解:"今人腊前一日,击鼓驱疫,谓之逐除是也。《周礼》:'方相氏,掌蒙熊皮,黄金四目,玄衣朱裳,扬戈击盾,帅百隶而时傩,以索室驱疫',此之谓也。旁磔犬羊于四方以攘,其毕冬之气也;出土牛,令之乡县,得立春节,出劝耕土牛于东门外是也。"② 由此可见,傩是一种驱除疫疠之鬼、消灭邪气、导致正气,以保人平安的一种仪式。而傩戏是什么呢?中国傩戏研究会创始会长曲六乙先生曾对傩戏的特征作了这样的归纳:傩戏是多种宗教文化的混合产物,它汇蓄和积淀了从上古到近代各个历史时期的宗教文化和民间艺术,面具是它造型艺术的重要手段,其演职员多由巫师们兼任;宗教是它的母体,它是宗教的附庸③。这些特征也可以看作曲先生对傩戏的定义,笔者是基本同意的,但还可以更周详更明确一些。

驱鬼逐疫的行傩仪式开始肯定是较为简单的,渐渐的因增加了许多内容而变得复杂起来,到了汉代,已经十分繁琐了:

> 先腊一日,大傩,谓之逐疫。其仪,选中黄门子弟年十岁以上、十二岁以下,百二十人为侲子。皆赤帻皂制,执大鼗。方相氏黄金四目,蒙熊皮,玄衣朱裳,执戈扬盾。十二兽有衣毛角。中黄门行之,冗从仆射将之,以逐恶鬼于禁中。夜漏上水,朝臣会,侍中、尚书、御史、谒者、虎贲、羽林郎将执事,皆赤帻陛卫。乘舆御前殿。黄门令奏曰:"侲子备,请逐疫。"于是中黄门倡,侲子和,曰:"甲作食歾,胇胃食虎,雄伯食魅,腾简食不祥,揽诸食咎,伯奇食梦,强梁、祖明共食磔死寄生,委随食观,错断食巨,穷奇、腾根共食蛊。凡使十二神追恶凶,赫女躯,拉女干,节解女肉,抽女肺肠。女不急去,后者为粮!"因作方相与十二兽舞。欢呼,周遍前后省三过,持炬火,送疫出端门;门外骑传炬出宫,司马阙门门外,五营骑士传火弃雒水中。百官官府各以木面兽能为傩人师讫,设桃梗、郁檑、苇茭毕,执事陛者

---

① 〔清〕孙希旦《礼记集注》,上海古籍出版社1987年版,第83页。
② 〔周〕吕不韦《吕氏春秋·季冬纪》,见文渊阁《四库全书》"子部"。
③ 曲六乙《中国各民族傩戏的分类、特征及其'活化石'价值》,《傩戏·中国戏曲之活化石——中国首届傩戏研讨会论文集》,黄山书社1992年版,第1页。

罢。苇戟、桃杖以赐公、卿、将军、特侯、诸侯云。①

此种繁琐的仪式更像一场按照之前规定的内容来演出的戏剧。其演员就是120人的侲子、方相氏、十二兽的装扮者、中黄门以及各级朝官，其中很多人是化妆"上场"的。他们的表演动作不是随意的，而是须按照程式进行。其表演不仅有动作，还有歌唱与说白，即"黄门令奏曰"与"黄门倡，侲子和"是也。

这种傩仪一直延续至今日，尽管现在的傩事没有汉代宫廷的规模，其内容也不完全相同，但其功能和主要的程序是相似的。如山西上党地区的迎神赛社的祭仪，分为下请、迎神、头场、正赛、末场与送神六个单元。像迎神中的"请土地"，主礼引社首、香老等至土地庙前，焚香、献爵，在正式祭祀之前首先以歌唱的方式说明请出土地神的目的，是想让土地神出面邀请各路神灵来共赴盛会。"请"的过程是这样的：① 奏乐侑酒：乐手吹奏低音唢呐与高音咪子，模仿当地民歌中的男女对唱，以让土地神快乐地饮酒。② 泡太阳（祭祀太阳神）：主礼唱读《祭太阳文》，略云："神出自扶桑，照临万方。……四时分其寒暑，八节升降阴阳。民感洪恩，薄奠一觞。……"接着，"前行"② 舞蹈并唱诵："自从盘古立。三皇，金乌玉兔月中望；清晨执盏朝东跪，万道霞光捧太阳。"诵毕，乐队吹【煞鼓】三遍，奠酒。③ 讲酒：由"前行"人员吟诵《酒诗》《尧王显圣酒诗》等，并讲述仪狄造酒、杜康酿酒、刘伶醉酒等故事，其目的仍然是为土地神侑酒。④ 请状文：由主礼面对土地神塑像朗诵。状文大意是：土地神乃百家之宰、一境之司，凡有所祈，必先预报。故请土地神御云驾风，到各地去邀请诸神莅临主庙享赛。朗诵毕，亭士（专门伺候神灵的人员）举起神牌与众执役排班；前行开始演"流队戏"；主礼唱诵《上马文》，云："伏望诸神，天上灵明非凡尘，瞻仰之至。上车马以逍遥，览崎岖之不便，谨请尊神上马！"前行高声传呼："请尊神上马喽——"呼毕，乐起，前行执戏竹前导，主礼引社首、香老等于鼓乐声中簇拥亭士端捧的诸神牌位行至主庙山门外站定，举行"迎神入庙"仪式③。其过程也是一场戏剧的演出，戏剧的要素——演员、表演、规定的动作、歌唱、说白与一定的时间长

---

① 〔南朝·宋〕范晔《后汉书·礼仪志》，中华书局1965年版，第3128页。

② 赛祭乐人，一般由乐户担任。手执戏竹，引导乐队演奏，并做致语、诵念祝赞词等工作。

③ 参见杨孟衡《上党古赛仪典考》，《赛社与乐户论集》中国戏剧出版社2006年版，第85—126页。

度等,基本具备。事实上,全国各地无论是参与其中的演出者,还是观看者,都将傩仪的举行看作是一种戏剧的表演。

为了能够请来为人们驱邪纳吉、消灾赐福的神灵,并让请来的神灵高兴,也就是娱神,主持傩事的巫师等人除了献上牺牲供品与香火之外,主要任务就是向神献艺。其艺不外乎奏乐、歌唱、舞蹈、杂技与戏剧,而音乐往往又是与歌唱、舞蹈、戏剧结合在一起的。

在行傩活动中的歌唱,一般称之为"傩歌"。歌唱的内容较为广泛,多是描写行傩的过程、牺牲与供品的特性、所邀请的神灵的生平来历和本领、愿主家的心愿、神话故事,等等。如湖南沅陵县七甲坪的傩歌《上熟歌》:

锣沉沉,鼓沉沉, 惊天动地谢神灵。 鼓震三通催声急, 雷响一声雨来临。
许愿之时敬茶许, 还愿之时斩三牲。 许愿合家同心口, 今宵还愿口同心。
许愿之时峨眉月, 今宵还愿月团圆。 好比隔江叫渡子, 过河感谢渡船人。
芭蕉叶上千条路, 条条路上是分明。 许愿好比吃娘奶, 还愿长大报母恩。
王字点头神做主, 土旁添申镇乾坤。 红旗插在绿旗内, 红红绿绿谢上神。
户主三牲摆在仙台上, 未见皇王亲口尝。
不是我王爱贪这口气,略表信士一片心。
满堂蜡烛如星斗, 昼夜长明不熄灯。 借动祖师三昧火, 枝枝头上放光明。
两旁敲动锣和鼓, 劝神上熟酒三巡。(吹角,请神,又吹角)

这一傩歌是代表愿主向神灵介绍举行这一次傩事活动的原因和表示对神灵虔诚的态度。傩歌多数是叙述体,但巫师的歌唱和琴书、评弹等说唱曲艺不一样,他们不是坐着的,而是站着并进行表演,甚至常常会进入角色,成为某一个神灵。

舞蹈是傩事活动中运用得最多的一种艺术表现形式,可以说,古往今来,没有一个傩事活动是不跳舞的,以至民间常以"跳"字来表述傩事活动的特征,所谓"跳大神"、"跳竹马"、"跳八仙"、"跳於菟"、"卡尔(跳)羌姆"等。根据艺术发展的一般规律,舞蹈先于说唱,更早于叙事性的说唱,所以,舞蹈应该是行傩活动肇始时期的艺术形式之一。之后,尽管傩事中融进了许多艺术形式,但是仍有许多地方的傩事依然以舞蹈为主,最典型的就是江西南丰的乡傩。它的主要节目有《搜傩》《搜间》《搜除》《装跳》《开山》《魁星》《财神》《杨戬》《哪吒》《金刚》《大肚罗汉》《判官刷簿》《傩公傩婆》等。一些学者认为,叙事性舞蹈属于戏剧,并名之为"哑傩戏"。其实,这些舞蹈皆在傩戏的范畴之内,因为表演者并非以"我"的自然形象来舞蹈,而是以神灵的形象来舞蹈,每一个舞蹈节目在整个傩事中都是有机的组成部分,与其他事项构建了较为紧密的逻辑关系。再说,它们都有一定的叙事性,并有着较为浓郁的文学意蕴。所以,不能说叙事性明显的舞蹈为"哑傩戏",其他的就不是。

傩事活动中还有特别引人注目的杂技表演,即表演者呈现其特殊的技能。譬如贵州道真仡佬族在行傩活动中常常表演煞铧、开红山、化骨吞签、过刀桥等技艺。煞铧的表演为:巫师赤着手从熊熊燃烧的灶膛中取出烧得通红的铁铧,迅速跑到做傩事的堂屋,赤脚在火红的铁铧上摩挲,然后再用牙齿咬住虽然已经不红但温度仍然很高的铁铧,在围观的人群前面走上一圈,让人们感受到铁铧的炙热。最后,用桃木棍夹住铁铧,将含在嘴里的桐油喷在铁铧上,铁铧立即燃起火焰,巫师便夹着燃烧着的铁铧到愿主家的居室、牛栏、猪圈、茅坑等处驱邪。有的煞铧表演更令人惊骇,巫师先在普通的一般用来做纸钱的两张黄草纸上画上符咒,同时口中念念有词。然后将这两张纸各裹在两只铁铧的一端,再用两手抓着裹纸的地方而其他部位已经被炉火烧得通红的铁铧舞蹈,黄草纸自始至终没有被点燃,巫师的手更没有被烫伤。在山西的潞城等地的傩事中,有一些被称为"马神"(又称"马披"、"马畀"、"马猱"等)的巫师,会做这样的表演:用一根铁条穿过两腮,然后手持一把大铡刀,随着锣鼓的节奏,手舞足蹈[1]。巫师之所以做这样特殊技能的表演,大概是出于如下两个原因:一是显示神祇超凡的本领,以此威慑鬼祟,同时也让俗众信服;二是用这样的方式向人们表示驱邪的神灵不但能够给人们带来平安,还愿意代替人们承受巨大的苦难。这些特技的演出,虽然没有说白,没有歌唱,而只有动作,但是我们不能仅仅把它们看作杂技表演,就好像我们不能把戏曲中的刀枪对打、翻跟斗、窜毛、僵尸等说成是武术表演一样,因为它们已经融进了整个驱邪纳吉的傩事之中,特技不是为了炫耀巫师的本领,而是为了增强俗众对神祇的依赖度,和让傩事达到预期的效果。因此,它们也属于"戏"的表演。

我们在衡量傩事活动中的表演是否为傩戏时,不能用戏曲的标准,更不能用西方的歌剧、舞剧或音乐剧等戏剧的尺子,因为傩戏的源流历程比起戏曲或西方的戏剧要长得多,在功能上要多得多,对人的影响力也大得多。它除了在戏曲兴

---

[1] 参见张振南、暴海燕《上党民间"迎神赛社"再探》,《中华戏曲》1996年第1期。

盛之后受过戏曲的一些影响之外，基本上是按照其已经形成的规律在运动，从没有在本质上做过多少改变。因此，我们应该这样来认识傩戏：

它的功能主要是驱邪纳吉、祛病消灾，以保一个人、一个家庭、一个家族、一个村庄乃至数个村庄的安宁。这样的功能是它的生命力所在。它之所以能从简单的傩仪发展为内容繁复的傩戏，其根本原因就在于人们将它看作是身体健康、五谷丰登、六畜兴旺、家庭和顺、地区安宁的保障。它虽然也有娱人的功能，但仅是客观上衍生出来的。

它的演出不是在戏台上，也不是固定在一个地点，家族的祠堂、家庭的堂屋、打谷场、道路等，都是它表演的场所。如果说它有剧场的话，那么这个剧场包含着整个村庄。

它的演职人员除了巫师外，更多的是愿主家庭的成员或一个家族、一个村庄的成员。后者既是观众，又是演员。而做演员时，不是应差式的参与，而是全身心的投入，因为在他们看来，参与表演不是娱乐，而是事关自己与亲人命运的否泰。

它的演唱内容，是叙述体与代言体相结合，并以前者为多。然而，即使是叙述体，无论是演唱者本人还是观众，都不认为这是说唱，而认为是在表演。因为演唱者们完全不像一般说唱曲艺那样，坐着讲唱，而是歌唱与表演相结合，许多时候，歌唱只是表演的解说。

它的演唱程序都与"神"有关，一般分为请神、娱神、神灵驱邪、送神四大段。当然，不同地区、不同种类的傩戏不完全相同。像贵州道真仡佬族傩戏的程序为：开坛、申文、立楼扎寨、迎兵接圣、交标合会、抛傩、开洞、灵官镇台、走阵出神、和尚检斋、差兵发票、领牲、催愿撤愿、回熟、将军统兵、判官勾愿、造船造茅、游傩送圣。其中的"抛傩"就是娱神性质的表演：由巫师两人扮成生、旦载歌载舞，先唱混沌初开之时洪水泛滥，伏羲、女娲躲进葫芦幸免于难，由金龟道人做媒，两人结为夫妻从而繁衍了人类这一故事。然后演唱孔圣人、佛祖、老子的生平。演唱毕，将诸神请上傩坛接受祭拜。安徽贵池傩戏的演出程序则为：请神、启圣、请三官、新年斋、问社公或问土地、逐疫、送神、朝庙等。我们以新年斋为例，来看看他们是怎样演出的：它仿照佛教法事，为亡灵超度。主演这一仪式的是一帮和尚和全村各家各户的家长。傩戏演出至上半夜后，开始举行新年斋仪式。祠堂大厅的正中设一条案，铺红色桌帷，案上置法铃、惊堂木、如意、净水钵、朝笏板等，并摆设烛台、香炉、水果食品等。做斋时，由戴着面具的老和尚带领戴着面具的小和尚上场，后面跟着各户家长，大家手持着香，在佛号声中绕案而行。老和尚行至案前，小和尚侍立其后，家长们则肃立在小和尚的后面。老和尚一边摇铃、一边唱请神词："恭闻：香烟缥缈满虚空，瑞气氤氲绕坛中。惟愿众圣临法会，耍戏龙神请来临。南无香云界，菩萨摩诃萨……"以此来邀请各路神仙参与法会①。由"新年斋"的过程可见，它既是仪式，也是"戏"的形态。所以，仪式就是"戏"，为傩戏的一个组成部分。

它通过面具来塑造神灵、英雄、凡人与魔鬼的形象。面具在我国有着悠久的历史，早在宋代，广西桂林地区的面具艺术就十分成熟。陆游在《老学庵笔记》中介绍道："政和中，大傩，下桂府进面具。比进到，称一副。初讶其少，乃是以八百枚为一副。老少妍陋，无一相似者，乃大惊。至今桂府作此者，皆致富。天下及外夷，皆不能及。"②面具在傩戏中起着这样的作用：一是让同一个神灵或俗世的英雄有着固定的貌相。如果不用面具，那么不同的人装扮的同一个神，就会有不同的形貌，这不但不便于人们辨识，还会让人们怀疑他们的真假和神圣性。二是突出他们的相貌特征，由其形貌而表现出他们的性格、本领。天上的玉帝、人间的国王，其面具形貌都是天庭饱满、地阁方圆、两耳垂肩、嘴阔鼻直，以显示出他们雍容华贵之态；佛祖、观音或道教的太上老君，总是慈祥睿智，并有一种超凡的风姿，让人们情不自禁地生出敬仰之心；武将如关公、张飞、周仓、关索等，虽然面部的色彩不一，但都显得威风凛凛、英武之气逼人；而驱邪逐疫的神将，大都面目狰狞、气势汹汹；那些瘟神或邪魔外道，面部则会有一种残忍的煞气，使人见了会不寒而栗。三是便于演员快速地转换角色，因为在傩戏活动中能够扮演神灵的演艺人员不会很多，一个人必须要演数个角色，倘若每换一个角色，就要进行面部化妆，必然会中断演出，而换面具则是在瞬间就能完成的事情。再说，对于经济条件较差的偏僻乡村来说，化妆颜料会是一笔不小的开支。就全国而言，绝大多数种类的傩戏都有面具造型，面具已经成了傩戏一个凸出而鲜明的特征，一些人常会以"戴面具戏"来指代傩戏。

总而言之，傩戏是这样一种戏剧：它旨在祈请主持正义的神灵驱除给人们带

---

① 参见王兆乾《贵池傩戏剧本选》，台北财团法人施合郑民俗文化基金会1995版，第564—565页。

② 〔宋〕陆游《陆放翁全集》（上册），中国书店1986年版，第2页。

来病害、灾祸的妖魔鬼祟和阴邪之物，以保障人们的健康、安宁，并能满足人们符合实际的生活愿望，如生儿育女、暖衣饱食等；它以巫教为思想基础，在其发展过程中，接受了道、佛、儒的思想与祭祷方式的影响；它以舞蹈、说唱、戏剧等艺术形式来迎神、娱神和送神，并大多用面具装扮神灵及世俗人物来演述故事。这些艺术形式的综合程度有低有高，然而，"表演"是它们的主要特征，因而，不论是舞蹈，还是叙述体的说唱，按照传统的标准和民众的习惯认知，都属于"傩戏"。

二、傩戏剧本的内容

如上所述，傩戏不同于一般的戏剧，那么傩戏的剧本，也就不同于一般戏剧的剧本，有的以舞蹈为主的傩戏，一般都没有剧本。那么，有剧本的傩戏，其内容有哪些呢？

一是开坛、请神、安位、送神等各种科仪和叙写所供奉的祭品与所请神祇的基本情况，等等。如云南保山香童戏的"开坛"：

掌　坛　师：日吉时良，黄道开坛。

众　　　　：日接时良，黄道开坛。（击响器大小坎）

掌　坛　师：开坛祈请，

众　　　　：天降吉祥。（击大小坎）

掌　坛　师：锣鼓齐备，

众　　　　：灯烛辉煌。

掌　坛　师：鼓派三通，

众　　　　：万神降临。（击大小坎）

众（唱）：灯花合会亮沉沉，灯烛荣光火烛金。

　　　　　照似红莲开水面，香焚金炉起祥云。

掌　坛　师：无上虚传，证无上道。志心诚念，奉神酬愿，保安下凡。（念愿主名讳，愿主捧香三炷坛前下跪）×××及合家人等，维日具诚，上千大造，下情专为：家道欠顺，人丁有灾，病魔缠身。发心告许，以就坛庭，酬神表愿，庆祭消灾事。开坛位前，摆起坛场，设立方位，于宝炉中，香焚三炷。初炷香（愿主上香）、二炷香（愿主上香）、三炷香（愿主上香）。三香已毕，一叩首（愿主叩首）、再叩首（愿主叩首）、三叩首（愿主叩首）。叩首已毕，伏位下跪（愿主家大小人下跪）。发动乐音，具有净水神咒，法事排班。伏以三清上帝，原在九霄之境，下民所奏，不离五岳之香。吾已清衣洁身，焚香乞请：

掌坛师（唱）：五方五德五龙君，

众　　（唱）：四方四隅四神君，

甲　　（唱）：天德君、地德君、日精月华君，

乙　　（唱）：九凤破秽大将军，

丙　　（唱）：东净夫人、西池玉女，

丁　　（唱）：刘令火灵大将，

甲　　（唱）：铜头铁额大神。

掌坛师（唱）：解秽局中，合千官君将，仰请诸神，执符掌剑，制火留令，请降五龙神水。（抬圣水碗）金光正气，流入水中，助我荡秽。伏引水者，浩浩荡荡，渺渺茫茫，鱼龙得之而变化，河海得之以汪洋。如何秽而不灭，厌而复藏。一滴遍洒，六尘自亡。（衔水喷洒，鼓乐齐鸣）

众　　（唱）：安安红红，众神聚首。邪魔鬼怪，敢有不顺，化作微尘。叫有净大地神咒，排班赞念。①

……

表明愿主对神灵恭敬之心、祈求的愿望和介绍所请的神祇。请来神灵，自然要好好地招待，那么，请神灵馨飨的祭品有哪些呢？巫师要一一予以介绍，如南京六合香火戏的"果品"：

献上王前有供养，	五色果子敬神王。	鲜桃鲜果王前献，	花红李子满盘装。
四月樱桃初上市，	五月食桃喷鼻香。	六月阳桃街上卖，	七月葡萄满架黄。
中秋又把红菱卖，	南来荔枝已上行。	打开石榴千颗子，	劈开西瓜粉红瓤。
圆眼荔枝金装就，	宣州果子皮又黄。	花生名叫长生果，	瓜子绵绵寿又长。

---

① 参见倪开生《保山香童戏研究》，中国戏剧出版社 2009 年版，第 204 页。

核桃原是糠糠货， 柿饼沾了一身霜。

夸耀祭品数量多而贵重，其目的是想让神高兴。在有的傩戏中，介绍的供品有一百多种，非要花上两三个小时才能完成。这一内容虽然繁杂、冗长，但它表现了这一次傩事活动的庄重和愿主诚意的态度。

如果说介绍祭品是对神灵的，那么，介绍神灵的生平、本领则是对愿主与观众的，如六合香火戏"请土地"：

张公土地本姓张， 住在东南拐角上。 娶的妻子萧氏女， 同交三夜各分张。
后来刘王登天下， 封你官职伴孤王。 封你不为别官职， 封你张公土地王。
封你江南做土地， 封你江北管田庄。 弟子祝庆喜乐会， 请你家去受真香。

将所有被邀请的神灵全部介绍给愿主，既是对神灵的尊重，也是让愿主与观众认识这些用面具造型装扮的"神灵"，同时，也显示这场法事的规格和巫师与神灵沟通的本领。

二是有关神灵的故事。傩戏所涉及的神灵很多，如江淮神书中重点摹写的就有土地神、阎王、陈文进、牛王、火德星君、城隍、东岳天齐仁圣王、赵公元帅、昊天王都天神、灶君、军王、二郎神、寿星彭祖、圈神、观音、黄桂香、华主神、牛栏夫人，等等。贵州德江傩堂戏剧目中作为主人公的神灵则有天仙、土地神、开山神、五路财神、孟姜女、龙王女、庞氏女、八仙，等等。许多种类的傩戏都有孟姜女的剧目，有的傩戏甚至只演孟姜女的故事而不演其他剧目，如江西省广昌县的"孟戏"，1950年前流行于浙江上虞、绍兴、嵊县以及余姚、新昌部分地区的"姜女戏"，即是如此。人们不说这类傩戏为"演戏"，而称之为"做孟姜"。傩戏如此青睐孟姜女故事的题材，当然是因为该剧反映了老百姓反对暴政、渴望家室团圆、实现男耕女织生活理想的愿望，但更重要的原因还不是这些，而是它能够满足人们借助神灵的力量让死在外地的亲人进入天堂和让活着的人们一生顺利的心理。在人们的心目中，孟姜女绝不是一个普通的女子。若是普通的人，她怎么能够独身一人，跋山涉水，闯关过卡，万里迢迢到达苦寒的边塞之地呢？若是普通的人，仅凭凄苦的哭声，岂能把坚固的长城哭倒？若是普通的人，她一个普通的女子，怎能让秦始皇率领文武大臣为其死去的丈夫范杞良披麻戴孝、举行国葬？她一定不是个普通的世俗之人，而是具有非凡本领的神灵。于是，各地纷纷建造孟姜女的庙宇祠堂，以祭祀这位女神。既然是神，就会具有非凡的能力，只要敬之祀之，就能求得她的护佑。在这种心理的支配下，人们纪念她和传播她的事迹，不仅仅是同情她的不幸命运和借助于她哭倒象征着暴政的长城来宣泄对现实政治的不满，而更多的是祈求这位平民出身的神祇赐予他们福祉。于是，孟姜女就担负起了让人们生活幸福、平安的任务，被人们奉为招魂神、河堤神、庄稼神、蚕神乃至送子神。

三是世俗人物的故事。譬如贵州安顺地戏的历史演义故事，其剧目《东周六国志》《楚汉争锋》《三国英雄志》《大反山东》《四马投唐》《罗通扫北》《薛仁贵征东》《薛丁山征西》《薛刚反唐》《粉妆楼》《郭子仪征西》《飞龙传》《初下河东》《二下河东》《三下河东》《九转河东》《二下偏关》《八虎闯幽州》《五虎平南》《五虎平西》《岳飞传》《岳雷扫北》等，其主人公都是世俗人物。安徽贵池傩戏《刘文龙》《包公放粮》《关索与鲍三娘》，贵州傩堂戏《搬师娘》《毛鸡打铁》《秦童》，重庆酉阳土家族苗族自治县阳戏《大孝记》《蓝继子》《解带封官》《杜老送子》《冬梅花》，湖南辰州傩戏《洗罗裙》《郭先生教书》《董儿放羊》《检菌子》《毛三编诓》《小姑贤》《花子嫁妻》《挑女婿》《卖纱》，等等，所演的也都是世俗人物的故事。

这类剧目又可以分为三类：一是表现朝代鼎革、金戈铁马的故事。其主要人物都是历史上的真实人物，这方面最为突出的是贵州安顺地戏的剧目。由其内容可以看出，它们大都是根据小说、说唱等叙事文艺作品改编而成的，因此，比起其他的傩戏剧目，相对晚出，至少在历史演义、平话等文艺形式出现之后。据传说，安顺地戏已经有六百多年的历史，源自于明洪武年间。洪武十四年（1381），明太祖朱元璋调集来自赣、皖、苏、浙、豫等地的三十万大军远征云贵，在扫清了元蒙在彼地的残余势力之后，令官兵就地驻扎，设立卫、所，以戍守边陲。后官兵在此成家立业，平日耕种，战时打仗，而聚集之处，名为"屯堡"。屯堡人为什么会搬演表现军队战争故事的地戏呢？据《续修安顺府志》记载："当草莱开辟之后，人民习于安逸，积之既久，武事渐废，太平岂能长保？识者忧之，于是乃有跳神戏之举。借以演习武事，不使生疏，含有寓兵于农之深意。"原来是出于操练习武的动机。当然，可能这些军人的后代还想借助于演述历史英雄的戏剧，保持并发扬先辈忠君爱国、勇于牺牲、秉持正义、公而忘私、除奸反暴、行侠仗义的精神。而地戏的形式则源于屯堡人祖籍之地的傩戏，这从地戏所供奉的神灵、祭仪、面具和演唱的声腔，可以看出它与祖籍之地皖、赣、浙、豫等地的内在联系。二是演述发奋努力、改变命运的故事。如安徽贵池傩戏《刘文龙》、六合香火戏《朱买臣》等。《刘文龙》写书生刘文龙为了读书有成，"勤不懒，古今书，三坟五典习如初。九曲八索皆通晓，朝乾夕惕莫糊涂"。在考中状元之后，旋即领兵出战，收复失地。在牧守地方时，则锄强扶弱、爱民如子，得到了民众由衷的爱戴。他不但自己事业有成，还光宗耀祖、封妻荫子。《刘文龙》这一剧目的题旨就是剧中所揭示出来的："少小须勤学，文章可立身。满朝朱子贵，尽是读书人。"《朱买臣》的故事一直在民间盛传，他的否极泰来的命运能增强读书人对未来的信心。他在落魄之时："典田当地又欠债，一连几次遭天火，贫穷落魄苦难挨。田产卖尽无处住，搬到窑塘住下来。买臣本是攻书客，无奈山上去打柴。日间山上将柴打，晚上回来念文才。买臣哪天受过苦，思前想后苦在怀。越思越想心烦恼，崔氏妻子苦难挨。十冬腊月天寒冷，只见雪花落下来。没米下锅将饿死，只得高山去打柴。十冬腊月下大雪，想余柴米哪块来？"守不住贫寒的妻子逼使他写下休书不算，还残忍地羞辱了他一番："你今若有官来做，东边日头打西来；你今若有官来做，江心磨子滂（漂）起来；你今若有官来做，铁树生根把花开；你今若有官来做，转世为人再投胎。自己尿尿照影子，照照你的好文才。头上帽子又无顶，身上蓝衫几十块。脚上穿的破袜子，又穿一双坏蒲鞋。"然而，他终因学富五车、满腹经纶，命运发生了逆转。在被朝廷发现之后，先做了京官，后又被委任为家乡会稽郡的最高长官。这一剧目告诉观众：只要积极向上、锲而不舍，一定会由贫转富、从卑至高。很明显，这类剧目有着激发人不甘平庸、奋发图强的励志作用。三是暴露底层社会猥琐、粗鄙、自私、卑劣的各色人生，从而对不良的行为予以批判。如辰州傩戏《毛三编诓》：赌徒毛三为了能在过年前骗取一笔钱财，和年轻的寡妇表妹串通一气，诓骗有钱的毛老大，故意将表妹介绍给他，表妹假说同意，以取得毛老大的信任。在获得四千元的聘金与媒钱之后，毛三将一个不知情的老婆婆张妈妈背进了毛老大的房里。再如《郭先生教书》说的是一个不学无术的木匠，因被李员外看中而做了教书先生，他对《关雎》是这样讲解的："'关关'是一个人，'雎鸠'是只大斑鸠。'在河之洲'，一是走到河内，二是走到沙洲。窈窕淑女，就是一个体面女子；'君子好逑'，就是一个相公，揣的一个好球。"如此误人子弟的教书先生，却在头一次见到学生时，不断地叮嘱道："莫忘记把你屋里好吃的东西帮我带点来。"将这些形形色色的人与事揭露出来，以让人们看清其"丑陋"，给予无情的嘲笑，无疑会起到警示人心、净化心灵的作用。

或许有人会说，演述世俗人物故事的剧目与傩事活动的宗旨关系不大，因为它们没有驱邪纳吉的作用。其实不然，演述的无论是历史演义故事，还是普通人的生活故事，都能有助于提升所在环境的正气——公正忠勇、敬老爱幼、友好善良、济贫恤弱、勤奋刻苦、积极向上等。当正气浩然充盈了，邻里或家庭成员之间的关系自然就会和谐，大家便能同舟共济，一起享受生活的美好，也一起面对着天灾人祸，这样，邪气就会受到抑制，由邪气带来的灾难也就难以生发了。

三、傩戏剧本的价值

留存于今日的傩戏剧本，大大小小的约有四五百种，总字数在一千万字以上。由于傩戏为民间草根文化的一种表现形式，不但不为统治阶级和士绅阶层所欣赏，反而经常会被他们禁止，所以，傩戏的剧本几乎从没有被刻印过，绝大多数或以手抄本形式流传，或以无文字刻印在心的方式流传。又由于傩戏的内容在巫师看来具有祈神降福、驱邪纳吉的神性，故多秘不示人，其演出传承的方式一般也是以家族为单位代代相传。这当然会造成剧本的佚失与收集的困难，但是，也使得剧本的内容具有相对的稳定性。

一般人认为，支配我国社会的文化，是儒家文化、道家文化与释家文化，其实，还有对底层社会影响甚大的巫师传布的傩文化，而傩戏就是傩文化原态的呈现。通过它们，我们可以直接触摸到旧时底层社会的脉搏。

由于傩戏蕴藏着在漫长的历史发展过程中所累积的民间宗教、伦理、艺术、宗法制度、民俗、语言等丰富信息，故而有着重要的价值。

一是它表现了下层民众的宗教观、伦理观、政治观、历史观，融入了底层百姓对人生、社会、天地的认识，表现了他们对生活的态度，以及在叙述故事时对大量的民俗画面所作的生动的描绘，能为宗教学、伦理学、历史学、民俗学、方言学等学科提供在一般文献中难以见到的资料。我们仅以傩戏所提供的下层民众的宗教观和所在地方的民俗事象为例，来了解傩戏中信息的丰富程度。

众所周知，底层社会的民众受巫教的影响很深，认同多神观念，相信神祇有严密的组织体系，除了天上、人间、阴间这三维的世界中有一个职位最高的神统领着诸神之外，每一个地方，每一个领域都有神祇在管理，山有山神，河有河神，树有树神，城市有城隍、乡村有土地公。就是一家一户，也有很多神：门神、灶神、茅坑（厕所）神，等等，各有职责。既然有正面的神灵，也就会有反面的魔怪。它们也各有分工，有的是给人带来疾病的，有的是造成火灾的，还有的是劝人投河上吊的，等等。那么，到底有多少神灵与魔怪呢？可能就是专门研究巫教的专家也弄不清楚，而各地的傩戏却有着较为详细而真实的反映。如果将各地傩戏中所敬奉的神灵和驱除的魔怪鬼祟的名字与数量一一统计出来，大概就能弄清楚巫教的整个神灵与魔怪的谱系。

傩戏在民俗事象的表现上，是其他艺术形式难以望其项背的。从民俗的角度上说，每一部傩戏，就是一幅摹写逼真、色彩鲜明的民俗画卷。有的傩戏和民俗紧密地结合在一起，成了民俗事象的有机组成部分，如四川阿坝羌族释比戏《婚嫁》就是这样。该剧常演出于生活中真实的新郎、新娘成亲的喜庆的日子里，而演出的场所就设在新郎家。当迎亲的队伍到达寨门时，释比让新郎站在家门口等候，并在门口放上"攆煞"的条桌。新娘由迎亲的人从轿中背下来，后面则跟随抬着嫁妆的送亲队伍。新娘到了门口后，神情严肃的释比，口中念念有词，并用手象征性地在新娘身上拍打，以驱逐附在新娘身上的"煞气"。新郎的家人或其他人此时怕这股"煞气"附到自己身上，都远远地离开。新郎这时则站在释比的旁边，伴装满脸怒气地望着红布盖头的新娘。"攆煞"的法事做完后，新娘由媒人牵着交给新郎。接着，一对新人进入堂屋，在释比的引领下，拜六合、拜祖宗、拜阿爸阿妈与夫妻对拜。拜完之后，进入新房，释比于此时歌唱祝福词："今天日子好，是双月和双日。心里很高兴，前十年的订婚今天会，男女双方配成婚。男的坐男位，看男的；女的坐女位，看女的。男女成双后，要像山羊一样合群，要像蜂子一样顾家勤劳。一座山的森林不够插杆，一座山的箭竹也不够插酒杆。火堂里的火焰不断，房顶神杆永久在，阿爸阿妈的财产永久有人继承。站起来能顶门户，坐起来接待客人。……"① 释比的歌唱远不止这些，他可以即兴编唱，见人唱人，见物唱物，所唱皆为祝福的内容。更为精彩的是与新人一问一答式的盘歌，其内容插科打诨，诙谐滑稽，且多是与激发情欲有关。这样的风俗画面，是旧时的，今日已经不多见了，所以，随着时间的推移，这一剧目的民俗文献的价值会越发珍贵。

二是它活生生地表现了地域文化，能够让读者了解到一个地方的文化精神。每一个地域因其地理条件、经济方式、宗教信仰、民族成分、宗法组织等不完全一样，由它们形成的地域文化便有了很大的差异。而地域文化对于生活在该文化

---

① 参见严福昌主编《四川少数民族戏剧》，四川大学出版社2007年版，第193页。

圈中的人的价值观、伦理观、社会观等有着深刻的影响，会使群体形成相同或相似的观念，这些观念以及观念支配的行动又成了该地域文化精神的显性表现。地域文化是一个庞杂的概念，很难用抽象的语言准确地描述出来，要体认一个地域的文化精神，最好的方式是亲身进入该地域，并在相当长的时间内，通过参与或观察去把握。而这样的做法，对于大多数从事文化研究或想了解某个地域文化的人来说，是比较困难的。一般的做法是将反映该地域的文艺作品作为文化资料，去分析研究。而在诸多文艺作品中，傩戏所表现的文化精神是最接近原体的，因为傩戏的创作者基本上都是生活于该文化地域的人，又因这些人读书不多、很少与外界交往，受域外文化的影响程度很低，故而他们的观念、语言、行为等，无不体现着地域的文化。看了他们所创作、所扮演的傩戏，就能基本把握或了解他们所在地域的文化精神。像传统藏戏的大多数剧目所表现的都是佛教的惩恶扬善、利他主义思想，如八大传统剧目之一的《卓娃桑姆》叙述了这样的故事：古门隅蔓扎岗国王格勒旺布，在寻找丢失的猎犬时，于密林山沟之中，发现了白房人家中由空行母化身的卓娃桑姆，便将她娶回王宫。此后，国王在卓娃桑姆的感化下改恶从善，相继得到一男一女。魔妃哈江和恶仆斯莫朗果勾结设谋，想害死卓娃桑姆母子三人。卓娃被逼无奈，飞返天界。魔妃又授意斯莫朗果用毒酒使国王神志迷乱，并将其关入狱中。尔后，多次派人去杀害逃跑在外的卓娃桑姆所生的姐弟俩。最终，姐弟俩在天神与牧民的帮助下，不但没有被害，反而各掌一国，与被解救出来的父亲，过上了幸福的生活。魔妃与恶仆则受到了应有的惩罚。《赤美滚登》则是宣扬利他主义的代表性剧目。剧中百岱国王子赤美滚登，是一个信仰坚定的佛教徒，抱着"只要有人需要，一切东西都愿施舍予人"的宗旨，劝父王慷慨布施，以使穷苦、贫困之人获得温饱。他自己则连双眼都挖出来施舍给盲人。最后，他的行为感动了敌国国王，与敌国化干戈为玉帛；也感动了神佛，让他双目复明；坐上了王位后，在神灵的护佑下，风调雨顺，国泰民安。这样的剧目渗透着藏区的文化精神，即：诸恶莫作，众善奉行，信仰正法，戒行正道，慈悲为怀，知恩报恩等。

　　三是它融进了许多民间故事与历史传说，是一座内容极其丰富的民间文学宝库。傩戏演述的故事多是当地盛行于民间的传说，而且代代积累，并通过一个主干性的故事将若干小故事串联起来。从事傩事活动的人，不论是巫师、道士，还是普通人，他们都是当地的"故事篓子"，像苏北地区的香火僮子、安顺屯堡长期演地戏的农民，对于从商周到元明的历史故事，可谓如数家珍。其他地方像傩坛掌坛师这类人，对于当地的各种民间故事几乎无不能讲。有些故事因产生时代较远，现已经不为一般人所知，但仍存在于傩戏之中。譬如"秦始皇赶山塞海"的传说，旧时广泛传播，而且不同的地方，情节还有很大的差异，然而，今日60岁以下的绝大多数人都没有听说过这个故事了，但它仍存在于江淮神书"唐忏"中。传说略云：秦始皇修筑长城时，挖出了一匹像麒麟似的石马。始皇要骑这匹石马巡视天下，可石马不动，他便逼使文臣武将找出让石马奔驰的办法，找不到办法便立即处死，一连几日，屈杀了上百个朝臣。在即将处死大臣洪宗时，玉皇差太白金星到月宫砍下梭罗树，与老龙筋做成一根神鞭送给始皇，让始皇用鞭子抽打石马，"打马一鞭去五百，打马二鞭一千程。始皇骑在石马上，四足跑起如驾云"。不料始皇还不满足，用此神鞭抽打石山，将一座座石山赶往大海。东海龙王怕大海被填平，忧愁不已，其女三公主为解父忧，利用始皇好色的秉性，来到始皇必经之处等候，她精心打扮，以绰约的风姿挑逗始皇。三公主在与始皇饮酒交欢之时，趁机窃取了神鞭，旋即逃回龙宫。始皇发觉后，怒火中烧，"朝着石马三头撞，呜呼一命见阎君"。但三公主怀了始皇的孩子，这孩子就是后来的楚霸王项羽。江淮神书中的"唐忏"主要讲述的是唐太宗游地府的故事，在这个故事下引伸出三条线：唐僧西天取经、刘全进瓜和魏九郎代父请神。前两条线见诸现存的元明小说戏剧，而魏九郎代父请神只存在于江淮神书之中。将这一条线的故事补进来，才能了解"唐太宗游地府"的故事全貌。

　　四是它的许多艺术形态值得今天的戏曲借鉴。傩戏之所以生生不息，为人们喜爱，是因为它的内容与形式吻合了民族的生命需要与审美心理，它的一些成功经验并不因为时代的进步而过时，有些内核仍能给我们很多的启发。具体地说，有下列三点特别值得注意：第一，将戏剧表演与观众的生命质量联系在一起。傩戏的每一场演出，其内容大体上可分为仪式剧与艺术剧两大部分，仪式剧如"起坛"、"谢土"、"放兵"、"造桥"、"祭表"、"邀神"、"飨神"、"游村"等，主要目的是邀请各路神祇下凡参与此场傩事活动，请他们驱除邪秽，并赐予人们福祉。对于观众来说，尽管这些表演没有什么艺术性、可看性不强，但是都会来到演出的地方。因为人们认为，通过与"神灵"亲密的接触，能够获得"神气"与"神力"，而依赖"神气"与"神力"能增强自己抵御阴邪病魔的能力，虽然不能获得审美上的快感，但有可能提升自己的生命质量。旧时戏曲演出时在正戏之前"跳加官"，即是和傩戏的仪式剧一脉相承的。第二，将演员和观众打成一片，变被动的娱乐为积极的娱乐。傩戏在演出时，允许观众参与演出，甚至会积极主动地邀请观众入戏，如贵州傩堂戏《甘生赴考》，当秦童要陪甘生往京城赴考而离家时，他的娘子表现出依依不舍的神情，此时的秦童便会问观众："你们说，我走不走啊？"观众说："你是雇工，哪里由得了你啊?!"秦童又问："那我走后，哪位好心人能够帮助照顾我娘子？"此时一群成年男性观众哄笑地抢着表态："我来照顾！""我来照顾！"这时的演出场景极其热烈，观众的快乐情状无可比拟。第三，内容富有知识性。傩戏充积着丰富的知识，历史演义故事能够让人们了解历史，尽管这"历史"和真实的历史有很大的距离，但是能够在一定程度上满足文盲或半文盲了解"过去"的渴望。生活故事则能告知观众岁时风俗、人生礼仪甚至农业、手工业等诸多方面的知识。江淮神书"唐忏"中有一个唐太宗与魏九郎"对天文地理"的情节，当唐太宗考问魏九郎"三皇五帝"是什么人时，魏九郎答道："神农皇帝治药草，轩辕皇帝制衣裳，伏羲皇帝制八卦，制下八卦算阴阳。女娲娘娘分男女，才有男女配成双。禹王开下塘和坝，尧王治水来栽秧。这是三皇和五帝，请问主公详不详？"观众通过这一场戏，能够获得大量的有关天文地理等方面的知识。第四，对描写对象进行细致的铺排。喜欢铺排是民族的审美特点，以铺排见长的汉代大赋、《孔雀东南飞》中对刘兰芝精心打扮后的形貌与太守家娶亲聘礼及车马的描绘、《琵琶行》中对琵琶女演奏技艺的摹写，等等，都是为了切合民族的这一审美心理。傩戏的叙事也多是这样，如贵州息烽县流长乡长杆子村阳戏《造棚》对神鸡的描述："当初之时无鸡叫，三藏西天带蛋回。带得三双六个蛋，孵出三双六个鸡。寅年出个寅鸡子，卯年出个卯鸡儿。……"将这一只神鸡的来历、本领、对人们生活的影响，不厌其烦地细致铺排，以让观众了解它的每一个细节。

尽管傩戏有着较多的社会与审美的功能，但它毕竟是神灵信仰坚定的农业时代的产物，随着科技的进步与工业化、城市化的进程，在人们掌握自己命运的能力不断提高的情况下，它便呈现出衰弱的趋势。但是，作为一个曾经遍及各地、至今仍活跃在许多地方的宗教与艺术的现象，对于认识民族的过去尤其是底层社会的生活状态，无疑是一个重要的窗口；而它的剧本——包容着民族、宗教、经济、宗法、语言、历史、风俗、伦理、医学等丰富信息的物质存在，其巨大的学术价值则是毋庸置疑的，并将与时俱增。

目 录

六合香火戏与神书概述 …………………………………… 黄文虎　1

开坛唱念与法事

一、开坛唱念 ………………………………………………… 9
　请土地 ……………………………………………………… 9
　邀神 ……………………………………………………… 11
　　附录：邀神[另一本] ……………………………… 15
　跑马神 …………………………………………………… 19
　八神咒（开坛） ………………………………………… 27
　三仙堂（开坛） ………………………………………… 34
　投文开光 ………………………………………………… 39
　大法表 …………………………………………………… 43
　祭表 ……………………………………………………… 53
　贺表 ……………………………………………………… 62
　盖（解）表 ……………………………………………… 64
　跳娘娘 …………………………………………………… 66
　五郎官（跳五郎） ……………………………………… 72
　太岁忏 …………………………………………………… 84
　安财门 …………………………………………………… 89
　弹弓 ……………………………………………………… 93

谢土	99
五点酒	107
五方五土神	109
结坛	112
斩刀	114
打醋坛	117
谢斗案	120
卷坛送圣	122

二、开坛法事 ... 125

交猪·活领牲	125
呈香祝告	130
刀鉴印	134
附录：刀鉴印[另一本]	142
十献	145
盖(解)猪	155

小　忏

土地忏	159
阎王忏	187
旃坛忏	190
牛王忏	194
火星忏	196
城隍忏	199
东岳忏	201
赵公元帅玄坛忏	204
黄河摆阵全卷	211
都天忏	230

灶君忏（张大刚休妻） ……………………………… 234

军王忏 ……………………………………………… 260

长生忏 ……………………………………………… 264

老人忏 ……………………………………………… 270

太尉忏 ……………………………………………… 275

观音忏 ……………………………………………… 281

黄桂香 ……………………………………………… 294

华主忏 ……………………………………………… 319

牛栏夫人 …………………………………………… 321

六合香火戏与神书概述

黄文虎

一、名称

在江苏六合洪山香火神会做会的仪程中,所唱、诵、念的词文咒语,统称神书,亦称神忏、忏,包括:法事唱念、小忏、大忏(唐忏)。

忏,按其长短分大小,长者为大忏,短者为小忏。又可按故事所发生的朝代区别,或以人物(神祇)命名。如《土地忏》讲述刘秀的故事,属于汉忏;《东岳忏》讲述黄飞虎的故事,《太岁忏》讲述殷郊的故事,都属于周忏,亦称纣(殷纣)忏。

还有正忏与草忏之说。大约有历史人物与史实为依托或叙述主要神祇,称为正忏,含正统正规之意,其他为草忏。但并未按此标准将全部忏书加以区别。

二、分部

香火僮子中流传着神书六部(本)、八部、十部三种说法。经考查,三种说法所包括的内容完全相同,只是分部不同而已,而且全都说的是唐书。

洪山香火神会的全部神书,由三部分组成。

第一部分为各种法事中唱、诵、念的忏与咒。这应是神书中最早的那部分。僮子赵小楼、阮有江都说:"《八神咒》是最古老的神书。"

第二部分为小忏。应在上述忏与咒后产生。其内容都是讲述一位神祇的来历,并以其名字命名。按一般规律来看,故事情节的发展,总是从简单到复杂,故事从短篇到长篇。因此,小忏应产生在法事忏、咒文之后,而在长篇的唐忏之前。

小忏中所讲述的故事，大多数为当地流传的民间故事。一部分未见记载，一部分与笔记、小说所载大不相同，亦有少数则大同小异。

第三部分为唐忏（书），即大忏。因为大忏所叙述的故事，都发生在唐朝，所以一般都称为唐书。这是一部长篇系列故事说唱，其基本内容由三部分组成：第一部分的内容细目有袁天罡李淳风出世、长安卖卦、魏征斩龙、龙王告状、唐王入冥等。第二部分讲述唐王为了还阳，在地府许下三条大愿，即西天取经、刘全进瓜、请神做会，以及回阳后还愿中引发的系列故事。第三部分的内容则为以魏九郎为主角的系列故事，包括魏征下狱、九郎辞学、焚身请神、借马鞍鞭，等等。因此，唐书又被称为"三条大愿"。

在做会时，僮子在"榜文"中称唐书为"龙章凤篆之文"，在"牒文"中称"礼动（重）唐朝神忏"，表达了他们对其的极其尊崇之情。唱唐书是做会的核心内容。

此外，另有一种"闲书"，演唱与祀神无关的故事。有的"闲书"在开头处有一两句敬神词，有的没有。有的在唱完还声明："唱段闲书把诸位散心肠。"以示与神书有别。唱"闲书"不属于神会的法事仪程，可唱可不唱。唱与不唱，全由主家决定。在法事进程中何处可插唱"闲书"，有明确规定。

三、溯源

神书产生于何时，无文字记载。六合洪山香火僮子中的普遍说法为："宋朝时编了神书。"神书中所叙述的故事大都发生在宋朝以前。僮子赵小楼说："宋朝陆游根据唐太宗许下的三条大愿，编写出六部神书，在做会中演唱，称为唐书六本，或堂书六本。"陆游曾任镇江通判，是否因此而附会到他？高邮、金湖地区的香火僮子中传说唐书是陆羽编的。茶圣陆羽做过伶工，著有《教坊录》《谑谈》《穷神记》，说他编写神书，似乎更为合理。

但是，神书的故事内容、语言、风格，都显示出它是典型的民间说唱。同一本书，不同的香火僮子所唱的不尽相同。当然，主要情节是相同的。因此，当地谚云"千个和尚一本经，香火僮子一人一条心"。同一故事在书的不同段落中简繁不一，部分情节衔接不尽合理，重复之处很多。凡此种种，都表明全书未经过统一整理，完全是一种口头说唱的原始记录。

四、现存的神书

《中国大百科全书·戏曲·曲艺》卷称："1957年曾发现乾隆甲辰年（1784）手抄本神书《张郎休妻》。"现在见到的六合洪山香火神书最早的为光绪十一年（1885）手抄本。

洪山香火神会在清乾隆时，做会班子多达一百余个，神书也应是很多的。但近数十年来损失惨重。首先，战乱频仍。尤其是日本侵华战争中被毁最多。如1940年冬僮子赵小楼家遭日寇焚毁，所藏神书及财物均付之一炬。赵小楼师兄戴玉江家在1941年春遭日寇抢掠，神书全部被毁。1948年冬，国民党军一连长将香火僮子杨朝元所藏神书全部抢走。其次，"文化大革命"中遭到造反派抄家，如王贵福家全部神书遭毁。再次，随着香火神会的衰落，香火僮子人数锐减，后继乏人。许多老香火僮子不再授徒传艺，他们所用之神书往往因人亡书散。

现存的洪山香火神书，都是手抄本。六合地区发现过闲书印本，未发现神书印本。扬州、泰州地区发现过《刘全进瓜》的铅印本。南通发现过《魏九郎》等印本，多为民国初年时印。各地从未发现法事咒、忏文印本。

洪山香火神书是不许外传的。有的抄本上写着"宁骂不借"、"逐疫户所用"、"要用此书乡人傩，外人休拿当山歌。如看此书带回去，此人一定遭病魔"。

旧抄本抄于1885年至1954年期间，毛笔竖写，本子大小不一。字不太工整，错别字较多，以至有些句段难以读解。新抄本抄于1986年至1994年期间，除《五郎官》《贺表》外，均为阮有江抄写。都用十六开有光纸，圆珠笔竖写。字较工整，错别字少，可读解。

五、音乐

1. 曲调

神书的吟诵与说唱，是洪山香火神会音乐的主体。唱，为无管弦伴奏的徒歌。部分曲调为一唱众和。和，包括尾字帮腔和接唱一句。吟诵说唱均有锣鼓节拍，唱一段，锣鼓敲打一段。吟诵说唱的曲调，按其性质、功能和表现形式，可分为两大类。

（1）祭祀性唱调：是念咒和唱神曲的发展。特点是以鼓击节，锣鼓分段。多为一唱众和，有的还载歌载舞。唱腔韵调简朴，有高腔韵味和道士腔的痕迹。此类曲调具体表现为三种形式：① 吟诵体：包括八神咒、法表、解表中诸曲。② 歌谣体：包括迎神歌、开坛歌等。③ 歌舞体：主要是跳神中各曲，如跳娘娘、跳五郎等。

（2）说唱性曲调：大、小忏是长、短篇故事，以说唱形式来表现。唱念忏书是香火神会的主要内容，因此说唱性曲调就成为主要曲调。它分为两种形式：① 七字调：包括锣鼓七字、快七字、慢七字、吟诵七字和七字联唱。② 十字调：包括锣鼓十字、快十字、慢十字。

此外，还有用于特殊场合或人物的曲调，也应属于第二大类，如斗法调等。此种曲调可统称为杂调。

2．唱词

均为齐言体。句式有四言、七言、十言，七言最多。

（1）四言句，以二、二顿式居多。用于念咒、诵经，也用于叙事。

（2）七言句，以二、二、三顿式居多。作为一种主要句式，应用广泛，以叙述性为主，兼有抒情性与舞蹈性。

（3）十言句，以三、三、四顿式最常见，为七字句的扩展，多用于叙述性唱段。

上述各种句式所组成的唱段，句法以上下句为基础，是句子组合的基本单位。

3．声韵、声调

用十三字韵（十三辙）。有平有仄，同声调字连用不超过三个。用韵多变，一韵到底的少有，逢双句押韵。

4．唱腔旋律

唱腔旋律采用宫、商、角、徵、羽五声音阶。旋律进行以上下行级进为主，常用小跳，偶尔出现高下越级跳跃。各曲调式以结束在徵音上的最多，宫音次之，商、羽很少，没有结束在角音上的。有的曲调运用犯宫犯调，其中以邻近关系的转调最为常见。如 fa 音被强调，mi 音随之消失；或 si 音被强调，do 音随之消失。

5. 板式、段式

板式分为有眼板和无眼板。祭祀类曲调在实际演唱时以流水板（无眼板）为主，说唱类曲调以 2/4（一眼板）最多，但有快、中、慢不同速度的唱法。

段式最常用的是上下句段式，一个腔句配一句唱词，这种结构又分为对等式和不等式。绝大多数为对等式，如七字调、十字调。不等式极少，如迎神歌前段，它是加用衬腔而成。单句体段式极少，仅八神咒一例。四句头段式内部有了简单的起承转合，多以第一、三乐句或第二、四乐句作变化重复而成，如开坛歌。此外，还有在上下句段式中间，插用单音、复音进行叠句重复，名为联弹。

6. 演唱和伴奏

神书演唱都使用自然嗓音。主要演唱方式有二：一是徒歌。不用管弦，完全由演唱者自定调门，自行掌握强弱与速度的变化，以表达唱腔内容与人物的思想感情，以锣鼓断句和烘托。二是清板。只用鼓击节，演唱近似朗诵，以同一曲调自然反复演唱。

舞台语言以六合方言为基础，结合中州韵规范而成。六合方言属江淮语系，保留着尖音，即声母 Z（ts）、C（ts）、S（s）与齐齿呼或撮口呼韵母相并，如"先"、"钱"、"姐"等。声调为阴、阳、上、去、入五声。调值是阴平三一、阳平一三、上声二二、去声四四、入声五。入声与其他调相比，音长差异明显，发音短促。

早期唱神书是由香火僮子手持单皮手鼓（花香鼓）自敲自唱，后来发展为两人坐唱，其中一人司堂鼓、一人司锣，仍为自敲自唱，在场香火僮子伴唱。锣鼓除作为断句断段外，并用作开场。花香鼓则在跳神中使用。

开坛唱念与法事

一、开坛唱念

请 土 地

原本封面题字：阮有江抄本　一九八九年古历四月立

　　主家捧着盛有香烛纸马的筛盘，香火僮子敲锣打鼓，到村外土地庙去请土地神。先在庙前唱开头一小段，回到坛堂唱完。不论哪一家坛堂，末尾都会唱："土地请在斗案上，二梆锣鼓把坛开。"

张公土地本姓张,
同交三夜各分张。
封你不为别官职,
封你江北管田庄。
一份钱粮火烧化,
（请土地）
回龙马来转香台,
夫人娘娘上花台。
庄前庄后相邀请,
耕种龙神上花台。
河边土地相邀请,
菜园龙神上花台。
仓房土地相邀请,
白玉龙神上花台。
桥梁使者相邀请,
土下八百上花台。
请神莫在外坛坐,
会用酒的酒三筛。
茶寒酒冷神莫怪,
现出金童玉女来。
一盅美酒神安位,
安坛歇坐受香斋。
土地请在斗案上,

住在东南拐角上。
后来刘王登天下,
封你张公土地王。
弟子祝庆喜乐会,
拜请张公土地王。

外坛土地请家来。
本庄土地相邀请,
小保龙神上花台。
山神土地相邀请,
水府龙神上花台。
墙头土地相邀请,
聚谷龙神上花台。
开花童子相邀请,
渡口龙神上花台。
土公土母相邀请,
外坛迎请内坛来。
男神请在男宫内,
望老爷宽恕巧安排。
金童手执玻璃盏,
二盅美酒请神来。
付与当家各会首,
二梆明锣把坛开。

娶的妻子萧氏女,
封你官职伴孤王。
封你江南做土地,
请你家去受真香。

张公土地相邀请,
福德正神上花台。
场头土地相邀请,
猎户龙神上花台。
瓜园土地相邀请,
壁上龙神上花台。
碾坊土地相邀请,
结秀郎君上花台。
土上三千相邀请,
土子土孙上花台。
会吃茶的茶三盏,
女娘娘歇在女花台。
花台有朵翠云开,
香主提瓶把酒筛。
满满斟上三盅酒,
请土地钱粮化下来。

邀　神

原本封面题字：会堂小法事专用书　阮有江抄　一九九二年古历三月立

此神书表现僮子请魏九郎去各州、府、县请神。

付司官①来付司神，
逢到小庙说一声。
别的公文来到此，
打开公文对合同。
付官接了公文表，
邀神先在远处邀。
山东关外辽东请，
赤胆忠心王灵官。
肖田军王盐城县，
六安山上请刘公。
高邮西湖七公请，
当方人请当方神。
砖井沟请南宫庙，
桃家庵内把香焚。
洪胜寺内相邀请，
关帝庙内请神来。
巴山请到练山寺，
竹镇集在面前存。
水口拜请龙王庙，
板桥庙内下公文。
黑和尚庵倒掉了，
五位将军来受灯。
飞来钟，自来佛，
白塔岗在面前存。
五十三修出庙门。
十里牌上穿心过，

神门嘱咐你请神：
公文表牒交代你，
把我公文摆在心。
和尚表来道士牒，
条鞭打马动了身。
就在本坛上了马，
十三省内下公文。
吴（无）锡县请岳元帅，
海门立庙李侯公。
五台山上真武庙，
八魔吉士住阳城。
巫山拜请将军庙，
扁担河在面前存。
井头庵内挨边过，
三尊大佛看红灯。
功曹打马朝前走，
八盘山上下公文。
竹镇集有十个庙，
龙子龙孙受香灯。
黄泥坝来吉祥庵，
直到如今未修成。
宝胜寺在山凹里，
三尊大佛看红灯。
销锦帐里请娘娘，
半山土地韩文公，
五位降福早动身。

"逢到大庙下马请，
各州府县拜请神。
路上如若来盘问，
内有关封印不同。"
请神先在远处请，
阳元各庙拜请神。
青山顶上三官殿，
南朝圣主周相公。
南公北山李大圣，
二郎住在灌州城。
总是菩萨安身处，
开坛白马老将军。
凤阳山上相邀请，
徐家庵内下公文。
马家集来好条街，
侯家桥上下公文。
功曹抬起头来看，
个个庙内下公文。
功曹勒马回来转，
满庙诸神看红灯。
平山顶上将军庙，
王灵官执鞭把山门。
符官抬起头来看，
王灵官把山门口，
提鞭打马又动身。
三里营，相邀请，

---

① 付司官：司符之官，"付"即"符"，下同。

七公晏公来受灯。
下马就在北门请,
哼哈二将受香灯。
儒学上面丢支表,
九江大王来受灯。
土地祠在兰子巷,
礼拜寺里下公文。
东岳庙里相邀请,
旻王都天受香灯。
文昌宫里丢支表,
川流不息往来人。
太阳墩上不下马,
离了六合一座城。
卸甲店子不下马,
四大金刚请一声。
灵阳山,勒住马,
西王相,下公文。
八百桥来两条街,
青水庵在面前存。
牛水庵内不下马,
满堂诸仙下山林。
王灵官把山门口,
司从寺里把香焚。
樊家集上相邀请,
关帝大庙把香焚。
蜘蛛山上相邀请,
开条大路往北行。
向石桥上相邀请,
南北二庙把香焚。
土地祠,不下马,

军定寺在城门口,
卧佛寺里下公文。
西门拜请玄武观,
城隍庙内下公文。
王二太爷相邀请,
曹头巷在面前存。
关帝庙里挨边过,
张康二符早动身。
野浮桥,相邀请,
文昌化解受香灯。
南门拜请火星庙,
三宝庵里拜请神。
刘佐上面丢支表,
江家桥上下公文。
九郎若要过江请,
七层宝塔观世音。
把马带个满满旋,
桥南桥北请神来。
铁牛山上相邀请,
周仓关平来受灯。
天牌宫里象牙床,
五十三修出庙门。
山下拜请龙王庙,
周仙灵官来受灯。
五台山上挨边过,
鱼兴集上下公文。
十家寺里挨边过,
分水龙王来受灯。
火星庙内相邀请,
千家石桥面前存。

望见六合一座城。
卧佛寺里丢支表,
三清菩萨来受灯。
城隍庙里丢支表,
二十四师受香灯。
观音堂上相邀请,
真武庙里把香焚。
都天庙里丢道表,
分水龙王请一声。
南门浮桥穿心过,
宋石周刘四将军。
九郎抬起头来看,
瓜埠造在面前存。
水家湾上长芦寺,
又恐耽误好时辰。
王子庙,不下马,
西阳山上下公文。
破山口子挨边过,
陈二先锋来受灯。
金牛山上相邀请,
销锦帐内请娘娘。
半山土地韩文公,
牛屎山上请一声。
移家集,相邀请,
桃花山在面前存。
七星墩上挨边过,
阳元五帝大将军。
金家集上相邀请,
财神阁内把香焚。
长生庵内相邀请,

下子桥在面前存。
远望天长黑洋洋，
皮里庵内把香焚。
东门儒学出秀才，
校场上面请一声，
琉璃井上挨边过，
二十四师看红灯。
财神庙内投了表，
收灾降福看红灯。
西门拜请东岳庙，
华光五道大将军。
杨家庵，挨边过，
弥陀庵里有真容。
城隍庙，面前存，
分水龙王看红灯。
二十四个老鸦墩。
塔山改做永灵寺，
东旺庙里把香焚。
观音庵里丢支表，
三位娘娘受香灯。
大神请在中央坐，
满堂诸神受香灯。

八里岔上抬头看，
四门景致甚高强。
葛公祠，蚭蜡庙，
南门岳庙有高能。
蜜蜂楼在城头上，
条鞭打马又动身。
三元庵，挨边过，
土地祠内把香焚。
火星庙内相邀请，
张康二符来受灯。
葛家圩，双榆树，
诸神王菩萨受香灯。
六里营，挨边过，
新集上面又请神。
把马带个满满旋，
项子王，福圣堂，
半山土地受香灯。
四合墩，不下马，
观音大士看红灯。
符官勒马回坛转，
小神排立两边分。

望见天长一座城。
下马就在东门请，
奶奶庙内下公文。
三岔河，挨边过，
前寺后寺受香灯。
城隍庙内丢支表，
彤阳宫里下公文。
南门拜请都天庙，
宋石周刘早动身。
白玉仙姑相邀请，
七里桥在面前存。
九里庄来十里营，
川桥不远面前存。
霸王桥，不下马，
汉涧造在面前存，
十八尊罗汉看红灯。
把马带个满满旋，
唐观山上把香焚。
尖山顶上一声请，
会堂就在面前存。
满满斟上三杯酒，

附录：邀　神 [另一本]

原本封面题字：阮有江抄本　一九八七年三月立

篇幅与上本相等，只是邀请的神有所不同。末尾唱："符官勒马回坛转，要同弟子下公文。"这样就与后面《法表》中的法事衔接了起来。

付司官①，付司神，
逢到小庙说一声。
写个上字上界请，
下请幽冥十八层。
写个东字东面请，
西请阿弥佛三尊。
写个北字北边请，
中请香山五岳神。
就在本坛反②上马，
赤胆忠心王令官。
武台(当)山上真武庙，
六安山上请刘公。
巫山拜请将军庙，
扁担河在面前存。
洪胜寺内相邀请，
南北二庙请神来。
巴山请到练山寺，
竹镇集上下公文。
功曹勒马回来转，
吉祥庵内下公文。
平山拜请将军庙，
王灵官执鞭把山门。
符官抬起头来看，
提鞭打马又动身。
三里营来相邀请，

神门嘱咐你请神：
上海关外辽东请，
上请普天众星君。
写个中字中界请，
东请日出扶桑神。
写个南字南边请，
北请真武大帝神。
总是菩萨安身处，
条鞭打马又动身。"
无锡县请岳元帅，
二郎住在灌洲城。
请神先在远处请，
开坛白马老将军。
凤阳山上邀请神，
三尊大佛看红灯。
功曹打马朝前走，
八盘山上下公文。
水口拜请龙王庙，
板桥庙内下公文。
黑和尚庵倒掉了，
五位将军来受灯。
飞来钟来自来佛，
白塔岗在面前存。
十里牌，穿心过，
七公晏公未受灯。

"逢到大庙下马请，
十三省内下公文。
写个下字下界请，
中请阳元各庙门。
写个西字西边请，
六屈山上请观音。
写个中字中央请，
当方人请当方神。
青山顶上三官庙，
南朝圣主周相公。
南宫北山李大圣，
邀神先在远处邀。
砖井沟请南宫庙，
桃花庵内把香焚。
马家集，好条街，
侯桥上面下公文。
功曹抬起头来看，
龙子龙孙受香灯。
黄泥坝，吉祥庵，
直到如今未修成。
宝胜寺在山凹里，
三尊大佛看红灯。
半山土地韩文公，
五位降福早动身。
军定寺在城门口，

---

① 付司官：司符之官。付，即"符"。
② 反：同"返"。

望见六合一座城。
西门拜请玄武贯,
城隍庙里下公文。
土地祠在兰子巷,
礼拜寺里下公文。
东岳庙里相邀请,
旻王都天受香灯。
文昌宫里丢支表,
川流不息往来人。
太阳墩,不下马,
离了六合一座城。
郭家桥,丢支表,
江家桥上下公文。
灵阳山,勒住马,
西王相,下公文。
八百桥,两截街,
青水庵在面前存。
金牛山上相邀请,
牛屎山上请一声。
郑家集,里边过,
关帝大庙把香焚。
蜘蛛山上相邀请,
开条大路往北行。
土地祠,不下马,
下子桥在面前存。
下马就在东门请,
奶奶庙内下公文。
蜜蜂楼在城头上,
条鞭打马动了身。
城隍庙,丢道表,

下马就在北方请,
三清菩萨受香灯。
王二老爷来邀请,
桩头巷在面前存。
关帝庙,挨边过,
张康二符早动身。
野浮桥,丢支表,
文昌帝君受香灯。
南门拜请火星庙,
三宝巷内拜请神。
刘佐上面丢支表,
瓜埠造在面前存。
九郎若要过江请,
七层宝塔观世音。
西阳山上投了表,
桥南桥北请神来。
铁牛山上相邀请,
满堂诸神下山林。
樊家集上相邀请,
分水龙王请一声。
草庙山上穿心过,
鱼兴集上下公文。
金家集,丢支表,
千家石桥面前存。
远望天长黑阳阳,
皮里庵内把香焚。
东门儒学出秀才,
前寺后寺来受灯。
三元巷里里边过,
二十四师看红灯。

卧佛寺内下公文。
儒学上面丢支表,
二十四师出庙门。
观音堂上相邀请,
真武庙里把香焚。
都天庙里丢道表,
分水龙王请一声。
南门浮桥穿心过,
宋石周刘四将军。
九郎抬起头来看,
水家湾,下公文。
卸甲店子不下马,
又怕耽误好时辰。
王子庙,不下马,
八百桥上下公文。
破山口,里边过,
陈二先锋来受灯。
山下拜请龙王庙,
南北二庙把香焚。
移家集,相邀请,
楼家营在面前存。
七里墩上里边过,
南北二庙把香焚。
长生庵内相邀请,
四门景致胜高强。
葛公祠,虮蜡庙,
教坊上面下公文。
琉璃井上里边过,
彤阳宫里下公文。
财神庙,投了表,

土地祠，把香焚。
火星庙里相邀请，
张康二符看红灯。
地藏庵，相邀请，
七星桥在面前存。
六星云，挨边过，
新集上面又请神。
抬头看见东旺庙，
街南街北请神来。
光山上面一声请，
汉涧造在面前存。
各山各庙相邀请，
要同弟子下公文。

南门拜寿都天庙，
火龙火马火将军。
白云仙姑相邀请，
华光五道大将军。
杨家巷，挨边过，
川桥不远面前存。
塔山改做最灵寺，
东岳庙内下公文。
远望冶山雾腾腾，
独山顶上下公文。
汉涧有二十四个墩，
请得诸神受香灯。

收灾降福看红灯。
西门拜请东岳庙，
大佛寺内下公文。
葛家街，双榆树，
弥陀庵内有真容。
坝王轿，不下马，
十八尊罗汉看红灯。
四合墩，好条街，
唐观山上下公文。
功曹打马朝前走，
个个墩上请一声。
符官勒马回坛转，

跑 马 神

原本封面题字：东岳神堂　逐疫瘟癀　四知堂　岁次庚午年巧月立

此神书的功能仍然是请神，因向四面八方请神，所以，僮子念唱的篇幅比起《请土地》增加了一倍。

一炷宝香炉中装，
二道表张地藏王。
现朵红云青烟起，
王开金口把神封。
符使官来符使神，
小庙报安说一声。
去是辕门丢牒请，
坛前有酒无人筛。
当家弟子化钱粮，
后跟功曹请神人。
南请吞云山座下，
五岳香山请帝君。
高邮老虎转拜请，
紫竹林中观世音。
山海关外辽东请，
天六二县下公文。
炼山顶上将军庙，
治都老爷请一声。
老鸦墩前穿心过，
三人河边请龙神。
烟灯巷里不下马，
个个庙里下公文。
大桥拜请东岳庙，
四郎将军请一声。
痘神庙里一邀请，
拜请佛祖受香尊。
西佛山转拜请神，
甘糜二嫂受香灯。

香烟烧的是表张。
三道表张烧不化，
将身跳下火当央。
敕封三界符使官，
神门嘱咐你请神：
问神在庙不在庙，
回来起表法公文。"
弟子斟上三盅酒，
答谢功曹做盘缠。
东请日出扶桑园，
北请番邦现马亭。
先锋岭把老君请，
二郎住在灌州城。
桃花山请桃小姐，
十三省城下公文。
黄泥坝来吉祥庵，
毗卢寺里下公文。
盘山拜请盘山寺，
太平庵内下公文。
西独山上娘娘庙，
仙人山上下公文。
火星庵里一道表，
仁圣大帝受香灯。
关帝庙里丢道表，
观音庵里请一声。
官庙顶上神走马，
扶桑大帝下山林。
叉江二十四个庙，

一道表张玉皇受，
当时拿来魏九郎。
快叫唐王封官职，
上中下案领公文。
"逢到大庙下马请，
叮咛嘱咐要请神。
功曹上马又回来，
功曹銮驾转请来。
本庄土地前带路，
西请雷音佛世尊。
四大名山都请过，
阳宫吉寺转阳城。
武当山请真武主，
龙虎山请张真人。
弟子居住六合县，
永寿桥上下公文。
侯桥巷里治都寺，
拜请佛王下山林。
降福庵来善庆庵，
三位娘娘请一声。
竹镇集转拜请神，
积善庵里下公文。
河边拜请大王庙，
都天庙里下公文。
万花楼上相邀请，
石婆岗上来修行。
左家桥头神走马，
个个庙里拜请神。

大桥口里焚香请，
甘罗菩萨来受灯。
右梁又是刘关庙，
陆家庵里请娘娘。
吉伽起法观音庵，
鲍家石桥下公文。
砚石山顶兴隆寺，
白云庵里请如来。
关家坝头娘娘庙，
四门景致放毫光。
龙埠头来晏公庙，
放生庵里下公文。
南门庙里丢道表，
利市仙官受香灯。
南市口内虮蜡庙，
毘卢寺在县东门。
芦龙头上拜请神。
白云庵到观音庵，
谢庵寺内下公文。
过了大桥奔河东，
茶食庵内下公文。
车登桥墩来得快，
各庙神灵受香灯。
陈家集上转拜请，
又请送子观世音。
玉兴集上关帝庙，
回龙庵内下公文。
大同山请马王庙，
月荡集上下公文。
远望冶山雾腾腾。

小桥口里请娘娘。
銮驾云到关帝庙，
旻王都天受香灯。
徐家庵，洪盛寺，
真武庙是来修行。
石佛寺来瓜娄寺，
牛栏天子受香灯。
周家场里茶庵庙，
三位娘娘受香灯。
都天庙里下马请，
华光五岳县南门。
东岳庙里天齐王，
北观庵里下公文。
三元宫到阳元宫，
鄂公祠里请一声。
花罗庵到五里桥，
仁和集上关帝庙，
张家庵内下公文。
包公祠内丢道表，
三官殿上切开封。
野饭店内穿心过，
八宝堂在面前存。
东林寺到宋家庵，
各庙诸神请一声。
蜘蛛庵内相邀请，
汉马玉地受香灯。
谢家集上丢道表，
小同山上请先锋。
金城阁对银城阁，
不见宝山放光明，

十八里集甘罗庙，
关平周仓请一声。
斗篷集里转请神，
东岳庙里请都天。
马家祠堂不下马，
大尖赵上请关公。
观音庵里观音请，
直到如今未修成。
远望天长黑阳阳，
五方降福受香灯。
南北庵里相邀请，
九郎打马入西门。
财神庙里丢道表，
城隍庙里下公文。
泰山登到延寿庵，
邱家湾到谢营寺，
极乐庵内真武神。
十字路口龙王庙，
关帝庙内请火星。
毛家庵到巷子桥，
马家桥头四府神。
代仪镇上神走马，
官桥镇上下公文。
沙家集上沙滩庵，
渔翁庵内下公文。
樊家店到丁公店，
同山早在面前存。
水月寺内天罡庙，
新新陈，许家村，
三六寺，九口泉，

个个庙里拜请神。
龙泉寺到朱砂寺,
拜请唐子与唐孙。
四合墩上丢道表,
大新集上请将军。
仙人洞,转拜请,
新集镇上下公文。
十里庵过九里庄,
余家洼上下公文。
东王庙,好个镇,
红禅寺内把神邀。
宝禅寺在山凹里,
三位尊佛请一声。
平山顶上将军府,
癞石庵内下公文。
头牌拜请云丁寺,
马头大王请一声。
白塔岗内大悲庵,
慈航真人请一声。
西羊山上丢道表,
横梁店内下公文。
隐天寺,丢道表,
保岁庵,又请神。
王子庙请大神庵,
灵岩山上下公文。
红山窑,丢道表,
水浪顶上铁牛墩。
把马带回三鞭子,
四海龙王受香灯。
龙虎营内丢道表,

万善寺,丢道表,
泉庵寺来下公文。
白猿山上娘娘庙,
大新集上下公文。
长兴集上关帝庙,
众位诸仙看红灯。
城隍庙,忠南宫,
七里寺在面当阳。
代山头,丢道表,
南北二头下公文。
独山羊上神走马,
王灵官执鞭把山门。
尖山顶上娘娘庙,
五位将军请一声。
金牛山庵丢道表,
云丁教主看红灯。
胡家山头毁败了,
大慈大悲请一声。
八百桥头两节街,
九条龙灯下山来。
两奶尖山相邀请,
各位尊神请一声。
娘娘庵,丢道表,
庵前铺上下公文。
上下拜请云丁寺,
十二圩内下公文。
一心打马过江心,
瓜埠镇在面前存。
金刚殿上丢道表,
望见六合一座城。

林土老爷请一声。
唐公山来唐石寺,
观音庵里请观音。
永兴集,永年寺,
极乐庵,真武神。
葡萄庵到君王庙,
阿弥庵内又请神。
曹马二群焚香请,
古今庵内下公文。
上石桥,下石桥,
蔡家窑头下公文。
飞来钟来自来福,
三位娘娘看红灯。
娘娘庙内丢道表,
列位尊神请一声。
马头山拜马头寺,
黑和庵来未修成。
潘徐有个慈航庙,
南北二头请诸神。
猴子铺来新簧巷,
方山顶上下公文。
东坝镇上下公文,
太平集上观世音。
福神庵,相邀请,
催岗财神请一声。
符官请到通江集,
又怕耽误好时辰。
站在河边一声请,
长罗寺内下公文。
果老头上神走马,

功德林内下公文。
河边拜请大王庙,
治浦桥上下公文。
十里牌上普贤庵,
泰山娘娘请一声。
温公祠里神走马,
眼光娘娘受香灯。
土地祠内神走马,
观音堂内请观音。
文昌宫里丢道表,
土公土母请一声。
都天庙里丢道表,
释迦如来请一声。
龙池拜请龙王庙,
小九华庵内下公文。
蒋家桥头不下马,
符官打马转南门。
王二老爷相邀请,
执笔判官来受灯。
三里松来五里井,
关圣帝君请一声。
黄浦桥上穿心过,
仁圣大帝请一声。
中街拜请都天庙,
真武大帝开财门。
蒋家山头丢道表,
风水龙王请一声。
老龙难系长江水,
大字飘飘会坛门。
把马加了三鞭子,

长寿庵,丢道表,
四郎将军请一声。
云丁寺内神走马,
红庙朱里下公文。
东岳庙里丢道表,
元寿庵里下公文。
关帝庙来龙王庙,
符官打马进东门。
天一堂内神走马,
文昌帝君请一声。
新起寺庙丢道表,
财神庙内请一声。
火星庙里丢道表,
拜请龙子与龙孙。
黑龙观内白龙庙,
水家湾里下公文。
本县城隍相邀请,
痧麻痘症请一声。
出了北门茶庵庙,
七里忏上下公文。
西门拜请极乐庵,
程家桥上面前存。
河边拜请大王庙,
收灾降福请一声。
傅家庵上丢道表,
各位尊神请一声。
一心打马向外请,
小会难请天下神。
符官打马抬头看,
再来拜请众诸神。

长生大帝看红灯。
接官厅上神过马,
符官打马进北门。
泰山顶上神走马,
张康二符请一声。
眼光庵里丢道表,
种德堂内下公文。
三宝庵里小北门,
卧佛寺内下公文。
十字街内都土地,
万寿宫里下公文。
南门拜请浮桥口,
火龙火马请一声。
毗卢庵里相邀请,
半山寺内下公文。
四棵柳上穿心过,
九江大王受香灯。
牛头马面相邀请,
各位尊神请一声。
马鞍山来关帝庙,
朱家庵里下公文。
南头拜请东岳庙,
四郎将军来受灯。
北头拜请真武庙,
斩龙桥上下公文。
盛家岗内龙王庙,
又怕误了好时辰。
望见旗杆是座庙,
会主财门点红灯。
本庄土地相邀请,

福德正神请一声。
左边拜请秦叔宝,
百无禁忌镇财门。
家堂菩萨家里请,
三代宗支请一声。
东岳天齐请家来。
九江大王,
旻王都天请家来。
万万尊神,
有劳三界符官,
请得神来,
虎大奔高山。
千千菩萨,
面拜龙神。
大神请在中央,
低斟低陪。
逍遥自在,
同炉受香。
左边拜请交酒童子,
拔下塞子,
近望绿水滔滔,
本庄张公土地,
站在五岳门前,
迎请三界诸神驾到。
官官相携,
一献二献,
泰山尼罗五上天。
太尉入星君官,
已具化无踪。
鬼魔大神同、

天地三界传圣旨,
右边拜请尉迟恭。
黑面将军钟馗将,
顺请东厨张灶君。
闪闪一阵香风动,
张康二符,
南海观音请家来。
收灾降福,
满斟安坛三盅酒。
勒马带缰,
神归花台宝座。
请得马来,
万万龙神,
请得诸神,
小神排立两厢。
解开红须之钗,
自在逍遥。
同盘受供,
右边拜请执壶郎君。
对我王斟下清香美酒。
财门口一朵吹云飘。
头戴国公大帽,
连请是请,
请符官酒盏三献。
利笔从占,
三献已具。
飘飘献金钱,
五气五上上,
玄道正十方,
玉皇大天尊。

十方万灵请一声。
太公请在门头上,
宜春迪吉把窗门。
本荫门中相邀请,
各位尊神,
本县城隍请家来。
大慈大悲,
千千菩萨请家来。
各位尊神,
三请尊神。
请得虎来,
马扣马房之下。
社员忏会,
登坛赴会。
高斟高座,
托开滚龙飞袍。
全台受烛,
同盅受酒。
扭掉金瓶,
远看青山隐隐,
不料符官驾到,
身穿翠绿蓝袍,
连邀是邀,
送符官酒盏三献,
金盅放下。
再献坛场,
庙庙紫金钱,
波罗放光明,
仓急正光道,
在凶告上地,

启道告上苍： 　　合家人等， 　　了会之期，
提笔画字， 　　万代兴隆。 　　迎门放下太平鞭，
富贵荣华万万年。

（开坛前在外面迎神唱）

焚香一炷， 　　上来拜请： 　　天地三界、
十方万灵真宰、 　　东斗四星、 　　西斗五星、
南斗六星、 　　北斗七星、 　　中央九星、
当星当照、 　　本命星君。 　　弟子祝庆，
正会一坛， 　　三份钱粮。

（回来对家神唱）

青香朗朗， 　　宝烛双支。 　　上来拜请：
家堂香火、 　　列位高真。 　　转身奉请：
东厨司命、 　　元皇灶君、 　　灶上童男、
灶下童女、 　　担柴童子、 　　运水郎君。
又来拜请： 　　本音（荫）门中， 　　三代宗支、
前亡后亡、 　　远及先灵。 　　弟子祝庆，
太平喜乐， 　　正会一坛， 　　三份钱粮。

（开坛）

什么人造下香山表？ 　　什么人制下铁关封？ 　　什么人写来什么人封？
什么人名字在当中？ 　　唐王造下香山表， 　　文武百官制下铁关封。
文官写来武官封， 　　唐王名字在当中。 　　先生写来小司人封，
会首名字在当中。 　　虽然一张黄尖纸， 　　多少款端上面存。
先打年月开香赞， 　　后把居住读来听。 　　莫学大雁传书信，
绕落沙滩难动身。 　　莫学燕子传书信， 　　绕落画梁难动身。
别的公文来到此， 　　把我公文摆在心。 　　关津渡口人盘问，
打开公文对合同。 　　和尚表来道士牒， 　　内有关封印不同。
抽丝灯笼点蜡烛， 　　灵芝桂草抓几根。 　　内坛勒不住蛟龙马，
出坛锣鼓一条声。

（外面送符官念）

呀哈哈！ 　　送符官来路程遥， 　　公文表牒火上烧。

表牒公文火烧化,
急奔三界把神邀。
符官符官,
遇海一穿。
不请不到,

符司官领了奔三曹。
上天莫怨天高远,
脚踏云端。
东边招请,
只奔仙山古庙。

符官不吃了坛酒,
入地莫怨入阴曹。
过河一跳,
西边招到。

八神咒（开坛）

原本封面题字：阮有江抄本　一九八七年三月立

此神书为开坛词中的一种。据僮子阮有江介绍，此法事的唱念只有乾坤首咒与中山神咒两咒，不知为何称为"八神咒"。该唱词涉及天文地理、阴阳八卦，但是主要内容仍是请神进香礼敬。皆为四言，有吟诵，也有旋律较强的唱段。

长生保命，
无量天尊。
上来拜请：
普化天尊，
洞中宣许。
杀鬼万千，
胡德一片。
八海之文，
凶恶消散。
岳德正观，
左盛右吉。
内外正其，
回以代道。
太极分张，
乾坤首咒。
闪电辉煌，
风雨冰雹，
云咱利江。
十三部镇，
万神皆知。
神德昭彰，
长子真香。
吉月吉日吉时，
当今会首。
香花奉请。
二年二拜，
三上宝香。
人口平安，

保命天尊。
为宣自再（在），
九天应霓，
天地自然。
黄良太宣，
中山神咒。
却鬼言念，
木王索手。
道期长存，
元始安征。
不得王行，
各安方位。
参拜诸神，
两宜四相。
天地玄黄，
云烟雨雾。
甘露禛祥。
江山一统，
府州县厅。
神供高坛，
反有道其。
普通贡香，
阳间门下。
入手金炉，
初年初拜，
二上牙香。
一家人等，
子孙昌盛，

佛生无量，
自再（在）天尊。
雷震普化。
为气分散，
斩妖祛邪。
元世以文，
安行五岳。
世为我宣，
普高万灵。
土地斯林，
四相正道。
会首家庭，
红门皆登。
八卦阴阳，
雷天霹雳。
雪霰云霜。
三千地坐，
南北二京。
法鼓三通，
神德阳阳。
必门千应，
三请吉年。
奏事真官，
沐手贡香，
初上真香。
三年三拜，
祈求清泰：
世代峥嵘，

千年富贵,
永保平安,
上香圆满,
退后朝前。
一神皆知,
当家弟子,
参神下拜。
三拜四拜,
同受香斋。
九同十拜,
道德此香。
此香一炷,
展左展右。
运水朝阳,
大放光明。
认得此树,
弄在三岗。
淌下长江。
撬成香排,
六合天长。
做为真香。
拜敬诸神,
青气为天。
金木分为东西,
香信难到,
二通表奏,
五通五岳香山,
八宝串成花甲,

万载荣华,
牛马长旺,
敬香已毕。
躬身展前,
焚香满炉。
衣帽齐正。
一拜二拜,
吉成花角。
七拜八拜,
成双起来。
生在何处?
出在六窟三岗。
上有星月朗照,
雀以不甘登枝。
凡人不识,
是棵真香。
五月天庭,
有钱客人,
渡过长江。
各镇市口,
弟子恭敬,
焚香满炉。
后焚香官,
南北分为水火。
神圣难知。
三之法界兆清,
六丁六甲请神,
九通山遥路远,

火光消散,
血财高强。
放香已周,
祈心动念。
玉阶门下,
诸神位下,
我佛如来。
五拜六拜,
四季发财。
拜香德香,
长在何方?
观音展前,
下有地府。
黑夜三更,
别宝回子。
月斧破倒,
龙行大雨,
将香收买。
发在各洲,
纸草库内,
胜会三堂。
先焚香官,
赤气为地。
路远山遥,
一通乾坤,
四时状元吉庆,
七之银壶斗九,
献上十方请驾。

登坛神灵巍巍,　　　诸神老爷相貌堂堂。　　焚香一炷,

玉阶门下，　　　　　　上来拜请。　　　　　　拜请和官，
奏请和神。
拜请（浩浩天庭上圣、滔滔水谷龙神，居住江湖）
浩浩天庭上圣、　　　　滔滔水谷龙神、　　　　烈烈阳元真宰、
冥冥地府王官、　　　　各各城隍庙宇、　　　　幽幽法界孤魂、
幽幽真宰、　　　　　　东道尤天、　　　　　　五位将军：
许愿催愿，　　　　　　守愿了愿。　　　　　　愿心未了，
林纳勾消。　　　　　　官兵地将，　　　　　　南极斗王。
长生保命，　　　　　　保命天尊。　　　　　　佛生无量，
无量天尊。　　　　　　为宣自在，　　　　　　自在天尊、
灯光朗照天尊、　　　　元始安尊天尊。　　　　上来拜请：
九天应霓，　　　　　　雷振普化，　　　　　　普化天尊，
三界佛魔，　　　　　　元始天尊，　　　　　　北极真武，
玄天大帝，　　　　　　东岳天齐，　　　　　　仁圣大帝，
南岳此山，　　　　　　赵烈大帝，　　　　　　西岳金宣，
罗山大帝，　　　　　　北岳安天，　　　　　　从真大帝，
中岳中山，　　　　　　玄都大帝，　　　　　　枕头娘子，
帼丈夫人，　　　　　　金花小姐，　　　　　　奴帐夫人。
一夫二献，　　　　　　三字四句，　　　　　　五雷官将，
马赵温越，　　　　　　左进右出。　　　　　　副将关平，
青烟妙道。　　　　　　二郎周仓，　　　　　　天妃宫位。
三位娘娘，　　　　　　催生送生。　　　　　　乳生娘娘，
百子旃坛。　　　　　　打弹张仙，　　　　　　百子桥上。
挑儿带女，　　　　　　百子桥下。　　　　　　胡子胡孙，
相请不尽，　　　　　　总将登坛。　　　　　　焚香一炷，
才来拜请。　　　　　　年月日时，　　　　　　四值功曹。
上界符官，　　　　　　飞符使者。　　　　　　下界符官，
冥府使者。　　　　　　中界符官，　　　　　　云仙使者。
有劳三界，　　　　　　值府使者。　　　　　　头顶红彩，
腰挂双刀，　　　　　　肩挎公文。　　　　　　来如闪电，

去似云消。	速来速去，	速将登坛，
不误公文。	前来未奏，	恩福相求。
请进年，	长进月，	只进日，
寿进时。	当坛表奏，	同传土地。
奏事真官，	焚香三炉。	不焚则已，
焚起香烟缪缪，	黄云遮天，	青云刮地。
头炷真香，	上通天堂。	灵霄保殿，
玉皇大帝，	王母娘娘，	二郎天神，
金弓三弹，	普天星斗，	甲子高真，
二十八宿。	东斗拜请，	四会星君。
西斗拜请，	五会星君。	南斗拜请，
六会星君。	北斗拜请，	七会星君。
中央拜请，	九会星君。	太阳星君，
太阴星君，	月光星君，	当星当照，
本命星君，	文武星君，	喜贡星君，
吊客星君，	罗睺星君，	计都星君，
延寿星君，	本命星君，	老人星君，
紫薇星君，	雌龙星君，	雄龙星君，
月德星君，	罗刹星君，	

拜请合会男男女女老老少少长寿星君。

二炷保香，	下通幽冥。	拜请十殿，
阎罗天子，	地藏王菩萨，	大面交士，
生死判官，	愿心判官，	善恶判官，
二十四司，	牛头马面，	值日鬼士，
本县城隍，	九江大王，	上河大王，
下河大王，	内河大王，	外河大王，
四郎将军。	请加登坛，	领受弟子，
宝香宝灯。	三炷明香，	中通阳元。
各庙诸神，	香山拜请，	仁圣大帝。
南海拜请，	观音大士。	彤华宫拜请，

火德星君。 旻王宫拜请, 降福都天。
水晶宫拜请, 四海龙王。 聚宝宫拜请,
五路财神。 青山宫拜请, 金仙太子,
高蝗案下, 蝗蝻天子。 土府宫拜请,
福德正神, 天地三界, 十方万灵,
左右门神, 黑面钟馗, 由春迪及,
家堂香火, 列位高真, 东厨司命,
元皇灶君, 门中先远, 世代宗支。
一请高座, 二请侧座, 三请保座。
座座已毕, 安座已周, 领受弟子,
保香保烛。 先传香官, 后读居住。
一泗天下, 南赡部洲。 今据奏为,
神坛法司:
共和国××省××县××乡××村居住奉神酬盟保安信士弟子××叩
恭敬胜会: 几堂愿心未了, 有劳香主,
贵步走进神堂。 手带通书, 本年黄历,
宣来宣去, 皇王国号, 大吉良元,
吉年吉月, 吉日吉时, 神司人一班,
肩挎神堂, 手带锣鼓, 来到会首保庄,
打扫房梁, 设供坛场。 封立四坛:
上有上坛, 龙门吊卦。 下有下坛,
明灯斗案。 中有中坛, 站牌文疏。
有荤有素, 九供十献。 明灯真香,
呈敬上圣。 外有外坛, 小旗二字,
门贴大字。 门头上面, 披星跨马,
迎请南来北往诸神。 斗案上面, 沐手焚香,
为成开坛。 钱粮四分, 迎请天地,
家神灶神, 三代宗支。 神司人事,
是凡夫肉体, 不能腾空驾雾。 敲动金锣,
闹动银鼓。 礼动唐朝大忏, 修成龙楼,

公文表牒，请动功曹，有劳符官。
上请天堂，下请地府，中请阳元。
各庙诸神，大神请在中央，小神排立两厢，
男神请在男宫，女神请在女院。解下红须之纽，
脱下滚龙之袍。高登高坐，低坐低陪。
同台受灯，同炉受香，同盘受供，
同盅受酒。荤素两件，诸神宽怀，
坛前有酒，代敬为敬，天差一班。
交酒童子，地差一班。执壶郎君，
走到王前，拔掉塞子，扭掉封皮，
对王斟下，三盅清香美酒，暖神开坛，
拜请功曹。

三仙堂（开坛）

此亦为开坛词中之一种。内容包含"修表"、"请神"、"敬神"等。开头讲香火神会的来历，称"花香鼓"为神鼓，"击鼓烧香，请神做会"。僮子阮有江将此神书与《请土地》合抄一本。

打扫神仙地,
请驾赴坛场。
站将起来,
一二三献。
司人置鼓上坛场,
请下三界魏九郎。
司人名叫乡人傩,
唐朝才兴锣鼓响。
小小神鼓柳木框,
取得圆来就得方。
京城鼓响王登殿,
道士打鼓请玉皇。
当家会首初进香,
老者安宁少者康。
烧香不问男和女,
少年烧香福寿长。
把香装入金炉里,
二拜人人福寿长。
拜成四拜莫拜了,
灵霄殿拜请张玉皇。
东请文昌大帝殿,
紫微星大帝正北方。
头戴平顶冠珠子帽,
手执珊瑚响呛呛。
呀号一声"神来了",
幽冥府拜请地藏王。
十八关来十八狱,
凶神恶鬼赴坛场。
炉焚八宝香。
当家弟子:
炉中焚香。
神司人置鼓,
迎财会首把香装。
此会不是初兴的,
傩所逐疫赶瘟瘴。
唐朝手里来改变,
细细钉子牛皮长。
天上鼓响龙行雨,
校场鼓响耍刀枪。
神门献过三梆鼓,
一年积聚万担粮。
合会人等三进香,
各人烧的各人香。
姑娘烧香描花朵,
退后躬身拜二双。
三拜三财多长旺,
锣鼓双响请神王。
普天星斗排銮驾,
武曲星官安西厢。
中央本是灵霄殿,
鹅黄袍上滚绒装。
左有金童捧玉印,
龙车凤辇下天堂。
十殿阎王相邀请,
二十四司赴坛场。
本县城隍相邀请,
神走云端过,
魁王四拜!
手执银壶,
案上金梆。
修成龙楼公文表,
列国传留到如今。
从前朝衣和木铎,
男人倒穿女衣裳。
一锤打得噔噔响,
地下鼓响草得霜。
庵堂鼓响僧拜佛,
迎财会首把香装。
家眷人等二进香,
男又精灵女千祥。
老人烧香求福寿,
相公烧香念文章。
一拜家门多吉庆,
四拜老爷降禎祥。
一炷香来达上苍,
二十八宿离天堂。
南极星官安南斗,
白玉炉中降宝香。
足穿乌靴登宝殿,
右有玉女执照阳。
二炷香来奔幽邦,
牛头马面赴坛场。
两廊判官相邀请,
九江大王赴坛场。

呀号二声"地主到",
阳元拜请天齐王。
老王所生五个子,
掌管人民在世上。
三郎西岳华山位,
掌管飞禽鸟凤凰。
香山五岳高宝坐,
下管阴来上管阳。
做会堂里请你到,
怀中揣的耍儿郎。
远望南方火灯光,
宋石周刘四员将。
耿七公来侯二公,
真武老爷赴坛场。
远望嵩山一庙堂,
大字飘飘是会堂。
细毛神犬跟神走,
晚打鸳鸯配成双。
玉皇见他功劳大,
长寿星君赴坛场。
过五关来斩六将,
神门曹当坛按五方。
南方赤龙霞光现,
五色霞光透上昌。
日值功曹来赴会,
请我王早去赴坛场。
二炷香来炉里装,
请你到嵩山请九郎。
张公土地听得说,
嵩山造在面当阳。

打一顶轿子接娘娘。
东岳天齐仁圣主,
五处山头立庙堂。
二郎南岳衡山位,
掌管鱼龙在海江。
五郎中央嵩山位,
来了当年老阴阳。
与人查看风水地,
百无禁忌镇会堂。
送子长旛拿在手,
火星老爷打马赴坛场。
西湖里面一声请,
胡国金龙四大王。
七星旗子遮日月,
拜请功曹赴坛场。
灌州城里一点黄,
沿河两岸打鸳鸯。
一天鸳鸯打到晚,
天宫封尊杨二郎。
关夫子来貌堂堂,
擂鼓三通斩蔡阳。
东方长镇青龙位,
北方壬癸水流长。
年值功曹身备马,
时值阳元跑钱粮。
锡瓶当坛斟王酒,
拜请张公土地王。
去是与你送信酒,
手扶拐杖出了庄。
土地上前忙开口,

三炷香来跨中央,
父乃是黄滚保纣王。
大郎东岳泰山位,
掌管牛驴马猪羊。
四郎北山崇黑虎,
掌管山林树木行。
三本天书托在手,
起屋竖柱上高梁。
百子旄坛貌堂堂,
五男二女送进房。
火龙火马火鸽子,
西湖拜请耿侯王。
远望北方雾洋洋,
脚踩龟蛇和二将。
旗杆高高是座庙,
拜请天仙杨二郎。
早打鸳鸯不成对,
一担担去见玉皇。
不老不少长十八,
五柳胡须合胸膛。
上中下案都请过,
身骑白虎按四(西)方。
中央按定黄旗号,
月值功曹手代缰。
来赴会来跑钱粮,
请符官再烧二炉香。
弟子祝庆太平会,
回来接驾一炉香。
走一里来过二岗,
叫声门官听衷肠:

弟子祝庆太平会，
符官上了三仙堂。
张公土地听得说，
弟子钱粮哪个当？
可恨汉朝封小了，
拐李仙家下天堂。
因什事来为哪桩？
我来替你想良方。
今有下方人做会，
符官上了三仙堂。
我今要把功曹请，
便叫张公土地王：
你把二目来闭起，
叫你通光你通光。
二边只听风声响，
十字串成三仙堂。
叫我嵩山请神王。
王婆娘娘蟠桃会，
目瞪痴呆口不张。
我今要把功曹请，
不能腾空到上方。
拐李大仙高声叫，
目瞪痴呆口不张。
张公土地听得说，
叫我嵩山请九郎。
我今不把功曹请，
脚底下不能加祥光。
弟子有心你有意，
轻轻扶在我拐杖上。
张公土地听得说，
拐李带你上天堂。
门官回言不在庙，
一去上寿二烧香。
我今不把功曹请，
足底下不能加祥光。
不表土地心烦恼，
便叫张公土地王：
有话只管对我说，
大仙在上听我讲：
门官回言不在庙，
弟子钱粮哪个当？
拐李大仙听得说，
我来带你上天堂。
叫你睁眼你睁眼，
二目闭得不通光。
二五一样长，

银台上高点起长生宝灯，
张土地在嵩山仙家来会，
一驾云二驾雾来的甚快，
东天门转拜请人王如照，
有金吒和木吒哪吒太子，
有福禄寿三星五星聚会，
耍孩儿骑骏马樱桃树下，
二仙童打秋千刘晨阮肇，
老寿星跨仙鹤登坛赴会，
铁拐李挂拐杖蓬头赤脚，
何仙姑捧荷花天门来下，
曹国舅带简板口中唱曲，
汉钟离执芭蕉无风自用，
上八仙下八仙登坛赴会，
金炉内万寿香香透天堂。
跟仙家铁拐李直奔上方。
前来到天空内胆战心慌。
西天门转拜请关平周仓。
虎交椅坐的是托塔天王。
东方朔把仙桃捧合胸膛。
白鹤童采仙草付与扶桑。
表弟兄贪顽耍误入天堂。
后跟着女神仙王母娘娘。
张果老倒骑驴眼朝后望。
蓝采和将花篮担在肩上。
韩湘子品玉箫大小昆腔。
吕洞宾背宝剑酒醉洛阳。
中八仙慢慢走等等八郎。

逍遥宫自在宫土地走过，广寒宫转拜请圣母娘娘。
符功曹驾歇在三仙堂内，手翻书眼观字口读表章。
张土地走上前双膝跪下，把弟子公文表顶在头上。
功曹爷见表牒开言便问，问一声张土地哪来表章？
这封表纸马牒哪州哪县，有会首姓什名居住何方？
张土地听得说回言便答：请神官驾在上听奏村庄。
有会首住江苏六合地界，出北门莫多远人把香装。
有弟子做的是太平胜会，神门曹造表牒拜请神王。
付功曹听得说心中欢喜，辞天台别斗牛改换容装。
戴一顶三纱帽九龙盘顶，穿一件豆绿袍外用金装。
系一条丝罗带串成八宝，足穿双粉底靴上安花帮。
叫马夫后桩上刷备龙马，龙驹马备雕鞍鸾铃呛呛。
上马台迎马池马饮清水，龙驹马喝口泉精神陡长。
走梭罗树下过黄雀摆尾，唱枝头喳喳叫丹凤朝阳。
前来到御花园百花开放，四季花开的好总有名堂。
青的是青松竹千年不老，黄的是黄山药如同金装。
红的是石榴花胭脂染就，白的是玉簪花雪上加霜。
金牡丹与芙蓉能开五色，天池内荷花放漂落水上。
付功曹在云端正然走马，耳听得弟子家锣鼓双响。
勒住马带住缰神归下界，巧巧的只落在会首保庄。
本庄上张土地代老爷扣马，如目今天气冷拴在马房。
付功曹到财门抬头观看，财门口迎神字福佑祺祥。
付功曹到会堂抬头观看，见三坛挂的好喜气洋洋。
上一首挂的是火门排吊，下坛内有斗案明灯一张。
中坛内供的是站牌文疏，有三荤和三素呈敬神王。
神司人在两旁鸣锣击鼓，有弟子好虔心炉焚真香。
功曹爷上花台高登宝座，举银瓶斟王酒火化钱粮。

（此神书的法事仪程为：开坛后上"唐书"，即唱唐忏。唱唐忏后是"画字"，主家在公文表牒上已经写好的自己名字下画钩。僮子在主家画字时不用唱神书，只是根据主家的年龄身份随机说一些吉利话。）

投 文 开 光

原本封面题写：大法表用盖表　中华民国三十八年菊月立　竹林堂　阮法斌记　抄置用

　　如果坛堂上原供有关公、财神、观音、八仙等神像，就必须有"开光"这一法事。做法是在神像上滴上一两滴蜡烛油。如果未供神像，则无须开光。画字投文是表示公文表牒已经全部修好，准备法表。该神书先讲文房四宝来历，特别强调笔的作用。后讲字的写法，是文字游戏加吉利话。此神书包括《大法表》、《盖（解）表》、《投文开光全书》。抄写者阮法斌又名阮兆云。

天德灵灵，	地德灵灵，	神德灵灵，
万圣香灯。	敲锣三梆，	迎请十方万灵，
诗云如切如磋，	如琢如磨。	带上此定（公文板），
焚香一炷，	上来拜请，	上界天仙八郎，
下界水仙五郎，		
中界魏征九郎（将军板）。		
愿天常行好日，	愿人常行好时，	弟子诚心自有天知（板）。
此笔是非凡之笔，	蒙恬仙师，	杨毛祖师，
打造三支大笔（板）。	头一笔传与画匠堂里，	画山山青，
画水水绿，	画龙腾云驾雾，	画虎虎入山岐，
画老爷金容神像，	受弟子香灯（板）。	二支大笔传与孔夫子手里，
教下三千弟子总跳龙门（板）。		
三支大笔传与我师，	我师传与神司人手里，	修具公文表牒。
铺在香案上面，	请上送下接，	当家会首签约画字。
一画千年，	二画阖会太平。	一年二年，
房屋周全。	三年四年，	多买潮水沙田。
兴隆发财先发德，	荣华万万年（板）。	画字投文酒在斟，
文房四宝献尊神。	纸马笔砚何人造？	什么人传留到如今？
蔡伦当年造下纸，	蒙恬礼笔到如今。	子路颜回造成砚，
田真造墨有方圆。	四个古人传留下，	阳间叫作读书人。
一支笔来定生死，	笔如锯子墨如刀。	笔是羊毛线理成，
如龙似虎伴书生。	饿在池中吃墨水，	饱在花尖纸上行。
圣上得笔安天下，	文武得笔掌江山。	府县官员发牌票，
定法罚罪不饶人。	百姓人家写纸约，	书生得笔念公文。
写个奏子奏玉帝，	书符入妙鬼神惊。	神司人得了文房四件宝，
修成公文表牒把神邀。	不令人家大小事，	纸墨笔砚一把连。
千千文疏要笔写，	万年纸约墨为尊。	写个大字大似天，
写个小字一点点。	写个远字远千里，	写个近字眼面前。

写个马字行千里,
写个闪字闪连天。
写个門字不出門,
閒时不动表公文。
去日字,添馬字,
閆王天子受香灯。
去王字,添市字,
内坛門起马白龙。
写个一字一封表,
四字里园外无门,
七字底下揪主角,
十字横短线穿针。
千字底下添一横,
禾合二人来受灯。
去得几字添子字,
秀才读不尽古书文。
委字左边添鬼字,
巍巍銮驾请天神。
魏字旁边去委字,
伏魔大帝来受灯。
田字上头出了头,
申文法表去请神。
車字头上添宝盖,
运又通来时又通。
连字底下去之字,
早生贵子读书文。
田字旁边去一直,
五路财神受香灯。
王字旁边添一点,
主家发财到如今。

老牛耕田不用鞭。
写个雷字咯喳响,
开了财門闭火門。
去月字来添日字,
闖上灵霄请玉尊。
去三字,添王字,
闹闹哄哄发公文。
就把一横来竖起,
写个二字表二封,
五字当中盘膝坐,
八字两边撇与捺,
十字头上添一撇,
壬壬有福过光阴。
禾字底下添几笔,
四季平安托上神。
去乃字,添女字,
魏老丞相把龙坑。
忙把宝山移下海,
鬼谷先生算計能。
头上歪毛去掉了,
由浇蜡烛一条心。
申字上下添一横,
軍王踏独五个人。
運字头上涂宝盖,
車是蟠桃会上人。
早字底下去十字,
丑年丑月丑时辰。
五字半直去掉了,
玉皇大帝进坛门。
主字旁边添一撇,

写个风字风瑟瑟,
写个雨字雨连天。
門字肚里添月字,
間年間月間时辰。
去馬字,添三字,
閏年閏月閏时辰。
去市字来添一横,
顶主文约不生灾。
三字当中一横短,
六字三点夹一横,
九字金钩挂玉带,
千年富贵万万春。
去一横来添八字,
秃头和尚来撞钟。
去子字,添乃字,
委委銮驾赴坛門。
魏字头上添斑山,
魏九郎君十三春。
鬼字头上添麻字,
田公田母受香灯。
由字底下望下伸,
車推钱粮进坛門。
軍字底下添之字,
連生贵子跳龙門。
車字头上去十字,
还是田字本根源。
丑字旁边去半直,
王灵官将军赴坛門。
玉字一点头上摆,
生意茂盛谢龙神。

生字上头添日子，　　明明朗朗一天星。　　去日字来去一撇，
土地公公来受灯。　　上横长来下横短，　　信士弟子把香添。
士字底下去一横，　　还将十字五双人。　　十字底下添口子，
古人传留到如今。　　古字旁边添女字，　　三仙姑娘受香灯。
姑字旁边去古字，　　男大女小托上神。　　女字旁边添子字，
好儿好女后代根。　　好字旁边去女字，　　子子孙孙跳龙门。
子字旁边添乙字，　　孔圣先师进坛门。　　孔子旁边去子字，
一团和气万万春。　　一字添上一大撇，　　九郎官来领表文。
十字当堂来拆散，　　一封朝奏十个人。　　香烟一道望上飘，
画字钱粮点火烧。

（唱念到此处，所有画字钱粮三分用明火焚化）

蔡伦造币不非凡，　　传与金刚进神灵。　　文房四宝敬尊神，
写字君子时时朝玉帝。　修书入庙鬼神惊，　　所有画字钱粮当坛火上焚。

大 法 表

原本封面题字：竹林堂　阮法斌江记　中华民国三十八年菊月立

原本封二题字：要用此书乡人傩　外人休拿当山歌　如看此书带回去　此人一定缠病魔　诸君先生休要带走　看看君子　偷拿小人

唱此神书之前，先请三界功曹到坛堂，然后跪唱此神书。

呼王一声奔上方,
唐朝拜请魏九郎。
头戴三山盘龙帽,
朝靴答登响当当。
左带斩龙刀两口,
香烟堂堂透上方。
符官站立花台上,
做老爷传书送信人。
莫学鸿雁送书信,
邱王登坛酒三盅。

开天开地开庙堂。
三声呼王出下方,
大红袍上裹戎装。
丈八长枪朱红杆,
右挥昆红剑两支。
手捧唐王三道表,
火速临坛接公文。
莫学紫燕送书信,
落入沙滩难动身。

二声呼王听衷肠,
功曹打扮穿衣裳。
腰系丝鸾八宝带,
短刀七尺甘带红绒。
身骑一匹水仙马,
胜会堂里牒公文。
喜鹊门口喳喳叫,
绕落花梁难动身。
送功曹上马刘伶酒,

行 香 拜

有劳上界天仙功曹,
有劳上中下案,
奏事礼敬真官:
紫袍玉带,
去如霹雳。
副官老爷,
宅内赴会。
二壶有酒,
酒当初献。

有劳中界云仙功曹,
三界值符使者,
老爷头顶金冠,
项见当脑,
速来速去,
门外下马。
壶中有酒,
请功曹下马,

有劳下界水仙功曹,
随坛土地马,
身穿大红,
来如闪电,
速赴花坛。
宅内登坛,
炉内装香。
见献开坛,

三 点 酒

初点王前神勇兵,
合掌当胸听古身。
东边二郎交点马,

细马回朝銮驾行。
古身位前断了路,
西边二郎交点兵。

黄鹊爷爷登王殿,
岳府神前长乾坤。
新点旗号身穿甲,

休要耽误好时辰。　　五岳门前川香请，　　身骑龙马进坛中。

送 功 曹

二点府官在坛中，　　司人请你做先锋。　　马在坛前叩背柱，
浑身染就雪花红。　　关是上方眼是剑，　　花鞍早扣响铜铃。
打从判官门前过，　　起表立士巴门通。　　保关立士开关锁，
将身拜表入宫门。　　入得樊良花世界，　　长长二老做先锋。
三曹官便把红山请，　仙人立士驾祥云。　　五岳门前串香请，
身骑龙马进坛中。

送 功 曹

三点海马未见鬃，　　襄阳一点紫红绒。　　未踏鞍鞯雄似虎，
踏上金鞍赛蛟龙。　　头高八尺如狮子，　　尾巴好似一棵松。
也成蛇子刘高祖，　　西天佛国取过经。　　唐王一见此马好，
三千银买与府官骑。　过河不用舟船渡，　　过海如同插翅飞。
喝叫走来真过走，　　喝叫飞来真过飞。　　纸人纸马描金像，
临行火化一团灰。　　此马上山前是低，　　下得山来前是高。
不高不低如平路，　　新封九郎七星旗。　　五岳门前串香请，
身骑龙马进坛中。

送 功 曹

滔滔绿水向东流，　　九郎上马即登舟。　　过了淮河腾云雾，
一心直奔柳州城。　　将身来到金桥下，　　金河两岸出金龙。
桥下金波金浪起，　　金鱼池里看金龙。　　树上金花长平膝，
结成桃果数千层。　　门前有对金狮子，　　身披金甲金眼睛。
将身来到府门口，　　童儿拜表起祥云。　　请问老爷何州县？
我是阳元差来神。　　下方弟子祝庆会，　　上中下案拜请神。

威风凛凛，　　　　　　相貌堂堂，　　　　　　神通浩浩，
神德昭彰。　　　　　　上界天仙，　　　　　　中界云仙，
下界水仙。　　　　　　请得天神，　　　　　　地神山神，
水神河神，　　　　　　天京上神，　　　　　　水谷龙神，
家神灶神，　　　　　　土府亡魂，　　　　　　千千菩萨，
万万诸神。　　　　　　寿诞忏会，　　　　　　面拜龙神，
小司人带领当家弟子，　一同跪地，　　　　　　宣读公文：
（香火僮子跪下来接唱）
诗云如切如磋，　　　　如琢如磨，　　　　　　拉云接雾，
古今纵横。　　　　　　小小香炉七寸高，　　　飞云盘龙绕九霄。
狮子口内焚香烛，　　　八宝炉中降宝香。　　　炉内烧此香，
不烧也罢，　　　　　　忽然烧起，　　　　　　黄烟遮天，
乌云盖地。　　　　　　一统乾坤，　　　　　　二统世界，
三声召请，　　　　　　四统申文，　　　　　　五请山遥路远，
六丁神旗，　　　　　　七星斗九，　　　　　　八宝金炉，
九声风起，　　　　　　十声邀请十方。　　　　此香来烧一炷，
东请日出，　　　　　　巫丧大地。　　　　　　南烧一炷，
南请观音大士。　　　　西烧一炷，　　　　　　西请雷音寺古佛。
北烧一炷，　　　　　　北请北极真武、　　　　玄天大帝。
东方拜请，　　　　　　传香童子。　　　　　　南方拜请，
奏事真官。　　　　　　西方拜请，　　　　　　传香童子。
北方拜请，　　　　　　接表郎君。　　　　　　中央童儿，
身穿黄衣，　　　　　　手捧文表文牒，　　　　急奔天堂。
一炷明香，　　　　　　天堂奏请：　　　　　　雷音寺古佛，
一佛二佛，　　　　　　阿南迦佛，　　　　　　十迦佛，
弥勒佛，　　　　　　　未来佛，　　　　　　　定光佛，
烟灯古佛，　　　　　　张氏温佛，　　　　　　如来大佛，
未来过去三尊大佛，　　阿南加善，　　　　　　温朱菩萨，
四大金刚，　　　　　　护法韦陀，　　　　　　十八尊罗汉，
赤胆忠心王灵官天神，　南海观音，　　　　　　紫竹观音，

漂海观音，	鱼篮观音，	白衣观音，
送子观音，	广大林金观世音菩萨，	

千手千脚救苦救难观世音菩萨，

善才龙女，	红孩童儿，	斗牛官。
拜请玉皇大帝，	东查文昌大帝星君，	西查武曲大帝星君，
南查长生大帝星君，	北查紫微延寿星君，	东方甲乙木德星君，
南方丙丁火德星君，	西方庚辛金德星君，	北方壬癸水德星君，
中央戊巳土德星君。	东方拜请四耀星君，	南方拜请六秀星君，
西方拜请五耀星君，	北方拜请七秀星君，	中央拜请九耀星君，

东方四四一十六位星君，

南方六六三十六位星君，

西方五五二十五位星君，

北方七七四十九位星君，

中央九九八十一位星君，

角亢氐房心尾箕七位星君，

斗牛女虚危室壁七位星君，

奎娄胃昴毕（觜）参七位星君，

井鬼柳星张翼轸七位星君，

四方步下四七二十八宿星君，

日宫天子太阳星君，	月府皇后太阴星君，	淮河两岸一象星君，
大号星君，	小号星君，	罗侯星君，
计都星君，	丧门吊客星君，	

合家男男女女老老少少大大小小长寿本命元辰星君。

二炷明香，	地府奏请，	幽冥教主，
十殿阎王。	一殿拜请，	秦广大王。
二殿拜请，	楚江大王。	三殿拜请，
宋地大王。	四殿拜请，	五官大王。
五殿拜请，	万寿大王。	六殿拜请，
卞城大王。	七殿拜请，	泰山大王。
八殿拜请，	平等大王。	九殿拜请，

都氏大王。	十殿拜请，	转轮大王。
交面大士，	曹判官，	王判官，
张判官，	刘判官，	崔判官，
龙宫海岸，	水府龙神，	

十八层地狱二十四司一象狱神。

上　界

八郎官在坛前，	领了表牒，	一驾云二驾雾，
来到天庭。	第一封表文牒，	忙须交过。
请诸神今日里，	早赴坛门。	呈表文予八郎，
当殿开折。	上天宫请诸星，	切莫当成。
请玉皇排銮驾，	腾云出殿。	紫微星三请帝，
护法天尊。	请如来紫竹林，	观音老母。
请三千诸佛祖，	太白金星。	请五斗众星官，
都来赴会。	请日月二宫辰，	大放光明。
请六十花甲子，	男女本命。	十二宫廿八宿，
早赴坛门。	请南都六星君，	长生大帝。
参北斗七光星，	解厄星君。	请计都罗睺星，
九霄云外。	命犯他做过会，	免受灾星。
八郎官到凌霄，	双膝跪下。	把弟子公文表，
顶在头心。	张玉皇见表牒，	开言便问。
问一声八郎官：	哪块表文？	一封表纸马牒，
哪州哪县？	有弟子姓什某，	什么地名？
八郎官听得说，	回言便答。	尊一声张星主，
细听分明：	"弟子家住江南，	六邑地界。
出北门没多远，	人把香焚。	有弟子做的是，
三堂正会。	神司人逐疫户，	申法表文。"
张星主一听见，	心中欢喜。	"难为你来投表，
功劳太深。	有弟子好虔心，	家做胜会。

保佑他老共少，
功劳太大。
八郎官听得说，
为臣回程。
神司人交代过，

阖家太平。
添你福加你寿，
把恩来谢。
酒司官斟上些，
上界公文。

难为你来没表，
你返回程。"
谢谢了张星主，
花盘美酒。

中　　界

第二封谨奏请，
急驾祥云。
炳灵公十太尉，
四大元帅。
请北极真武神，
四大天兵。
请洪山张化主，
张康二符。
请仙祖关大王，
貌赛天神。
豆绿袍穿一领，
独行千里。
请三元和三品，
及早登程。
请西湖耿七公，
登坛赴会。
请青山并水草，
白岳将军。
前来到东岳庙，
双膝跪下。
东岳神见表牒，
哪块表文？

阳元诸神。
请东岳天齐王，
一列相请。
请五岳并五圣，
玄天上帝。
请金童和玉女，
送子真人。
请行宫康太保，
张飞猛将。
水仙花插一朵，
日照光明。
斩颜良杀文丑，
三官大帝。
请二郎长生星，
早赴坛门。
请城隍灵应侯，
马骤大帝。
九郎官领表牒，
要下公文。
把弟子公文表，
开言便问。
这封表纸马牒，

望九郎忙上马，
仁元圣帝。
请四岳四皇王，
来受香灯。
请马赵何温赴，
龟蛇二将。
请殿前都奏事，
急早登程。
说关王多披挂，
面如枣色。
偃月刀提在手，
真个威风。
请南朝周相公，
金毛细犬。
请都天并降福，
中佑伯神。
请牛栏和圈神，
来的甚快。
前来到东岳庙，
连忙呈上。
问一声九郎官：
哪州哪县？

有弟子姓什么,
回言便答。
"有会首住江南,
人把香焚。"
"保佑他做胜会,
功劳不小。
酒司官斟上些,
中界公文。

什么地名?
尊一声我主神,
六邑地界。
东岳神听得说,
阖家康庆。
添你福加你寿,
花盘美酒。

九郎官听主说,
细听原因:
出北门莫多远,
心中欢喜。
难为你来投表,
你快回程。"
神司人交代过,

下　　界

第三封表文牒,
幽冥请神。
来到了地府里,
抬头观看。
金孔山银孔山,
屈死鬼魂。
不论富豪家子,
那边好苦。
又来到刀山上,
大放光明。
阳世间不孝女,
偷嘴媳妇。
五郎官睁眼看,
照出分明。
西廊上撞金钟,
幽冥教主。
五郎官森罗殿,
连忙呈上。
问一声五郎官,

幽冥奏请。
本庄上都土地,
没得太旧。
来的来去的去,
阴司苦数。
又来到剥衣亭,
剥下衣襟。
把龙马鞭三鞭,
抬头观看。
阳世间不孝男,
血湖池灾。
对窝内冲的是,
阴司苦处。
东廊上挂的是,
钟响连声。
两廊上排的是,
双膝跪下。
幽冥主见牒文,
哪块表文?

五郎官领表牒,
躬身接表。
前来到鬼门关,
尽是鬼魂。
枉死城尽都是,
吃了一惊。
望前走奈何桥,
过了桥林。
千张刀万张刀,
刀山受苦。
磨子磨磨的是,
爬灰公公。
风波亭设镜台,
蛇皮花鼓。
正殿上坐的是,
十殿阎君。
把弟子公文表,
开言便问。
五郎官上前来,

回言便答：
弟子家住江南，
人把香焚。
神司人修表牒，
心中欢喜：
你五郎来报表，
早早回程。"
神司人交代过，

"地主爷你在上，
六合地界。
有会首做的是，
拜请诸神。"
"保佑他做过会，
功劳不小。
酒司官斟上些，
下界公文。

听我表文。
出北门莫多远，
三堂正会。
地主爷听得说，
阖家太平。
添你福加你寿，
茶盘美酒。

王灵官盖表

香花苍宝定，
盖表王爷。
龙驹马与王骑，
出在昆仑山偏西。
此马不吃凡间草，
过海如同驾祥云。
自有雨鞋并雨伞，
男人倒穿女衣裳。
人要叮咛三五句，
马要回槽歇歇身。
呀呀呀！
挡主大神宽恕你，
站立坛前答应声。
你把大碗捧好了，
一堂大会枉费工。
法水喷在财门外，
火门闭得紧吞吞。
周公之礼朝上拜，
刮风下雨是尊神。

足踏云归。
呀呀呀！
上下俱是羊火丁。
眼如星来牙如锉，
只吃月中梭罗枝。
风来不怕吹王面，
还有雨帽去遮身。
手打朝阳得胜鼓，
龙驹马勒汗淋淋。
二盅酒慢从容，
在坛男女分班站，
挡住小神不容情。
传与东厨知道了，
不要响亮惊动神。
神门代你提破了，
有如醋坛一样行。
不传张三和李四，
拜拜虚空过往神。
日有太阳花世界，

另请一位，
下马离鞍。
此马不是凡间马，
尾巴好像一棵松。
过河不用船摆渡，
雨来不怕洒王衣。
香童本是男子汉，
足跳香山五岳神。
神要回宫催王驾，
叮咛嘱咐九郎神。
男站东来女站西。
掌坛师父人二个，
香坛法水要现成。
打破香花是小事，
百无禁忌正会堂。
代你财门开通了，
当家会省那边存。
人说无神决有神，
夜有星辰放光明。

左门神拜秦叔宝,
马氏妇人上面存。
参拜过,呀呀呀!
家是主,神是客,
一年四季保太平。
张灶君,李灶王,
恶言恶语要包藏。
弟子做会朝拜你,
拜拜三代老亡魂。
弟子做会朝拜你,
四方八面都拜过,
二拜此堂关帝君,
告过罪,
家住日出扶桑园。
张家四姐是母亲,
生下老爷多丑陋,
老爷不动半毫分。
封我不是别神位,
鹅黄袍上外勾金。
手执日月双环锏,
有事总是我衙门。
十三省,皆来观,
祭礼盖到九云霄。
"王灵官下马!"

右门神拜尉迟恭。
弟子做会朝拜你,
转过脸,朝家拜,
客人朝拜与家神。
转过身,朝上拜,
玉皇差你下厨房。
三十晚上归下界,
柴见烧,火见粮。
西天有个琉璃殿,
保保子孙降征祥。
转身拜拜我会堂。
百子旃坛第三拜,
一身稳坐花台上。
海龙王隔壁有家门,
所生弟兄人三个,
把老爷甩在空山根。
阳寿不绝为神道,
盖表王爷你为尊。
腰系牙牌白玉带,
我同弟子盖公文。
弟子许愿我上账,
年年月月盖公文。
掌坛师父人二个,
答:"接驾!"

姜太公请在门头上,
百无禁忌正财门。
拜拜家堂拜佛尊。
弟子做会朝拜你,
拜拜东厨张灶君。
好言好语往上奏,
带下金银八仙缸。
本荫门中不能忘,
琉璃殿上放光明。
参拜过,
一拜东岳为神主,
拜拜火炮大将军。
神把家乡表来听,
王家门中亲生子。
老爷排行第三名。
喜鹊老鸦团团转,
天齐王提笔把我封。
头戴凤冠珠子帽,
粉底乌靴足下蹬。
头道衙门就是我,
弟子了愿我勾文。
公文盖上通三界,
站立坛前答应声。

祭　　表

原本封面一残破，上题写：祭表　竹林堂　阮兆云用民国年立　领〔宁〕骂不借

封面二上题写：祭表用　绍□堂锡坤计　乙亥　领〔宁〕骂不借

僮子阮有江说："此神书与《法表》相仿。"但他从未见有僮子用过。书中先嘱魏九郎早将三界表文送到，请诸神赴会。有两处用花名讲故事。该神书抄写字迹工整，错别字极少，不像阮兆云的其他抄本。

上　界

第一封表文牒，
早赴坛场。
上天宫请诸星，
腾云出殿。
请释迦如来仙，
太白金星。
请日月二宫辰，
男女本命。
请南斗六星宿，
解厄星君。
命犯他做过会，
九郎休看。
酒司官斟上些，
上界公文。
忙须交过。
呈表文与九郎，
切莫迟延。
紫微星三清帝，
观音老母。
请五斗众星官，
放大光明。
十二宫廿八卦，
长生大帝。
请计都罗侯星，
免受灾星。
恐一时耽误了，
花盘美酒。
请诸神今日里，
当殿开拆。
请玉皇排銮驾，
护法天尊。
请三千诸佛祖，
都来赴会。
请六十花甲子，
早赴坛中。
参北斗七元星，
九霄云外。
金沙亭白玉殿，
失落公文。
神司人交代过，

中　界

第二封谨奏请，
急驾祥云。
炳灵公十太尉，
四元大帝。
请嫔妃和彩女，
喜乐歌欢。
马赵温岳元帅，
龟蛇二将。
阳元诸神。
请东岳天齐王，
一列相邀。
请五岳并五圣，
随辇诸神。
请北极真武神，
四大天兵。
请洪山张化主，
望九郎忙上马，
仁元圣帝。
请四岳四皇王，
皇后娘娘。
下凡尘临赴会，
玄天上帝。
请金童和玉女，
送子真人。

请殿前都奏事,
急早登程。
到天宫都变化,
齐天大圣。
请仙祖关大王,
貌赛天神。
豆绿袍穿一领,
独行千里。
请三元和三品,
急早登程。
请西湖耿七公,
和瘟劝善。
请天曹刘真君,
忠佑伯神。
请牛栏和圈神,
九鹰三犬。
请金元七总官,
黑虎玄坛。
请庄祠土地神,
花盘美酒。

张康二符。
请华光并五圣,
广有神通。
把蛟龙俱锁在,
张飞猛将。
水仙花插一朵,
绕日争光。
斩颜良诛文丑,
三官大帝。
请二郎长寿星,
大王□□。
请北阴崔府君,
公侯猛将。
请青山并水草,
白岳将军。
布圈神打猎将,
消王五殿。
请家堂共灶君,
五道将军。
神司人交代过,

请行宫康太保,
灵官大帝。
花果山曾得道,
万丈深潭。
说关王多披挂,
面如枣色。
偃月刀提在手,
真个英雄。
请南朝周相公,
金毛细犬。
请都天并降福,
守愿功曹。
请城隍灵应侯,
马历大帝。
请东道连君王,
四十三人。
二十宫众太保,
门中先远。
酒司官斟上些,
中界公文。

下　　界

第三封表文牒,
马走如飞。
接公文接风酒,
恶犬真狠。
金孔山银孔山,
屈死孤魂。
不论富豪家子,

幽冥奏请。
本庄上都土地,
饯行三杯。
王婆店不接表,
阴司苦数。
前来到剥衣亭,
剥下衣裳。

平地里起狂风,
躬身接表。
前来到恶犬山,
就在虚空。
柱死城尽都是,
着实一吓。
又来到破钱山,

层层叠叠。
这妇人在阳间,
积聚如山。
符使官劳龙马,
马走如飞。
阳世间不孝男,
血湖灾星。
风波亭设镜一,
蛇皮鼓响。
正殿上坐的是,
十殿阎君。
神司人交代过,

问来人他便说,
自己化纸。
望前走奈何桥,
还上仙桥。
见刀山铁柱子,
刀山受苦。
九郎官睁眼看,
照的分明。
西廊上撞的是,
幽冥教主。
酒使官斟上些,
下界公文。

细说叮咛。
阴司里用不得,
那边好苦。
手攀鞍脚踏蹬,
登在虚空。
阳世间不孝女,
阴司苦处。
东廊上挂的是,
晃晃金钟。
西廊下排的是,
花盘美酒。

时　　用

说符官在坛前,
早跨龙驹。
请诸神排銮驾,
烦王大驾。
金銮殿赐三杯,
足下登云。
夏天里受灾热,
隔江过海。
主虔诚我志意,
印得分明。
下书文看仔细,
滴竖毛鬃。
四足下生云雾,
口吐烟生。
有金鞍银踏镫,

烧香拜请。
信士家华筵会,
泼洒华筵。
是唐王封赠我,
皇封御酒。
寒天里受风霜,
赤汗淋身。
山又高水又深,
修成表牒。
有公文和表牒,
收拾公文。
头似龟尾如虎,
红缨顶下。
有攀胸和肚带,
稳坐花墩。

休贪杯少恋盏,
申文表牒。
神司人我怎敢,
古圣流传。
钻天帽入地鞋,
披星戴月。
天又高地又远,
路远山遥。
外封头里封表,
当坛交付。
神司人来献马,
咆哮嘶喊。
眼如银光灼灼,
龙□□□。
解玉缰龙马行,

惊天动地。
说这马比不得,
赶上蛟龙。
出坛前飘荡荡,
直奔云霄。
走进了一重门,
紫竹青松。
白的是白如玉,
青枝绿叶。
走进了二重门,
鸾凤交加。
见鹭鸶戏荷莲,
抬头观看。
信士家华筵会,
来下公文。
左曹官右曹官,
暂离宝殿。
请黄祠炳灵官,
站立朝门。

一枝花关大王,
月下貂蝉。
玉簪花雪白霜,
推车贩伞。
豇豆花倒攀弓,
抱石投江。
栀子花白似雪,
磨坊受苦。
黄菊花黄山岳,
乱箭穿心。

马鞭是绒结就,
凡间那马。
在坛前扣不住,
四足腾云。
梧桐树拴住马,
抬头观看。
青的是青松柏,
美色娇容。
黄的是绿葱花,
抬首观看。
见黄莺各鸟鸣,
戏耍鸳鸯。
跪金阶呼万岁,
申文表牒。
卷珠帘陈连士,
开拆公文。
请两班文共武,
十尊太尉。
酒十官斟上些,

张飞猛将。
棠棣花唐天子,
夸梅正东。
苜蓿花赵五娘,
单鞭救主。
白莲花池塘开,
仁贵征东。
腊梅花雪天开,
西川认父。
玉簪花穆桂英,

五色丝缰。
是东海小乌骓,
腾空驾雾。
半虚空拴不住,
停歇龙驹。
看两边花果树,
偏能好看。
红的是石榴花,
金盏银壶。
见青松歇白鹤,
喜鹊登枝。
走进了三重门,
口内连称。
神司人嘱咐我,
呈文表牒。
请东岳仁圣帝,
保驾将军,
张相公康相公,
花盘美酒。

水仙花遍地开,
真命帝王。
芦柴花柴世宗,
自去关粮。
石榴花浣纱女,
目连救母。
李子花李三娘,
王祥卧冰。
刺针花杨七郎,
撑江跳海。

月月红赵太祖,
上马行程。
钢叉帽锁金带,
白马青鬃。
东去请西去请,
请动神灵。
进一门门里面,
锣鼓喧天。
有牡丹和玉兰,
爵禄封侯。
进四重门里面,
十竹梅萼。
金丝花银丝花,
鸳鸯戏水。
进七重门里面,
木须花香。
月月红娇滴滴,
菊花官人。
进十重门里面,
晋爵加官。
神仙洞花世界,
口内连称。
左请文右请武,
早降来临。
请了神回来路,
花盘美酒。

普天下百花开,
执掌乾坤。
说琼花有名的,

拳打关东。
打了马三鞭子,
大红圆领。
驾朵云雾腾腾,
南北二宗。
金阶下观景致,
黄鹤青松。
进二重门里面,
鲁班装就。
驾祥云风色好,
二龙戏珠。
进五重门里面,
齐插金瓶。
有海棠花蝴蝶,
凤凰展翅。
进八重门里面,
八洞神仙。
寿星老跨鹤来,
金甲神人。
回文来他进宝,
锦绣乾坤。
香花表接上去,
文武两班。
点起香焚起烛,
早赴坛场。

攒成十字。
芍药花张子房,
扬州藏身。

九郎官接了表,
急急忙忙。
金鞍子银踏蹬,
金枝玉叶。
上了天入了地,
虎球司门。
灯笼花舞龙灯,
二凤穿花。
进三重门里面,
五色蔷梅。
小桃盏衣无比,
端阳艾虎。
进六重门里面,
锦绣妆成。
海棠花多明亮,
芍药栏杆。
进九重门里面,
日月光明。
有鲤鱼跳龙门,
送子麒麟。
跪金阶呼万岁,
字字行行。
太尉神太保神,
迎接虚空。
酒司官斟上些,

牡丹花真天子,
扶王汉主。
玉簪花董重女,

能生巧计。
柳树花杨六郎,
五一真君。
黑豆花包丞相,
西川认父。
茨菇花王十朋,
要上东京。
豌豆花程咬金,
淌来和尚。
凤仙花八神仙,
都在龙宫。
到坛前领表牒,
一堂文疏。
有素供香齐酒,
才送符官。
拜九郎和土地,

茄子花赵真女,
三关镇守。
白果花薛仁贵,
站立皇城。
石榴花刘都彩,
风筝放起。
红豆花赵先锋,
扶棒山门。
冬瓜花张果老,
原在会上。
说今日做胜会。
五色花盘。
外封头里藏粮,
端然稳坐。
施主家又虔诚,
四值功曹。

独守孤灯。
槐树花关三䎃,
跨海征东。
蝴蝶花花关索,
要看红灯。
海棠花三娘子,
大刀在手。
浮萍花江流水,
伏力齐生。
望领花望领酒,
符官急请。
施主家有虔诚,
紧急公文。
连跨马备上鞍,
坛前跪拜。

天官九郎归上界,
犹如星斗似云飞。
足下祥云生瑞气,
中宫直上彩云飞。
鲜花不谢开如锦,
四时甘露润仙衣。
欲要问讨仙桃吃,
长生不老命无违。
入得天关王□进,
还将表牒请天神。
请罢却奔天曹路,
五方宝马判官骑。
黄纸修书写请章,

赐王龙马是乌骓。
银甲走动金鞭打,
先到东来后到西。
三十三天曹都过了,
仙景长生不老时。
神打王母园中过,
便有长生金大眉。
来到天门王下马,
飘飘蓝台镇天门。
五曹判官同去请,
圣排銮驾别朝威。
恶鬼狞神千万接,
外面又是色纸封,

每个时辰行千里,
咆哮猛烈震山川。
南北二宫都相请,
景致人间世上稀。
法水绕天流通雨,
正遇开园果熟时。
九郎求得仙桃吃,
将身下马看波池。
去请上界无大帝,
先使文簿后相随。
龙车还是大帝坐,
霞光万道彻紫微。
高头谨封三道印。

劳收表章上天宫，
泰山九郎中界请。
好似过秦王海龟，
神打正阳门下过，
一道霞光照老□。
迎接龙王相邀请，
日月旗开两下分。
一部儿郎三十里，
外面又是色纸封。
再献符官花盘酒，

再献香斋王好去。
二封表章具疏文，
深色枣骝高八尺。
望见金桥透碧空。
得到龙王显圣殿，
龙王御驾点刀兵。
青面夜叉头八角，
九郎前面作先锋。
高处谨封三道印，
交过阳原表二封。

交过上界表一封，
马在坛前刷备了。
眼如朱砂血染红，
宝殿周围生瑞气，
阶前下马鞠躬身。
剑戟钢刀并月斧，
宁神个个虎如龙。
白纸修书写奏章，
劳收文表上天宫。

三封表章九郎收，
冥水二部早投文。
来到奈何桥梁岸，
滔滔水路奔龙宫。
官笺修成文书表，
劳收文表莫开封。

穿山过岭莫停留。
跨马登鞍生紫雾，
鬼门关上请阎王。
迳往下界扶桑国，
外面又是纸皮封。
再献花盘王好去，

我今与你公文去，
遥奔酆都大殿门。
前面行至三岔路，
申申奏表请龙神。
骑缝谨封三道印，
交过下界表三封。

献　　酒

秦邮皮酒为第一，
麻姑酒好吃又缠绵。
米酒煮作药烧酒，
久窨白酒又鲜甜。
扬州城里玉兰酒，
镇江三百酒鲜甜。
曲酒两般双头酒，
祭鬼酬神祝圣贤。

细酒常行各处搬。
五香酒对直一酒，
烧酒昂辣不敢言。
秘传丹方归元酒，
雪酒各处把名传。
淮安又出芦秫酒，
惟有东乡豆酒酸。

稀签美酒他为贵，
蜜酒将来供圣贤。
做的时酒赛矩水，
状元红酒献神前。
瓜洲又出平儿酒，
堆花异味在王前。
此酒浇天并祭地，

一大并成天，

文主问普贤。

目连归何处？

救母归西天。
张飞归何处？
韩信问张良。
衣包共为袍，
青刀挑红袍。
白马紫金鞍，
魏家五郎官。
三郎姓颜名□会，
六郎天朝大将军，

二木共成林，
歇马在松林。
霸王归何处？
许褚问张僚。
一米共为来，
骑上万人看。
大郎姓周名周声，
四郎姓朱朱田才，
银台上点的长生烛。

周仓问关平。
三点共为江，
自刎在乌江。
关公归何处？
利市问招财。
问到谁家子，
李霸就是二郎君，
五郎姓吕名吕岳，

（原本无收尾）

贺　　表

此神书仅一张，未署抄写者及抄写年月。毛笔竖写，为僮子陆秀田1994年抄写。此神书可以与《小法表》互用。

鼓咚咚来锣咣咣，
地下鼓响草带霜。
庵堂鼓响僧拜佛，
法得会首供表章。

神师当坛发表章。
朝中鼓响王登位，
会堂鼓响法表章。

天上鼓响龙行雨，
校场鼓响动刀枪。
打得朝阳得胜鼓，

关津渡口，
大吉良辰，
站上坛来。
三要顿首，

皇上有表，
当家信士，
一要净身，
下部装香，

表上有牒。
拜王四拜，
二要净口，
下接贺表。

喜洒香山表二封，
身骑龙马绕云霄。
前有泰山高万丈，
琉璃宝殿放光辉。
进王一重门里边，
架上腊梅分东西。
鸳鸯池中喳喳叫，
几位仙翁下金棋。
上来先请东岳主，
十元太尉赴坛门。
火龙火马相邀请，
牛王太尉看红灯。
消灾都天相邀请，
水晶宫内请一声。
拜表拜到胜时内，

神师呈上九郎官。
远远望见香山顶，
后有存塘聚水池。
各各龙楼下了马，
百花开放色色新。
进王二重门里边，
寒雀架上理毛衣。
身穿绿袍头戴金，
张康二符来受灯。
震元宫内请不尽，
宋石周刘四将军。
青山宫内请不尽，
降福龙神来受灯。
九州四海相邀请，
火速呈上一公文。

九郎当坛来接表，
雾气腾腾绕神居。
绕定青松千万棵，
九郎勒马站坛西。
遍地花开如锦绣，
看见玉兔戏凤仙。
进王三重门里边，
接王表牒入丹墀。
十元太保相邀请，
洞阳宫内请火星。
青山宫内丢道表，
旻王宫内下公文。
旻王宫内请不尽，
行雨得道李龙神。

盖（解）表

《盖（解）表》又名《跳表》。由王灵官将表解送到上中下三界。先拜请诸神，然后起跳，跳毕，手中花香鼓换成神铜。该神书有三种抄本：(1) 老抄本，与《大法表》、《投文开光》合抄，阮兆云抄。(2) 阮有江1991年古仲夏抄本。在《交猪全书》的末尾。(3)《王灵官盖表》，四知堂老抄本。抄在《魏九郎出学》本末尾，是三种抄本中最全的一种。

香花宝马,
盖表王爷。
上下见是早火丁。
眼如星来牙如锉,
仅吃月中梭罗枝。
风来不怕吹王面,
也有雨帽去遮身。
手打朝阳得胜鼓,
龙驹马勒汗淋淋。
二盅酒慢从容叮,
呀哈哈!
当主大神宽恕你,
香坛法水要现成。
打破梨花是小事,
百无禁忌锁财门。
代你财门开通了,
拜拜花坛众诸神。
百了旐坛第三拜,
柳条板凳要现成。
家住日出扶桑国,
张家四姐是母亲。
生下老爷多丑陋,
老爷不动半毫分。
封我不是别神位,
鹅黄袍上外勾金。
手拿日月双环铜,
有事总是我衙门。
十三省内是我管,
祭礼盖到九霄云。
"为神到此!"

足登云履,
呀哈哈!
此马不吃凡间草,
尾巴好像一棵松。
过河不用船摆渡,
雨来不怕洒王衣。
香童本是男子汉,
足跳香山五岳神。
神要回宫差王驾,
叮咛嘱咐要请神。
在坛男女分班站,
当主小神不容情。
你把大碗捧好了,
一堂大会枉无功。
法水喷在财门上,
分火闭得紧吞吞。
一拜冬岳为正主,
拜拜五方界佛神。
一身稳坐花坛上,
海龙王隔壁有家门。
所生弟兄人三个,
甩在空山野凹中。
阳寿不绝为神道,
盖表王爷我为尊。
腰系丝罗八宝带,
我通弟子盖公文。
弟子许愿我上帐,
年年月月盖公文。
长坛师傅人二个,
(答:)"接驾!"

令请一位,
龙驹白马与王骑,
出在昆仑山涧西。
此马不吃凡间草,
过海如会驾祥云。
自有雨鞋并雨伞,
男人倒穿女衣裳。
若要叮咛三五句,
马要回宫养精神。
王林官下马!
男站东来女站西。
传与东厨知道了,
不要响亮惊动神。
神门代你提破了,
由如醋坛一般同。
弟子你今朝上拜,
二拜此堂关帝君。
坛前一块平阳地,
神把家乡表来听。
王家门中生的子,
老爷排行第三名。
喜鹊老鸦团团转,
齐王提笔把神封。
头代凤冠瓜子帽,
粉底乌靴足下登。
头道衙门就是我,
弟子了愿我勾文。
公文盖到通三界,
站在坛前答应声:

跳 娘 娘

原本封面题字：娘娘　弹弓　公元一九五四年三月吉立　甲年甲午　四知堂

该神书以请神咒开头，请来娘娘后"判家乡"。"判家乡"，即介绍神的身世及成神经过。娘娘为谁有三种说法：天长娘娘潘氏、高邮娘娘张花小姐、六合灵岩山娘娘。接下来是扫来金银财宝，最后送子。有两种抄本：（1）四知堂老抄本，即本书所用本。（2）阮有江一九九三年古历四月与《安财门》合抄一本。黄文虎按四知堂本校订重抄。

香焚宝殿，
玉笔点差。
扫金扫银，
送下子孙。
登坛赴会。
又请得，
杀条血路，
洒谷送圣，

烛插银台。
请得香山顶上，
扫开财门。
又请得，
金土三担，
结坛老爷下马，
飘散门符。
请神回宫。

有劳圣驾，
三位娘娘。
闭起火门，
二郎天神下界，
安镇财门。
小刀挂红。
取文勾消，

托开银壶酒在斟，
信士虔诚来进香。
三香烧入金炉里，
站立坛前符事神。
这会不请别的神，
扫金扫银送子孙。
结坛官爷下了马，
镇压庄房保太平。
安童备马哈哈笑，
不知男神是女神。
风来飘动高杨柳，
男扮女妆赴坛门。
胡绉包头齐眉扎，
骨牌领上挑三针。
嘴里念的封神榜，
借王兵马赴坛门。
神要回鸾宽袍甲，
接接连连到五更。
供壶台上接驾酒，

请神赴会受香灯。
初进香来二进香，
拜王四拜降祯祥。
紧一声来慢一声，
开坛官将到来临。
二郎老爷来到此，
小刀挂红送诸神。
二盅酒米慢慢筛，
劳神肚带紧吞吞。
要是男神骑的马，
船来高扯五花篷。
唐朝手里来改变，
下穿八幅水罗裙。
打的朝阳得胜鼓，
请动千千万万神。
两两三三不下马，
马要回鸾转槽门。
这回不把坛来结，
提瓶再把酒来斟。

打扫坛前亮堂堂，
沐手登坛三进香。
叩首叩首三叩首，
重重叠叠祝告神。
扫地娘娘来到此，
金土三担安财门。
安安龙来谢谢土，
快叫安童备马来。
远望天神迎迎来，
要是女神坐轿行。
香童本是男子汉，
男人倒穿女衣襟。
身穿褂子骨牌领，
脚跳周朝五岳神。
不敢从言多告神，
龙王急得汗淋淋。
今日大早起的会，
叫老爷等到什时辰？
呀哈哈！

（神上马）

早挂牌来晚挂牌，十朵莲花九朵开。只有一朵未由开，
引得娘娘下轿来。神在云端走得凶，朔风吹得面皮红。
滴水檐前下了轿，弯腰走进会坛门。左眼观看右眼睁，
当家嫂嫂那边存。周公正礼朝上拜，陪娘娘拜拜众诸神。
一拜家门多清泰，二拜人人保平安，三拜三财多长旺，
四拜百子又千孙。拜神四拜平身起，抖抖罗裙站起身。
点头迎门烧金纸，打发花花抬轿人。此处好块平阳地，
娘娘要拜接官厅。象牙木凳铺金纸，为神座下要通名。
又怕工凳不洁净，黄金钱纸铺上面。上下三坛告过罪，
娘娘才敢坐当中。一身稳坐花台上，娘娘家乡道来听。
可要来神通名姓，掌坛师父答应声。

（答曰：）"要娘娘通名姓。"
报姓："还是请娘娘？大姑娘、二姑娘？"
（答曰：）"请娘娘二姑娘。"

你要请我二姑娘，听我从头说短长。问我家来亦不远，
不是无名少姓人。远望高邮黑阳阳，出了东门张家庄。
张家门中亲生子，岳氏门中外孙郎。所生姊妹人三个，
奴是排行第二名。大姐配与刘家去，妹妹配与李家门。
姐姐妹妹总已嫁，只得奴家未出门。年年有个正月正，
邻居嫂嫂会我看红灯。大门亲娘不许走，后门口溜出一双人。
将身来到长街上，多少灯名爱杀人。大脚灯来小脚灯，
扭扭捏捏美人灯。狮子灯来大张嘴，老虎灯儿想人吞。
虾子灯来须又长，鲤鱼灯来跳龙门。沙僧灯来八戒灯，
白马驮的小唐僧。这些灯名言不尽，岳王庙里看为凭。
将身来到一人巷，来了风流浪子们。你一推来他一推，
一跤跌在地埃尘。一个跟头来跌倒，一齐捺住我当身。
头上金银花拔去，青丝弄得碎纷纷。头上金钗拔过去，
花鞋吊在地埃尘。奴家爬起一齐跳，浑身烂泥不成形。
嫂嫂大脚跑掉了，只丢奴家一个人。奴家心想回家转，

作恶露丑难见人。
好马不配双鞍子,
女嫁二夫误了名。
后园有个八卦井,
花鞋托在井栏中。
伸伸头上又怕死,
扑通跳在井当中。
阳寿不绝为神道,
高提龙笔把神封。
赐奴一把金条帚,
掌坛的张花小姐赴坛门。

亲娘知道要打我,
烈女不做二夫人。
奴家万分无可奈,
八卦井内来自尽。
又怕哥嫂不晓得,
缩缩头来又怕亡。
一连几过迷瞒县,
白鹤驮奴上天门。
封奴不为别神位,
好同人家扫财门。

婆婆知道写退婚。
马配双鞍吃了力,
寻个无常入幽冥。
又怕老娘不晓得,
汗巾丢在井边存。
高叫掌坛师父不过了,
呜呼哀哉断了根。
天仙娘娘见奴死得苦,
封奴挂印女裙钗。
扫财门来送子孙,

来的慌来忙又忙,
牙嘴烟袋丢在房。
来的慌来忙又忙,
浑身穿些布衣裳。
来的慌来忙又忙,
青布脱在我头上。
当家嫂嫂可有得,
黄金纸裹得紧吞吞。
当家会首要发财,
跟住娘娘扫金银。
龙摆尾,虎翻身,
休要拷打!

男人鞋子穿足上。
来的慌来忙又忙,
未带几个小梅香。
来的慌来忙又忙,
忘失盖头在香房。
上轿慌来下轿忙,
借娘娘用用也何妨。
双手递到亲娘手,
你把畚斗拿起来。
左转三转龙摆尾,
好似元宵走马灯。
当家会首要发财,

来的慌来上轿忙,
未戴鲜花我头上。
来的慌来忙又忙,
未搽杭粉我脸上。
忘失盖头不打紧,
条帚畚斗在厨房。
又怕条帚不洁净,
里扫外扫保太平。
我前走来你后跟,
右转三转虎翻身。
左右掌坛法司,
外头站到里头来。

(答曰:)"外头站到里头来。"
鞠的快些过,站的稳正些,当心小狗!
(答曰:)"当家会首。"
好呀!即是当家会首,也不恭喜娘娘?请叫娘娘。
(答曰:)"你说多谢娘娘!恭喜娘娘!"
好呀,我娘娘知道了。他不说,娘娘往天来。总走街上带个糖条子把他吃吃,多远就叫娘娘。今日未带瓜子花生把他吃,不叫娘娘。再过几天,还叫姑奶奶。

（答曰：）"娘娘说屈了，不叫姑奶奶。叫娘娘掌坛的可曾落地？"

娘娘落地了。掌坛的哄到娘娘，娘娘一大早上就来到，这会子一个景征子未打，一屁未放，男喜女喜总落地。

（答曰：）"娘娘，不是男喜女喜落地，乃是条帚畚斗落地。请娘娘到此有什么勾当？"

（答曰：）"请娘娘到此扫元宝。"

呆东西！你同娘娘要皮袄，留住六月心穿了。

（答曰：）"不是要元宝。打哪方扫起？"

打东方扫起。

（答曰：）"可以。认得东西南北，回头老妈子，有饭吃了。"

一扫东方甲乙木，	添财添喜添福禄。	二扫南方丙丁火，
驴驼钥匙马驼锁。	三扫西方庚辛金，	满屋砖头变成金。
四扫北方壬见鬼，		

（答曰：）"娘娘乃是壬癸水。"

掌坛的你不晓得，	这个会首，	见人品衣帽穿的好看，
候到后头就同见鬼一样。		
五扫中央一点黄，	公公媳妇在一床。	

（答曰：）"娘娘瓜子黄金动斗量。"

| 掌坛的你不知道， | 这个会首， | 他同三媳妇在一床。 |

（答曰：）"瓜子黄金动斗量。"

伸手元宝交代你，	灯头点起火来烧。	慢些摇来慢些摇，
莫把元宝摇散了。	纸马灰倒在缸子里，	陈押新来新押陈。
畚斗覆在大板头，	早生儿孙做诸侯。	保不尽的言共语，
要同会首扫财门。	朝外扫来外头扫，	龙血之灾扫的了。
朝家扫来朝家扫，	田里长的好禾苗。	朝外扫来朝外扫，
晦气落脱扫的了。	朝加紧来朝加紧，	耕到金来耙到银。
门口写下太平字，	太太平平保安宁。	迎门又扫三条帚，
僮子接住。	掌坛法司，	今日有多时？

（答曰：）"今日有半夜？"

| 阿亦喂！ | 此地好坏乡风。 | 今日半夜子时， |

偷桃子偷尿子的扒儿手都来了。

（答曰：）"不是的，乃是抢条帚。"

阿亦喂！	大草狗，	同娘娘打狗呀！
莫把娘娘裙子撕破了，	抢只个歹怪东西，	有何用处？

（答曰：）"抢他家去养儿子。"

阿亦喂！　　　　　这个东西能养儿子？　皮不弄破掉了，
娘娘该他养儿子。

（答曰：）"娘娘你保他养儿子。"

接娘娘底气，　　　梨花割麦。

（答曰：）"娘娘仙气，移花接木。"

好呀！　　　　　　梨花能割麦，　　　　放刀蛮子吃屎，
抢条帚把子。

（答曰：）"僮子，我看他福相。"

僮子你是听：	娘娘吩咐你当身，	抢住大头养小伙，
抢住尾巴养千金。	若是中间一把抱，	五男儿女送上门。
掌坛的，	他把条帚那中一抱，	中段一把抱。
好呀！	中段一把抱，	又骑马来又坐轿。
当家会首在哪块？	送神钱粮火上焚。	得罪掌坛的我先走了，
娘娘上轿转回宫。		

五郎官（跳五郎）

根据"三槐堂"王桂福手抄本校订重抄，根据赵小楼手抄本校订抄录。张国基校订

　　又名《跳五郎》。为香火神会内坛跳神的节目，在现存的洪山香火神会跳神节目中，只有此本。共有三个角色，两个上场，一个不上场，作伴坛。主要写五郎官到地府投文事，内容源于内坛法表中的下界投文，由掌坛僮子在神坛前跪念。念时伴有僮子扮演的五郎唱歌和跳傩舞。唱词多摘自《唐王游地府》。表演时有说有唱、有念板、有朗诵及对白等，有较为浓厚的世俗趣味性，可视为"傩戏"。

人物：五郎官，僮子扮，简称"郎"。
　　　捧表僮子，主家扮，无白和唱。
　　　掌坛僮子，执鼓或执锣僮子兼。
伴奏：执鼓僮子一人，执锣僮子一人。

郎：　上法坛来打一躬，　　抬头看见彩表封。
　　　十指尖尖打开看，　　尽是白板玉钱证。
　　　上法神坛打二躬，　　禀告掌坛老尊翁。
　　　你把锣鼓打齐了，　　祝你当晚一顺风。
　　　上法坛，把口开，　　拿表哥哥听心怀。
　　　打你不过是玩耍，　　莫把狗脸摆下来。
　　　千行交易皆做好，　　唯有拿表苦难挨。
　　（打介）扇骨子不要紧，
　　（打介）扇呱嗒子你要挨。
　　　梅花儿，朵朵开，　　八郎上马九郎来。
　　　九郎上马莫多远，　　五郎打马赴花台。
　　　下界五郎会装扮，　　纸糊帽子头上戴。
　　　不戴帽子不像样，　　戴起帽子像五郎。
　　　上界表文已好交，　　中界表文马好跑。
　　　唯有下界马难跑，　　逆水撑船难下篙。
　　　老头子船尾把脚得，　　老奶奶船头把脚□。
　　　把足仔，足来□，　　明有金斗牌吊吊梢。
　　　判官手执铁笔杆，　　小鬼手拿铁砚台。
　　　写下一张请帖子，　　铁面阎王请得来。
　　　东南一块祥云起，　　西北一块紫云生。
　　　两下云头交搭界，　　正是仙家送宝珍。
　　　送送送你大宝贝，　　送你这顶好号盔。
　　　十块八块大乌龟，　　墙上走来壁上飞。

	有人说你撸鼻子，	有人说你早晚出，
	有人说你半夜回。	丝瓜颈子就靠就，
	锅盖梁子背在后。	锥子尾巴别在后，
	四个爪子抠人肉。	不是乌龟赌个咒。

僮：（白）说错了，说错了，原来是这顶盔，
　　戴在头上震威威。　　五郎得了这顶盔，
　　幽冥地府把神催。　　送你这件袍，好件袍，
　　你家姨子跟人跑。　　一直跑到凌河桥，
　　遇到一个张二朝。　　按在地上一起淫，
　　浑身淫的夸夸潮。　　翻过来张，
　　掉过来瞧。　　　　　数数磨去二十五根毛。

僮：说错了，道错了，　　原来送他这件袍，
　　穿在身上多逍遥。　　逢到冬天温和暖，
　　逢到夏天应心凉。

郎：五郎得了这件袍，　　幽冥地府把神邀。
　　送你一件甲，　　　　顶好定金甲。
　　花鸭、麻鸭、点子鸭，你这东西好邋遢。
　　初三十三廿三，　　　一锅煮出三样饭。
　　上头硬，底下烂。　　少年人欢喜吃烂饭，
　　老年人欢喜吃硬饭，　瞎子大娘欢喜锅巴饭。
　　三八廿五个王八蛋。

僮：（白）廿四个。

郎：（白）还有你一个，　帮忙的王八蛋，
　　叫他拿酒他拿饭。　　厨子也是王八蛋，
　　一碗咸来一碗淡。　　捧表的也是王八蛋，
　　不能捧表光是站。

僮：说错了，道错了，　　原来是赵太保家紫金鞍。
　　冬天骑它身上暖，　　夏天骑它定心凉。

郎：五郎有了紫金鞭，　　好条鞭，耕田鞭、打马鞭，
　　主家做会一挂鞭，　　啪里啪啦放半天。

放牛子乖乖一根鞭，　　三两火麻几文铁。
　　　（捧表的，）我有一根麻油鞭，
　　　给他摆在嘴里吮一吮，　　一点水拌三鲜。
　　　给你家亡灵吃了上西天。

僮：说错了，道错了，　　原来是秦王赶山失落鞭。

郎：五郎得到这条鞭，　　幽冥地府请神仙。
　　送你这道表，好道表，　你这东西不要好。
　　叫你上街去买草，　　　你到街上去押宝。
　　你把草钱输掉了，　　　环着头来往家跑。
　　不敢见老婆面，　　　　睡到猪圈睡着了。
　　老婆把你当猪待，　　　粪勺对你一起捣。
　　把你两个坏稻草，　　　冷了当被盖，
　　晚上把你饿了吃一饱。

僮：原来是，这道表，好道表，上下三界能请到。

郎：五郎得到这张表，幽冥地府把神邀。

郎：（五郎官下马吟诗一首。吟诵）
　　一大并为天，文殊问普贤。
　　目连归何处？救母上东天。

僮：救母上西天。

郎：东天见鬼。

僮：西天见佛。

郎：二木共为林，周仓问关平。
　　关爷归何处？拱在裤裆里。

僮：打马在松林。

郎：三点工为江，韩信问张良。
　　霸王归何处？掉下牯牛江。

僮：自尽在乌江。

郎：一米共如来，利市问招才（财）。
　　和合归何处？

僮：波斯献宝来。

郎： 衣包并为袍，许褚问张辽，
　　 曹操归何处？刀尖挑脚毛。

僮： 枪挑大红袍。

郎： 白马紫金鞍，骑上万人看，
　　 问到谁家子？下界苦郎官。

僮： 五郎！五郎！

郎： 油豆腐吃的快，快的呵！

僮： 游地府抬头观看。

（以下为五郎"闯关"，唱【十字调】）

郎： 前来到地府内苦处难当，　　阳世间明朗朗星辰日月，
　　 阴曹府黑沉沉没得太阳。　　朝上望望不见星辰日月，
　　 低瞧瞧瞧不见地土山冈。　　鬼门关有鬼司千千万万，
　　 总乃是阳世间新死鬼亡。　　长子鬼生的长一丈二尺，
　　 矮子鬼矮墩墩好像牛桩。　　胖子鬼在地府腰有锣壮，
　　 瘦子鬼化骨头好像螳螂。　　大头鬼在地府头像笆斗，
　　 小头鬼白果头绿豆眼膛。　　驼子鬼在地府身背包袱，
　　 癞乖乖怕剃头手拍巴掌。　　瘸子鬼瘸子鬼一瘸一跛，
　　 瞎子鬼死的苦有眼无光。　　顶难看不过是大烟鬼子，
　　 一时间烟瘾到眼泪汪汪。　　前来到烟馆内将身睡下，
　　 叫老板快点起孤灯一盏。　　吃一口到二口还不过瘾，
　　 大小手调调边精神陡长。　　五郎官在此地投了表牒，
　　 龙驹马加一鞭下把关闯。　　勒住马带住鞭下马观望，
　　 前来到枉死城又下表章。　　枉死城有鬼司千千万万，
　　 总乃是阳世间跌打损伤。　　小玩童爬上树去吞雀蛋，
　　 树枝子坠断了跌断肝肠。　　有一个小玩童克伤父母，
　　 靠伯父和婶娘难比亲娘。　　五郎官在此关投了表牒，
　　 加三鞭龙驹马下把关闯。　　勒住马带住鞭抬头观望，
　　 前来到杭粉山细看多娇。　　杭粉山无男子皆是女子，
　　 总乃是阳世间装俊卖俏。　　瓜子脸擦杭粉多么好看，
　　 好一比天仙女偷下九霄。　　滚砖脸擦杭粉多么好看，

好一比王昭君琵琶来抱。
点一点胭脂水好像时桃。
好一比荒年成荞麦面蒸糕。
上头大底下小好像辣椒。
一块低一块高好像蒲包。
把龙马加一鞭下闯关了。
前来到说谎关四下张张。
五阎王来做媒代放鞭炮。
有虾鱼炒炒米胡度时光。
九个头八个尾十六个眼瞠。
头顶上生长着角弯弯朝上。
地府里造下关不饶鬼谎。
说两句割两块紫血汪汪。
变一个哑巴子永不开腔。
把龙马带一鞭再把关闯。
前来到恶狗村又下公文。

歪嘴脸擦杭粉死不好看，
雀斑脸擦杭粉也不好看，
大头脑尖下巴死不好看，
麻子脸擦杭粉也不好看，
五郎官在此关投了表牒，
勒住马带住鞭抬头观看，
说灵霄张玉皇也要娶小，
说东海老龙王没得水吃，
说会首杀个猪有八百斤重，
说南庄老黄牛生条黄狗，
只说是在阳间你会说谎，
说一句割一块鲜血淌淌，
转来生再送你人身来变，
五郎官在此关投了表牒，
勒住马带住鞭抬头观望，
恶狗村七条犬，

僮：倒有驴大。

郎：倒有象大。

僮：驴大？象大？

郎：有一条金狮犬佛爷收去，
有一条银狮犬玉皇收去，
有一条杂花犬阎王收去，
五郎官到此关慌忙不住，
那犬子得了饼它就去了，
勒住马带住鞭抬头观看，
火坑狱有鬼司千千万万，
总说是在阳间杀人放火，
有鬼司把身上衣服脱掉，
五郎官火坑狱投了表牒，
心善人上刀山莲花托住，

三佛祖收了去把守山门。
张玉皇收了去把守天门。
五阎王收了去把守关门。
袖筒内取出了七个烧饼。
把龙马加一鞭又闯关门。
前来到火坑狱又下公文。
总乃是阳世间放火之人。
地府里造下关不饶你身。
头朝下脚朝上甩下火坑。
前来到刀山狱缴下公文。
作恶人上刀山推下刀坑。

五郎官在此关投了表牒，
望乡台有鬼司千千万万，
灵面前有盏灯昏昏暗暗，
有三亲和六眷灵前吊孝，
灵面前摆的是三荤三素，
儿又空女又空空养儿女，
房又空屋又空空有房屋，
在阳间七架梁你还嫌小，
田又空地又空空有田地，
五郎官在此关投了表牒，

前来到望乡台黑气霭霭。
总乃是阳世间魂上乡台。
桌底下几纸盆摆在尘埃。
长头儿来灵前磕头陪拜。
没有哪个大胆吃点儿下来。
身死后只落得陪伴灵牌。
身死后只落得一口棺材。
身死后三块板怎把头抬？
身死后只落得五尺坑埋。
前来到血湖池又下公文。

在坛男女莫谈心，
二月怀胎天梦心。
看见事情懒得做，
她在家中害懒荒。
人家割麦又栽秧，
骂道丈夫不账汤。
被你闯下连天祸，
只见肿来不见消。
想点什么东西吃，
无故乱杂说一交。
又想南园小韭菜，
又想后园癞葡萄。
一心想要黄鳝吃，
心想骡□火上烧。
呆子家伙看了慌，
没得鲜鱼在街坊。
无巧不巧真真巧，
稀屎蹾上一裤当。
扒在庄围上望夫郎，
呆子说你的老嘴不行运，

十月怀胎讲来听。
三月怀胎娘受苦，
坐将下来懒起身。
小汉丈夫怒冲冲，
你在家中害懒荒。
曾记得那天睡不着觉，
肚子底下渐渐高。
小汉子丈夫哈哈笑，
你先说出点点瞧。
又想东湖米菱角，
又想北园绿茼蒿。
一心想要狗肉吃，
田埂挖断好几条。
害娃奶奶害得荒，
手拎小箩上街坊。
呆子一见乱慌慌，
六月初三冻长江。
老婆站在门前望，
手搭凉棚张一张。
无巧不巧冻长江。

一月怀胎如指路，
吐吐咽咽作呕心。
人家割麦又栽秧，
骂道一声懒大娘。
娘子被他骂急了，
不住就朝这头跑。
名字叫作大肚子病，
我家娘子害了小。
害伢娘子害得刁，
又想西湖白嫩藕。
又想田埂芝菜吃，
黄狗勒死好几条。
害娃奶奶害得刁，
心想鲜鱼氽点汤。
八鲜鱼行打个张，
坐个车子过了江。
呆子大夜受了凉，
不见丈夫着了慌。
小箩肚内光大光，
老婆说他不在行，

场边有个牯牛汪。
将身来到厨房内，
五味佐料和生姜。
他家住着连房灶，
屁股朝外脸朝墙。
他家妻子说的好，
你先舀点汤尝尝。
鱼吃吃，汤尝尝，
骂道呆子不账汤，
公公婆婆晓得了，
叫声老婆听衷肠。
害娃奶奶要吃鸡，
三年五个抱在手。
五六月怀胎分男女，
抓娘肚皮抠娘心。
你在那头睡死觉，
家神面前把香焚。
将身来到堂屋内，
重新粉刷好家堂。
小汉子一慌就烧香，
污浊水冒到你头上。
没得东西做尿布，
赫卵乖乖喜煞娘。
小汉子，着了慌，
丈母庄在面当阳。
不同姨子来讲说，
丈母娘坐在马桶上。
呆子听说回言答，
急忙收拾穿衣裳。
丁兰子乖乖在何处？

呆子手执虾网蹚，
轰咚掼在案子上。
呆子煮鱼手段好，
马桶靠着吃水缸。
呆子上前一巴掌，
叫他呆子听衷肠。
呆子听说心欢喜，
呼啦一口精大光。
叫你吃点品品味，
丑名担在我身上。
害娃奶奶要吃蛋，
养儿子长大有力气。
害伢奶奶不吃酒，
八九月怀胎要临盆，
一阵疼来疼个死，
我这肚内疼得很。
呆子听说着了慌，
双膝跪在地平阳。
抓周做个娘娘会，
听他妻子喊得荒。
快快快，没得东西包，
就用老头烂毡帽。
巴巴是个头生子，
拎个腰箩子跳他娘。
无巧不巧真真巧，
一头拱入丈母娘房。
喊呆子来的早来的慌，
你家姑娘生了养。
摸个裤子头上套，
为娘告诉你身当。

蹚条小鱼半寸长。
打打鳞，扒扒肠，
刚刚只得半碗汤。
家人睡觉不在行，
叫她起来吃鱼汤。
你今忙了多半会，
一屁股坐在马桶上。
他的老婆冲冲怒，
连鱼带汤吃个光。
呆子一见讲呆话，
养儿子又白又好看。
害伢奶奶要吃酒，
三五六年慢慢守。
儿在肚内翻身滚，
两阵疼来疼个昏。
巴巴是个头生子，
打掉尿壶砸掉缸。
保佑我妻快生快养快落地，
又请香童跳娘娘。
哇啦一声浆胞破，
裹脚布一共绕上几十道。
抱到灯前照一照，
送个喜讯把我娘。
走东庄，到西庄，
小姨子送灰灰堆上。
无巧不巧真真巧，
大早来到我家乡。
老娘听说生了养，
摸个褂子没得裆。
量了一斗老糯米，

五十个鸡蛋两头装。
呆子挑在前面走，
只听女儿喊得慌。
临到你头上。
你把头发打开了，
惹怒家神共灶君。
三朝未满场头走，
血水渐渐倒孤拐。
如生五胎到六胎，
血水渐渐淹到腮。
猛然一阵大风起，
不念阿弥陀佛来。
两个五字上下行，

又打二斤大肥肉，
后头跟的丈母娘。
乖乖，记得你在家笑我，
老娘上前开言叫，
不可冒风受寒凉，
三朝未满厨房走，
冒犯场头上龙神。
如生三胎到四胎，
血水淹到腹腰来。
如生九胎并十胎，
只见血水不见人。
妇人造罪如山高，
十字串成难住人。

没得卵子公鸡捉一双。
一口气来到家槛内，
大卵子尿尿，
叫到姑娘听衷肠，
三朝未满堂前走，
惹怒东厨张灶君。
初生胎儿并二胎，
血水淹到大腿来。
如生七胎到八胎，
血水淹到头发来。
妇人造罪如海深，
不念阿弥陀佛来。

五郎官游地府抬头观看，
血湖池无男子皆是女子，
只说是在阳间望养儿女，
红汪汪紫澄澄一池血水，
如不吃这血水举棍要打，
三伏天吃血水蚊虫苍蝇，
善妇人在阳间善待猫犬，
恶妇人在阳间恶待猫犬，
忤逆儿忤逆媳替娘加罪，
孝顺男孝顺女替娘改罪，
实指望养儿女有些好处，
喊声男喊声女你可晓得，
喊一声大九子大狗子小九子小狗子，
乖乖你可晓得？可晓得你的娘受了灾星？
哭一声大来子小怀子小来子大怀子，
乖乖你可晓得？可晓得你的娘受了灾星？

前来到血湖池又下公文。
总乃是阳世间生养之人。
人死后血湖池要受灾星。
把衣服来脱掉赶下池心。
如要吃这血污味秽难闻。
四九天吃血水乱爬白蛆。
血湖池打个滚代罪三分。
跷起腿尿泡尿加罪三分。
七个七穿花红加罪三分。
《血盆经》念七遍减罪三分。
再没想血湖池娘受灾星。
可晓得你的娘受了灾星。

哭一声大八子小癞子小八子大癞子，
乖乖你可晓得？可晓得你的娘受了灾星。

五郎官一看见心中大怒，	血湖池来蹬倒直到如今。
勒住马带住鞭抬头观看，	前来到虚报祠又下公文。
在阳间做茅匠屋上矸漏，	五阎王叫鬼司脊梁上开门。
在阳间开布店少人尺寸，	转来生变蚂蝗一缩一伸。
在阳间挖黄鳝挖断人家田埂，	五阎王叫鬼司挑他腿筋。
五郎官在此关投了表牒，	前来到森罗殿献上公文。
五阎王坐上公堂开言便问，	问一声魏五郎哪来的公文？
有弟子家住在何州何县？	会主家姓什么名甚庄村？
五郎官磕个头平身站起，	尊一声地主爷听奏庄村。
有弟子住天长安徽所管。	出南乡某某处人把香装。
有会首做的是家谱盛会，	修成了公文表拜请阎王。
五阎王一听得心中欢喜，	直保佑在会人子孙兴旺。
为五郎来敬表功劳太大，	加你官添你职速出幽邦。
五郎官封官职心中欢喜，	前来到两廊下拜请阎王。
请一殿秦广王登坛赴会，	请二殿初江王来受香灯。
宋帝王仵官王阎罗王平等王，	泰山王都市王下城王转轮王，
来受香灯。	请判官和小司牛头马面，
十八关地狱主来受香灯。	五郎官交过了公文表牒，
把龙马带一带速出幽冥。	打一躬交过界下表一场。

郎：（唱【七字腔】）

蔷薇花儿朵朵开，	九郎打马五郎来。	九郎打马莫多远，
五郎打马赴花台。	五郎官来会装扮，	纸糊帽子戴头上。
手捧弟子三界表，	幽冥地府请阎王。	捧表僮子你过来，
给顶帽子你戴戴。	不戴帽子不好看，	戴起帽子像乖乖。
捧表僮子你过来，	细听五郎说开怀。	若是一鞭打中你，
莫把狗脸拿出来。	今天伴我跳过表，	明天请你上长街。
大东小东我来会，	肚子吃得像泥歪。	

邀哈哈！（以下唱【十字调】）

五郎官到地府抬头观望，
鬼门关有鬼魂千千万万，
大头鬼在地府头像笆斗，
高子鬼在地府高有丈二，
胖子鬼在地府身有箩壮，
鬼门关上投过表，
魏五郎到地府抬头观望，
枉死城有鬼魂千千万万，
小顽童爬树上去吞雀蛋，
淹死鬼在地府掌推水浪，
胀死鬼在地府腰比箩奘（壮），
枉死城中投过表，
魏五郎在地府抬头观望，
老王婆她住在三岔路口，
走出了王婆店四下观望，
东半边一条路细吹细打，
南半边一条路光光趟趟，
西半边一条路弯弯曲曲，
北半边一条路乌天黑地，
正中间一条路只有三寸，
王婆店里投过表，
魏五郎在地府抬头观望，
望乡台朝家望明明白白，
田也空地也空空有田地，
房也空屋也空空有房屋，
钱也空钞也空空有钱钞，
儿也空女也空空养儿女，
夫也空妻也空空有夫妇，
望乡台投过表，
魏五郎在地府抬眼观看，

前来到鬼门关四下张张。
尽都是阳世间新死鬼亡。
小头鬼白果头绿豆眼膛。
矮子鬼顺地走活像牛桩。
瘦子鬼在地府活像螳螂。
催马加鞭呀哈哈！
前来到枉死城四下张张。
尽都是阳世间五痨七伤。
树枝子折断了跌断肝肠。
吊死鬼在地府肩扛二梁。
饿死鬼在地府光把嘴张。
催马加鞭呀哈哈！
前来到王婆店四下张张。
起三间茅草屋亮亮堂堂。
孽镜台五条路通向五方。
二世里去投胎牛马猪羊。
二世界去投胎讨饭花郎。
二世界吃长斋接引西方。
二世界变才子洒落风狂。
二世界去投胎一国人王。
催马加鞭呀哈哈！
前来到望乡台苦苦哀哀。
才知道身死后难得回来。
身死后只落得五尺坑埋。
身死后只落得一口棺材。
身死后只落得纸锞钱财。
身死后哪一个替换下来。
身死后同林鸟各自分开。
催马加鞭呀哈哈！
前来到血湖池细看分明。

血湖池有鬼魂千千万万，尽都是阳世间生养妇人。
数九天天寒冷倒还好过，遇到了热天气臭味难闻。
在阳间不生养开膛剖肚，生养了血湖池苦痛万分。
生一胎到二胎淹到孤拐，生三胎到四胎尺把多深。
生五胎到六胎淹到大腿，生七胎到八胎淹到胸门。
生九胎到十胎淹过头顶，血湖池喝干尽才能超生。
妇人家在阳间恩待猫狗，血湖池打个滚减罪三分。
妇人家在阳间虐待猫狗，血湖池甩泡屎添罪三分。
哪一个好心女给娘解罪，书墨水喝三口减罪三分。
血湖池投过表来催马加鞭，呀哈哈！
请一殿秦广王登坛赴会，请二殿楚江王来赴坛场。
请三殿宋帝王登坛赴会，请四殿忤官王来赴坛场。
五殿上转拜请阎罗天子，六殿上平等王来赴坛场。
七殿上泰山王登坛赴会，八殿上都市王来赴坛场。
九殿上卞城王登坛赴会，请十殿转轮王来赴坛场。
十殿阎王已请到，齐到坛前受香灯。

太 岁 忏

原本封面题字：阮有江抄本　一九九一年古历七月立

新屋落成做安土会，必须"跳太岁"。此神书即在"跳太岁"时唱。忏文所述的殷郊故事与《封神演义》完全相同。

紫金炉内把香装，
神门表起他家乡。
纣王皇帝是我父，
殷郊殷洪人一双。
比干丞相剖心死，
肉林酒池在宫房。
他与妲己来勾结，
刺王杀驾暗栽赃。
姜环当时来说出，
骂声正宫女娘娘。
下了一道皇圣旨，
磊恼太子人一双。
一直赶到皇宫内，
捉住太子人一双。
纣王一见冲冲怒，
喊道一声武成王。
黄飞虎来领了旨，
追上方弼与方相。
二位太子来跪下，
可怜屈死在宫房。
飞虎一见心不忍，
不可外人得知详。
太子一听将恩谢，
放走弟兄人一双。
来到金殿忙启奏，
不知太子奔何方。
殷破败来与雷开，
捉住弟兄人一双。

启忏太岁受真香。
家住朝歌城一座，
姜氏母亲掌朝阳。
只因纣王无道理，
贾氏夫人坠楼亡。
费仲尤浑是奸贼，
要害正宫姜娘娘。
却被纣王来捉住，
一口咬定姜娘娘。
孤王与你是元配，
三拷六问在宫房。
殷郊殷洪知道了，
要杀妲己女娘娘。
方弼方相来搭救，
叛臣逆子罪难当。
孤有圣旨交待你，
跨上神牛出京邦。
弟兄说是不好了，
哀告将军武成王。
要望将军生慈念，
叫声殿下听衷肠。
要给纣王知道了，
救命恩情永不忘。
不表太子逃性命，
我主万岁听衷肠。
纣王一听冲冲怒，
领王圣旨追小王。
两个奸贼心欢喜，

若问老爷家何住？
午朝门内是家乡。
所生老爷人两个，
宠信妲己害忠良。
造下虿盆和炮烙，
无端毒计奏昏王。
私买姜环人一个，
审问谁人是主张。
纣王听说冲冲怒，
为何刺杀我身当？
姜氏娘娘剜目死，
手执宝剑亮堂堂。
却被纣王知道了，
救走太子逃外方。
龙凤宝剑捧在手，
快赶逆子人一双。
一直追到半路上，
君也死来臣也亡。
我的母亲冤枉死，
放我弟兄人一双。
我今在此放你走，
全家性命尽遭殃。
可怜开笼来放鸟，
再表飞虎交旨章。
为臣追到三岔路，
又差大将人一双。
一直追到轩辕庙，
来到金殿交旨张。

纣王皇帝冲冲怒,
开刀除斩人一双。
要问仙家名和姓,
广成子来下山冈。
二位大仙云端过,
原来太子上法场。
猛然一阵狂风起,
把他带到仙山上。
弟兄学法有几载,
撒豆成兵件件强。
姜子牙领兵为元帅,
聚草屯粮在西方。
不守臣节该何罪?
领兵带将伐武王。
众家弟子山来下,
兵对兵来将对将。
不表西歧摆战场,
该派徒儿走一趟。
差你不到别处去,
吊民伐罪灭成汤。
广成子来开言叫,
下山不可变心肠。
殷郊听说来跪下,
要替母亲伸冤枉。
下山要把良心变,
传授你法术下山冈。
番天印一颗交代你,
拜别师父下山冈。
老道本是申公豹,
喊声殿下听我讲。

骂声逆子罪难当。
正要开刀来除斩,
一个一个对你讲。
太华山上云霄洞,
看见杀气奔上方。
他与我有师徒份,
刮走太子人一双。
广成子把殷郊救,
道术无边甚高强。
不表老爷得了道,
天下诸侯总归降。
纣王听说冲冲怒,
以下犯上罪难当。
苏护来到西歧地,
个个投奔周武王。
道术高的还有命,
再表大仙在山冈。
喊声徒儿在哪块?
你到西歧保武王。
殷郊听说心欢喜,
叫声徒儿听衷肠。
中途要把良心变,
喊道师父听衷肠。
师父如若不相信,
铁犁头耕死我身当。
传你三头和六臂,
紫绶仙衣放霞光。
将身来到半路上,
他是一肚坏心肠。
你今投奔何方去,

把他绑出午门外,
来了大仙人一双。
九宫山来桃源洞,
赤精子来降下方。
拨开云头朝下看,
不如带他上冈岗。
赤精子把殷洪救,
一驾云头回山冈。
呼风唤雨般般会,
再表西歧周武王。
又招兵来又买马,
骂道西歧周武王:
差个冀州名苏护,
就与子牙动刀枪。
西歧地界摆战场,
道术低的都遭殃。
广成子来知道了,
为师打发你下山冈。
子牙师叔领人马,
拜别仙师下山冈。
你是纣王亲生子,
发个誓愿在山冈。
母亲死在妲己手,
愿赌赌咒在山冈。
师父一听心欢喜,
三只眼睛有神光。
殷郊得了仙家宝,
有个老道站路旁。
公豹上前来拦住,
你把实话对我讲。

老爷听说忙回答，
叫我下山保武王。
你是纣王亲生子，
以下犯上罪难当。
赶快依了贫道话，
改换旗号保纣王。
打得天昏并地暗，
要放宝贝把人伤。
哪吒打下风火轮，
死的死来伤的伤。
此宝好像番天印，
问问师叔也何妨。
将身来到桃源洞，
师叔宝贝在何方？
广成子来听得说，
为何下山保成汤？
叫声杨戬快回去，
来到西歧见姜尚。
广成子营门冲冲怒，
逆天行事为哪桩？
弟子要听师父话，
师徒两下动刀枪。
番天印宝来打下，
来了燃灯老道长。
贫道有个太极图，
先天之宝妙法强。
老爷走上太极图，
陡壁悬崖赛铜墙。
只听咔嚓一声响，
可怜性命要遭殃。

尊声师叔听衷肠。
申公豹来冲冲怒，
为何要保周武王？
纣王百年龙归海，
改换旗号保纣王。
老爷来到西歧地，
打得日月不分光。
番天印来拿在手，
杨戬打得冒金光。
子牙只叫不好了，
将能落到他手上？
一驾祥光来的快，
尊声师叔你在上。
有人用的番天印，
急得两眼冒金光。
违背誓言该何罪，
师叔随后下山冈。
子牙一见心欢喜，
骂声徒儿罪难当。
老爷一听忙开口，
不忠不孝罪难当。
老爷一见心中怒，
广成子一见心着慌。
燃灯老祖一声喊，
展开太极放毫光。
老祖展开太极图，
身不由己心中慌。
老爷抬起头来看，
两山相合紧梆梆。
山下来了一老者，

临走师父关会我，
喊声殿下不应当。
哪有儿子伐老子？
问你江山哪个掌？
老爷依了申公豹，
就与子牙动刀枪。
老爷当时心焦躁，
要打子牙众兵将。
黄天化打下玉麒麟，
杨戬说是莫着慌。
弟子去到仙山上，
九宫山在面当阳。
弟子到此无别事，
西歧人马被打伤。
骂声徒儿还了得，
罪归为师一人当。
一驾祥云来的快，
打开营门摆战场。
为何违背师父命，
尊声师父驾在上。
话不投机就动手，
放出宝贝把人伤。
仙家正在为难处，
叫道广成莫着慌。
说起这张太极图，
无限景致放光芒。
现出两山夹一洼，
刚刚走进一人巷。
老爷押在山肚里，
手扶木犁来开荒。

一犁耕下三寸土，
封神台上等封张。
封老爷不为别神位，
紫罗袍上用金装。
逢到今年是你管，
他要敬奉你身当。
传与当家名会首，
太太平平保庄房。

耕在老爷顶梁上。
后来子牙灭了纣，
值年太岁你身当。
腰系牙牌白玉带，
你就镇守那一方。
弟子祝庆安土会，
一封钱粮火上扬。

可怜一命归阴去，
回归西岐封神王。
头戴玲珑三只眼，
粉底乌靴足下装。
人家兴工动了土，
请老爷坛前受真香。
太岁老爷留表忏，

安 财 门

  僮子请神后,介绍"五路财神"的来历。随后,僮子以与"伴坛"对话的形式,插科打诨,说吉利话,像戏剧中的对白表演。现搜集到的《安财门》有两部抄本:(1)四知堂老抄本,抄入了《娘娘·弹弓》。(2)阮有江1993年古历四月抄入《跳娘娘》本。

一身稳坐神台上，把神家乡判来听。要问神家家不远，
不是无名少姓人。家住南京城一座，水西门外有家门。
父亲沈来沈百万，母亲堆金积玉人。所生兄弟人五个，
总在书房把书攻。后来洪武登天下，赤胆忠心命归阴。
东岳殿上知道了，赐封五路做财神。左脚金来右脚银，
大元宝坐在正当心。弟子今日相请你，好与主家安财门。
安财门正宜黄道日，押财门正宜紫微星。黄道日来紫微星，
小财门改作大财门。

好笑好笑，刘伶细狗来到。

（答曰：）"细酒来到。"

做在缸里，还是做在汪里？

（答曰：）"做在缸里，手做的。"

是狗做的。

（答曰：）"手做的。"

交点交点莫利利。

（答曰：）"吉利吉利！"

交交财门头，养个儿子做马猴。

（答曰：）"做诸侯。"

马猴力气大些。

（答曰：）"诸侯职分大些。"

交交财门转，养个儿子捧大碗。

（答曰：）"养个儿子做高官。"

交交财门底，当家奶奶害小的。

（答曰：）"烧陈柴来吃陈米。"

交交财门外，养个儿子会放赖。

（答曰：）"去放债。"

本钱弄到手，利钱同他赖。交交财门框，养个儿子烧猪汤。

（答曰：）"做都堂。"

财门口几条玉带？

（答曰：）"三条玉带。"

要三带。我说你听，左边扫帚，右边叉扬。

（答曰：）"榜元状元。"

你可曾上过扬州？黄广得。

（答曰：）"大元宝，小元宝，子子孙孙用不了。"

打个哑谜你猜猜。

（答曰：）"平平平平平平。官印交代你，领凭上任做高官。"

老爷安正走了，回銮转驾，攀鞍上驴走了。

（答曰：）"末忙末忙。好来不好去，还要宝，还要财？"

你不是请老爷，倒是啃老爷。还同我老爷要宝要财，我来问问财神奶奶。

（答曰：）"问财神老爷，你不晓得，如今总是奶奶当家。"

（答曰：）"老的当家。是的，财神奶奶到鬼了，话说气迫。筷子酒杯摆上一桌，吃也吃不着，弄也弄不着。"

（答曰：）"嗤呼！嗤呼！买田起屋，添财添喜添福禄。"

我知道，要得发，墙上刮，刮下三千八百八。来了来了！罗衣兜起来，接住保你要发。嘴里吃泥法，吃到嘴叫菩萨。

（答曰：）"不能吃倪法。"

好呀！这些宝玉，一起倒把你了。老爷同銮转驾。

（答曰：）"不能回去。此宝不能算宝，只是土方。"

掌坛的，他不苦，就有宝。

（答曰：）"到底要叮当响，里方外圆。清明两朝，传国之宝。"

呆东西，你嘴实在太刁！

（答曰：）"还要青草、枯草，弄在一块，你才吃的饱。"

（答曰：）"不是的要钱宝，我来讨个吉兆。"

东库东库，你把送的来。来了来了，你看多少钱来，万把钩子弄住六路财神。

（答曰：）"五路财神。"

你把衣服兜起来接宝。

（答曰：）"罗衣兜起来。"

我说你这么大哪有个衣包？左手把你金子，右手把你银子。这个手那个手，来来来!不好!呆东西。他玩三个手。昨日六合县大街上,扒人萝卜是你。又在街巷扒人草驴,也是你吧?人家要打你。

(答曰:)"不是他,打的骗子手。"

好呀!这细宝玉,一起把你不要了。

(答曰:)"还要还要。"

呆东西你还要?我来问你,你就来了?

(主家说:)来了,你到来了。我正望住你,你在屋后头扒人家老母猪。

(答曰:)"不是他扒的,乃是公猪扒的。"

我叫长口财气,你就哈一口气。

(主家:)哈过了。

你只哈到不坏,你哈手。买一个大草驴,坐在槽房门口。笆斗一个,顿在地下。来一个,哈一个,哈到晚上,总要哈到一笆斗钱。你打河边上来的。

(答曰:)"不是打河边上来的。"

你说不是河边上来?他手上一手烂泥,绿豆眼睛。大元宝一起交把你了,可要了?

(答曰:)"不要了。"

来了馒头去有数,分文不少半毫分。

大财门安个莲花样,小财门安过菊花心。

莲花样子菊花心,小财门改做大财门。

不烧钱粮不走马,烧下钱粮驾回宫。

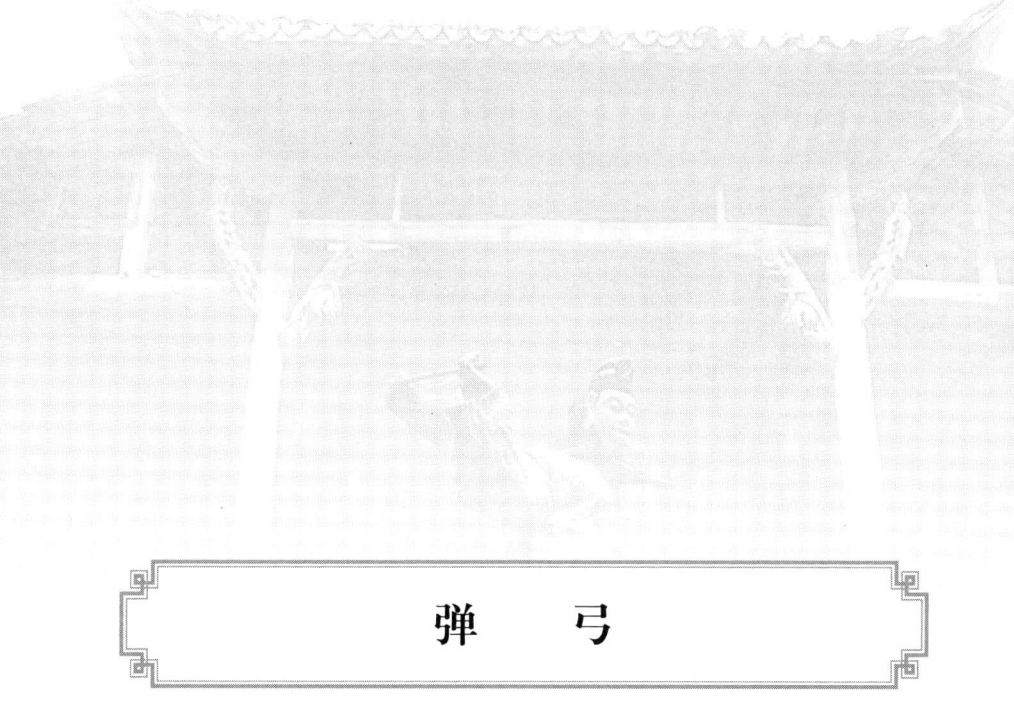

弹　弓

做会主家为了求子，特请僮子演出《二郎神打弹》的短剧，剧中有说有唱。一扮成二郎神的僮子先介绍自己的来历，然后与"伴坛"逗哏，说吉利话，与《安财门》相似。现搜集到的抄本有两部：（1）四知堂老抄本，名《娘娘·弹弓》。（2）阮有江1993年古历十月抄本，十六开竖写。

呀哈哈！二郎天神又上马，
马走罗林呛呛响，来神脚踏赴坛门。
大神面前告个罪，老爷才敢坐当中。
一身稳坐花台上，正凶正吉正乾坤。
可要来神通名姓，掌坛师父答应声。
（答曰：）"要大神报名姓。"
问我家来并不远，不是无名少姓人。
家住贺洲城一座，鸡笼巷口是家门。
父姓杨来母姓张，所生天神杨二郎。
手执金弓银弹子，天河二面打鸳鸯。
早打鸳鸯不成对，晚打鸾凤配成双。
一天鸳鸯打到晚，一担挑来见玉皇。
玉皇见我神通大，封我天神杨二郎。
弟子今日来恭敬，送你子孙进香房。
左右掌坛师父，休要拷打！
锣子叮当，鼓声汪汪。
请得老爷到此，有何大事？
（答曰：）"请得老爷到此。"
要金弓三弹，此地请我到此，打弹弓。先说几弹你听听：树上雀蛋，河里龟蛋，鸡蛋鸭蛋，小孩子吃了会酒一起滚蛋。
（答曰：）"这个蛋不能算。"
到底金弓三弹。好呀！有响就算，没有响来，就不算。伙家，哪里响的？
（答曰：）"大棹响的。"
可以。你的角上响的天要下雨。
（答曰：）"不必多言，还要金弓三弹。"
是的，可有龙须手巾？
（答曰：）"有的。"
有一条龙须手巾，可曾抱个牛头扎个鬏？

（答曰：）"包个牛头。"

好呀！可曾洁个净？

（答曰：）"洁净过了。"

你说洁净了，放在灯头上烧。

（答曰：）"不能烧。"

要龙泉法水洁净。太平了，龙泉法水洁净过，你打去了罢。

（答曰：）"他不能，他乃凡人。"

好呀！他是咸人，腌过几斤盐的？

（答曰：）"他乃凡夫肉体。请老爷打弹弓，神通广大。"

好呀！老爷神通广大，小孩子跳在网里来。

（答曰：）"不是的。老爷神通变化多了，定要请我老爷打。"

穿老爷龙袍打？还是脱老爷？

（答曰：）"要脱老爷龙袍？呀哟！这不是请老爷，倒是啃老爷。"

脱老爷上身，还是下身？要脱上身，老丈人会打。你要脱老爷下身，叫在坛男女一齐出去，老爷一人精光光来打几弹。

（答曰：）"脱老爷上身，请老爷宽袍打弹。"

四九中心腊，河里冻死鸡。

（答曰：）"冻死鸭。"

既晓得河里冻死鸭，何能脱得光光？上年卜此旧会礼。

（答曰：）"旧会礼到底要脱衣服，早知这桩为难事，不来打马受香灯。"

我要穿袍来打蛋，个个嘴上挂油饼。

手执金弓银弹子，走到神堂打弹弓。

烛台上面请来的，来了黄泥打弹弓。

掌坛法司，弹子来了打在何处？

（答曰：）"打在金容神相面前。"

打在西岳面前。

（答曰：）"打在东岳面前。"

光打一人来气。

（答曰：）"一团和气。"

两个癞子偷瓜。

(答曰：)"二凤穿花。"
三碗青菜。
(答曰：)"三阳开泰。"
自己如意。
(答曰：)"事事如意。"
五个月老母猪起窝。
(答曰：)"五子登科。"
六张荷叶。
(答曰：)"六两和合。"
吃屎可怜。
(答曰：)"七子团圆。"
八块肥肉。
(答曰：)"八仙上寿。"
九道铜古。
(答曰：)"九代同居。"
十坛咸菜。
(答曰：)"实实在在。"
十一侯寿。
(答曰：)"十一延寿。"
十二保屁俺。
(答曰：)"保太平。"
十三太饿。
(答曰：)"十三太保。"
十四团扁。
(答曰：)"十四团圆。"
廿五送灶团元。
(答曰：)"廿四送灶团圆。"
三十晚上受罪团元。
(答曰：)"守岁团圆。"
掌坛的你不晓得，他奶酒吃醉瞎团圆了。公公同媳妇团圆，大伯子同弟媳妇团圆,小叔子同嫂子团圆,小孩子同草狗团圆,老爷同烧酒团圆。

(答曰:)"大有大团圆。"

小有小团圆。五男二女,七字团圆。可有个花香正鼓,同我朝阴面前站将起来。

(答曰:)"朝阳面前掌得高高。"

我来恭喜你买鼓了。

(答曰:)"值鼓僮子。"

东请人不来。

(答曰:)"东遇财,西遇宝,南遇春风,北遇贵人。"

天官赐福,地纳祯祥,野神菩萨。

(答曰:)"家神菩萨。"

神力永护家道盛,佛光常照子孙兴。灶姑奶奶。

(答曰:)"灶姑老爷。"

灶君头上四个字,柴见烧来米见量。裤子门。

(答曰:)库房门。

库房门上留几弹,早见金来晚见银。龟子门。

(答曰:)贵子房门。

多福多寿多男子,曰富曰贵曰康宁。受罪门。

(答曰:)"寿星房门。"

寿比南山松不老,福如东海水流长。

还有大发财小发财,老爷未带的打不打?

(答曰:)要打。

大发财小发财,斗大元宝滚进来。

还有一锭紫金送下库房,镇库。

今天好日子歹日子?

(答曰:)"好日子。"

好好好好!谢神!一个作揖作到底,烧陈柴来吃陈米。来了来了来了!

可认得他?做了龟来了。

(答曰:)"做了官来了。"

当家会首,你要认得他会首。认不得,我把他。

（答曰：）"他把我。"
吱个声照说的好，腰中取出大元宝。
我们跳上大半天，未曾看见一文钱。
我说好来你把钱，一年买上几庄田。
快快来，快快来，时时招客又招财。
时时招的千年宝，客客发的万年财。
招财童子栏门坐，利市仙官送宝来。
招财童子利市仙，刘海步步洒金钱。
金钱洒在窗户上，发达荣华万万年。
打锣敲鼓送进房！
（答曰：）"带子回朝！"

谢　　土

原本封面题字：一九九二年古历三月立　共十页　阮有江抄本　谢土专用全书

此神书用于新屋落成做"安土会"或"谢土会"时唱念，功能是酬谢五方五土神。

窃以公文，
直上冲，
妙为太庙。
答谢天地。
二来祝庆，
牛栏位下。
开通财门，
信士虔诚。
头一进香，
第二进香，
第三进香，
上香以毕，
躬身殿前，
普陀花台。
五拜六拜，
来受香斋。
昔说明香，
此香出在，
大神王背后，
下生瑞气，
星辰朗照。
黑夜三更，
别宝回子。
月斧砍倒，
龙行大雨。
车推驴驮，
六邑天长。
做出真香。

焚香一炷。
遍行宝塔之中。
奉请神驾来临，
酬盟祝庆，
火星位下。
三堂大会，
接福迎祥。
当今弟子，
皇王国号，
子孙昌盛，
牛只长旺，
进香以周。
参拜诸神：
二拜四拜，
我佛如来。
九拜十拜，
生在何处，
云南国内，
上长青枝，
紫雾盘根。
下有地府，
大放光芒。
认得此木，
摆在山冈。
撬成木排，
马拽船装。
芝草库内，
斧头劈的，

入在金炉，
腾腾缪缪，
户主虔诚，
家谱位下。
三来祝庆，
一堂供敬。
保安烧香，
沐手焚香。
大吉良言。
世代峥嵘。
血财高强。
退后移步，
一拜二拜，
结成花界。
七拜八拜，
成双起来。
长在何方。
观音殿前，
花果结叶。
上有日月，
运水朝阳。
凡人不识，
是棵真香。
五月天庭，
淌下长江。
发在各洲，
将他收买，
名为大香。

磨子磨的，	名为沐香。	抽丝眼出，
名为线香。	弯弯曲曲，	名为盘香。
花花绿绿，	名为斗香。	当今弟子，
家做胜会。	不惜资财，	将香收买。
有事才来，	焚香拜请。	凡事不敢，
假摆香案，	乱请尊神。	圣笃相邀，
焚香满炉，	宝烛双支。	前来奉请，
住宅中宫，	九天高皇大帝，	九天玄女娘娘。
后土灵宫，	紫微大帝，	土皇天子，
土侯土相。	土皇宫，	都岁仓土府灵华帝君。
又来奉请，	南泉教主普庵道德禅师，	
八万首金刚，	阴太岁，	阳太岁，
值年太岁，	至德尊神，	张鲁二班，
二位仙师，	青龙白虎，	土府神君。
朱雀玄武，	土府神君。	黄播豹尾，
土府神君。	腾蛇勾陈，	土府神君。
休生伤杜，	景死井开，	分为八门金锁，
土府神君。	乾坎神君，	后天八卦，
土府神君。	伏羲八卦，	土府神君。
文王八卦，	土府神君。	大八卦，
土府神君。	小八卦，	土府神君。
前八卦，	土府神君。	后八卦，
土府神君。	左八卦，	土府神君。
右八卦，	土府神君。	里八卦，
土府神君。	外八卦，	土府神君。
八八六十四卦，	土府神君。	一卦分为两支，
化成三百六十五度。	甲乙丙丁，	戊己庚辛，
壬癸癸壬，	辛庚己戊，	丁丙乙甲，
分为天下，	土府神君。	子丑寅卯，
辰巳午未，	申酉戌亥，	亥戌酉申，

未午巳辰，
土府神君。
丙子丁丑，
土府神君。
壬子癸丑，
土府神君。
戊寅己卯，
土府神君。
甲辰乙巳，
土府神君。
庚辰辛巳，
土府神君。
丙午丁未，
土府神君。
壬午癸未，
土府神君。
戊申己酉，
土府神君。
甲戌己亥，
土府神君。
庚戌辛亥，
土府神君。
土府神君。
土府神君。
土府神君。
土府神君。
土府神君。
六神禁忌，
土府神君。

卯寅丑子，
甲子乙丑，
土府神君。
庚子辛丑，
土府神君。
丙寅丁卯，
土府神君。
壬寅癸卯，
土府神君。
戊辰己巳，
土府神君。
甲午乙未，
土府神君。
庚午辛未，
土府神君。
丙申丁酉，
土府神君。
壬申癸酉，
土府神君。
戊戌己亥，
土府神君。
庚子辛丑，
戊寅己卯，
丙辰丁巳，
庚午辛未，
戊申己酉，
丙戌丁亥，
六十花甲子，
土府神君。
年煞月煞，

化为地爻，
土府神君。
戊子己丑，
土府神君。
甲寅乙卯，
土府神君。
庚寅辛卯，
土府神君。
丙辰丁巳，
土府神君。
壬辰癸巳，
土府神君。
戊午己未，
土府神君。
甲申乙酉，
土府神君。
庚申辛酉，
土府神君。
丙戌丁亥，
土府神君。
壬戌癸亥，
壁上土，
城头土，
沙中土，
路房土，
大驿土，
屋上土，
土府神君。
三煞将军，
土府神君。

日煞时煞，土府神君。
四大虫王，土府神君。
虮蜡将军，土府神君。
苗脚将军，开花童子，
田公田母，花粉七娘娘，
大土神仙大娘娘，土府神君。
土府神君。三土神仙大娘娘，
四土神仙大娘娘，土府神君。
土府神君。六土神仙大娘娘，
七土神仙大娘娘，土府神君。
土府神君。九姐妹十弟兄，
蜈蚣百脚，土府神君。
土府神君。南方红蛇，
西方白蛇，土府神君。
土府神君。中央黄蛇，
五方蛇神，五方鹤神，
土府神君。东方甲乙青帝，
南方丙丁红帝，土府神君。
土府神君。北方壬癸黑帝，
中央戊巳黄帝，土府神君。
土府神君。移门改户，
折旧换新，土府神君。
土府神君。元木开工，
运土平磉，土府神君。
土府神君。铺旺盖瓦，
泥墙砌壁，土府神君。
土府神君。天太岁，
地太岁，土府神君。
土府神君。阳太岁，
值年太岁，土府神君。

螟螣蟊螯，
蝗蝻天子，
青苗使者，
结莠郎君，
土府神君。
二土神仙大娘娘，
土府神君。
五土神仙大娘娘，
土府神君。
八土神仙大娘娘，
土府神君。
东方青蛇，
土府神君。
北方黑蛇，
土府神君。
五方蛮雷使者，
土府神君。
西方庚辛白帝，
土府神君。
非土伏土，
土府神君。
偷梁换柱，
土府神君。
竖柱上梁，
土府神君。
安门支锅，
土府神君。
阴太岁，
土府神君。
值月太岁，

土府神君。	值日太岁，	土府神君。
值时太岁，	土府神君。	田头土地，
场头土地，	山神土地，	半山土地，
木桩土地，	住宅土地，	土府神君。
一千二百位，	土家蛮神，	五方五土，
一切诸神。	请登香案，	听以宣读。
先有请神，	后来居住。	

共和国××省××县××村××庄×姓××名　居住　奉：

信士弟子，	法心虔诚。	起造住宅，
正堂几间，	厢屋几间，	前屋几间，
后屋几间，	猪圈毛厕，	前坊后垣，
前厅后楼，	一应俱全。	选择×年×月×日，
元木开工，	运土平磉。	立柱上梁，
铺盖瓦旺，	安门支锅，	安镇龙口，
油漆装修。	四散修理，	工成完满。
入眷进宅，	弟子何敢擅便，	犹恐开斗误犯，
污秽触晦。	庄前庄后，	坊左坊右，
五方五土，	一千二百位，	土府神君。
一向到今，	未能答谢。	吉利某年，
某年某月，	大吉良辰，	礼请土地，
神像到家张挂，	摆下坛口，	交猪答谢。
呈上表文，	邀请南北诸神，	净坛解魇。
又请五方太岁，	来受香灯。	

（行五方纂念五方太岁）

初献斟酒土神王，	土神老爷听忏音。	土王用事十八日，
谁敢冒犯土地王？	天龙八部传相请，	八万火首共金刚。
太岁请用初点酒，	一定大发保安康。	二献斟酒土神王，
扬任太岁听忏音。	家住东京城一座，	五梁大殿是家乡。
父姓杨来杨家子，	杨任就是他身当。	恼恨纣王无道理，
宠幸妲己害忠良。	老爷直言来启奏，	怒恼当今无道王。

老爷绑出午门外，
把老爷救到仙山上。
眼眶专出两支手，
中看阳元各庙堂。
武王伐纣身亡故，
甲子太岁你身当。
弟子安龙来谢王，
福禄双全酒在斟。
青龙白虎分左右，
后跟腾蛇及勾陈。
鳅鱼鳝鱼来打洞，
燕子衔泥上高梁。
不知哪方动了土，
请老爷坛前受真香。
四献斟酒土神王，
五花楼台有家门。
所生弟兄人两个，
宠幸妲己害娘娘。
手执宝剑宫中进，
捉住太子人一双。
方弼方相来救你，
把老爷救到仙山上。
子牙西岐兴人马，
莫到朝歌保纣王。
我若下山父王保，
赐你宝贝下山冈。
二人来到半路上，
不保父王为哪桩？
殷郊殷洪听得说，
恼了师父人一双。

割去双双两眼睛。
仙丹一粒拿在手，
手心又钻二眼睛。
下看幽冥并地府，
封神台上封神王。
手执鹅毛五火扇，
请老爷坛前受真香。
三献斟酒土神王，
朱雀玄武立两相。
弟子家下来起造，
乌鱼鳖鱼打成塘。
也有门前挑灰粪，
今日答谢土神王。
太岁请用三点酒，
殷郊太岁听忏音。
父是纣王真天子，
殷郊殷洪人一双。
姜氏娘娘被害死，
要杀妲己女娘娘。
把老爷绑出午门外，
又来仙山人一双。
修心得道就数整，
师父打法下山冈。
殷郊听说回言答，
铁犁头耕死我身当。
赐你五虎七星剑，
申公豹拦住把话讲。
你父百年龙归海，
来到朝歌保父王。
太极图炮殷洪死，

青虚真君云端过，
按在老爷两眼眶。
上看三十三天界，
又看土地蛮神王。
封老爷不封别神位，
执掌山水共阴阳。
甲子太岁高宝坐，
土神老爷听忏音。
黄幡豹尾前引路，
又恐怕惊动土神王。
老鼠打洞蛇攒进，
开井打缺挖牛汪。
弟子祝庆酬土会，
三才专旺酒在斟。
家住朝歌城一座，
姜氏娘娘是母亲。
只因父王无道理，
恼了太子人一双。
却被纣王知道了，
要斩太子人一双。
广成子来赤精子，
各样法术甚高强。
你到西岐武王保，
师父在上听衷肠。
师父一听心欢喜，
番天印交待你身当。
因何下山武王保，
问你江山哪个掌？
只因不把周王保，
铁犁头耕死殷郊王。

灵魂不到别处去，
三头六臂太岁王。
今日安土来谢王，
四季平安酒在斟。
江南饶洲景德镇，
造出砖瓦甚高强。
弟子家下来起造，
请动土神受真香。

封神太上等封神。
弟子家下来起造，
请老爷坛前受真香。
五献斟酒土神王，
又造瓷器碗共缸。
做出砖来作出瓦，
用砖瓦惊动土神王。
太岁请用五点酒，

封老爷不封别神位，
犹恐冒犯太岁王。
值年太岁高宝座，
说个比子比何方。
离此不远瓦窑铺，
挖成坑来挑成塘。
今日安土谢过王，
茶有五盏酒在上。

五 点 酒

农民挖土建房时,怕因动土而得罪土神,为避免灾祸,便请僮子做会以祭祀土神。僮子一边洒酒,一边唱着《五点酒》,其内容多是告诉神灵动土的原因。

初献斝酒安土神，
南方安排土绣墩。
司人今日安位你，
二点启告土功会，
夏三月取土泥敷墙。
主家犹恐冒犯你，
各登方位保太平。
三点启告土神君，
东南西北要整齐。
司人今日安位你，
四点土神听表文，
金龙螣蛇镇吟吟。
司人今日安位你，
儿郎媳妇你为高。
春季罱泥并挖岸，
冬季泥锅作灶王。
或是拖锹去瞧水，
或是西边去点瓜，
或是门口去砌墙。
闲时你在方位坐，
各登方位寿延长。

六神禁忌听表文。
土公土母土家神，
各登方位保兴隆。
门栏只有你为高。
深的挖了三五尺，
今日酬谢土公会。

司人嘱咐说原因。
万物均皆土内出，
各登方位保安康。
司人共你说原因。
朱雀正南长安乐，
各登方位保太平。
乡农只说不动土，
夏季耕田去栽秧。
午忙三时下大雨，
开井打缺你浮漕。
或是门前挖牛汪，
不知哪方动了土，
今日请你到坛堂。

东方摆列土神位，
都是蛮王手下神。

春三月取土泥房屋，
浅出之时挖一锹。
私人坛前安位你，

四季挖泥脱土基，
今日相谢土家神。

青龙白虎分左右，
玄武正北按四方。
五点斝酒土功会，
全凭种田过时光。
秋季耕田去种麦，
家前屋后淌成塘。
或是东边去栽菜，
或是门前脱土基，
又怕冒犯土蛮王。
五方五土请安位，

五方五土神

  这是僮子敬请五方土神时的仪式与歌唱的内容。这些神灵分别是青龙土神、朱雀土神、白虎土神、玄武土神和中央黄土神,其功能是祈请他们保佑平安。

司人启告祝忏神，
甲乙木上保太平。
西方土神归西位，
壬癸水上保安宁。
五方土神高宝坐，
青家儿郎青媳妇。
无事只在方位坐，
谢土粮，火上烧。
东方位上谢过王，
南方土神听原因。
打红旗来幔红伞，
今日请你到中宫。
南方粮，火烧化，
朱雀方位保兴隆。
白土公来白土母，
写个白字正西方。
对神交来对神交，
白虎土神受祭文。
谢过西方谢北方，
黑儿郎来黑媳妇。
无事只在方位坐，
谢土粮，火上烧。
北方位上谢过土，
中央土神听原因。
打黄旗来幔黄伞，
今日请你到中宫。
中央粮，火上化，
勾陈螣蛇保太平。

安位五方五土神。
南方土神归南位，
庚辛金上保太平。
中央土神归中位，
五方土地受香灯。
打青旗来幔青伞，
今日请你到中宫。
东方钱粮火烧化，
青龙位上保平安。
红土公来红土母，
写个红字正南方。
对神交来对神交，
朱雀土神受祭文。
谢过南方谢西方，
白儿郎来白媳妇。
无事只在方位坐，
谢土粮，火上烧。
西方位上谢过土，
北方土神听原因。
打黑旗来幔黑伞，
今日请你到中宫。
北方粮，火中化，
玄武方位保兴隆。
黄土公来黄土母，
写个黄字正中央。
对神交来对神交，
金龙螣蛇受祭文。

东方土神归东位，
丙丁火上保兴隆。
北方土神归北位，
戊己土上保太平。
请拜东方青土公青土母，
写个青字正东方。
对神交来对神交，
青龙土神受祭文。
谢过东方到南方，
红儿郎来红媳妇。
无事只在方位坐，
谢土粮，火上烧。
南方位上谢过土，
西方土神听原因。
打白旗来幔白伞，
今日请你到中宫。
西方粮，烧一份，
白虎方位保太平。
黑土公来黑土母，
写个黑字正北方。
对神交来对神交，
玄武土神受祭文。
谢过北方到中央，
黄家儿郎来黄媳妇。
无事只在方位坐，
谢土粮，火上烧。
中央位上谢过土，

弟子户下，
红沙破败，
犹恐张鲁二班，
安镇龙口，
元始安镇，
土地祇林。
四向正道，
备守帝庭。
护法神灵，
元亨利贞。
用火焚化。
青龙归左，
玄武退后。
拿锄就锄，
锹到土填，
发财发福，

起造住房，
日干一切，
在此兴工架马，
做下一切魘样。
普高万灵。
左社右稷，
内外澄清。
太上有命，
保正诵经。
急急如律令！
五方五土，
白虎归右，
向后以来，
天无忌，地无忌，
百无禁忌。
万事如意。

土王用事，
开工不忌，
竖柱上梁，
司人念起安神咒：
岳渎真官，
不得妄惊。
各安方位，
搜捕邪精。
皈依太上，
谢土粮，
一千二百位土神，
朱雀正南，
拿锹就挖，
阴阳无忌。
谢土以后，
恭喜！恭喜！

结　坛

　　这是僮子敬请结坛神时的仪式与歌唱的内容。以第一人称的方式介绍了结坛神的来历、人们祭祀他的态度和他的主要工作。

这会不请外来神，
钢刀挂下满堂红。
家住山东洛阳县，
个个人家总姓张。
春天农夫要起早，
高举龙笔封神王。
也有人家草庙子，
还有人家砖头厢。
圩里人家板庙子，
取文勾销盖钱粮。
接驾！
是我上粮是神收，
勾消勾消了年头。
前打年月开香赞，
短笔勾到浪洲城。
太平写在人头上，
好到三曹对合同。
传与东厨知道了，
打把钢刀杀先生。
五张纸马五方摆，
灶老爷面前把香焚。
这是大神来分付，

结坛官将赴坛门。
一身稳坐神台上，
离城十里刘林庄。
家有一百单八口，
夏天农夫要紧忙。
封我江南为土地，
还有人家石头厢。
也有人家不讲礼，
法水抬到山头上。
来神官将香神问，
是神文疏等神勾。
虽然一张黄尖纸，
后打居住读来听。
长也勾来短也勾，
太太平平安保宁。
接火笔来亮堂堂，
取盏法水到来临。
斗案请来迎门摆，
五百票子上面存。
大坛钱粮查齐备，
百无禁忌正乾坤。

请得大神来赴会，
才把家乡奏来听。
三十六条花柳巷，
总做农民种田庄。
后来刘秀登天下，
各州各县立庙堂。
也有人家瓦庙子，
头上戴个破沙缸。
非是香僮来请你，
掌坛苏班答应声：
黑笔上账火笔勾，
多少公事在高头。
长笔勾到东洋海，
一笔勾销望神收。
文疏当坛来挂号，
贵礼珍珠动斗量。
一盏法水要洁净，
当坛立下土地神。
家堂上面点蜡烛，
不可短落半毫分。
老爷当坛下了马。

斩 刀

斩刀又称"金膀滴血"。香火僮子用"神刀"划破臂膀出血，将血涂在符与旗上，用以避邪，同时表示自己对神的虔诚的态度。此本收于僮子阮有江抄本《会堂小法司专用书》。

钢刀挂下满坛红，
未曾出血放毫光。
鲜血滴在庄保上，
南五方来北五方。
周公大礼朝上拜，
买田方圆九千九十五里。
（答曰：）"添儿子养孙子长旺。"
血财来的可曾长旺？
（答曰：）"来的长旺。"
喜钱不要长旺。
（答曰：）"也要长旺。"
我把他。
（答曰：）"他把你。"
在我腰里。
（答曰：）"在他腰里。"
这个吉兆说得好，
一刀斩得血沙沙。
天上二十单一岁，
把神家乡判来听。
家住日出扶桑国，
林家门是小外孙。
开天辟地去练天，
大闹昆仑了不成。
封神不为别一个，
有事先走我衙门。
头戴钢叉帽一顶，
一来赴会受香灯。
登堂赴会。

呀哈哈！
该因主家洪福大，
一年四季保安康。
不叫张三和李四，
拜拜随坛土地神。秧苗豆角长旺，

腰里吞出大元宝。
请主家动动手，
一百廿岁吃寿酒。
若问大神家何住，
海龙王隔壁是家门。
家有一百单三口，
神鞭打死老爷身。
玉皇见我神通大，
赐封王林把山门。
竹节钢鞭拿在手，
足下站在风火轮。
人家许愿我上账，
龙虎山，

一把钢刀快锋芒，
鲜血出来一条枪。
东无忌来西无忌，
当家会首那边存。
当家会首一起发，
过儿子养孙子。

四九冬天冷吧吧，
保佑你活到九十九。
一身稳坐花台上，
当坛说起我家村。
张家门中亲生子，
老爷本是猛将军。
昆仑高山魂不散，
灵霄宝殿封我身。
头道大门就是我，
我在阳间盖公文。
竹节钢鞭拿在手，
先锋领请老太君，
转拜请，

天师真人。	珞珈山，	转拜请，
观音大士。	昆仑山，	转拜请，
元始天尊。	三第山，	转拜请，
三第祖师。	武当山，	转拜请，
真武之尊。	九华山，	转拜请，
地藏王佛。	请文殊，	和普贤，
二位天尊。	五行山，	转拜请，
齐天大圣。	桃花山，	转拜请，
二郎天神。	泰山顶上，	转拜请，
娘娘三位。	香山足下，	七位娘娘，
早送子孙。	请东海，	行雨龙王，
登堂赴会。	有雷公，	和闪电，
早赴坛门。	请西湖，	七公公。
转拜请，	耿三公，	侯二公，
早赴坛门。	请牛栏，	和天子。
转拜请，	请猪栏，	和圈神，
早赴坛门。	请东岳，	泰山王。
转拜请，	请西岳，	华山王，
早赴坛门。	请南岳，	衡山王。
转拜请，	请北岳，	恒山王，
早赴坛门。	请中岳，	嵩山王。
转拜请，	请张康，	和二符，
早赴坛门。		

打 醋 坛

《打醋坛》,又称《醋坛解魇》。驱除妖魔鬼怪,请真武神镇压坛堂。此本收入阮有江抄本《会堂小法司专用书》。

醋坛进坛门，
地下草鸡啼。
开天门，
闭火门。
（答：）开喽！
财门开的宽朗朗，
四路打扫降祯祥。
初将神水洒东方，
架上蔷梅花正香。
神水洒破东方路，
河边杨柳闹嚷嚷。
神水洒破南方路，
除去清风寒衣凉。
神水洒破西方路，
梅腊花开喷鼻香。
路上行人抄住手，
十冬腊月免灾殃。
愁门闭的冲冲锁，
五星官送福到府上。
会首丢下醋坛盆，
俯伏金阶快起来。
（说吉利话）
初将神水洒坛前，
后请真武三元官。
烧得魍魉化灰尘。
二献当坛酒满瓯，
右边供的鬼千愁。
路遇妖魔并鬼怪，

魍魉化灰尘。
神在虚中过，
开地门，
财门开哪？

赤火门闭的紧吞吞。
香坛捧在前头走，
香气洋洋透天堂。
处处桃花皆开放，
正二三月保安康。
对对鸳鸯来戏水，
四五六月插黄秧。
秋天露水天寒冷，
七八九月打胜场。
鹅毛扫雪飘千里，
日天短来夜天长。
五将神水洒中央，
财门朗朗大开放。
四方八面解魔过，
扭膝弯腰跪在尘。
快起来，快起来，

谁敢前来点四点。
元帅手执狼牙棒，
进坛解魔，
司人藏满手内收。
千斤石，鬼千愁，
一刀两断化灰尘。

天上金鸡叫，
正是醋坛时。
开财门，

手捧醋坛拈条香，
神门筛锣随后忙。
乌鸦迎神当头叫，
青水绿绿归长江。
二将神水洒南方，
桃红柳绿好风光。
三将神水洒西方，
巧女楼上办衣裳。
四将神水洒北方，
江湖冻的达油光。
神水洒破北方路，
多聚骠马降道场。
神水洒破五方路，
醋坛还归我会堂。
拜真武二十单四拜，
香火子要发你广财。

先请六丁并六甲，
竹节钢鞭照玄天，
酒斝初献。
左边供的千斤石，
擒妖捉怪笑喉喉。
官将临坛，

酒斟二献。
三献当坛莫明王，
急急前来站西厢。
摇动鼓来筛动锣，
小魇活捉见阎王。
进坛解魇，
三献已罢。
交天阳，交地阳，
四大金刚将，
金水火土，
请下北极真武，
马赵温越领受了。

白玉枪在手中央。
青面将军摇动鼓，
擒妖捉怪笑哈哈。
天罗神，地罗神，
酒斟三献。
青洋洋，黑洋洋，
年阳月阳，
哪吒揭谛神，
龙生登宝座，
镇压坛场，

部领雄兵百十万，
黑虎玄坛把锣筛。
大魇拿来当坛斩，
念动此咒鬼神惊。
一献二献，
佛德照西厢。
日阳时阳，
二三四五，
喜事绕门庭。
解魇钱粮火上烧，

（下面祝忏，做什么会，就念什么忏）

谢 斗 案

　　斗案供当地土地神。做任何会,都要先由土地神请九郎,再由九郎请有关神灵。神灵来到后,土地神接待,故而土地神在会中是一个重要的角色。

弟子磕头朝上拜，
添财添喜添福禄。
三拜西方庚辛金，
子孙做官清如水。
回龙马，转香台，
尺壁飞跑离府门。
斗案请起一根秤，
香烟绕绕透天堂。
把它囤在仓子内，

拜拜五方土龙神。
二拜南方丙丁火，
耕到金来耙到银。
五拜中央一点黄，
斗案牌位请起来。
斗案请起一把剪，
秤称银子斗量金。
你恭喜来我恭喜，
仓廒谷满不脱空。

一拜东方甲乙木，
驴驮钥匙马驮锁。
四拜北方壬癸水，
瓜子黄金动斗量。
斗案请起一杆尺，
剪断是非不上门。
斗案请起一炷香，
斗大元宝交把发财人。
恭喜！恭喜！

卷坛送圣

此神书的内容是送神回家,收坛结束,最后是安排家神神位。

请王来，送王回，
上方銮驾又来催。
五谷朝上洒，
外面娘娘请上轿。
五谷洒四方，
子子孙孙做诸侯。
五谷落地，
（下面送圣）
法司完满，
送神回宫。
滔滔水谷送龙神。
各各城乡送庙宇，
送圣钱粮火上烧。
三神王领到西方去，
才把钱粮解下包。
了罢了，休罢休，
一无烦恼二无忧。

请王上马笑微微。
天福禄来地福禄，
上面诸神请上马。
五谷朝家洒，
前满仓来后满仓。
五谷洒你手，
万事如意。

起驾腾空。
呀哈哈！
烈烈阳元送真宰，
幽幽法界送孤魂。
大郎领到东方去，
四神王领了奔北遥。
钱粮解往宝仓库，
曹判官托起簿子勾。
执笔判官打完了，

来时留王吃三盏，
你我二人手内执五谷。
五谷朝外甩，
家堂菩萨稳坐下。
五谷洒你头，
手捧元宝往家走。

大坛钱粮，
浩浩天庭送上圣，
冥冥地府送王官。
对神交来对神交，
二郎领了奔南曹。
五神领到中央去，
祭礼解往九云霄。
勾引弟子做过会，
一堂钱粮望神收。

回 家 安 位

弟子磕头朝上拜，
客人朝拜与家神。
惊动家神。
纸马一份，
拜拜东厨张灶君。
好言好语望上奏，
带下金银八仙缸。
再磕头，朝上拜，

拜拜家堂老爷尊。
弟子做的太平喜乐会，
了会以后，
答谢家神。
张灶君来张灶王，
恶言恶语要保藏。
弟子做会朝拜你，
拜拜三代老亡魂。

家是主，神是客，
大锣大鼓，
方疏一道，
再磕头，朝上拜，
玉皇差你管厨房。
三十晚上归下界，
柴见烧来米见量。
亡魂亡魂，

在世为人，
琉璃店里去修行。
弟子做会朝拜你，
二道门官，
了会以后，
答谢亡魂。
恭喜！

死后为魂。
逢到清明寒食节，
保佑下代子孙贤。
招财童子，
方疏一道，
纸马灰落地，

西天有个琉璃店，
不要回家吵闹人。
前道门官，
利市仙官。
纸马一份，
万事如意。

（至此全部法事结束）

二、开坛法事

交猪·活领牲

原本封面题字：阮有江抄本　一九九二年古历元月立

此神书是"交猪"法事的全部唱念词。"交猪"是一堂独立的法事，为做会而宰杀生猪时可以做这堂法事，不宰杀生猪则不做这一法事。法事包括"香赞子"、"活领牲"、"十献"、"刀鉴印"、"呈香祝告"、"解猪"、"开猪"等。《交猪》神书是在将活猪捆放在神案前开始唱念。神书为四言咒文。先说明做会进香，后称赞真香来历，并有请神等内容。

《活领牲》的内容为：猪盘龙因报仇而兴风作浪，淹死无数百姓，玉皇大帝贬他变成猪羊。末尾唱道："一份钱粮火烧化，答谢盘龙早回程。"

〔香赞子〕窃以公文，焚香一炷。入在金炉，
扬扬上冲，遍行宝鼎之中。腾腾缪缪，
妙为太庙，奉请神驾来临。户主虔诚，
答谢天地。酬盟祝庆，家谱位下。
二来祝庆，福星位下。三来祝庆，
牛栏位下。三堂大会，一坛供敬。
开通财门，接福迎祥。信士虔诚，
沐手焚香。头一进香，皇王国号，
大吉良言。第二进香，子孙昌盛，
世代峥嵘。第三进香，牛只长旺，
血财高强。上香已毕，进香已周。
退后移步，躬身殿前，参拜诸神。
一拜二拜，我佛如来。三拜四拜，
结成花界。五拜六拜，四季发财。
七拜八拜，来受香斋。九拜十拜，
成双起来。昔说明香，生在何处？
长在何方？此香出在，云南国内，
观音殿前，大神王背后。上长青枝，
花果结叶。下生瑞气，紫雾盘根。
凡人不识，别宝回子。认得此木，
是棵真香。将斧砍倒，摆在山冈。
车推驴驮，马曳船装。发在各州，
六合天长。有钱客人，将香收买。
做出真香，摆在店堂。弟子祝庆，
家谱胜会。不惜资财，将香收买。
有事才来，焚香拜请。无事不敢，
假摆香案。乱请尊神，圣驾相邀。

紫金炉里把香焚，
丈夫敖闰西海龙。
盘龙娘娘龙宫里，
游玩四海散散心。
主仆二人来游玩，
娘娘套在网当中。
渔翁正要把鱼卖，
总是生意买卖人。
秀才上前观真望，
为何两眼泪淋淋？
秀才上前忙开口，
"这条龙鱼街上卖，
便把渔翁叫几声：
就对龙鱼说几声：
我今将你来买下，
变条乌龙在江心。
船上客人都看见，
暗把渔翁恨在心。
我今要把仇来报，
点动儿郎众三军。
将身来到河北地，
风沙走石唬坏人。
大船也被风卷起，
淹死客人三百名。
船上有个陈秀才，
托住秀才陈其云。
娘娘来到龙宫里，
我来问问他当身。
娘娘上前忙开口，

启忏当年猪盘龙。
执掌西海多快乐，
恼闷心绪不安宁。
娘娘妆拾多齐整，
来了渔翁把网罾。
渔翁一见心欢喜，
又来大船上北京。
其中有个穷秀才，
看见龙鱼爱煞人。
龙鱼流泪龙有难，
叫到渔翁你是听：
卖了文银买酒吞。"
"给你纹银二十两，
"有甚冤来有甚难？
把你放在大江心。"
头朝秀才点三点，
个个唬把舌头伸。
不昱秀才将我救，
瞒着丈夫人一个。
风婆雨师来听令，
霎时天变黑沉沉。
风又大来雨又大，
一起翻落在江心。
盘龙娘娘又传令，
把他带往到龙宫。
娘娘把仇报过了，
便把水族喊几声。
秀才被水淹昏了，
叫声恩公你是听：

家住西海盘龙山，
行风布雨润黎民。
龙宫彩女带几个，
变条龙鱼下江心。
无巧不巧真正巧，
要卖龙鱼打酒吞。
船上客人有几百，
名字叫做陈其云。
这个龙鱼多蹊跷，
必有缘故在其中。
"你这龙鱼可曾卖？"
秀才听说心欢喜，
把鱼卖把我当身。"
不必两眼泪淋淋。
秀才把鱼放下水，
摇头摆尾动了身。
盘龙来到龙宫里，
几乎一命送了终。
连忙打动聚将鼓，
雷公闪电跟我行。
猛然一阵狂风起，
渔船刮翻在江心。
两个渔翁淹死了，
叫道水族你是听。
虾兵蟹将忙不住，
连忙收兵转回程。
快把秀才来带上，
昏昏沉沉不知闻。
"家住何州与何县？

根生土长哪里人?"
"家住河北大名府,
我名叫做陈其云。
娘娘听说心欢喜,
我把根由说你听。
只因龙宫心烦闷,
把我打在网当中。
渔船被我刮翻掉,
报答恩公配为婚。
秀才听说好好好,
再表船上众冤魂。
阎王被他闹急了,
骂道一声怪盘龙。
忙差天兵和天将,
西海捉拿怪盘龙。
云雾招招来得快,
怪妃盘龙骂几声。
盘龙娘娘听得说,
捉住盘龙动了身。
玉皇大帝忙开口,
淹死人命罪不轻。
"只因一时多恼闷,
把我打在网当中。
他今将我来买下,
兴风作浪淹死人。
玉皇大帝冲冲怒,
淹死客人罪不轻。
盘龙娘娘号啕哭,

秀才此时心明白,
离城不远陈家村。
耳听北京开南选,①
叫声秀才你是听:
丈夫西海为龙王,
游玩四海散散心。
多亏恩公将我放,
把你带到我龙宫。
你在龙宫招驸马,
多谢娘娘一片心。
淹死一班屈死鬼,
来到凌霄奏王尊。
无故淹死众百姓,
二郎哪吒两个人。
二郎哪吒领了旨,
西海早在面前存。
今有玉旨来到此,
唬掉三魂少两魂。
将身来到凌霄殿,
骂声妖妃女盘龙。
盘龙一听忙启奏,
游玩四海散散心。
带到长街将鱼卖,
把我放在大江心。
要望星主发慈悲,
骂道兴风作浪人。
忙叫天兵和天将,
哀求王母要讲情。

连忙开口把话论:
我的年龄二十岁,
我到京城跳龙门。"
"我今不是凡间女,
我是娘娘朱盘龙。
遇到渔翁人两个,
把我放在水当中。
我有金花公主女,
后来度你成仙人。"
不表秀才龙宫话,
闹到地府把冤伸。
玉皇一听冲冲怒,
罪犯天条了不成。
差你不到别处去,
一驾云头动了身。
站在云端一声喊,
快快跟我上天庭。
二郎放下降龙索,
盘龙跪在宝殿中。
为何兴风来作浪,
星主大帝在上听:
遇到渔翁人两个,
多亏秀才陈其云。
也怪我来一时错,
今朝饶恕我当身。"
淹死渔翁不大紧,
代我绑出南天门。
王母娘娘忙开口,

---

① 南选:开科选士。

叫声星主在上听。
要望星主行方便，
发到凡间做畜生。
变个猪羊活现形。
弟子祝庆老爷会，
领牲钱粮火上焚。

盘龙她是裙钗女，
饶恕她的命残生。
玉皇听说好好好，
逢到年来过了节，
拿到坛前活领牲。
一份钱粮火烧化，

到地穿的长布裙。
把她死罪改活罪，
当时放下朱盘龙，
宰杀猪羊祭冤魂。
传与当家各会首，
答谢盘龙早回程。

呈 香 祝 告

原本封面题字：交猪全书　神坛法司　阮有江抄本
一九九一年古历仲夏

此神书表明做会开坛，呈香供献，邀请三界诸神，祈求人口平安，六畜兴旺，五谷丰登，富贵长寿。最后祷告"问卦"，烧纸答谢。祝告词全是四言。

窃以公文，
扬扬上冲，
缪为太庙，
答天谢地。
二来祝庆，
牛栏位下。
开通财门，
信士虔诚。
头一进香，
子孙昌盛，
牛只长旺，
进香已周。
参拜诸神。
来受香斋。
五拜六拜，
来受香斋。
昔说明香，
此香生在，
大神王背后。
下生瑞气，
别宝回子。
将斧砍倒，
马曳船装，
将它来买。
凡人人等，
不惜资财，
焚香拜请。
乱请尊神。

焚香一炷。
遍行宝鼎之中。
奉请神驾来临。
酬盟祝庆，
火福临下。
三堂大会，
接福迎祥。
某某会首，
皇王国号。
世代峥嵘。
血财高强。
退后移步，
一拜二拜，
三拜四拜，
我佛如来。
九拜十拜，
生在何处？
云南国内，
上长青枝，
紫雾盘根。
认得此木，
万斧砍开。
发在各集镇上。
做出真香，
家做胜会。
将香收买。
无事不敢，
圣灵相邀，

入在金炉，
腾腾缪缪，
户主虔诚，
家谱位下。
三来祝庆，
一堂祝庆。
保安烧香，
沐手焚香。
第二进香，
第三进香，
上香已毕，
躬身殿前，
普译花台，
结成花界。
七拜八拜，
成双起来。
长在何方？
观音殿前，
花果结叶。
凡人不识，
是棵真香。
驴驮担挑，
有钱客人，
摆在店堂。
弟子今日，
有事才来，
假摆香案，
香烟飘飘，

请动天曹。　　　　　一炷明香，　　　　　上请天堂，
玉皇大帝，　　　　　王母娘娘。　　　　　东斗四星，
四四一十六位星君。　西斗五星，　　　　　五五二十五位星君。
南斗六星，　　　　　六六三十六位星君。　北斗七星，
七七四十九位星君。　中央九星，　　　　　九九八十一位星君。
当星朗照，　　　　　本命星君，　　　　　老人星君，
长寿星君，　　　　　淮河两岸，　　　　　一众星君，
雌龙星君，　　　　　雄龙星君，　　　　　紫微星君，
二十八宿，　　　　　普天星斗，　　　　　齐赴坛场。
香烟腾腾，　　　　　地府皆知。　　　　　二炷明香，
九华山拜请，　　　　地藏王菩萨，　　　　本县城隍，
上河大王，　　　　　下河大王，　　　　　九江大王，
十殿阎罗，　　　　　两廊判官，　　　　　牛头马面，
凶神恶魔，　　　　　来赴坛场。　　　　　香烟洒洒，
请动神马。
三炷明香，　　　　　中请阳元，　　　　　各庙诸神，
东岳泰山，　　　　　仁圣大帝，　　　　　张康二符，
二位相公。　　　　　彤华宫拜请，　　　　南方三□，
火德星君，　　　　　火龙火马，　　　　　火鸽将军，
宋石周刘，　　　　　四大元帅。　　　　　又来奉请，
青山宫位下，　　　　大力金仙，　　　　　牛栏天子，
牵牛童子，　　　　　运水郎君。　　　　　又来奉请，
冥王宫位下，　　　　冥王都天，　　　　　收灾降福。
又来奉请，　　　　　天妃宫位下，　　　　三位娘娘，
催生送生。　　　　　百子旃坛，　　　　　挑儿带女。
百子桥上，　　　　　拖儿带女。　　　　　百子桥下，
老爷猁子猁狲。　　　又来奉请，　　　　　宝宫门下，
东库财神，　　　　　西库财神，　　　　　南北二库，
五路财神。　　　　　又来奉请，　　　　　土府宫门下，
土上三千，　　　　　土下八百，　　　　　土公土母，

土子土孙。
一番敬意。
滔滔水谷龙神，
各各城隍庙宇，
上界天仙八郎，
魏征九郎。
来如闪电，
下请地府，
大神请在中央，
女娘娘歇在女院，
同盘受供。
诸神宽怀，
府马三分，
对天宰杀，
高冠雄鸡，
茶叶米盐。
花糕馒头，
天差一班。
执壶郎君，
拔掉足子。
交牲堂，

来受香灯，
上来拜请，
烈烈阳元真宰，
幽幽法界孤魂，
下界水仙五郎，
头顶红彩，
去似云飞。
中请阳元诸神，
小神排立两旁，
同台受烛，
解下红须之纽，
领受弟子，
脚步钱粮。
全猪一口，
浪内龙鱼。
长命绵线，
有酒一瓶。
交酒童子，
走上坛来，
当坛举手，
酒当初献。

当今弟子，
浩浩天庭上圣，
冥冥地府王官，
劳动三界府官，
中界阳元，
腰挎双刀，
上请天堂，
来受弟子香灯。
男神请在男宫，
同炉受香，
脱下滚绒之袍。
快马一匹，
当今弟子，
白羊一腔。
血子豆腐，
月月铜钱。
金盅摆开，
地差一班。
扭掉封皮，
对我王两下分盏，

刀 鉴 印

此神书前半段讲神印来历,后半段讲刀和各种铁器、兵器的制造与用途,最后归结到宰猪贡献。如不念此段,须跪下唱念《呈香祝告》。

酒斟完满，
对王祷祝。
拦神马头，
后读地名。
一泗天下，
某乡某村，
保安信士弟子，
沐手焚香。
上干天庭洪造，
燕处人伦，
牛王位下，
胜会三坛，
三堂大会，
贵步走到，
古代皇历，
选来选去，
才交到某年某月某日，
肩背神坛，
打扫房梁，
分立四坛。
下有下坛，
站牌文疏。
门头上不现，
天宫遥远，
菩萨难知。
修成龙楼，
闹动银鼓，
魏征九郎，

礼必从斟。
酒后才敢，
跪立尘埃。
今据奏为，
南瞻部洲。
某庄居住，
某名叩首，
一呈百拜，
下请投词，
仰干天地，
家谱位下，
下办素供香斋，
一堂酬敬，
东岳神坛。
年中选月，
皇王国号，
神门臣一班，
手带锣鼓，
设供坛场，
上有上坛，
明灯斗案。
外有外坛，
披心挂马，
水路滔滔，
神司人身，
公文表牒，
理通唐朝大国。
头顶公文。

酒前不敢，
对王扶宣。
先传香赞，
神坛法司。
某省某县，
奉神酬盟。
领家眷人等，
吉日诚心。
伏为念生居成是，
虔心告许。
火星位下，
呈敬上圣。
有劳会首。
左带通书，
月中选日。
大吉良言，
甩挂朝衣，
来到会首宝庄。
金容神像，
龙门吊挂。
中有中坛，
门旗两首。
迎请南来北往诸神。
香信难通，
不能二足腾空。
敲动金锣，
请动唐朝，
甲子高真，

东斗四星，	西斗五星，	南斗六星，
北斗七星，	中央九星，	二十八宿，
淮河两岸一众星君，	来赴坛场。	二炷明香，
下请幽冥，	九华山拜请，	地藏王菩萨，
幽冥教主，	十殿阎王，	两廊判官，
牛头马面，	十八狱，	二十四师。
三炷宝香，	阳元奏请，	各庙诸神。
香山宫拜请，	仁圣大帝。	彤华宫拜请，
火德星君。	青山宫拜请，	牛栏天子。
旻王宫拜请，	收灾降福。	天妃宫拜请，
三位娘娘。	聚宝宫拜请，	五路财神。
土府拜请，	福德正神。	当家弟子，
一更二点，	签约画字，	装香贯表。
又恐花坛不净，	东厨里面，	烧下生铁一块，
打下醋坛，	开动财门。	请下北极真武，
马赵温刘，	镇压坛场。	请得开坛官将，
扫地娘娘下界，	扫金扫银，	扫开财门。
二郎神将，	金弓三弹，	安正财门。
西天僧人，	安土散花。	西湖七公，
飘散亡殇。	接坛官将，	牛栏天子，
小刀挂红，	飘散门旗。	镇压庄房。
洒米送圣，	安位家神，	大坛钱粮。
筛盘里面，	广场上面，	对天火化，
送圣回宫。	来要留恩，	去要降福。
当今弟子，	祈求保佑，	家门清泰，
人口平安。	福寿阳阳，	喜气冲冲。
老年人等，	通天甲子。	月老月少，
月康月季。	福如东海，	寿比南山。
少年人等，	房中娶妻。	和合恩爱，
一线到头。	和谐相宜，	生下男子。

攻书上学，
习文作章。
一品夫人。
干儿名下，
喜见天痧。
当长就长，
早些平安。
逢关见过，
痘疹菩萨，
信士弟子，
西去遇宝。
大庄大坝，
叉枝剪柳，
远送他方。
偷牛倒马，
干在一方。
这也是，
再求再保，
驴要成对，
大马小马。
公驴母驴，
骑上一声喊。
不用鞭子打，
夜行八百。
这也是，
再求再保，
黄牛水牛，
二年满山头。
五月天庭龙行马，
这也是，

念书在口。
生下女子，
花正男，
干孙名下，
头上一棵，
当留就留。
一周二岁，
百岁到老。
暗中保佑。
敬神以后，
南遇春风，
小庄小坝，
远送他方。
火光贼盗，
远送他方。
老爷金鞭干净，
住宅土地，
敬神以后，
马要成双。
养起驴来，
草驴叫驴。
鸟嘴铁角紧，
犹如驾祥云。
骑驴驮金马驮银，
马王菩萨，
敬神以后，
公牛母牛。
扬子江去饮水，
雷声闪电，
牛王菩萨，

写字在手，
皇宫里面，
花正女。
喜见天花，
脚下一支。
花疤落地，
三周四岁。
这也是，
再求再保，
东去遇财，
北遇贵人。
孤庄独坝，
小人不足，
远送他方。
拿在一处，
莫在门前遭绕。
暗中保佑。
养起驴骡马匹。
养起马来，
大驴小驴，
凤嘴画眉眼，
骑上一阵风。
日行千里，
狮子驮宝送上门。
暗中保佑。
养起大力牛王。
牛牛牛，
拖拖拉拉不断头。
永无惊骇。
暗中保佑。

再求再保，
东来东猪，
北来侉猪。
娃娃猪。
槽内吃食，
夜长八两。
一圈猪，
卖上五百三十两。
今年猪子已罢了，
杀了八十八斤水板油，
要吃素打香油，
要梳头打些冰片油，
苍蝇不敢歇，
上街剃他一回头，
圈神菩萨，
敬神以后，
狗子汪汪汪，
花子不敢偷黄积草。
会首养个里花狸猫，
东屋里张一张，
神龙似虎，
敬神以后，
百个如利。
晚上遇见，
白的银，
这也是，
再求再保，
大鸡小鸡，
骚公鸡，
自然出去。

敬神以后，
西来西猪，
老母猪，
猪猪猪，
圈上喂养，
当面说价，
卖上五十三两。
猪子门口游一游，
来年养猪像个牛。
熬了几缸，
要点灯打煤油，
带些桂花油。
蚊子翻跟头。
子子孙孙像诸侯。
暗中保佑。
养起狗来。
花子不敢上你庄。
狗子哼一哼，
赛如虎，
老鼠一捉精大光。
暗中保佑。
做起生意买卖。
早上遇见，
利市仙宫。
攒下来，
财神菩萨，
敬神以后，
公鸡母鸡，
一冲一冲呆公鸡。
晚上不收，

养起猪来。
南来花猪，
糙子猪，
二年过五窝，
日长半斤，
背后砍钱。
十圈猪，
香主老爷磕磕头。
八百斤身子二百斤头，
代上几钵头。
要拌小菜打麻油，
会首娘子搽搽头，
吊了一片好皮袄，
这也是，
再求再保，
大狗小狗，
狗子咬一咬，
花子不敢登墙根。
跳到梁上捉老鼠。
这也是，
再求再保，
一个如本，
招财童子。
黄的金，
与儿孙。
暗中保佑。
养起鸡来。
西毛腊子鸡，
早上不放，
自然归家。

早上出去一条线,
地鹰不敢抓。
公鸡翅膀一扑,
屁股跌得水沙沙,
养起鸭来,
鸭鸭鸭,
君王菩萨,
敬神以后,
缸缸美味,
喜人夸强。
二位大仙,
敬神以后,
叶不生虫。
豇豆结了草杠长,
合家老小笑哈哈。
一个人弄不动,
瓜荞一断,
跌得水沙沙。
这也是
再求再保,
一不坐棵,
四不结头。
看十打百,
千箩万担,
扒扒成满。
铺地金,
时又来,
苍龙候在仓子内,
驴骡成对马成双。
今年交一十二月,

晚上回家一大片。
黄鼠狼水獭毛骚狗子,
吧吧吧,
鸡鹅鸭叫呱呱。
大鸭小鸭,
一天生下八百八。
暗中保佑。
开起槽坊。
罐罐香甜。
这也是,
暗中保佑。
取园种菜。
韭菜蒜姜葱,
会首摘了朝家扛。
结了一个老番瓜,
两个人望家拉。
一个个仰拉巴,
架驴子,
□□菩萨
敬神以后,
二不烧苗。
苗往上长,
看百打千,
镇压庄坊。
上场打铺地金,
满喜黄,
运又通,
仓敖谷满不脱空。
看家狗子如狮子,
正月在头,

天鹰不敢打,
来到鸡圈门口,
骚狗子一跌仰马喳,
也是主家大造化,
麻鸭瓦交鸭。
这也是,
再求再保,
做起年酒月酒,
千人说好,
杜康刘伶,
再求再保,
瓜不生茧,
桃李枇杷红。
扁豆扇子大,
一箩一个盛不下。
嘻而哈,
把番瓜,
磨小麦,
暗中保佑。
栽种水苗。
清明泡种,
看一打十,
看千打万。
扫扫成堆,
下场打满喜黄。
碌子压在正中央。
仓子水蛇变成龙。
猪圈猪来羊圈羊,
报晓金鸡赛凤凰。
腊月在后,

化夜连天十二时，
迎得荣华喜年，
恭喜！

时时降福纳祯祥。
高砌楼房生贵子，
讨告！

血龙发在先，
槽头买马置庄田。

良言不尽，
弟子跪立尘埃之地，
若在二告，
保佑烧香弟子，
个个免难除灾。
一年顺似一年，
官清者有人告状，
不是凡人制下。
今天来到交牲堂内，
呀哈哈！
（讨顺告起来化钱粮）
得王好告谢王恩，
二神领了奔南方，
五神领了中央去，
张康二符来受灯。
会首牛栏来领受，
喜喜神灵来受灯。
一堂钱粮交明白，
打在金钱库神受。
纳银钱，
（家堂烧香）
搬香炉来吊烛台，
（敬家神开猪）
家神菩萨你是听，
晚点红烛保太平。
神人保佑平安乐，

赐福无疆。
交牲堂不讨一告。
惊动满堂诸神。
五福临门，
讨到顺告，
一年长旺一年，
神灵者八告为尊。
伏羲皇帝制下，
愿我为王好告登堂。

交生钱粮火上焚。
三神领了西方去，
往把钱粮火上焚。
南方三煞来领受，
双刀马力来受灯。
执笔判官打完了，
喜红美酒对王斟。
化金钱，
烧在酒堂神里边。

家神面前把猪开。

弟子恭敬你身当。
在家靠的家神主，
祖宗保佑子孙旺。

神在高堂上面，
人心未，
若是阳告，
人人有福添寿，
保佑烧香弟子，
发财发福大开财门。
此卦此卦，
阴阳八卦。
小告押在金炉内呀，

大神领了东方去，
四神领了望北方，
东岳齐天来领受，
火德星君来受灯。
千千菩萨来领受，
了了香主一片心。
交牲钱粮用火化，
打在金钱库神受。

早上烧香求安乐，
出外求财托财神。
做过会来敬过神，

家主兴隆发金银。
献上王前烧宝香。
长在海外老树庄,
投得诸神来赴会,
太平牌挂正庄坊。
出献一盏上瑶台,
如诚奉请广招财。
只有三盏浆糊酒,
三献已罢。
打上金银库,
纳受化钱。
炮响三声,
差牌童儿打印心。
西方打的白铜印,
好到三会对合同。
印心一颗落花台,
上坛取个酒壶来。
头一刀来嘴上开,
口舌是非永无来。
眼上开,眼下开,
托金托银送家来。
前足开,后足开,
肚花五脏开出来。
肺上开,
干干净净请神来。
鸡上开,
鱼在西湖带宝来。
羊上开,
五谷吞吞往上来。
拔下猪鬃画十字,
先买骡子后买马。

对家神来开财门,
烧在金炉奉我王,
虽然是块真香木,
投得地府降道场。
对家神来开财门,
感谢诸神交家来。
献天一盏天有道,
龙神举手谢家神。
纸马钱粮,
纳受化金钱。
欢欢领受,
大开财门。
东方打的青铜印,
北方又打皂乌龙。
半个打在猪身上,
杀猪师傅请过来。
尖刀一把拿在手,
一嘴拱起元宝来。
鼻上开,鼻下开,
眼观东南西北财。
尾上开,尾下开,
前登宝山后招财。
肠上开,
费心劳碌请神来。
油上开,
鸡窝抱出凤凰来。
蛋上开,
阳气吞吞大发财。
手执刀来脊上开,
了了主家好虔心。
恭喜主家,

酒斟初献,
出在东海镇士国。
未水未浆淹四方。
做过会来谢过王,
酒斟二献,
壶中盛的香美酒,
献地二盏地生财。
酒斟三献,
头上焚化。
打上金库,
迎门放鞭。
前前后后总献过,
南方又打小桃红。
中间打的棋盘印,
半个打在纸马心。
酒杯交在师傅手,
十指尖尖把猪开。
口上开,舌上开,
必定生下贵子来。
耳上开,耳下开,
把老爷马鞭卸下来。
肚上开,肚下开,
常把尊神藏在怀。
肝上开,
由如活佛见如来。
鱼上开,
挑担元宝到府来。
血子豆腐一起开,
香主财门两扇开。
泼上盅子屋上洒,
大发财!

附录：刀鉴印 [另一本]

九供十献在花台,
什么落地长出来。
昔日樵夫去打柴,
看见凤凰落下来。
两个柴夫不打柴,
单单挖出石盆来。
两个柴夫心欢喜,
石盆抬上紫金阶。
朝中宝贝无其数,
封你官职走金阶。
小唐计来小王怀,
飞出五颗玉玺来。
二颗飞到反帮里,
天师得印斩妖怪。
只有五颗未飞动,
忙拿黄金镶起来。
娘娘得了梓橦印,
武将得印去挂帅。
藩台大人得了印,
催攒皇粮上金阶。
按察师来得颗印,
江南江北管起来。
秀才有颗图书印,
二梁上面挂起来。
还有几颗无用处,
三天门下请神来。
阴阳用的福禄印,
交牲堂里把猪开。

文房四宝献上来。
此印处在林国府,
乌天黑暗暗下来。
凤凰不落无宝地,
铁尖扁担把山开。
石盆上面两行字,
三股麻绳络起来。
纣王皇帝把口开,
要你什么烂石来。
一个叫做小唐计,
三锤两钻把盒开。
头颗飞到天宫里,
直到如今不回来。
四颗飞在苇山上,
文武袍袖占下来。
得了金镶白玉玺,
管定三宫女裙钗。
六部大人得了印,
教训子弟把墨挨。
河台大人得了印,
生死衙门朝南开。
县官用的七品印,
也能当官走走来。
等你儿孙中了举,
儒释道教来派派。
和尚用的沙门印,
与人开山把坟埋。
东岳菩萨身穿青,

说何处来在何方,
长在桂月山坡岸。
真武庙里去求神,
想必此处有块财。
挖开荒山无别宝,
只等君王御驾开。
杠的杠来抬的抬,
进宝郎君你过来。
开开石盆有宝贝,
一个叫做小王怀。
开开是盆无别宝,
玉皇大帝收下来。
三颗飞到龙虎山,
三茅祖师坐连台。
占下玉玺少一角,
一十三省管起来。
文官得印安天下,
大小官员放出来。
漕台大人得了印,
挑塘挖坝把河开。
制台用的二品印,
乡约地保二旁排。
会主有颗状元印,
领兵带将去挂帅。
道士用的灵宝印,
超度亡魂上莲台。
神门用的照鉴印,
差牌童儿打下来。

东方打的青铜印,
北方壬癸水连财。
呈牲脱白酒在浇,
杀猪名师无功劳。
西方庚辛金来炼,
六丁六甲用锤敲。
磨刀磨断三江水,
后打韩信回龙镖。
千斤大锤炉中烧,
官兵拿去锁长毛。
九股禅杖炉中烧,
猴子拿去去降妖。
月牙铲子炉中烧,
烟火店里夹鞭炮。
剃头刀子好钢打,
钉只舟船水上漂。
坛前烛台锡匠浇,
香烟缭绕请菩萨。
香案桌子木匠雕,
活活猪羊宰杀了。
背子厚来口儿削,
一做镊子二扫毛。

西方庚辛金连财。
中央三颗慢些打,
神门当坛献钢刀。
刀是东方一块铁,
北方壬癸水磨刀。
千锤打来万锤敲,
开刀能斩百义妖。
铁戟钢鞭炉中烧,
李逵下山捉强盗。
月牙斧在炉中烧,
唐僧西天讨功劳。
九齿钉笆炉中烧,
沙僧西天把经挑。
打把刀儿撞个眼,
万人头上称英豪。
大锣本是铜匠浇,
双双宝烛透九霄。
酒壶也是锡匠浇,
九供十献敬天曹。
挺杖杆子炉中烧,
名字叫做扎骨刀。
案上高斟交刀酒,

南方打的桃红印,
头坛太尉未曾来。
会堂不把钢刀献,
架在南方炉上烧。
抬到中央戊己土,
久炼成钢一把刀。
先打吕布方天戟,
张飞喊断霸林桥。
铁锁链子炉中烧,
咬金拿去保唐朝。
金箍棒来炉中烧,
高老庄上把亲招。
打把刀儿锯子口,
马草纷纷轧碎了。
斧头凿子炉中烧,
坛前搞的闹吵吵。
香炉本是窑内烧,
斟下清香美葡萄。
尖刀本是无情铁,
全猪身上走几交。
打把刀儿两半个,
乡贯居住对神交。

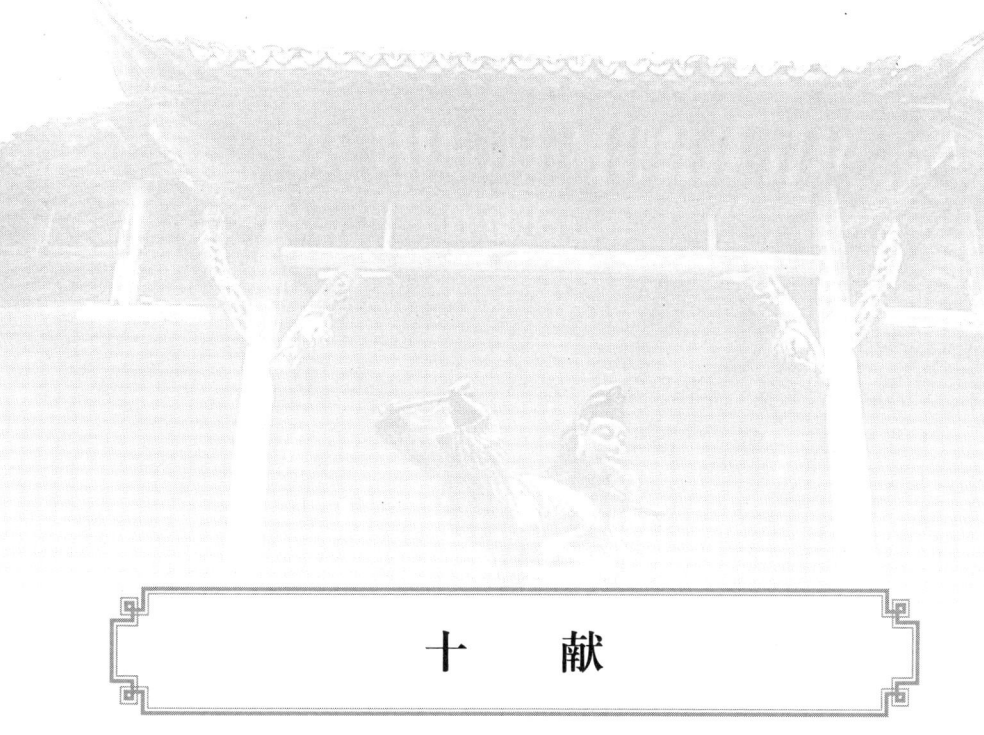

十　献

《十献》又称《九供十献》。共献香、烛、纸马、酒、茶、米、盐、糕、馒、水果、棉线、豆腐、斗案、鸡蛋、鸡、鱼、羊、猪等十八样。内容是念唱每样物品的生产制造过程和每种动物的形态。

香

初献金炉宝贵香,
长得枝条数丈长。
凡人不实真香木,
将斧砍倒在山冈。
行贩担了街前卖,
磨子磨的是末香。
元罗香来有大小,
将香买了敬神王。
末香炉内腾腾起,
万里邀神一炉香。
做过会来谢过王,

出在昆山南北冈。
十棵树木它先长,
认不得此木是真香。
五月天庭龙行雨,
铺家收买做真香。
抽丝眼里出线香,
花花绿绿是斗香。
线香焚在金炉内,
大香烧了透天堂。
我王领受香烟酒,
一年四季保安康。

不知多少年和代,
万棵枝头它先放。
别宝回子认得的,
撬成木排淌下江。
斧头砍的是大香,
弯弯曲曲是盘香。
弟子祝庆老爷会,
定香三支敬神王。
千里求官一张纸,
香烟到处纳千祥。

烛

二献宝烛亮堂堂,
灯芯缠成蜡油光。
蜡烛生来一样长,
古人点成照文章。
上照三十三天界,
香山大帝五岳王。
太平香上祥云起,
烛光常照子孙强。

良王造烛喜非常。
一层油来一层烛,
满腹文章直肚肠。
也曾照过幽冥界,
下照水府与龙王。
神前点起披油烛,
银台宝烛放毫光。
案上高斟香美酒,

损口将入为骨节,
油蜡浇成宝塔样。
头上点起丙丁火,
点起光明照四方。
中照阳元诸神庙,
金炉烧的太平香。
老爷领受一对烛,
烛焰生花多辉煌。

纸　马

三献王前纸马钱,

蔡伦造纸许多年。

先将稻草来铡碎,

水碓水磨下锅煎。
揭的金川光连纸，
裁成块子打金钱。
又将颜料来染纸，
望王领纳保团圆。
做过会来谢过神，

底下架起钢炭火，
五色尖纸染连鲜。
余下脚子结火纸，
红绿青黄四色尖。
亲神披在金甲上，
一笔勾销了心愿。

上头要拿扇子扇。
怀花打阳印纸马，
点烛焚香在王前。
十二张纸马王领受，
一封朝奏九重天。

酒

四献王前献酒浆，
他在刘家做工忙。
早上送饭少两碗，
杜康又叫胀的慌。
田边有棵空心树，
树孔作出酒清香。
又无杯子舀了吃，
杜康吃的醉瓢瓢。
头上帽子跑掉了，
眼目昏花乱叫娘。
亲娘一见冲怒怒，
亲娘连连叫一场。
去到刘家算算账，
拌些药子先下缸。
正是开缸三家醉，
大麦烧酒敬神王。
案上高斟刘伶酒，

造酒当年是杜康。
刘家田地离家远，
杜康忍饿到中上。
茶饭若要带回去，
剩下茶饭往里藏。
杜康南岗去瞧水，
又无盏子舀来尝。
放光大路他不走，
脚下鞋子跑绽帮。
扯住妻子叫老母，
骂声我儿小杜康。
你儿学了做酒法，
算出银子开槽坊。
伏在缸里七日正，
十里路闻酒清香。
此酒敬天天有灵，
午秋两季打胜场。

昔日杜康家寒薄，
每天送饭到南冈。
中上送饭多两碗，
又怕明日少茶汤。
五忙三时发大水，
上风闻见酒清香。
双手捧起饮几口，
茬堡田里朝家忙。
一阵来到家兰里，
扯住老母叫姑娘。
杜康被骂酒醒了，
我有营业过时光。
小麦磨面晒成曲，
打进头耙伏屋香。
弟子祝庆老爷会，
此酒敬地各安康。

茶

再献王前献芽茶，

树头芽茶敬菩萨。

正月茶来二月茶，

茶在山上来发芽。
采茶客人家中坐,
嘻嘻哈哈唱到家。
还有人他不会唱,
八幅罗裙抖到家。
茶过同关盐过锁,
招定人家买芽茶。
鲜茶一盘王领受,

三月茶来四月茶,
采娘子花满山爬。
有人唱的红娘子,
还有人唱的杂不拉。
甑子甑来芦蓆晒,
后来开店发铺家。
连子茶来当王敬,
子子孙孙享荣华。

茶在山中开了花。
二八佳人去采茶,
也有人唱剪剪花。
十指尖尖去采茶,
篾黄篓子装芽茶。
金字招牌门外挂,
松罗茶来好当家。

米

献上王前有供养,
三月泥土下早秧。
下在田里个把月,
摸摸打打下田庄。
二十岁小伙子心肠狠,
卜嗵掼在泥土上。
七八九月成了熟,
西天牵过牛魔王。
稻子晒的呛呛响,
挑九担稻到碾坊。
筛子筛米团团转,
中间玉米敬神王。

珍珠玉米敬神王。
清明之时泡下种,
青枝条叶望上长。
就把黄秧来拔起,
把秧撩在秧架上。
二八佳人多巧妙,
农夫把它割上场。
打一交来并二交,
主家收留好进仓。
千斤口内出白米,
一撮头子正中央。
我王领受一碟粮,

正月内交二月忙,
谷雨人家总下秧。
十八岁大姐心肠好,
两组一靠并成行。
一担挑到田埂上,
三支两光排成行。
稻场铺的圆又圆,
叉起草来上风扬。
弟子祝庆迎财会,
风斗背后吐粗糠。
上除头来下除碎,
前面满仓来后满仓。

盐

献上王前有海盐,
带了猴子在身边。
西天佛爷知道了,
一个跟头十万千。

海盐出产在西天。
他见鲜盐多美味,
忙差天兵赶猴仙。
盐头掉在东洋海,

昔日唐僧把经取,
偷块盐头在身边。
猴子一见慌张了,
直到如今海水咸。

自从猴子成正果，
八大商家总买盐。
仪征有个设盐铺，
口袋盛盐到门前。
坛前奉上一碟盐，
言言语语离门前。

造下三十工场盐。
扬州有个抄关门，
大包盐来小包盐。
弟子祝庆老爷会，
不知官盐是私盐。
案上高斟交牲酒，

盐成堆来开成铺，
水路滔滔仪征县。
东堆驴驮移家集，
买碟鲜盐敬神仙。
我王领受一碟盐，
一封朝奏九重天。

糕

献上王前有花糕，
上头又拿热水浇。
米儿冲的粉粉碎，
又拿叶筛筛两交。
厨中摆下糕样子，
锅上热气冒多高。
素供花糕王领受，

说起花糕费工劳。
热水潮来冷水淋，
又上箩筛筛几交。
瓢儿舀面甑子倒，
点起南方火来烧。
状元印在当中按，
一年更比一年高。

籼米糯米来拌起，
又上碓窝冲几交。
又在盆中拌下水，
又拿鹅毛摊平了。
烧一滚来并二滚，
四四方方一块糕。

馒

献上王前有供养，
洒在泥土里面藏。
打过春来赤脚奔，
二麦摇头把花扬。
麦场铺的圆又圆，
抄起草来上风扬。
麦子晒得呛呛响，
买些小麦开磨坊。
晒成面筋街上卖，
做成月饼敬月光。
进笼馒头吞吞起，

素供馒头敬神王。
数九冬天亏它度，
二麦腾腾往上长。
交过小满麦子老，
西天牵来牛魔王。
上风扬的是麦种，
人家把它收进仓。
磨子磨得呼呼响，
还有小粉浆衣裳。
麻雀头来大头酥，
出笼馒头气昂昂。

大麦生来一身芒，
又被猪羊吃个光。
过了清明麦子莠，
男女把它割上场。
打一交来并二交，
下风秕子与麦芒。
句容蛮子多巧妙，
筛箩底下白如霜。
火刀镰子长又长，
做成馒头敬神王。
我王领受回坛转，

一年四季保安康。

果　品

献上王前有供养，　　五色果子敬神王。　　鲜桃鲜果王前献，
花红李子满盘装。　　四月樱桃初上市，　　五月食桃喷鼻香。
六月阳桃街上卖，　　七月葡萄满架黄。　　中秋又把红菱卖，
南来荔枝已上行。　　打开石榴千颗子，　　劈开西瓜粉红瓤。
圆眼荔枝金装就，　　宣州栗子皮又黄。　　花生名叫长生果，
瓜子绵绵寿又长。　　核桃原是浪炕货，　　柿饼沾了一身霜。
世上果名说不尽，　　龙眼高照纳千祥。

棉　线

献上王前有棉纱，　　长命棉线敬菩萨。　　棉花出在乌江地，
苏杭二州出芝麻。　　七八九月成了熟，　　大男小女拾棉花。
就把棉花晒干了，　　轧去棉籽弹棉花。　　年年有个正月半，
妇女人家捻棉花。　　线铊底下捻成线，　　纺车底下纺成纱。
长七根来谁人用，　　释迦佛留补袈裟。　　短九根来何人用，
观音老母传与妇人家。银色线来黑色线，　　串下月月太平钱。
一个铜钱四个字，　　一年四季保周全。　　二面供成六个字，
六畜兴旺保团圆。　　我王领受线结线，　　一笔勾消了心愿。

豆　腐

献上王前酒再交，　　素供豆腐敬天曹。　　说豆腐来念豆腐，
提起豆腐费工劳。　　正月尽来二月招，　　家家都把灰粪倒。
二月尽来三月招，　　家家都把灰粪挑。　　三月尽来四月招，
和风豆子点得了。　　四月尽来五月招，　　家家栽秧用工劳。
五月尽来六月招，　　了掉黄秧把草薅。　　六月尽来七月招，

豆子开花结角了。
八月尽来九月招，
叫人快磨几张刀。
豆场铺的圆又圆，
后头又拿连秸敲。
扠堆起来搭起来，
板木扬锨慢慢飘。
天宫里来放太阳，
有的人家折子筅。
弟子祝庆老爷会，
五更半夜点灯瞧。
豆子满堂真好磨，
男子曳来女子鳌。
油脚香灰来洒末，
上头看住底下烧。
头交盐卤不见面，
先搁箱盘后搁包。
紧紧包来忙开包，
豆腐划的碎糟糟。
豆腐不敬别神位，
一年更比一年高。

七月尽来八月招，
豆子落叶直条条。
割的割来挑的挑，
牵过西方牛两条。
左一敲来右一敲，
封它几天闹闹瞧。
秕子刮到下风去，
晒干豆子往家挑。
有的人家缸子灌，
量些豆下水泡。
打起火来忙上灯，
大男小女喊一交。
推转乾坤千万转，
新布口袋又来了。
不知可曾结皮子，
二交盐卤雪花飘。
搬上一块太湖石，
划豆腐郎君手带刀。
边子留在厨房用，
火德星君领受了。

摘盘豆角敬天曹。
当家一见心欢喜，
挑到场上堆多高。
前头架起磙子打，
豆子打的一窝糟。
趟耙推来扫帚扫，
黄豆顶元太上高。
有的人家进仓子，
有的人家打豆包。
黄昏戌时泡下水，
摸摸豆子可伸腰。
磨子生来圆又圆，
一作豆腐磨完了。
浆子打倒锅里去，
盐卤小壶又倒了。
三交盐卤点下去，
水德星君榨干了。
横七刀来竖八刀，
中间一块敬天曹。
我王领受回坛转，

斗　　案

献了上坛献下坛，
枝枝出在柳州城。
洒在泥中七日正，
广西毛竹圈起来。
插上一把乌砣秤，
照得家门万事兴。

明灯斗案敬尊神。
昔日樵夫去打柴，
剥去皮来像麻秸。
斗儿生来圆又圆，
秤称银子斗量金。
斗案上面一炷香，

斗轧斗来柳轧帮，
弯镰刀割下柴枝来。
广东麻绳扎柳斗，
一斗五谷里面盛。
斗案上面一张灯，
香烟缭绕透天堂。

正坛斗案来献过，　　田苗茂盛往上长。

鸡　　蛋

献上王前有供养，　　鸡蛋当坛敬神王。　　也有人家鸡敬神，
也有人家蛋烧香。　　龙神生蛋东洋海，　　凤凰生蛋梭罗上。
乌鸦生蛋霉又霉，　　孔雀生蛋泗洲城。　　竹雀生蛋竹园里，
秧鸡生蛋秧田登。　　八哥生蛋能说话，　　麻雀生蛋屋檐根。
赖鹰生蛋山顶上，　　叫天生蛋飞上天。　　螳螂生蛋四四方，
喜鹊生蛋抱三元。　　弟子祝庆老爷会，　　鸡蛋当坛敬神王。
我王领受蛋瓶酒，　　担挑元宝到门上。

鸡

献上王前一只鸡，　　头顶红冠足踩泥。　　东家场上寻食吃，
西家场上理毛衣。　　长到一斤并四两，　　扭头抹脚学鸡啼。
昆仑山上生的蛋，　　火焰山上鸡抱鸡。　　一窝生下十个蛋，
抱出花花五对鸡。　　头对飞到天宫里，　　张玉皇收留做金鸡。
二对飞到地府里，　　阎王收留做神鸡。　　三对飞到西湖里，
七公收留做长鸡。　　四对飞到高山上，　　花花绿绿是野鸡。
只有五对未飞动，　　落在凡间做草鸡。　　天上金鸡来报晓，
普天世界草鸡啼。　　一声鸡叫扶桑国，　　二声鸡叫万民知。
春天早叫勤播种，　　夏天早叫把工催。　　秋天早叫农收割，
十冬腊月应鸡啼。　　皇帝听到鸡子叫，　　连忙收拾去登基。
文官听到鸡子啼，　　手执朝笏拜皇帝。　　武官听到鸡子啼，
刀枪剑戟样样齐。　　生意人听到鸡子啼，　下掉门板做生意。
和尚听到鸡子啼，　　打鼓撞钟念阿弥。　　农户听到鸡子啼，
左手牵牛右扛犁。　　当家人听到鸡子啼，　喊声大的共小的。
勤媳妇听见鸡子啼，　梳头扫地不差疑。　　懒媳妇听到鸡子啼，
把头缩在被窝里。　　嘴里不停来咒骂，　　骂声蛆虫叫什的。

等到明日天明亮，打把钢刀杀掉你。把你这个孽障来杀掉，
一觉睡到日歪西。不觉到了今朝日，宰杀雄鸡敬神祇。
我王领受一只鸡，鸡叫三声佛来齐。

鱼

献上王前有供养，出水龙鱼敬神王。自古水无三日寡，
七公骑马放鱼秧。生来哪有乌子大，出身没有麦芒长。
鳊鱼鲤鱼为上色，黄鳜青鱼供马螂。皂白头风鱼元帅，
已会戏水穿三江。长成三斤并四两，朝拜东海李龙王。
三条鲤鱼去朝江，当中鲤鱼口衔香。跳过龙门为上色，
跳不过龙门滑下江。却被渔翁来看见，一叉戳在鱼鳃上。
忙把柳条来穿起，将它带到八鲜行。弟子祝庆老爷会，
将鱼买来敬神王。鱼有三千六路鳞，开得财门烧得香。
我王领受鱼名酒，江鱼带子见君王。

羊

献上王前一腔羊，角耳弯弯腿子长。耳毛带角狮子样，
身上毛衣似雪霜。嘴儿好像镊子样，四腿弯弯会爬墙。
南瞻部洲人做会，各人买了下山冈。牵在手里咩咩喊，
南来北往把羊张。弟子祝庆老爷会，白羊一腔敬神王。
便叫屠户来宰杀，穿颡一刀敬神王。我王领受一腔羊，
洋气腾腾望上长。

猪

献上王前一口猪，浑身毛衣黑瓢瓢。养猪都亏糠三保，
喂猪亏得刘二娘。一天吃了三盆食，三日共喂九盆糠。
养的猪子肉又胖，一心留了敬神王。打个单子请纸马，

又把屠夫约一场。
不觉等到今日子，
前面到了主人庄。
忙叫东厨烧开水，
对天摆下宰牲堂。
那个屠夫来打扮，
一把抓住尾巴桩。
扯耳头来盖眼堂，
拔出刀来冒红光。
后腿割个三叉划，
又到东厨打开汤。
翻来覆去几个滚，
抬到神台公案上。
大肠献王一丈二，
二十四节按阴阳。
肝四叶来肺四丫，
三百六十骨节肉内藏。
猪有一头当王敬，
尾巴献王一根枪。
一来莫怨屠户宰，
菩萨要你了还他。
勾因弟子做过会，
一笔勾销了心头。

听说杀猪心欢喜，
手挟刀包共梃杖。
一进大门叫恭喜，
时间改做杀猪场。
一盆清水明如镜，
围裙系在腰间上。
喊叽叽来叫嚷嚷，
拦颡扑它几巴掌。
血尽而亡猪死了，
翻来覆去几梃杖。
就把开水打到此，
一对铇子耍阴阳。
连头带尾当王敬，
一十二月保安康。
大肠献王一尺二，
腰胰血皮尽成双。
四四爪子一十六，
七孔七窍敬神王。
猪儿啊来猪儿啊，
二来莫怨主人家，
了罢了来休罢休，
永无挂念在心头。

切切牢牢记心上。
走一里来过二岗，
问声猪子在何方？
两张板凳来摆下，
一把尖刀正中央。
紧走三步赶上来，
抬到沉香木凳上。
白刀进去红刀出，
倒在尘埃地中央。
猪子搭在澡盆内，
拿一根牛绳纤纤痒。
猪子打扮多干净，
有肥有瘦敬神王。
小肠献王二丈四，
尿泡七寸不用量。
八万三千毫毛管，
十八个奶子尽成双。
两耳好比蒲扇样，
司人祝咐你回家。
三来莫怨神司人，
判官托起簿子勾。
做过会来敬过神，

盖(解)猪

　　此法事是将作为祭礼的猪,解送去供神享用。香火僮子用青布包头,穿大襟青布褂,系青布裙,手持花香鼓,边敲边跳。跳毕,手中花香鼓换成神铜,坐下"判家乡"。传说解猪神是头堂太岁,淮安人。

神赐保告谢王恩，
百草神童照鉴真。
这会不请外来神，
好同弟子盖三牲。
金炉不断千年火，
司人无事直请神。
呀哈哈！
神把家乡表来听。
运粮船走门前过，
父子三人命归阴。
封我不为别神道，
身穿蟒衣外勾金。
来神官将他拜位，
守愿切会赴坛门。

差遣兵马盖三牲。
先有伏羲成八卦，
头堂太尉早动身。
三牲盖到宝仓库，
玉盏长明不熄灯。
拎壶童儿忙斟酒，
太尉回乡，
远望淮安色色新，
父子三人看桃园。
阳寿不绝为神道，
头堂太尉我为尊。
腰系牙牌白玉带，
香主答应上朝神。

宣远四子人也是，
令将男女结为婚。
头堂太尉请到此，
祭礼盖到九霄云。
河内无风直起浪，
提瓶再把酒来斟。
一身稳坐花台上，
三堂父子掌兵权。
只因看罢桃园景，
齐王提笔把我封。
头戴平顶帽一顶，
粉底乌靴足下登。
盖牲堂请老爷到，

（交猪法事至此全部完毕）

小忏

土 地 忏

原本封面题字：吴汉三杀妻　刘秀走南洋　王莽串〔篡〕位　全本　阮有江编抄本　公元一九八九年古历六月廿日立　共三十六页

　　此神书讲王莽篡位与刘秀复国的故事，是小忏中最长的一本。刘秀躲避追兵时，得到张公公夫妻的帮助而脱险。登基后，封张公公夫妻为土地公公和土地婆婆。这也是土地神来历的又一种说法。抄本除了此本外，还有四知堂老抄本。该本封面破损，不见抄写年月，末尾缺少几页。

金炉重重把香装，
离城十里刘林庄。
前厢张家会打猎，
所生一子貌堂堂。
公公一见魂掉了，
改做农夫种田庄。
春不耕来夏不种，
那邦皇帝掌朝纲。
一心要把长城造，
五丁之中抽一双。
要问甲兵哪一个，
人马浩浩奔朝纲。
将身来到山足下，
马上将军听衷肠。
此山叫做邙砀山，
买卖之人被它伤。
刘邦听说回言答，
哪把性命放在肠？
叫声土兵山下等，
四方八面来张张。
猛然一阵狂风起，
舌子如同闪电光。
刘邦伏在马身上，
缩在草棵把身藏。
刘邦马上来苏醒，
谁知还在马身上。
我也怕它它怕我，
骂声妖蟒太猖狂。

表起张公土地王。
三十六条花柳巷，
后厢张家种田庄。
太行山上去打猎，
平阳地上滚成塘。
春天农夫要起早，
秋天不收冬无粮。
当初有个秦始皇，
要抽百姓造城墙。
哪家瞒藏人一口，
甲兵就是老刘邦。
在路行程朝前走，
一位公公在路旁。
问声将军哪里去，
有条白蟒在山冈。
我劝将军越山过，
老者说话理不当。
我今要越此山过，
让我上山打个獐。
四方八面无动静，
来条白蟒数丈长。
刘邦一见魂飞散，
真魂飘飘走顶梁。
一盘盘有柳圃大，
三魂七魄又还阳。
坐在马身抬头望，
让我吓吓它身当。
此时还不归洞去，

家住西京洛阳县，
巷巷人家都姓张。
公公八十单三岁，
却被猛虎把他伤。
从此不做打猎户，
夏天农夫又临忙。
不表公公将田种，
要造长城挡番邦。
三个之中抽一个，
全家抄斩上法场。
刘邦带领人和马，
前面顶到一山冈。
公公上前忙开口，
可知此地甚地方。
吃了多少来往客，
免得性命被它伤。
爷的骨头娘的肉，
何年何月见始皇。
一马来到高山上，
西北山坳大风狂。
眼如铃来牙如剑，
身子倒在马身上。
白蟒一见真魂现，
身子不动口不张。
只说吃下蟒肚里，
看见白蟒草内藏。
宝剑一指冲冲怒，
蹲在山上把人伤。

白蟒口吐人言语，
你有洪福做人王。
劝你今天莫斩我，
叫你江山我执掌。
你要斩我中半段，
拔出宝剑亮当当。
白蟒被斩心不服，
哪块偿还我身当。
一统江山总是我，
平地还你也何妨。
斩了白蟒把山下，
说我后来做人王。
去造长城也是死，
一齐跪下叫人王。
刘邦马上传下令，
封你们文武伴孤王。
丁公大将为元帅，
个个提刀把人伤。
破州犹如汤泼雪，
兵马未到自投降。
盖因始皇要倒运，
一统江山让刘邦。
不表刘邦登了位，
心想投胎做儿郎。
头顶匾子烧饼卖，
缺少香烟后代郎。
梦见白蟒有身孕，
腹中生下小儿郎。
只说王家绝了后，
祖先堂上把香装。

叫声将军听衷肠。
我是下方白帝子，
留个交情也何妨。
你要斩我尾半段，
后代儿孙来抵挡。
九盘之中一宝剑，
口吐言语叫人王。
刘邦听说冲冲怒，
哪块有你把身藏。
只说讲句无意话，
叫声土兵听我讲。
一众土兵听得说，
不如保你立家邦。
不如今日来起反，
叫声土兵听我讲。
会用刀的刀一把，
范计掌兵算阴阳。
见一个来杀一个，
破县如同雪浇汤。
一直杀到咸阳地，
赶山塞海未还乡。
刘邦得地登了位，
再表白蟒在山冈。
山后有个王老者，
将本求利过时光。
夫人睡到半夜后，
十月怀胎在身上。
老者一见心欢喜，
天赐香烟后代郎。
梦见白蟒身有孕，

你是上方赤帝子，
如今流落在山冈。
你要斩我头半段，
搅乱江山不久长。
说得刘邦心焦躁，
一十八段在山冈。
你在高山斩了我，
骂声白蟒太猖狂。
罢罢你今死的苦，
谁知孙孙叫平王。
白蟒被我斩掉了，
你兄我弟来谈讲。
土兵说个同心话，
大伙保你立朝纲。
后来我能坐金殿，
不会用刀一杆枪。
邙砀山下起了反，
见两个来杀一双。
该因刘邦洪福人，
金銮不见秦始皇。
始皇射阳崩了驾，
风调雨顺国安康。
蟒修千年得了道，
小小本钱开磨坊。
夫妻二人一百整，
梦见白蟒进了房。
十月怀胎完满了，
谢天谢地谢三光。
三天烧过催生纸，
起名叫做小王蟒（莽）。

自从王莽出了世，
磨坊不开开槽坊。
余下银子开典当，
骑马坐轿闹嚷嚷。
所生姑娘人三个，
二女配与吴汉郎。
不表王家家财大，
轮流颠倒掌朝纲。
平王皇帝登了位，
招选美女进宫房。
父女选上金銮殿，
封她正宫掌昭阳。
王莽封为老国丈，
金字牌匾亮堂堂。
封他无事奏三本，
你兄我弟来谈讲。
他说圆来就是圆，
又说树上结生姜。
东西正宫随他走，
暗地算计汉平王。
买通苏献领人马，
初一十五练刀枪。
见一个来杀一个，
死的死来降的降。
一班忠臣遭刀砍，
抓住一国汉平王。
玉玺玉印来交出，
尊声太师听衷肠。
赐我一州并一县，
骂声平帝理不当。

日见起好不可当。
槽坊生意多茂盛，
车推驴驮不离庄。
王莽长成十六岁，
桂英兰英凤英娘。
三女年长十八岁，
再表汉朝老刘邦。
十二代出了汉平帝，
缺少正宫掌昭阳。
苏献吴汉忙启奏，
金銮殿上见平王。
执掌一颗梓檀印，
官封太师在朝纲。
有人得罪亲国丈，
苦坏一班忠良将。
你我功劳深似海，
他说方来就是方。
奏得平王心欢喜，
太后宫里打个张。
回家招兵又买马，
士林姨子算阴阳。
约定八月中秋节，
见两个来杀一双。
有的命长逃生去，
奸臣投奔老王莽。
快把人头来割下，
让我定国来安邦。
伏望你今行方便，
带领你女儿过时光。
一统江山总是我，

看看后来生意好，
换了招牌开油坊。
结交官员为朋友，
娶了采氏配成双。
大女匹配名苏献，
描龙绣凤样样强。
刘家二十四代真命主，
洪福齐天不可当。
平王皇帝挂皇榜，
奏上姨子三姑娘。
平王一见生得好，
三宫六院总归降。
府门起在闹市口，
斩他人头挂街坊。
一众文武来谈论，
如今不抵老王莽。
又说泥内长皂角，
带他宫中散心肠。
王莽看见江山好，
聚草屯粮养兵将。
招兵买马无其数，
人马反上紫金邦。
一众文武总倒运，
有的命短见阎王。
一直杀上金銮殿，
交与老夫散心肠。
平王一见慌张了，
赐我一块小地方。
王莽听见冲冲怒，
哪块有你小地方。

快把人头来割下，
喊声国丈老王莽。
也怪王莽一着错，
尊声国母老亲娘。
王莽奸贼篡了位，
几乎一命见阎王。
刘家江山如铁桶，
是你高祖老刘邦。
如今落在奸臣手，
一头撞死在宫房。
将身来到正宫里，
夺去刘家紫金邦。
玉玺玉印交代你，
宝贝不能献奸党。
娘娘一见魂飞散，
喜坏一个老王莽。
手执宝剑皇宫进，
一统江山你父王。
娘娘一听冲冲怒，
把点颜色开染坊。
王莽听说冲冲怒，
恶言恶语骂父王。
这个贱婢不要了，
一定开刀斩娘娘。
柴文进一见慌张了，
何必开刀把人伤。
一刀不伤两条命，
来了士林徐阴阳。
他说娘娘生女子，
癞狗生毛把人伤。

免得将军费心肠。
伏望你今做好事，
把手一松走平王。
不好了来不妙了，
篡去刘家紫金邦。
太后一听冲冲怒，
活活败在你手上。
奸臣说话甜如蜜，
谁人挡风来抵浪。
太后娘娘晏了驾，
叫声梓橦女娘娘。
不是丈夫生巧计，
你要紧紧来收藏。
平王说到伤心处，
骂声王莽狗奸党。
王莽坐上金銮殿，
叫声我儿三姑娘。
你把玉玺交把我，
骂声我父是奸党。
要我玉玺偏莫得，
骂声我儿三姑娘。
吩咐金瓜和武士，
把她绑到法场上。
不表娘娘上法场，
来到金殿奏王莽。
娘娘怀胎六个月，
快快收回女娘娘。
徐士林来望上奏，
老臣算定是儿郎。
文进说是不好了，

平帝一见心中想，
让我进宫别娘娘。
平王来到后宫里，
祸比天高落朝纲。
不是皇儿跑的快，
骂声皇儿杂种郎。
江山不是你争的，
忠臣说话当平常。
太后说到伤心处，
平王啼哭离宫房。
你父奸党篡了位，
几乎一命见阎王。
老贼问你要玉玺，
药酒药死在宫房。
不表平帝死掉了，
缺少玉玺掌朝纲。
平帝一命身亡故，
让我定国来安邦。
丈夫把你官来做，
甩下城河淌下江。
好言好语抬举你，
当时绑起女娘娘。
交到午时并三刻，
朝中来了老忠良。
恭喜莽君初登殿，
算来算去是姑娘。
正是文进来奏本，
我主万岁听臣讲。
斩草不把根来断，
舍死柱生救娘娘。

复转身，望上奏，
我算娘娘生姑娘。
若凡娘娘生太子，
先生意下是怎样。
口说无凭不能算，
一边写下徐阴阳。
娘娘打在冷宫里，
文进告假转还乡。
高叫一声不好了，
夺去汉朝紫金邦。
我到金殿来保本，
我说算定是姑娘。
他说男来我说女，
是男是女不知详。
窦氏女子听得说，
叫声丈夫莫着慌。
下三刻来生太子，
搭救太子到我庄。
不表夫妻来商议，
耀武扬威坐朝纲。
西凉鞑子造了反，
便问朝前文武将。
执笏当胸奏一本，
朝中能人有一双。
徐士林来挂帅印，
士林宣到金殿上。
赐你五万人和马，
孤家加封你身当。
我在西凉不回转，
叫你死在我手上。

启奏主公听衷肠。
主公如若不相信，
斩我人头挂朝纲。
士林听说好好好，
凭住莽君立军状。
二人金殿打赌彩，
倒看生男是姑娘。
将身来到家槛里，
祸比天高落朝纲。
平王被他逼死了，
要救娘娘三姑娘。
可恨士林狗奸贼，
凭住莽君立军状。
娘娘若是生太子，
屈指连环算阴阳。
你妻怀胎六个月，
我是上三刻生姑娘。
丞相一听心欢喜，
回文再表老王莽。
正是欢喜愁又到，
要与王莽动刀枪。
连问几声无人睬，
启奏莽君听臣讲。
徐士林他阴阳准，
领兵挂帅平西凉。
封你领兵大元帅，
兵马粮草总停当。
士林无奈接下旨，
一笔勾销总不讲。
不表奸贼平西去，

他算娘娘生太子，
打个赌彩立军状。
如若娘娘生女子，
也将首级挂朝纲。
一边写下柴文进，
法场收回女娘娘。
不表娘娘冷宫苦，
叫声窦氏我妻房。
王莽奸臣篡了位，
娘娘绑在法场上。
娘娘怀胎六个月，
他说娘娘是儿郎。
娘娘打在冷宫里，
全家性命上法场。
算来算去算准了，
同娘娘同日同时养。
让我偷龙来换凤，
但凭贤妻作主张。
王莽坐上金銮殿，
战表打到紫金邦。
王莽一见魂掉了，
来了文进老丞相。
要人领兵平西去，
苏献武艺甚高强。
王莽听说心欢喜，
带领苏献平西凉。
平服西凉回朝转，
暗骂文进老奸党。
托天造化回朝转，
再表冷宫女娘娘。

娘娘打在冷宫里，　　昼夜啼哭好悲伤。　　哪天不哭黄昏后，
哪夜不哭到天亮。　　十月怀胎看看满，　　腹中临盆要生养。
七字难把冷宫叹，　　串成十字叹宫房。

王娘娘在冷宫凄惶掉泪，　　前思思后想想刀刺心肠。
我丈夫坐江山子承父业，　　子接父父让子立下朝纲。
宣三宫和六院元和礼顺，　　张姐姐李妹妹二宫皇妹。
正宫里缺少个梓橦掌印，　　宣诸州和各县总不相当。
汉平帝挂皇榜招选美女，　　把奴家父女们宣上朝纲。
汉平帝见奴家生的美貌，　　封奴家正宫里执掌昭阳。
有一颗梓橦印哀家执掌，　　有三宫和六院俯首归降。
也只说保丈夫江山一统，　　风又调雨又顺太平时光。
君又正臣又忠民安国泰，　　又没得烟尘起又无惊慌。
想不到老王莽奸贼篡位，　　兴人马聚粮草夺去朝纲。
宣八月中秋节人马来到，　　杀朝中文共武血水成汪。
有一班忠良将被他杀尽，　　有一班狗奸贼投奔王莽。
老奸贼他问我来要玉玺，　　要玉玺文凭印定国安邦。
小奴家未曾准玉玺交出，　　受多少凌辱罪绑上法场。
多亏得柴文进金殿保本，　　说奴家身怀孕是个姑娘。
徐士林狗奸贼与奴作对，　　他说我身有孕是个儿郎。
他二人在金殿打下赌彩，　　老奸贼把奴家收在宫房。
小奴家在冷宫临盆要养，　　未知男未知女死活存亡。
我若还在冷宫生下女子，　　一不忠二不孝没得指望。
如若是在冷宫生下太子，　　小孩儿落了地难坏为娘。
我若是把孩儿留住抚养，　　老奸贼知道了必害儿郎。
骂一声老王莽天诛地灭，　　遭雷打遭火烧称我心肠。
住河坎睡庙堂乌鸦独眼，　　猪来拖狗来嚼黑虎扒肠。
论起礼父女情不该骂你，　　把刘家花世界活活遭殃。
占去了花世界倒还罢了，　　大不该逼死了一国平王。
汉平帝本是你亲生子婿，　　丢奴家年纪轻依靠何方。

王娘娘哭不尽伤心苦处,
且不表冷宫里太子出世,
窦氏女生姑娘开言便叫,
请城隍和土地功曹四位,
众神将请到此非为别事,
你代我将小姐快快抱去,
众神将听得说慌忙不住,
前来到冷宫里小姐放下,
王娘娘在冷宫正是血晕,
众神将救太子来的甚快,
把太子只供在香案上面,
只一梆十字鼓偷龙换凤,

不好了肚中疼临盆要养。
再表起窦氏女也要生养。
叫一声我丈夫点烛烧香。
请哪吒揭谛神托塔天王。
有一桩疑难事大伙帮忙。
到冷宫换太子送到我庄。
把小姐抱起来驾雾祥光。
抱出来小太子急走忙忙。
昏迷迷男和女他不知详。
前来到柴府里惊动丞相。
点香烛拜四拜答谢神王。
还下梆原七字抚养小王。

太子供在香案上,
叫声刘家汉小王。
你要是个短寿子,
身穿朝衣拜小王。
文进一见心欢喜,
叫声贤妻听我讲。
太子成人来长大,
三天与他九遍浆。
此时不把名字起,
这才难坏我身当。
若照刘家起名字,
暗地刘秀小人王。
不表柴府藏太子,
看见生下小姑娘。
生在世上有何用,
就在冷宫来悬梁。
王莽坐上金銮殿,

点烛焚香谢神王。
你有洪福登天下,
一拜折死你身当。
正拜二十单四拜,
怀抱太子进厢房。
我把太子交把你,
你的贤名万古扬。
窦氏大娘听得说,
后来叫他什么郎。
若照柴府起名字,
怕的王莽得知详。
后来得地登天下,
再表宫中女娘娘。
叫我不忠又不孝,
不如自尽入幽邦。
不表娘娘自尽死,
想起冷宫三姑娘。

文进上前忙开口,
受我八拜有何妨。
府堂改做金銮殿,
拜得小主笑嚷嚷。
开言便把贤妻叫,
好好服侍来抚养。
一天喂他三遍乳,
叫声官人听我讲。
文进一听心中想,
欺君之罪不可当。
不如起名叫柴秀,
国号光武掌朝纲。
冷宫血晕还阳转,
刘家后来没指望。
腰中解下丝銮带,
再表王莽老奸党。
忙差嫔妃和彩女,

去到冷宫看姑娘。
一看娘娘自尽死,
金殿奏与老王莽。
女子冷宫冻死了,
孤的江山得久长。
将他收尸来入殓,
再表士林平西凉。
徐士林来忙启奏,
到底生男是姑娘?
娘娘宫中生女子,
孤的江山得久长。
你说娘娘生女子,
紫微星朗朗放毫光。
主公要想江山稳,
我主江山不久长。
大令一枝交待你,
御校场上点儿郎。
刘秀暗藏柴家府,
陡得三兆在心上。
蟒过千山将我赶,
来到娘房告诉娘。
一梦乌鸦当头叫,
此梦做的不吉祥。
掐指连环颠倒算,
你是刘家太子郎。
外公篡了你父位,
冷宫生下你身当。
府堂抚养年七岁,
我把此梦对你讲。
金梁担在你身上,

嫔妃彩女来的快,
娘娘生下女姑娘。
娘娘宫中生女子,
娘娘冷宫来悬梁。
吩咐朝前文共武,
请僧超度三姑娘。
平服西凉七年整,
启奏莽君驾在上。
王莽听说微微笑,
母子双双入幽邦。
士林听说望上奏,
我说是个太子郎。
紫微星照在柴府里,
柴家庄上找小王。
王莽听说如此话,
点兵去搜柴府堂。
不表苏献领人马,
抚养七年无惊慌。
一梦乌鸦当头叫,
此梦做的不吉祥。
为儿夜间得一兆,
金梁担在我身上。
窦氏听说如此话,
叫声太子汉小王。
你父一国汉平帝,
外婆占去你娘房。
是我偷龙来倒凤,
你今目下又惊慌。
一梦乌鸦当头叫,
千斤担子无人当。

前面顶到冷宫房。
二次来到金銮殿,
母女二人一起亡。
王莽一听心欢喜,
冷宫收尸来殡葬。
不表王莽朝中事,
回转金殿交旨张。
娘娘打在冷宫里,
先生阴阳不兆祥。
如今刘家绝了后,
主公有所不知详。
老臣昨晚观星斗,
必定柴家藏小王。
斩草不把根来断,
又宣苏献上朝纲。
苏献金殿领了旨,
回文再表柴家庄。
睡到三更交半夜,
金梁担在我身上。
五鼓来朝天明亮,
要请我娘把梦详。
蟒过千山将我赶,
掐指连环算的详。
你今不是柴家的,
你母正宫执昭阳。
你娘打在冷宫里,
把你救到我府堂。
刚才说的得三兆,
大祸临到你身上。
蟒过千山将你赶,

王莽赶你上南洋。
如今王莽知道了,
我来与你把身藏。
主公站在芦席上,
莫得旁人得知详。
吩咐儿郎来围困,
骂声文进不可当。
快把妖王来交出,
我要搜查你府堂。
我保荐君登龙位,
尽你搜来尽你张。
东楼找到西楼上,
未曾找到汉小王。
为臣领兵搜柴府,
喊声士林徐阴阳。
屈指连环又来算,
收在花园井当央。
苏献是个勇猛将,
花园井里未曾张。
我主要得江山稳,
苏献得令出京邦。
井里请出小太子,
二次兵马要上庄。
十二道卷帘来卷起,
做个圈子哄他娘。
有人搞动柜子响,
你说刘家汉小王。
不表窦氏安排定,
骂声文进老奸党。
如若搜出小太子,

叫声太子休烦恼,
点兵搜查我府堂。
花园有个八角井,
井泉龙神保小王。
不表窦氏安排定,
府堂围困紧梆梆。
你保荐君登龙位,
一笔勾销总不讲。
文进听说哈哈笑,
哪块又出汉妖王。
苏献听说忙传令,
南楼找到北川堂。
苏献收兵回朝转,
哪块有个汉小王?
士林来到金銮殿,
算到太子汉小王。
士林奸党又启奏,
有机无谋不在行。
太子不在别处躲,
二次点兵搜府堂。
不表苏献领人马,
屈指连环算得神。
叫声太子休害怕,
小主系在门头上。
忙把小鬼差二个,
哭哭啼啼犯苦腔。
如若违了我的令,
二次人马又上庄。
你把妖王来藏起,
全家抄斩上法场。

我来替你想良方。
家中不是存身地,
芦席放在正当阳。
上头盖上花板石,
苏献人马上了庄。
来到府门高声叫,
因何暗藏小刘王。
不把妖王来交出,
将军说话欠商量。
你说我藏刘家后,
兵丁儿郎进府堂。
各房各屋找遍了,
来到金殿交旨章。
王莽听说心不服,
尊声主公莫着慌。
小主不在府堂里,
启奏我主驾在上。
柴府房屋搜交了,
躲在八角井当央。
王莽听说又传令,
再表窦氏女大娘。
算来算去算到了,
一事总有我身当。
厢房抬出红漆柜,
请你坐在柜中央。
有人问到是哪个,
罚你充军到外邦。
苏献上前冲冲怒,
捉弄将军两头忙。
文进听说微微笑,

将军说话理不当。
找到太子我领罪,
打进府堂搜妖王。
掀开一块花板石,
没情没趣出府堂。
枪杆打动红漆柜,
里面何人来悲伤。
我今不是别一个,
只见找到汉小王。
板柜抬到午门外,
这次找到汉小王。
王莽听说心欢喜,
板柜打的碎嚷嚷。
王莽一见冲冲怒,
哄骗孤王罪难当。
算来算去算到了,
吊在中堂门头上。
我主要得江山稳,
癞狗生毛把人伤。
大令一枝交待你,
只好领兵出京邦。
卷帘请出汉小主,
量他难找你身当。
各房各屋摆酒席,
小主藏在桌中央。
王令官儿请到此,
金鞭打在他身上。
如若不把太子拜,
永世难找汉小王。
苏献上前冲冲怒,

头次兵马刺闹我,
没有太子是怎样。
各房各屋找交了,
一井清水绿瀼瀼。
正走中厅上面过,
耳听里面泪汪汪。
小鬼听说双流泪,
我是刘家汉小王。
叫声兵将来抬起,
来到金殿交旨章。
妖人不在别处躲,
打开板柜看妖王。
猛然一阵黑风起,
骂声苏献理不当。
士林说是莫要忙,
算他不在井当央。
兵马来往走几趟,
三次兵马搜妖王。
土莽听说着了急,
用心用意找妖王。
不表朝中兴人马,
叫声小主莫惊慌。
叫声丫鬟和使女,
桌帏围得紧梆梆。
万岁牌子中间供,
保定小主莫惊慌。
苏献到此来饮酒,
一笔勾销总不讲。
不表柴府安排定,
骂声匹夫礼不当。

二来刺闹我身当。
苏献听说忙传令,
来到花园打个张。
不如收兵回朝转,
看见红漆柜一张。
停下脚步开言问,
叫声将军听我讲。
苏献听说心欢欣,
抬到金殿交旨章。
为臣领兵搜柴府,
躲在红漆柜当央。
只听一声言叫重,
精大精来光大光。
未曾找到汉小王,
让我再来算阴阳。
妖王藏在卷帘里,
为何卷帘你不张。
不把妖王来捉住,
又差苏献领兵将。
苏献急得无可奈,
再表窦氏女娥皇。
不怕朝中兵马广,
大伙前来帮帮忙。
四十九张团圆桌,
香案摆的停停当。
有人掀动桌帏子,
一定要拜汉小王。
如若拜了小太子,
三次人马又上庄。
你家暗藏汉小王,

捉弄将军两头忙。
找到太子我领罪,
下官陪你饮酒浆。
来到高厅抬头看,
苏献连忙拜人王。
王令官儿忙不住,
金鞭打在头顶上。
叫声兵丁快些走,
别的地方饮酒浆。
两只缸口合缸口,
惊动城隍泪汪汪。
伏望将军生慈念,
这才找到汉小王。
一众兵丁忙动手,
有人后头执刀枪。
来到金殿来交旨,
躲在酒缸把身藏。
忙把酒缸来打碎,
苏献急得翻眼堂。
窦氏夫人忙开口,
未曾找到汉小王。
一次兵马来搜找,
被他骇死在府堂。
说起一张红漆柜,
抬去龙凤二酒缸。
臣父是老王得爱的,
失落国宝罪难当。
文进听说言到好,
十字串成把理讲。

文进听说哈哈笑,
找不到太子作话讲?
苏献脸上无好色,
各屋摆的美味香。
苏献低头来下拜,
金鞭乱打众儿郎。
儿郎打得四处跑,
此地不能饮酒浆。
来到高厅抬头看,
巴掬巴的亮堂堂。
苏献问道何人哭,
可能饶恕我身当。
叫声兵丁快动手,
抬的抬来扛的扛。
耀武扬威来的快,
启奏我主听衷肠。
王莽听说不相信,
不见刘家汉小王。
不表王莽君臣吵,
尊声官人听衷肠。
不如去到金殿上,
抬去金银几皮箱。
二次兵马来搜找,
珍珠玛瑙里面藏。
酒缸不是中国的,
王恩赐予我父王。
如若一本奏准了,
辞别夫人上京邦。

怎么又到我的庄?
劝你莫把妖人找,
哪有心肠饮酒浆。
万岁牌子上面供,
儿郎三军立两旁。
苏献下拜也倒运,
苏献被打只是张。
屋多人少鬼作怪,
看见龙凤二酒缸。
枪杆搅动龙凤缸,
城隍回言刘家郎。
苏献一听心欢喜,
酒缸抬到紫金邦。
有人抬缸前头走,
午门造在面当阳。
小王不在卷帘内,
打开酒缸看妖王。
王莽气得不开口,
回文再表柴家庄。
三番两次来搜找,
跌他个赖成也何妨。
八十三岁一老母,
抬去红漆柜一张。
三次兵马来搜找,
外国进贡献老王。
你今酒缸来打碎,
回转家中再商量。
上下忙,

柴文进到金殿双膝跪下，
一国兴一国败古之常理，
像老臣保江山忠心耿耿，
徐士林他说我暗藏小王，
我主公大不该信他胡奏，
有兵丁和儿郎如同强盗，
头一次带兵马旗官搜找，
又拿去好衣服绫罗缎匹，
第二次有苏献来搜柴府，
说起来红漆柜不是空的，
第三次有兵马旗官搜找，
我主公大不该酒缸打碎，
这本是为臣的真言实话，
老王莽一听得忙陪笑脸，
你老母身亡故人死难活，
拿去了金共银绫罗缎匹，
抬你的红漆柜赔你银柜，
柴文进忙启奏金银不要，
老王莽回老臣孤赔不起，
柴文进听得说慌忙又奏，
赔我金赔我银均皆不要，
第一件徐士林换官来做，
第二件徐士林拜我名下，
第三件徐士林做我徒弟，
老王莽听得说忙把头点，
老王莽在金殿士林来宣，
点香烛忙下拜口尊干父，
老王莽在一旁忙赔笑脸，
柴文进上前来将恩来谢，
这一梆十字鼓君臣讲理，

尊一声莽君王细听忠良。
未见那坐江山世代人王。
并没有生奸计两样心肠。
依臣说分明的全是栽赃。
差苏献领人马搜我府堂。
说苏献那小子好比阎王。
抬去了金共银十几皮箱。
为臣母八十三骇死高堂。
大不该抬去我板柜一张。
有珍珠和玛瑙满柜里装。
抬去我外国宝龙凤酒缸。
臣失落传国宝罪责难当。
望主公立章程臣要还乡。
叫一声老丞相宽宏海量。
为孤家钦赐她金宵御葬。
叫兵丁把金银送到府堂。
打破你龙凤缸赔你金缸。
紫禁城堆成山总不兆祥。
为孤家十三省没这些银两。
尊一声莽君主听臣来讲。
依老臣三件事主公承当。
我为上他为下这也何妨。
在金殿尊干父丢掉他当。
传授他文王课八卦阴阳。
老爱卿三件事孤面承当。
徐士林交出印换下衣裳。
望师父传授我八卦阴阳。
这件事孤不正臣要保昌。
辞别了莽君主老臣还乡。
还下梆原七字回家商量。

文进上殿忙告罪,
叫声老臣听孤王。
打坏板柜陪银柜,
金银送到你府堂。
文进听说心欢喜,
窦氏夫人问短长。
家中不是藏龙地,
后厅请出汉小王。
你到南洋有兵马,
要送小王上南洋。
玉玺玉印和玉券,
后跟刘家汉小王。
有心上前城门叫,
祝告虚空过神王。
虔心感动天和地,
叫主赶快翻过墙。
荆州城内不能走,
有人送你过长江。
刘秀听说双泪流,
你的恩情甩下江。
生娘没得养娘大,
太子啼哭上南洋。
低头走路抬头望,
叫声石婆听衷肠。
连问几声他不睬,
我来封尊你身当。
石婆得封忙开口,
一直顶到黄土冈。
刘秀听说心欢喜,
有一猛虎在路旁。

辞别莽君臣还乡。
先生言语冒犯你,
打坏酒缸陪金缸。
年老母亲身亡故,
谢谢莽君臣还乡。
文进从头说一遍,
打发小王上南洋。
我家不能来久住,
邓愈先生在南洋。
窦氏夫人不怠慢,
收在包袱里面藏。
穿街过巷来的快,
又怕是非弄身上。
小王后来有天下,
城墙倒有数丈长。
送到十里长亭路,
人马扎在草关上。
潼关上面不能走,
喊道一声老忠良。
我到后来有天下,
养老宫里人一双。
东西南北认不得,
有个石婆在路旁。
我上南洋迷失路,
急坏一个汉小王。
封你不封别神位,
叫声小主听衷肠。
别的路上不能走,
赶上阳关大路忙。
太子抬头看见虎,

王莽金殿赔笑脸,
万事总要你保昌。
绫罗缎匹难回转,
孤赐金宵和御葬。
二次来到家槛里。
夫妻二人来商量。
半夜摆下一席酒,
不如打发你上南洋。
柴府灯笼打一对,
小小包袱打停当。
文进带路前头走,
城门早在面当阳。
文进跪下忙祝告,
要望此处倒板墙。
文进一见心欢喜,
文进关会要还乡。
你走交山足下过,
吴汉把守潼关防。
我到后来无天下,
你的恩情我不忘。
文进流泪回家转,
不知哪路上南洋。
停步上前开言叫,
望你指点我身当。
你今开口指我路,
桥梁使者你身当。
你今朝着左边走,
来往不便有惊慌。
正行举目抬头看,
骇得浑身抖筛糠。

站了半会忙开口,
头点三点也何妨。
如若你今带我路,
双膝跌跪地平阳。
取出一支羊毫笔,
走兽要算你为王。
不表太子来赶路,
士林上殿奏本章。
我主要想江山稳,
癞狗生毛把人伤。
孤赐三千人和马,
启奏莽君听臣讲。
三番两次搜柴府,
手按胸前自思想。
非怪士林课不准,
御驾领兵赶妖王。
动身三个狼烟炮,
骇得刘秀抖筛糠。
要被王莽来赶上,
见一只乌鸦在路旁。
你今若能带我路,
套在乌鸦颈子上。
乌鸦得封忙不住,
刘秀后跟赶路忙。
刘秀说是不好了,
谁知顶到黄土冈。
我看公公年纪大,
叫他指点上南洋。
奇怪奇怪真奇怪,
见一孩童面当阳。

叫声猛虎听衷肠。
你今如若不吃我,
双膝跌跪在路旁。
刘秀一见心欢喜,
老虎头上写个王。
老虎得封前带路,
再表王莽老奸党。
为臣昨晚观星斗,
快点兵马赶妖王。
王莽一听慌张了,
南洋路上赶妖王。
任叫为臣遭刀砍,
未曾找到汉妖王。
不怪苏献不肯去,
窦氏女子八卦强。
点起三千人和马,
地动山摇震上苍。
抬头不见带路虎,
我的性命活不长。
刘秀上前忙开口,
我来封尊你身当。
从前乌鸦一片黑,
一翅飞到半天上。
整整走有五十里,
不知哪路到南洋。
将身来到山脚下,
头白腰弯来开荒。
太子上前施一礼,
为何跌倒我身当。
上下忙,

你今如若要吃我,
头摇三摇我知详。
老虎能通人言语,
包袱放在地平阳。
老虎头上写个王,
后跟刘秀赶路忙。
五更三点王登殿,
紫微星君上南洋。
你今不把妖王赶,
忙宣苏献领兵将。
苏献听说忙启奏,
再不领兵赶妖王。
王莽听说如此话,
只怪士林课不强。
王莽万分无可奈,
顺带闻龙犬一双。
大炮不住连声响,
叫我一人奔哪方。
刘秀正在心烦恼,
叫声飞禽听我讲。
就把玉钏拿在手,
如今也有白颈项。
乌鸦就走空中飞,
不见乌鸦在天上。
正走之时抬头看,
见一公公在山冈。
不如上前将他问,
公公跌在地平阳。
爬起身来抬头看,
串成十字会老张。

汉刘秀到高山抬头观看，
老公公我看他忠心耿耿，
上前来施一礼开言便叫，
我孩童上南洋迷失大路，
老公公听他说抬头观看，
伸下手过了膝贵人之体，
这一个小娃童非同小可，
稳住牛手扶犁开言便问，
家住在哪个州哪个县里，
你问道上南洋有何贵事，
汉刘秀听他问心中一想，
在我看他没得歪来歹意，
老公公要问我家乡居住，
家住在咸阳城紫禁城里，
我的父汉平帝一朝之主，
外公公老王莽篡我父位，
我的父被他逼无处逃走，
老王莽问我娘来要玉玺，
我母亲未曾准玉玺交出，
多亏得柴文进金殿保本，
把我娘只打在冷宫里面，
我养娘窦氏女偷龙倒凤，
恨只恨徐士林胡言乱奏，
老王莽发人马三搜柴府，
他说是柴府里不能久住，
我小生在路途听见炮响，
老张公听得说慌忙跪下，
我老汉有一计望主宽恕，
老张公转过身对天祝告，
汉小主到后来若有天下，

见一位老公公力田开荒。
倒不如问他路早到南洋。
尊一声老公公听我衷肠。
望公公指点我恩情不忘。
见一位小孩童浑身穿黄。
前走走后张张必有惊慌。
让老汉盘问他这也何妨。
问一声小娃童你到何方。
爹姓甚娘甚氏几老萱堂。
或投亲或访友或转家乡。
看公公多耿直老实忠良。
把根由告诉他这也何妨。
把根由来说出要你瞒藏。
午朝门金銮殿是我家乡。
我母亲正宫里执掌昭阳。
外婆婆霸占了亲娘宫房。
凌烟阁寻自尽命归幽邦。
要玉玺文凭印执掌朝纲。
老奸贼把娘亲绑上法场。
里说方外说圆赦回我娘。
冷宫里生下我苦痛悲伤。
抚养我七年整费尽心肠。
他说是柴府里暗藏小王。
多亏得窦氏娘算计高强。
半夜里打发我投奔南洋。
怕只怕有人马赶我身当。
尊小王恕我罪我不知详。
耕一犁黄沙土盖主身上。
祝告天祝告地日月三光。
这一犁耕下去又深又长。

倘若是汉小主没有天下，
君有道臣有忠神灵帮助，
老公公祝告过慌忙爬起，
牛用力人用力神灵帮助，
把太子只请在犁沟睡下，
又恐怕犁沟里闷死小主，
又恐怕被人家看出形迹，
老公公只收拾齐齐备备，
这一梆十字鼓张公救驾，
这一犁耕下去君臣齐亡。
惊动了众神灵来到山冈。
耕田鞭拿在手扬了一扬。
这一犁三尺深七尺多长。
反过来又一犁盖在身上。
取一根芦柴管透气鼻梁。
有蓑衣和粥桶盖在身上。
手牵牛扶住犁远远开荒。
还下梆七字鼓来了王莽。

不表公公开荒去，
东山闻到西山上。
十里路闻龙骨香，
张公一见魂掉了，
抓在公公手中央。
却被官兵来赶上，
拿你老命来抵挡。
公公一见忙开口，
我来开荒完钱粮。
早上送了两碗粥，
哪有力气来开荒。
王莽听说心欢喜，
他就开荒完钱粮。
我有纹银二十两，
吃饱肚子来开荒。
可有娃童七八岁，
包袱背在脊梁上。
前走走，后张张，
总在前面高家庄。
王莽带领人和马，
山下来了老王莽。
闻龙犬到西山上，
却被犬子闻到了，
陡生一计在心上。
响亮一声言叫中，
一把抓住老年昌。
公公绑在柳树上，
喊声莽君听衷肠。
我家离此路程远，
被你犬子吃个光。
拿我人命偿狗命，
这个公公好心肠。
就把公公来放下，
交与公公老年昌。
你在这块耕田地，
浑身上下都穿黄。
老公公说是看见的，
哭哭啼啼奔南洋。
公公说句大意话，
前来围困高家庄。
身带一双闻龙犬，
闻龙犬子多厉害。
两脚趴在主身上。
就把犁单来下掉，
砸死闻龙犬一双。
你今打死闻龙犬，
来了奸贼老王莽。
耳听莽君初登殿，
每日送饭到山冈。
肚里饿来心作慌，
叫我冤枉不冤枉？
孤家江山未坐稳，
叫声公公听孤王。
山下买些大馒头，
孤家问问你身当。
头上打两个扒扒角，
看见娃童过山冈。
看他去来莫多远，
高家庄上活遭殃。
点起一把无情火，

高家庄烧个精大光。
犁沟请出汉小王,
蓑衣披在他身上。
老公公有个夹板墙,
小王放出饮酒浆。
张公一见慌张了,
怕的王莽得知详。
我家不是藏龙地,
坐下君臣人一双。
公公送有二十里,
再表小王上南洋。
不表小王心烦恼,
知道小王到南洋。
你今不到别处去,
怀揣锦囊接小王。
驾马扬鞭朝前走,
看见孩童身穿黄。
连忙下了高头马,
你可是个汉小王。
我今不是别一个,
来接小王到南洋。
我今不是别一个,
一把抱住汉小王。
在路行程来的快,
喊道吴汉贤侄郎。
吴汉关上抬头看,
后马孩童身穿黄。
手拿图像照一照,
叫声伯父听我讲。
你把妖王来丢下,

不表王莽他走了,
把他抱在牛身上。
小王来到家槛里,
小王收在里面藏。
可惜小王人大贵,
尊声小王听衷肠。
要被王莽知道了,
我打发你到南洋。
君臣二人吃饱了,
辞别小王转还乡。
哭哭啼啼朝前走,
再表邓愈在南洋。
这会不差别一个,
刘林庄上接小王。
身骑一匹白龙马,
前面不远刘林庄。
马成锦囊来取出,
叫声孩童听衷肠。
要是小王对我说,
我是金瓜马成相。
刘秀听说心欢喜,
我是刘家汉小王。
把他抱在马身上,
前面顶到潼关防。
你把关门来开放,
看见一位老年昌。
莫非就是汉小王,
到底是个汉小王。
马后有个穿黄的,
我今放你过关防。

再表公公老年昌。
又怕被人看见了,
又杀猪来又杀羊。
等到五更交半夜,
紫微星朗朗放毫光。
紫微星,来出现,
君亦死来臣亦亡。
半夜摆下一席酒,
鸡叫打发出了庄。
不表公公回家事,
不知路途奔南洋。
邓愈先生屈指算,
差个金瓜马成相。
金瓜马成领了令,
白银枪在手中央。
将身来到三岔路,
知道他是汉小王。
看你这个多模样,
不必瞒哄我身当。
邓愈先生差来的,
尊声将军听衷肠。
马成一听心欢喜,
一马双驮到南洋。
马成来到潼关下,
让你伯父出关防。
马前坐的老伯父,
我今不能上他当。
吴汉关头忙开口,
他是刘家汉妖王。
马成听说冲冲怒,

骂声吴汉杂种郎。
吴汉听说城楼下，
来来往往比刀枪。
就被吴汉来捉住，
解到京都见王莽。
吴汉家住归德府，
心想回家看看娘。
囚车放在廊檐下，
亲娘妈妈喊一场。
你今把守潼关地，
亲娘妈妈你在上。
一个刘家汉小王，
解往京城见君王。
吴母听说把话讲，
老娘问问你身当。
有恩不报怎样说，
老娘还有话要讲。
王莽是个真明主，
有仇不报任在此上。
恩仇二字不晓得，
他是汉朝一忠良。
你家父亲未准口，
衣服剥得精大光。
老贼王莽心肠狠，
母子逃难在外方。
后来王莽开武场，
招为驸马在皇房。
捉住小王不算数，
无情无义杂种郎。
仇人当作恩人待，

要我丢下汉小王，
上马提刀到战场。
马成到底年纪大，
捉去君臣人一双。
人马浩浩朝前走，
家中还有老萱堂。
二次来到府门口，
吴汉堂前见老娘。
吴妈一见吴汉到，
哪有时间转还乡。
你儿把守潼关地，
一个金刀马成相。
顺走我家归德府，
喊道我儿吴汉郎。
哪个是个真明主，
有仇不报怎样讲。
吴汉说是我晓得，
刘秀是个汉妖王。
吴母听说冲冲怒，
细听为娘对你讲。
王莽奸党篡了位，
当殿绑起他身当。
校场拖有五十转，
要捉全家上法场。
一直逃到归德府，
我儿得中状元郎。
命你把守潼关地，
又捉恩人马成相。
杀父之仇你不报，
你又拜他为岳丈。

快快下来比刀枪。
话不投机翻了脸，
吴汉年青力又壮。
君臣打在囚车内，
归德府在面当阳。
吴汉一生重孝母，
人马扎住在外方。
将身来到后堂上，
我儿心肝叫一场。
吴汉听说忙开口，
捉住老小人一双。
二人打在囚车内，
回家看看老亲娘。
罢罢你今回家转，
哪个是个草寇王？
你把此话对我说，
我把此话告诉娘。
有恩不报非君子，
骂声吴汉杂种郎。
你父名叫吴成业，
叫你父亲来投降。
把他绑在马尾上，
尸骨如泥把命亡。
多亏马成来送信，
母子二人过时光。
老贼看你武艺好，
偏偏捉住汉小王。
你算不忠又不孝，
你又保他立朝纲。
为娘说到伤心处，

不觉两眼泪汪汪。
儿今不保老奸贼,
请到客厅饮酒浆。
吴母一听忙开口,
古来独木不成行。
我儿要把仇来报,
她是王莽亲生养。
吴汉听说不好了,
不忠不孝罪难当。
我妻人是贞烈女,
钢刀一把手中央。
不表吴汉将妻杀,
胸闷无绪在厢房。
顺带香烛和纸马,
步下楼梯十三挡。
不表公主来祝告,
不见娇妻在何方。
莫是去到花园里,
看看我妻在何方。
吴汉躲在假山石,
串成十字来焚香。

吴汉当时双膝跪,
决心要保汉小王。
我保小王兴人马,
叫声我儿吴汉郎。
孤掌难鸣人一个,
老母有话对你讲。
舍得厢房妻子杀,
难事弄到我身上。
我今要把妻子杀,
每日经堂念《金刚》。
叫声亲娘等一等,
再表公主在厢房。
不如前到花园里,
焚香祝告众神王。
将身来到花园里,
再表吴汉进厢房。
莫是我妻知道了,
游玩花草未回房。
二次来到花园里,
倒看焚香为哪桩?

亲娘妈妈听衷肠。
因车放下人两个,
杀到京城捉王莽。
自古单丝不成线,
不能上京捉王莽。
你妻他是奸贼女,
也算报仇事一桩。
我今不把妻子杀,
怎能舍得杀妻房。
左思右想无可奈,
孩儿前去杀妻房。
兰英坐在厢房里,
游玩花草散心肠。
移动金莲动小步,
点起烛来焚起香。
将身来到厢房里,
她今逃生在外方。
不如赶奔花园里,
看见公主在焚香。
二五一样长,

王兰英在花园焚香祝告,
小奴家手拈香非为别事,
恨只恨老王莽奸贼当道,
汉平帝他是你亲生女婿,
我妹妹王娘娘昭阳正院,
王娘娘未曾把玉玺交出,
只有那柴文进忠心赤胆,
把娘娘只打在冷宫里面,

祝告天祝告地日月三光。
为的是我丈夫错保君王。
篡去了花世界自立朝纲。
你不该逼死了一国平王。
你问他要玉玺掌什么朝纲。
你不该把女儿绑上法场。
到金殿舍生死力保娘娘。
我妹妹在冷宫生下儿郎。

多亏得窦氏女偷龙倒凤，把太子倒换在柴家府堂。
徐士林狗奸贼胡言乱奏，差苏献领人马三搜府堂。
算起来汉小王正交七岁，柴文进打发他去上南洋。
一路上汉小王担惊受怕，老奸贼发人马追赶小王。
我丈夫你乃是忠良后代，如目今招驸马身入宫房。
望丈夫你可能回心转意，遇见了汉小王送到南洋。
汉小王到南洋能有天下，捉住了老奸贼破肚扒肠。
这一梆十字鼓焚香祝告，还下梆原七字回转厢房。

祝告一场方才了，整整衣服回厢房。不表公主回房去，
再表一个吴汉郎。吴汉躲在假山石，字字句句听清爽。
心想杀来手颈软，钢刀掉在地平阳。我妻她是贤惠女，
怎能舍得杀妻房？弯腰把刀来拾起，不如回去哀告娘。
二次来到后堂上，双膝跪在地平阳。吴母一见忙开口，
叫声我儿吴汉郎。你今去把妻子杀，你妻人头在何方？
吴汉听说忙开口，尊声亲娘听衷肠。我家妻子不能杀，
她是一个女贤良。我到厢房将妻杀，不见我妻在厢房。
你儿赶到花园里，看见我妻来焚香。我就躲在假山石，
看她焚香为哪桩。焚香不为别的事，口口声声骂王莽，
咒骂老贼早早死，早让刘秀坐朝纲。叫我不把老贼保，
保住小王立家邦，你儿一听心软了，不能提刀把她伤。
要望老娘来宽恕，饶恕孩儿也何妨。吴母一听冲冲怒，
大胆奴才骂一场。我晓得来我知详，灌了你妻迷魂汤。
妻子说话甜如蜜，老娘说话当风狂。妻甜娘苦说的好，
老娘好比草上霜。好好好来罢罢罢，抚养功劳甩下江。
你今不听亲娘话，下次不要喊老娘。吴汉说是不好了，
老娘不放我身当。尊声亲娘莫要急，儿再提刀进厢房。
得罪老娘儿走了，二次提刀进厢房。不表吴汉将妻杀，
再表公主回厢房。公主来到厢房里，陡然想起事一桩。
公主吃的长头素，早早晚晚念《金刚》。洗洗脸来烧烧香，

来到经堂念《金刚》。
嘴里不住来祷告,
再表吴汉进厢房。
二次来到经堂里,
看她祝告为哪桩。
一篇经文念到底,
祝告经堂诸神王。
将身来到厢房里,
听见妻子念《金刚》。
上下忙,
公主跪在地平阳。
不表公主来祝告,
不见妻子在何方。
吴汉站在房门口,
十字串成跪经堂。

王兰英在经堂《金刚》来念,
小奴家来祷告不为别事,
老人家年纪大六旬过五,
早烧香晚换水把经来念,
我婆婆幼年时吃尽辛苦,
我婆母身守寡领带儿子,
逃到这归德府安居乐业,
把孩儿只领带成人长大,
老奸贼在京城开下南选,
想不到到京城高魁得中,
老奸贼见丈夫武艺甚好,
小夫妻在皇宫多么恩爱,
把丈夫只调在潼关镇守,
老奸贼他与我虽是父女,
我不愿在皇宫将福来享,
这一梆十字鼓经堂祷告,
念过经跪下来祝告神王。
为的是高堂上婆母萱堂。
好一比风前烛草上之霜。
望菩萨保佑她身体健康。
我公公忠良将命丧无常。
可怜他娘儿们逃奔外方。
我婆婆做漂母抚养儿郎。
早习文晚习武文武皆强。
我丈夫别亲娘去赶考场。
官封他武状元扶保朝纲。
招为那驸马公身入宫房。
老奸贼把丈夫调任外方。
丢下奴在宫房好不凄凉。
他无情我无义两样心肠。
我情愿归德府服侍老娘。
还下梆原七字哀求亲娘。

祝告一场忙爬起,
门外再表吴汉郎。
不能无故将她杀,
前面顶到后堂上。
我妻她是贤良女,
她在经堂念《金刚》。
经堂祝告无别事,
整整衣服回厢房。
打头到尾听到底,
不如再去哀告娘。
来到堂前双膝跪,
不能提刀把她伤。
一篇经文念到底,
口口声声保佑娘。
不表兰英回房事,
我妻到底是贤良。
没精没神朝前走,
亲娘妈妈听衷肠。
儿到厢房将她杀,
双膝跌跪在经堂。
老娘年老精神爽,

无灾无难保安康。
吴母听说冲冲怒,
来上你娘大松香。
既然不把妻子杀,
为臣不能忠于王。
为娘说话你不听,
等你妻子入幽邦。
大叫三声不过了,
一把扯住老亲娘。
手提宝剑朝前走,
看见妻子睡在床。
吴汉一见心中想,
寻她短处杀妻房。
公主一见慌张了,
手提宝剑亮堂堂。
一把托住无情剑,
十字串成诉衷肠。

要望娘亲生慈念,
骂声我儿杂种郎。
小夫小妻恩情重,
老娘有话对你讲。
父叫子亡子不亡,
有何面目在世上。
丈夫之仇不能报,
不如撞死在高堂。
喊声亲娘莫自尽,
三次提剑杀妻房。
屁股朝外面朝里,
手摸胸前自思想。
吴汉上前一声喊,
连忙起身下了床。
公主一见来扯住,
尊声驸马听奴讲。

一事看在儿身上。
夫妻二人商议好,
你怎舍得杀妻房。
君叫臣死臣不死,
忤逆不孝是蠢郎。
死鬼丈夫等等我,
不如自尽见阎王。
吴汉一见魂掉了,
儿再提刀杀妻房。
将身来在厢房里,
两眼不住泪汪汪。
这会不等她开口,
大胆贱婢骂一场。
一见丈夫回来了,
双膝跪在地平阳。
二五一样长,

王兰英在厢房双膝跪下,
你无事在潼关也不回转,
莫非是在外面将酒吃醉,
莫非是在潼关被人欺侮,
莫非是你家妻有了短处,
莫非是你家妻闺门不正,
莫非是看上了好姊好妹,
娶一个娶两个奴不阻你,
有高楼和瓦屋你们住去,
有绫罗和缎匹你们穿去,
有珍肴和美味你们吃去,
你家妻是一个三贞九烈,

尊一声亲丈夫听我衷肠。
今日间为何因要杀妻房。
我丈夫回家转发了酒狂。
亲丈夫回家转拿我开腔。
在家中早晚间未奉亲娘。
你妻子并不是男盗女娼。
亲丈夫动了心要娶偏房。
他做大奴做小这也何妨。
奴情愿茅草棚好把身藏。
奴情愿穿几件补丁衣裳。
有剩茶和剩饭奴度饥荒。
学三从和四德三纲五常。

我无事也不把房门来出，每日间在经堂口念《金刚》。
除非是到厨房烧茶递水，除非是到堂前服侍老娘。
望丈夫你把我错处说出，你家妻被你杀死闭眼堂。
王兰英只说得肝肠寸断，可怜他低下头眼泪汪汪。

吴汉听说手软了，
双手搂抱叫妻房。
你父王莽篡了位，
我父不肯来投降。
校场拖有五十转，
又拜老贼为岳父。
三番两次将我逼，
你在花园来焚香。
声声骂的老奸贼，
来到厅堂哀告娘。
你家丈夫被娘骂，
又到经堂念《金刚》。
你把经文念完了，
为的堂上老萱堂。
要望菩萨来保佑，
怎能舍得杀妻房。
老娘一见冲冲怒，
不能报仇伸冤枉。
叫我把你来杀掉，
老娘自尽入幽邦。
三次来到厢房里，
你又跪在地平阳。
任叫丈夫来自尽，
让我自尽入幽邦。
你是一个男子汉，

宝剑掉在地平阳。
非怪丈夫心肠狠，
我父汉朝一忠良。
老贼把父来捉住，
尸骨如泥一命亡。
我怎舍得将你杀，
叫你丈夫无主张。
为夫躲在假山石，
句句骂的老王莽。
说我不忠又不孝，
二次提刀进厢房。
我就躲在门外面，
双膝跪在地平阳。
你说婆婆年纪大，
无灾无难精神爽。
二次又到厅堂上，
我被老娘骂一场。
说你是个奸贼女，
犹如报仇事一桩。
假如老娘来自尽，
看见我妻睡在床。
说了多少伤心话，
我怎舍得杀妻房。
公主一见来拦住，
顶天立地保朝纲。

上前一把来挽起，
我把实话对你讲。
满朝文武来投顺，
把父绑在马尾上。
杀父之仇未曾报，
老娘不让我身当。
第一次来将你杀，
字字句句听清爽。
丈夫一听手软了，
说我无情薄义郎。
我妻不在厢房里，
听你经堂念《金刚》。
焚香祝告无别事，
风前之烛草上霜。
你家丈夫亲听得，
跪在地下哀告娘。
说我枉为男子汉，
你是王莽亲生养。
我要不把你来杀，
不孝之罪我难当。
正要举剑将你杀，
好比钢刀刺心肠。
叫声贤妻莫要哭，
尊声驸马丈夫郎。
你妻是个女流辈，

又是老贼亲生养。
死掉媳妇有钱娶，
为妻有话对你讲。
把我尸首来毁灭，
死后不要立坟堂。
逢时过节无人问，
丈夫年轻娶偏房。
娶的人家不贤惠，
你要服侍他身当。
公主说不尽心中苦，
门外来了老亲娘。
大叫一声不过了，
尸首站在地平阳。
吴汉来到房门口，
贱婢哄动我身当。
公主死了尸不倒，
尸首倒在地平阳。
罢罢你今死掉了，
人头割下提手上。
吴汉上前忙开口，
现有人头见老娘。
上前就把我儿叫，
去陪君臣人一双。
吴母手摸胸前想，
有何面目活世上。
将身来到厢房里，
汗巾扣在二梁上。
手攀扣子嚎啕哭，
等你妻子见阎王。
牙关一咬不过了，

你把你妻来杀掉，
死掉儿子绝一房。
如若你妻死掉了，
不要埋葬入坟堂。
又无儿来又无女，
除非我的丈夫郎。
娶的人家贤惠女，
莫要记怪我身当。
端茶递水要你去，
陡生一计在心上。
吴汉回头将娘望，
一剑刺在己胸膛。
不表公主来自尽，
不见老娘在何方。
转身来到厢房里，
让我拜拜他身当。
吴汉一见嚎啕哭，
借你人头也何妨。
二次就把后堂上，
亲娘妈妈喊一场。
吴母一见心中苦，
喊声我儿吴汉郎。
吴汉听说就走了，
好比钢刀刺心上。
丈夫之仇我已报，
汗巾一条手中央。
桌子上头加椅子，
哭叫丈夫在何方。
伸伸手来又怕死，
一头套在扣中央。

落个贤名在世上。
叫声丈夫莫自尽，
莫要记怪她身当。
因为我是奸贼女，
哪个前来把坟上。
你妻今天身死后，
服侍丈夫过时光。
高堂还有亲娘母，
问寒问暖你承当。
喊声丈夫不好了，
公主宝剑抓手上。
公主刺死尸不倒，
再表吴汉望亲娘。
吴汉说是我晓得，
公主自尽入幽邦。
吴汉低头拜四拜，
哭声我妻女贤良。
青锋宝剑抓在手，
后堂里面会老娘。
你儿就把妻子杀，
不觉两眼泪汪汪。
你今去到客厅上，
后堂丢下老亲娘。
媳妇被我逼死了，
不如自尽入幽邦。
做个扣子碗口大，
小脚站在椅子上。
鬼门关上等等我，
缩缩头来又怕亡。
就把椅子蹬倒了，

夫人挂在二梁上。
不表夫人身亡故,
参见君臣人一双。
我今保主南洋上,
不见亲娘在何方。
吴汉一见嚎啕哭,
丫鬟使女总帮忙。
七七就把斋来做,
才把棺枢送坟堂。
我今既把南洋上,
个个前来听我讲。
有田就把田来种,
各人回奔各家乡。
吴汉家事安排定,
领兵带将奔南洋。
邓愈先生屈指算,
马武姚期人一双。
归德府在面当阳。
马武姚期忙开口,
问你可是汉小王。
穿黄就是汉小王,
共同保主到南洋。
众将见过汉小王,
兵精粮足在南洋。
现在兵精粮又足,
全凭先生拿主张。
帐前打动聚将鼓,
不会用刀一杆枪。
枪似南山嫩竹笋,
大炮连声震上苍。

一连三个满满旋,
再表一个吴汉郎。
我今就把小王保,
必须告别老亲娘。
二次来到娘房里,
平阳地上滚成塘。
大大棺材买两口,
超度婆媳人一双。
吴汉丧事办完了,
家财丢与谁执掌。
这份家财我不要,
无田生意过时光。
有家有业回家转,
请出君臣人一双。
不表君臣南洋上,
知道小王有灾殃。
领兵带将出南洋,
马武姚期抬头看,
马老将军听衷肠。
马成听说忙回答,
那位英雄吴汉郎。
小王来到南洋地,
聚草屯粮在南洋。
邓愈先生忙开口,
选定良辰出兵将。
邓愈先生忙不住,
聚集南洋众军将。
马武姚期为元帅,
刀似北海千层浪。
不表南洋出兵马,

呜呼哀哉入幽邦。
吴汉来到客厅上,
我保小王到南洋。
吴汉来到后堂上,
老娘高挂在二梁。
就把老娘来放下,
收尸婆媳人一双。
七七超度完满了,
要保小王到南洋。
喊到安童并使女,
分给众人转回乡。
安童使女纷纷乱,
无家无业上南洋。
三人上了高头马,
再表邓愈在南洋。
这会不差别一个,
浩浩荡荡朝前走,
看见金刀马成相。
后面有个穿黄的,
二位将军听衷肠。
大家上前见个礼,
邓愈先生接小王。
招兵买马三年整,
尊声主公汉小王。
小王听说好好好,
叫声三军和儿郎。
会用刀的刀一把,
吴汉先锋猛勇将。
开兵三个狼烟炮,
再表王莽老奸党。

听得南洋炮声响,
孤家手里无能将。
你们替我来准备,
忙写搬兵纸一张。
不表王莽搬兵事,
这次刘秀赶王莽。
逢州犹如汤泼雪,
一直杀到古昆阳。
王莽说是不好了,
咸阳救兵到昆阳。
里应外合一场战,
二十八宿闹昆阳。
王莽一见不好了,
号不鸣来鼓不响。
王莽败兵前头走,
团团围困古咸阳。
御花园有白虎台,
架起云梯爬城墙。
一直找到白虎台,
破他肚子扒他肠。
说起吴汉多厉害,
扶保刘秀立朝纲。
汉光武来坐上殿,
宣他夫妻金殿上。
亲自走下金銮殿,
孤家封赠你身当。
封你不为别官职,
养老宫里人一双。
不表夫妻金殿下,
刘林庄上一老张。

知道小王到南洋。
王莽连忙传下令,
准备退兵到昆阳。
差人就把咸阳上,
再表刘秀赶王莽。
见一个来杀一个,
过县如同雪加汤。
杀到昆阳来围困,
孤家江山坐不长。
王莽一见心欢喜,
兵对兵来将对将。
杀得人头如瓜滚,
赶快收兵转还乡。
刘秀兵马如潮水,
刘秀后面追王莽。
王莽一见不好了,
白虎台上把身藏。
就把咸阳来攻破,
捉住奸贼老王莽。
吴汉杀到皇宫里,
刮骨熬油点天光。
刘秀坐上金銮殿,
想起当初老忠良。
夫妻宣到金銮殿,
挽住夫妻人一双。
不是你当初将我救,
封你干国老忠良。
夫妻金殿将恩谢,
光武金殿又思想。
不是公公将我救,

南洋现在兵将出,
叫声三军和儿郎。
王莽退到昆阳地,
快发救兵到昆阳。
先是王莽赶刘秀,
见两个来杀一双。
势如破竹来的快,
四门围困不通光。
正是王莽心烦恼,
大开四门杀一场。
大战昆阳三年整,
尸骨如山血成汪。
败兵如同丧家犬,
个个人雄马又壮。
一直追到咸阳地,
没有地方来躲藏。
刘秀兵强将又勇,
四方八面找王莽。
马武姚期下军令,
捉住王莽老婆娘。
就把王莽除掉了,
国号光武掌朝纲。
柴府有个柴文进,
光武一见喜非常。
敕赐金凳来坐下,
孤家怎得坐朝纲?
赐你免朝来见驾,
谢谢主公万岁王。
想起当初南洋上,
哪有孤家坐朝纲。

忙差天牌人两个,
领了圣旨出京邦。
将身来到刘林庄,
捧你灵牌上金邦。
光武一见灵牌子,
你无洪福保孤王。
封你文官不识字,
封你张公土地王。
我这里有个弓和箭,
不怕起到九云霄。
文武百官朝上撮,
只起一人举手高。
圩里人来不讲理,
把老爷扛到山顶上。
自从光武封赠过,
又叫刘秀走南洋。
传与香主各会首,
答谢张公土地王。

刘林庄上宣老张。
天牌领旨来的快,
才知公公一命亡。
天牌来到金銮殿,
不由两眼泪汪汪。
光武手捧灵牌子,
武将不能动刀枪。
封你江南管土地,
你拿弓箭起庙堂。
该因公公福分小,
只撮一人举手高。
亦有人家草庙子,
老爷覆在破砂缸。
要问老爷生辰日,
家家户户把香装。
到底一本土地忏,
一份钱粮火上扬。

两个天牌不怠慢,
刘林庄在面当阳。
罢罢你今死掉了,
灵牌献上汉小王。
孤有洪福登天下,
听孤封赠你身当。
封你不为别官职,
封你江北管田庄。
射多高来起多高,
攀了弓来弦断了。
如今人起土地庙,
也有人家瓦砖墙。
五六月里发大水,
二月初二把香装。
此书吴汉三杀妻,
晓谕人民得知详。
一份钱粮火烧化,

阎 王 忏

原本封面题字：阮有江抄　一九九一年四月立

　　此神书讲的是包拯故事。包拯父母行善，玉帝命文曲星到包家庄投生。包夫人梦吃仙桃而怀孕，却生了个丑八怪，被父母抛弃在花园。嫂嫂不忍，抱回抚养。后来中状元做官，断出七十二件无头案。死后被封为五殿阎君。旧时江淮百姓认为，小孩病愈，全因阎王保佑过了关煞，故做会还愿。此神书即为做此会时唱。原抄本与《旃坛忏》、《东岳忏》、《城隍忏》、《牛王忏》、《火星忏》合为一本，十六开竖写。

重神启忤重子臣，
神门道起他家门。
父亲人称包员外，
包山包海两个人。
早烧香来晚换水，
只见香烟透天宫。
差你下界看一看，
一驾云头动了身。
太白金星知道了，
星主在上听原因。
风又调来雨又顺，
该派他家出贤臣。
玉皇听奏心欢喜，
包家府内去投生。
一驾云头来的快，
梦见仙桃进了门。
看看十月怀胎满，
又逢卯日卯时生。
生下老爷多丑陋，
包家生下八怪精。
不表老爷身有难，
耳红面赤不安宁。
左思右想无主意，
前面顶到花园门。
荼蘼架上穿心过，
耳听孩儿哭嘤嘤。
弯腰将他来抱起，
不觉嫂嫂吃一惊。

五殿阎罗受香灯。
家住卢州合肥县，
母亲周氏老安人。
夫妻二人多行善，
香烟透入斗牛宫。
玉皇大帝开金口，
哪里香烟透天门。
开开南天门两扇，
回转灵霄奏王尊。
仁宗皇帝登天下，
黎民都享太平春。
夫妻二人多行善，
便差殿前文曲星。
文曲星君领了旨，
凤凰台上面前存。
安人梦吃仙桃子，
腹中临盆要降生。
一连三个紧阵子，
八分像鬼不像人。
父母见他多丑陋，
再表王氏大嫂身。
左眼不跳右眼跳，
要到花园散精神。
推开花园门两扇，
牡丹亭在面前存。
抬起头来望一望，
原来婆婆生的根。
伸下手来过了膝，

要问老爷家何住，
凤凰台前有家门。
所生弟兄人两个，
斋僧布施积阴功。
玉皇正坐灵霄殿，
便叫太白李金星。
太白金星领了旨，
四方观看假和真。
双膝跪在丹墀下，
缺少扶銮保驾臣。
凤凰台有包员外，
烧香拜佛积阴功。
你今代我归下界，
不敢迟延动了身。
夫妻二人得一梦，
不觉有孕带在身。
选定卯年并卯月，
厢房生下小官人。
一街二巷人谈论，
送在花园里面存。
嫂嫂坐在高楼上，
坐在厢房少精神。
移动金莲将楼下，
满园花草甚鲜明。
正在花园来游玩，
一眼看见小官人。
从头到脚看一看，
两耳坠肩是贵人。

顶平额阔天庭满，
右眼有个退朝痕。
瞒着公来瞒着婆，
开怀喂乳小官人。
年年有个清明节，
带到高堂见年尊。
王氏嫂嫂来跪下，
把他送到花园门。
把他养到年七岁，
好个贤良女佳人。
打发嫂嫂回房去，
七岁上学把书攻。
先读贤文百家姓，
五经四书本本通。
仁宗皇帝开南选，
鳌头独占第一名。
先做凤翔定远县，
陈州放粮把官升。
日在山上断老虎，
断的仁宗认母亲。
只因错断颜查散，
无灾无病命归阴。
在世做官清如水，
塑你神像在当中。
执掌一本生死簿，
皂罗袍上外勾金。
若问老爷生辰日，
一份钱粮火上焚。
阎王老爷高宝座，

脸上看看现官形。
如果有福来压住，
抱入自己绣楼中。
叔叔养到年七岁，
家家拜扫去上坟。
公婆一见将言问，
年老公婆你是听。
儿媳花园去游玩，
交把公婆二双亲。
此子后来有官做，
丢下小爷在高庭。
先生代他起名子，
把笔描红上大人。
七岁攻书到十六，
辞别父母跳龙门。
仁宗见他文才好，
做起官来似水清。
开封府内把官做，
夜在寓中断乌盆。
七十二个无头案，
如今审案不归真。
扶保大宋功劳大，
死后封你做阎君。
牛头马面左右站，
管定阳间死与生。
腰系金镶白玉带，
三月廿八是生辰。
一份钱粮火焚化，
发传香案又请神。

左眼有个上朝痣，
后来不愁人上人。
香汤沐浴洗个澡，
公婆不知半毫分。
王氏嫂嫂不瞒了，
这是谁家小官人。
七年之前婆生下，
是我带进绣楼门。
公婆听说心欢喜，
剪肉烧香报你恩。
父母见儿心欢喜，
起名叫做包文正。
大学中庸论语孟，
满腹文章无比伦。
该因包家洪福大，
封他七品大朝臣。
仁宗一见心欢喜，
龙图学士他为尊。
街前就把贫婆认，
没有错断半毫分。
阳寿活到八十二，
玉皇提笔把神封。
哪县都有城隍庙，
文武判官两边分。
头戴冕旒冠一顶，
粉底乌靴足下蹬。
传与当家各会首，
答谢阎王转庙门。

旃 坛 忏

原本封面题字：忏书　旃坛　东岳　城隍　牛王　火星　阮有江　一九九一年四月抄

此神书是在为小孩一周年生日所做的"抓周会"上唱的内容。百子旃坛神名叫陈文进，进京赶考，投宿庵堂，见到一张虎皮，将其藏在井里。后来一女子劝他弃考与她成婚，生下五男二女。端午节饮酒后，女子问陈，当初来庵时，可曾见到什么？陈取出所见虎皮。女子披上虎皮，即现出虎形。原来她是玉女星，被贬下凡，错投虎胎。陈见虎惊死后，玉皇大帝封他为旃坛保神，专为人送去子孙。连云港地区有此民间故事，名《虎皮井》。

重神启忏重子臣,
神门道起他家门。
父亲姓陈陈家子,
起名叫做陈文进。
耳听京城开南选,
挎起书箱赶路程。
秀才说是不好了,
有座庵堂面前存。
东廊判官倒掉了,
案桌上面灰尘尘。
风吹虎皮呛呛响,
虎皮下在手当中。
等我赶考回来了,
二次又进庵堂门。
这个佳人生得好,
不胖不瘦五段人。
佳人上前忙开口,
根生土长哪里人?
不逢初一并十五,
便叫姑娘女佳人。
陈家门中生的子,
取名叫做陈文进。
耳听京城开南选,
错过招商饭店门。
姑娘听说这句话,
房中可曾娶过亲。
小生贱庚十六岁,
正中机关八九分。

百子游坛进坛门。
家住西京洛阳县,
岳氏门中小外甥。
七岁攻书到十六,
顺带纸笔跳龙门。
看看一日走到晚,
莫得地方去安身。
推开庵门朝里进,
西廊判官地埃尘。
秀才抬起头来看,
犹如活的一般同。
后园有个八角井,
把他带回转家中。
走进庵堂抬头看,
犹如天仙下凡尘。
未曾开口一脸笑,
便把相公叫几声。
爹娘姓甚什么氏?
来到庵堂做什么?
家住西京洛阳县,
岳氏堂前小外甥。
七岁攻书到十六,
辞别父母跳龙门。
借你庵堂歇一宿,
便把相公叫几声。
秀才听说忙开口,
只求功名未娶亲。
带笑不笑眯眯笑,

要问老爷家何处?
老人桥头有家门。
所生老爷人一个,
满腹文章无比伦。
家中辞别双父母,
错过招商饭店门。
正当举目抬头看,
没得和尚没得僧。
香炉烛台纷纷乱,
有张虎皮二梁存。
秀才一见忙不住,
把他吊在井当中。
就把虎皮藏好了,
看见一位女佳人。
又不高来又不矮,
一笑两个酒窝根。
家住何州并何县?
所生排行几个人?
秀才听说忙回答,
老人桥头有家门。
所生小生人一个,
锦绣文章带在身。
看看一日走到晚,
明天大早就动身。
今年青春有多大,
叫声姑娘你是听。
姑娘听说心欢喜,
吐言吐语怕开声。

未曾说话红了脸，
正是门当户对人。
后来生下儿和女，
骂声姑娘不成人。
此话只能庵堂讲，
骂道一声陈文进：
你今如若准了口，
我到山下喊四邻。
一口热血喷住你，
佳人缠住我当身。
好好好来罢罢罢，
象牙床上配成婚。
这日正逢端阳节，
酒后无德道真言。
十年之前进我庙，
不可瞒哄我当身。
十年前来进了庙，
把它收在枯井中。
忙把虎皮交还我，
就怕夫妻做不成。
三须钩子拿在手，
啪嗵掼在地埃尘。
我今要把原身现，
又恐关锁南天门。
哄得丈夫调头望，
刹时变个老虎精。
开口要吃旃坛保，
手抱姣儿挡虎精。
来了摄魂诸太尉，
双膝跪在地埃尘。

便把相公叫几声。
我劝相公休赶考，
比你赶考强几分。
我把你当作贞烈女，
外人知道笑死人。
好言好语抬举你，
万话勾开总不论。
把些施主喊到此，
跳在黄河洗不清。
要想走来走不掉，
我就允许你成婚。
夫妻成婚整十载，
夫妻二人饮刘伶。
姑娘上前忙开口，
可曾看见甚宝珍。
秀才听说忙开口，
未曾看见甚宝珍。
佳人听说红了脸，
一笔勾销总不论。
秀才听说好好好，
来到枯井捞宝珍。
佳人一见原身到，
舍不得丈夫陈文进。
叫声丈夫不好了，
佳人刹时现原形。
张开口来血盆大，
要吃丈夫陈文进。
虎毒不吃亲生子，
摄老爷魂魄上天庭。
玉皇大帝开金口，

你二八来我十六，
与你庵堂配为婚。
相公拦脸一口啐，
谁知杨花水性人。
姑娘听说红了脸，
你拿奴家不当人。
你今在此不准口，
说你调戏我当身。
秀才听说不好了，
不如依从她当身。
手挽手来厢房进，
生下五男二女身。
夫妻多吃三盅酒，
叫道丈夫陈文进。
看甚些来说甚些，
贤妻连连叫几声。
有张虎皮梁上挂，
喊道丈夫陈文进。
不把虎皮交还我，
我来还你贵宝珍。
就把虎皮来捞起，
两眼不住泪纷纷。
我今不把原身现，
山上来了老虎精。
就在虎皮一个滚，
张牙舞爪要吃人。
秀才一见慌张了，
骇死丈夫陈文进。
夫妻来到灵霄殿，
喊道一声陈文进。

派你有个状元份，
乃是上界玉女星。
只因投胎投错了，
高提龙笔把你封。
虎皮当作帽子带，
粉底乌靴足下蹬。
人家无儿送儿子，
有老爷公文上面有。
做过会来敬过神，
熟献堂上又请神。

可恨庵堂配个婚。
只因打破琉璃盏，
投在山上老虎精。
男子封为斿坛保，
紫罗袍上外勾金。
送子长旛拿在手，
人家无孙送孙子。
传与当家各会首，
子孙昌盛多峥嵘。

你妻不是别一个，
罚她下界走红尘。
罢罢你今死的苦，
女子送子观世音。
腰系牙牌白玉带，
五男二女送进门。
非是神门盘老爷道，
一份钱粮火上焚。
斿坛菩萨留表忏，

牛　王　忏

　　此神书是在做"牛王会"时唱。牛斐达耕田时耕出许多黄金白银，便买了许多牛放牧。楚汉相争中，他施火牛阵助汉，被暗箭射死。齐王封他为牛栏天子。

重神启忤重子臣，
神门道起他根本。
牛家门中生的子，
老爷排行第三名。
只有老爷年纪小，
老爷牵牛把田耕。
这些银子无用处，
盘古山上放牛人。
楚汉二国争天下，
要做添兵助阵人。
钢刀绑在牛角上，
就与霸王动刀兵。
战来战去几百合，
三合四合无输赢。
老爷抬起头来看，
谁知暗箭上了身。
阳寿不绝为神道，
牛栏天子你为尊。
头戴两耳网纱帽，
粉底乌靴足下蹬。
要问老爷生辰日，
千门万户受香灯。
传与当家各会首，
牛只长旺血财兴。
牛栏天子高宝坐，

牛栏菩萨受香灯。
家住南京应天府，
蓝氏门中小外甥。
大兄上方开酒店，
改做农夫把田耕。
一犁耕下三寸土，
一心要做贩牛人。
不表老爷将牛放，
两下不住动刀兵。
钢刀打有千百把，
硫磺盐硝尾巴根。
点起一把无情火，
不见输来不见赢。
看看一日战到晚，
有座庵堂面前存。
暗箭刺死牛斐达，
齐王提笔把神封。
平等人家不供你，
葱绿袍上外勾金。
打牛棒子拿在手，
正月十三把香焚。
弟子祝庆牛王会，
一份钱粮火上焚。
案上高斟熟献酒，
法传香案又请神。

要问老爷家何住，
盘古山下有家门。
所生老爷人三个，
二兄磨坊做营生。
正月十三开耕日，
耕出黄金共白银。
耕牛买有几千条，
那邦皇帝掌乾坤。
老爷一见心焦躁，
硫磺盐硝几百斤。
摆下一字火牛阵，
烧得牯牛只是奔。
一合二合无胜败，
各自收兵转回程。
老爷跨进庵堂内，
魂灵飘飘上天门。
封老爷不为别神位，
农夫人家供你神。
腰系丝罗八宝带，
管定阳间六畜牲。
逢到老爷生辰日，
请你坛前受香灯。
做过会来敬过神，
答谢牛栏转庙门。

火 星 忏

　　此神书是在做"火星会"时唱。火德星君罗宣,武王伐纣时助纣,后被打败阵亡,封为火德星君。故事与《封神演义》相似。

重神启忏重子臣，
神门道起他根本。
父亲姓罗罗家子，
总是神通广大人。
正月初七生辰日，
不知南北与西东。
老爷曾赴火焰会，
又收一个火葫芦。
七窍能放三把火，
那邦皇帝掌乾坤。
众家子弟山来下，
万仙遭劫火遭瘟。
罗宣听说申公请，
各样宝贝带现成。
收云落雾归下界，
来见殷郊太子身。
谈文论武多入骨，
五鼓来朝天又明。
兵对兵来将对将，
不见输来不见赢。
变出三头和六臂，
烧得通天赤地红。
子牙只叫不好了，
要做天兵助战人。
云头招招来得快，
五路乾坤望下冲。
罗宣一见慌张了，
咬住老爷脚后跟。

启忏南方火德星。
家住东京东昌府，
铜扇公主是娘亲。
大兄名叫东方朔，
庆祝生辰刮狂风。
通天教主收入洞，
山中得了赤焰驹。
拔掉塞子冒出火，
能放烈火乱烧人。
兴周灭纣刀兵动，
个个都想做忠良。
盘说是非申公豹，
要做兴兵助战人。
一驾云头来得快，
棒打仙桃落凡尘。
殷郊一见罗宣到，
殷郊与老爷拜弟兄。
罗宣一见天明亮，
就与子牙大交兵。
老爷一见心焦躁，
火葫芦在手中存。
道数高的还有命，
一口怨气透天门。
龙吉公主跨仙鹤，
西岐造在面前存。
暂时西岐下大雨，
连忙打马走下岗。
托塔天王来赶上，

若问老爷根本事，
辽阳搭界是家门。
所生老爷人两个，
老爷罗宣小道童。
把老爷刮到海岛外，
传授兵法武艺能。
又得火弓并火箭，
烧得通天赤地红。
不表老爷得了道，
两下不住动刀兵。
姜子牙领兵来挂帅，
来请罗宣小道童。
拜别师父山来下，
西岐营在面前存。
二人走进莲花帐，
连忙摆酒来接风。
一夜话语不必表，
西岐营外摆阵门。
战来战去几十合，
要放宝贝乱伤人。
七窍内放出三把火，
道数低的送残生。
龙吉公主知道了，
一驾云头动了身。
就在云端施法力，
破了罗宣阵图门。
二郎放出哮天犬，
黄金塔打死姓罗人。

一道灵魂归西去，封神台上等封神。只等子牙灭了纣，
回归西岐把神封。封老爷不为别神位，敕封南方火德星。
头戴生罗三只眼，叶绿袍上外勾金。腰系牙牌白玉带，
粉底乌靴足下蹬。火龙火马火鸽子，撩到哪块烧哪块。
不撩不动半毫分，火烧大斗并小秤，火烧良心不公平。
非是神门盘老爷道，有道公文上面存。要问老爷生辰日，
正月初七把香焚。传与当家各会首，一份钱粮火上焚。
一份钱粮火烧化，答谢火星转庙门。

城 隍 忏

此神书是在主家之人家病愈还愿做会时所唱。六合城隍为九江王英布,但此忏文却是纪信替刘邦死后被封为城隍。

紫金炉内把香装，
神门表起他家乡。
出仕名字叫纪信，
霸王兴兵动刀枪。
韩信张良为元帅，
思想无计出荥阳。
望王恕臣三个死，
开言便叫纪三郎。
纪信听说忙开口，
却与主公一个样。
也把金盔来除下，
臣走南门会楚王。
汉王一听心欢喜，
纪信装扮汉高皇。
却被霸王来拿住，
纪信一笑把命亡。
纪信替主来烧死，
高祖皇帝想忠良。
不论京城与府县，
左辅右弼号城隍。
天下土地归你管，
从人对对执旗枪。
显应城隍留表忏，
一份钱粮火上扬。

启忏城隍受真香。
家住岳州山阴县，
汉朝臣子保朝纲。
指定鸿沟为官界，
十大功劳保汉王。
纪信出班忙启奏，
臣有一计出荥阳。
恕你无罪真无罪，
主公万岁听衷肠。
主公龙袍来脱下，
为臣替主戴头上。
文武百官都免难，
忠臣要算纪三郎。
西门走出汉高祖，
捉住纪信当汉王。
当时被他来识破，
阴魂飘飘上天堂。
纪信为我来烧死，
收管万民归城隍。
执掌人间生死簿，
巡察人间善恶良。
执掌一颗无情印，
熟献堂上受真香。
一份钱粮火烧化，

若问老爷家何住，
地名叫做纪家庄。
楚汉二国争天下，
七十二战定封疆。
汉王兵败遭了困，
执笏当胸奏君王。
汉王听说这一声，
快把妙计奏孤王。
为臣面貌生的好，
穿在为臣的身上。
圣主御驾西门出，
为臣一死替君王。
忙把衣帽来脱下，
南门纪信会霸王。
汉王笑得不露齿，
柴篷上面火烧死。
后来灭楚归一统，
敕令天下起祠堂。
装塑将军真容像，
春秋二季献猪羊。
二十四司分左右，
准告阴状在幽邦。
传与当家各会首，
答谢城隍转庙堂。

东 岳 忏

此神书是以前香火僮子为自己求神保佑而做会时唱,现已不做此会,只在"打醋坛"法事上唱。内容说黄飞虎原本纣王臣,后反叛投周,并在伐纣中战死。死后被封为东岳天齐仁圣王。黄飞虎是洪山香火神会中的主神。故事与《封神演义》相似。

重神启忤重上良，
神门忤启本家乡。
父亲国丈名黄滚，
匡扶社稷保纣王。
元配夫人是贾氏，
才貌双全又端庄。
唯有长子黄天化，
不知流落在何方。
老爷修道四十五，
宠信妲己害忠良。
造下虿盆和炮烙，
妲己夺位正宫房。
南方归顺鄂崇禹，
多少大臣饮酒浆。
老爷神鹰来放出，
本是妲己女娘娘。
此日正逢元旦节，
朝拜妲己女娘娘。
摘星楼上摆下酒，
出口调戏女娘娘。
君戏臣妻该何罪，
一把抓住女娘娘。
飞豹二爷知道了，
不如造反杀昏王。
扯住老爷上了马，
人仰马翻血汪汪。
五关反出黄飞虎，
困住老爷在关防。

拜请东岳赴坛场。
家住朝歌城一座，
镇守界牌大关防。
纣王因他功劳大，
三贞九烈女贤良。
四位太子多俊秀，
年方三岁离爹娘。
道德真君收入洞，
赤胆忠心保君王。
比干丞相剜心死，
肉林酒池刑非常。
东方反了姜桓楚，
北方侯虎镇安康。
半夜狐狸来出现，
扑奔狐狸把他伤。
妲己梦中来惊醒，
大臣夫人朝娘娘。
苏妲己来生巧计，
又来无道殷纣王。
贾氏一听冲冲怒，
掌什么山河立朝纲？
摘星楼上来掼下，
怒发冲冠气昂昂。
老爷当时无主意，
个个手里执刀枪。
朝歌城里不能住，
一直来到潼关防。
道德真君知道了，

若问老爷家何住，
本城居住是家乡。
老爷神号黄飞虎，
封他镇国武成王。
妹在西宫为皇后，
天禄天福与天祥。
却被神风刮走了，
传授武艺在山冈。
只因纣王昏无道，
杨任剜去二眼堂。
姜娘娘正宫被害死，
西方反了是姬昌。
纣王皇帝摆御宴，
张牙舞爪把人伤。
狐狸不是别一个，
暗中怀恨武成王。
贾氏也把皇宫进，
要陪贾氏饮酒浆。
他见贾氏生得美，
无道昏王骂一场。
纣王被骂翻了脸，
粉身碎骨把命丧。
黄明周纪也动怒，
又被众将劝得慌。
午朝门前一场战，
不如投奔周武王。
潼关陈桐多厉害，
忙差徒儿下山冈。

天化来到潼关上，
天化辞父转山冈。
前面顶到界牌关，
骂声我儿理不当。
今日为何来造反，
父亲在上听衷肠。
君戏臣妻也罢了，
不如投奔周武王。
父亲听见这番话，
来到西岐见武王。
武王见奏龙心喜，
一时富贵不非常。
自古有道伐无道，
遇到张奎动刀枪。
结拜崔英崇黑虎，
就与张奎动刀枪。
大战张奎人一个，
渑池县里摆战场。
阴魂不曾归地府，
回归西岐封神王。
封老爷不为别神位，
塑老爷神像在庙堂。
人间祸福生与死，
阴花小姐坐西厢。
三月廿八生辰日，
有老爷公文受真香。
西岳华山蒋雄位，
玄圣大帝在庙堂。
五人得封官和职，
当家弟子化钱粮。
东岳菩萨留表忏，

搭救父亲出关防。
不表天化回山去，
界牌关上会父王。
黄门七世忠良将，
你把真言对我讲。
纣王皇帝无了道，
妻子逼死在宫房。
自古良禽择木栖，
不如开关奔地方。
子牙一见心欢喜，
改封开国武成王。
子牙西岐发人马，
吊民伐罪是武王。
龙凤山上人四个，
五人结拜正相当。
结拜弟兄情义重，
张奎道术甚高强。
该是五人为神道，
封神台上等封张。
元始天尊符与敕，
东岳天齐仁圣王。
出生入死威名大，
善恶簿子你执掌。
美貌娘娘是贾氏，
千门万户把香装。
南岳衡山崇黑虎，
愿圣大帝在庙堂。
中岳嵩山是闻聘，
各奔庙堂受真香。
一份钱粮火烧化，
发牌銮驾请神王。

众将就把关来出，
再表老爷奔西方。
黄滚一见冲冲怒，
代代保主立朝纲。
飞虎上前来跪下，
调戏臣妻理不当。
他无情来我无义，
贤臣择主事君王。
众将一起把关出，
金銮殿上走武王。
都是西岐人和马，
武王伐纣灭成汤。
一道杀到渑池县，
蒋雄闻聘二君王。
老爷跨上神牛背，
各催坐骑奔沙场。
七煞将军逢五岳，
为国为民命先亡。
只等子牙灭了纣，
姜尚台上封神王。
泰山顶上立老爷庙，
掌管天地与阴阳。
炳灵公太子东宫位，
龙凤阁上万古扬。
非是神门谈老爷过，
昭圣大帝你身当。
北岳恒山是崔英，
崇圣大帝受真香。
香山五岳高宝坐，
答谢东岳转庙堂。

赵公元帅玄坛忏

原本封面题字：大清宣统三年□立　神堂　许自鸣用记

原本封底题字：赵公元帅之位　奉记用昊天王宫　三千甲子八百春秋

若家中供有玄坛神位，做会时必须唱。此神书所讲故事与《封神演义》所载完全不同。赵公明又名虎郎，山东上仓府龙虎山人，幼年父母双亡，由叔父抚养，常遭婶母虐待。在放牧猪羊时，猪羊被狼叨走几只，因而不敢回家，就在雷音寺出家。死后玉皇大帝封他为黑虎玄坛赵公元帅。

金炉重重把香焚，
不怕关锁庙堂门。
推开庙门朝里请，
五岳神堂冷清清。
红山拜请张化主，
二位大仙出庙门。
开坛要请开坛兵，
不知多少结坛人。
共计一百单八位，
结坛要请众财神。
开坛要把东岳请，
好做六邑地界神。
开坛要把真武请，
火烛平安托上神。
开坛要把二郎请，
好做开坛扫金银。
开坛要把财神请，
好做行风布雨人。
开坛要把灶君请，
好做烧钱化纸人。
开坛要把土地请，
上中下案请天神。
说神名来道神姓，
大海栽花根又深。
家住曹州兰花县，
萧山李氏三娘亲。
大郎东方甲乙木，
四郎北方做财神，

结成龙楼拜请神。
庙门上起双簧锁，
红山五岳左右分。
红山拜请哪几位？
五岳拜请李老君。
二位大仙高宝坐，
结坛要请结坛神。
三十六位开坛兵，
总是齐王驾下人。
刘五道来众财神，
好做封神点将人。
开坛要把都天请，
好做红火解魔神。
开坛要把牛王请，
好做弯弓打弹神。
开坛要把观音请，
好做催财送宝人。
开坛要把家神请，
好在东厨办三牲。
开坛要把门神请，
好做牵马引导人。
司人不敢言王驾，
收梢结果把神封。
官有衙门神有庙，
□□良民凤凰城。
一父三娘生九子，
二郎南方火丙丁，
五郎中央为五道，

一心要把天神请，
香烟一到就开门。
红山堂前多热闹，
五岳拜请哪位神？
张化主来李老君，
背转香案又请神。
不知多少开坛兵，
七十二位结坛神。
开坛要请刘五道，
总来打马受香灯。
开坛要把城隍请，
好做收瘟降福人。
开坛要把火星请，
好做披结插花神。
开坛要把娘娘请，
好做救苦救难人。
开坛要把龙王请，
好在家堂陪客人。
开坛要把亡魂请，
好做迎官接送人。
开坛要把九郎请，
唐王传流到如今。
高山点灯明光大，
花有清香月有荫。
父乃唐朝魏宰相，
连父十个保朝廷。
三郎西方庚辛金，
六郎天堂大将军，

七郎年小江湖走,
只有九郎未降生。
顺走桃园脚下过,
一梦鲜桃滚进门。
太太吃了鲜桃子,
腹中临盆要降生。
一连三个紧阵子,
九龙吐水洗浑身。
三天烧个初生纸,
到老终年不改名。
五周六岁知南北,
送入书房念书文。
访走云蒙山上过,
王氏师娘大贤人。
先生见他文才好,
入学官名魏九宏。
大学中庸论语孟,
能知天晴并天阴。
乌鸦若走头上过,
能知公母与雌雄。
文武双全保唐朝。
文武双全保人王。
未曾说书与安号,
不表无名少姓人。
西湖出了隋炀帝,
金盆照见两条龙。
昏王皇帝开金口,
召选御妹掌正宫。
同胞姊妹看娘面,
哪有姊妹配为婚?

八郎吃斋苦修行,
原因魏家洪福大,
变个仙桃落凡尘。
梦见鲜桃是男喜,
六甲怀胎孕在身。
一阵疼来疼个死,
腹中生下九娇生。
报道大人是男喜,
祖先堂上起乳名。
一周二岁娘怀养,
七周八岁把书攻。
曹州没有大才学,
访到先生姓张人。
入学就把圣人拜,
才与学生起学名。
念书千文百家姓,
五经四书本本通。
晓得天阴下大雨,
能知翎毛有几根。
九郎读书志气高,
九郎读书志气强,
九郎案在南书院,
先表君来后表臣。
周有三十六王位,
他是无道混账君。
两条龙来两条龙,
便叫御妹听从容。
御妹听说红了脸,
千朵桃花一树开。
天下美女要多少,

兄弟八个安八处,
衣马星君去投生。
太太睡在牙床上,
梦见鲜花女千金。
十月怀胎看看满,
二阵疼来疼个昏。
丫鬟抱在盆里洗,
喜坏丞相老大人。
起名叫个三仙保,
三周四岁离娘身。
九郎长成年十岁,
大人打马访先生。
投奔先生张成义,
拜过圣人与先生。
学名叫个书未屈,
把笔红描上大人。
六十甲子从头念,
能知天晴刮狂风。
蜢虫若走面前过,
点如瓜子捺如刀。
横如棍子直如枪,
哪邦皇帝掌朝纲。
表君要表真名主,
汉到刘王四百春。
姊妹二人去洗脸,
一条雌来一条雄。
长兄后来登大宝,
长兄说话理不通。
盘古到今千万代,
召选妹妹为何因?

三盅药酒长兄醉,
养老宫气死老娘亲。
五颜六色开的好,
瓣瓣里头有美人。
昏王看见琼花好,
隋炀皇帝上扬州。
开条运河通天下,
铺上绿豆共香油。
不许妇人穿褂子,
八幅罗裙遮住羞。
檀香板子红绒绳,
口唱如意太平歌。
一朝人王开金口,
好代孤王起号头。

（中间缺页）

香烟绕绕透天堂,
司人忏起本家乡。
赵家门中亲生子,
姓赵公明赵虎郎。
三岁之时父死了,
哪个代我把家当。
叔父请到家栏里,
跟住叔父过时光。
叔父自己有一子,
再表婶娘在家乡。
自己儿子吃好的,
公明穿的坏衣裳。
自个儿子上学去,
明日同我放猪羊。
我把猪羊交代你,

瞒住嫂嫂掌正宫。
御妹死了魂不散,
喜煞人来爱煞人。
扬州有个王世充,
要到扬州走一巡。
一心要把扬州上,
河里无水怎行舟？
不要男子来扯纤,
每人一个大红兜。
每人一个花纤板,
肩背一代往南游。
昏王坐在船舱里,
便叫宫娥女丫头。

启忏元帅赵虎郎。
家住山东上仑府,
母是修心拜佛娘。
老爷出丗命多苦,
七岁之中母也亡。
诸亲六眷来说合,
万贯家财来执掌。
叔父待他心肠好,
弟兄二人上学堂。
婶娘生来多厉害,
公明吃的粥加汤。
三餐茶饭吃不饱,
不要公明上书房。
买上猪子十几只,
快快代我放猪羊。

黄花楼逼死亲御妹,
变朵琼花广陵城。
琼花开成十八瓣,
琼花献上万岁龙。
刀连京城挂玉勾,
万里江山一旦丢。
□□奸党生巧计,
选细宫娥女丫头。
不准姑娘穿裤子,
脊背朝前脸朝后。
手里打的花胡号,
文武百官站船头。
哪个姑娘喉咙好,

要问老爷家何住,
龙虎山上本家乡。
父母所生人一个,
前妨爷来后妨娘。
无爷无娘多难过,
去请叔父把家当。
公明年小七岁正,
就送公明上书房。
不表公明书来念,
一双孩儿两条肠。
自己儿子穿衣服,
每天打骂不可当。
今日不要把书念,
又买白羊十几双。
把我猪羊弄死了,

你的小命活不长。
侄儿本是攻书的，
何不叫他放猪羊？
安童小厮他有事，
一笔勾消总不讲。
公明听见魂飞散，
吆定猪羊上山冈。
四九冬天多寒冷，
石头脚下晒太阳。
公明看见魂不在，
一时头疼不安康。
在路行程来的快，
婶娘接着骂一场。
太阳还在半天里，
拿你小命来抵偿。
侄儿上山放猪羊，
不能山上放猪羊。
婶娘听说冲冲怒，
不说有病在身上。
前日不说有伤寒，
假装大病在身上。
不少猪羊也罢了，
又少猪来又少羊。
卖猪银子在哪块？
我的羊子少一双。
少个猪子打十棍，
婶娘好像五阎王。
一个跟头来弄倒，
浑身打的不像样。
赵虎被打心中苦，

公明听说泪汪汪，
因何叫我放猪羊。
婶娘听说冲冲怒，
一定要你放猪羊。
若还再同我拌嘴，
只得前来放猪羊。
将身来到高山上，
浑身冻的似筛糠。
山上来了一只狼，
真魂掉在大山上。
头疼发热多难过，
自家门在面前阳。
叫你上山猪羊放，
放甚猪来放甚羊？
公明听说泪汪汪，
得了歹病在身上。
今日有病回家早，
骂声畜生赵虎郎。
今日叫你放猪羊，
昨日不说有灾殃。
慢细睡来莫着慌，
少了猪羊命抵挡。
少了猪羊弄哪去？
卖羊银子在何方？
把我猪羊卖的人，
少个羊子打十双。
走上前来就动手，
□包皮鞭打身上。
两个安童情来讲，
平阳地下滚成塘。

婶娘在上听衷肠：
多少安童和小厮，
骂声公明赵虎郎。
你今早早把猪放，
皮鞭打在你身上。
忙把竹竿拿在手，
眼泪汪汪苦难当。
破衣破裳冻死了，
叼去猪来叼去羊。
就把真魂吓掉了，
吆定猪羊转家乡。
猪羊吆在稻场上，
因何自己就回乡？
我死猪羊不打紧，
万福婶娘你在上。
身上得了恶歹病，
明日不敢早回乡。
昨日不叫放猪羊，
你说有病在身上。
今日叫你放猪羊，
待我前来数猪羊。
一五一十朝前走，
卖我猪羊做私房。
我的猪子少二个，
还说有病在身上。
放猪鞭子拿在手，
一把抓住赵虎郎。
一五一十朝下打，
才放赵虎小儿郎。
可怜被打几十下，

浑身鲜血汪大汪。
如若睡在婶娘房，
又怕早晚没茶汤。
赵虎睡在猪羊房，
婶娘前厅骂一场。
昨日天中就回转，
你的狗命日不长。
不敢厨房吃早饭，
浑身痛的苦难当。
想起我公明真真苦，
眼泪汪汪哭亲娘。

赵虎一见泪汪汪，
婶娘打死见阎王。
赵虎可怜无可奈，
紧紧促促到天亮。
少年鬼来短命亡，
一直睡到今早上。
公明听说魂掉了，
吃了猪羊上山冈。
前思思来后想想，
冬天穿的夏衣裳。
两个五字上下张，

越思越想好悲伤。
如若睡在高楼上，
只得将身睡羊房。
看看到了天明亮，
还不起来放猪羊。
把我猪羊来弄死，
连忙起来穿衣裳。
将身来到高山上，
越思越想好悲伤。
悲切切来泪汪汪，
十字串成说短长。

赵公明在高山猪羊来放，
前思思后想想心中好苦，
哭一声我的父你可晓得？
我的娘你死了倒也罢了，
有田地和房产无人执掌，
有诸亲和六眷前来妥议，
蒙叔父他待我心肠也好，
每日间在家中遭打挨骂，
他的儿穿的是暖衣饱食，
他的儿吃的是珍馐美味，
打他儿亲生养麻秸之风，
打他儿亲生养供他上学，
买乌猪十几只叫我来放，
那日里在高山猪羊来放，
有婶娘那棍子把我来打，
可怜我被她打无言可对，
春天里放猪羊也还罢了，
秋天里放猪羊茅草刺脚，

战惊惊悲切切好不难当。
哭一声我的娘你在何方？
可晓得你的儿这种景光。
丢下来苦命儿依靠何方。
哪一个领带我来过时光。
请叔父和婶娘来把家当。
恶婶娘她待我两下心肠。
终日里来被打苦命交加。
可怜我穿的是洞大连连。
可怜我只吃得粥上加汤。
打的我苦命人柳条刺伤。
打的我苦命人来放猪羊。
又买了小白羊十二三双。
再不想来了狼啃去猪羊。
她说我卖猪羊做了私房。
真真的屈死了好不冤枉。
夏天里放猪羊热的难当。
冬天里放猪羊冻的心慌。

天空里下大雪无处逃躲，
我亲娘我父亲你在哪块，
你有灵你有善把儿带去，
看起来这日子难以过活，
赵公明哭不尽千般万苦，
把竹竿拿在手猪羊来赶。
不少猪不少羊我能回去，
这一梆十字鼓高山诉苦，
可怜我只冻得抖颤筛糠。
把你的苦命儿带下幽邦。
免得我在世上受下冤枉。
到不如拿条绳吊死山上。
见西方太阳落要转家乡。
赶赶猪赶赶羊早转家乡。
要少猪要少羊不转家乡。
还下梆原七字来赶猪羊。

就把竹竿拿在手，
又少猪来又少羊。
今日猪羊又少了，
我的小命活不长。
这些猪羊不要了，
雷音大寺面前阳。
别的落处不去了，
天天五更把香装。
老爷年高八十岁，
飘飘荡荡上天堂。
封神不为别神位，
竹节钢鞭手中央。
非是神门忏你苦，
急急忙忙赶猪羊。
公明只叫不好了，
婶娘恶过五阎王。
看起这桩疑难事，
私自逃走下山冈。
老爷来到雷音寺，
不如修心念金刚。
扫地不伤蚂蚁命，
死在佛爷大厅上。
玉皇见神功劳大，
黑虎玄坛你为王。
生意人家恭敬你，
茶酒钱粮谢神王。
一五一十朝前走，
这桩大祸是准闯。
要与婶娘来知道，
不如逃走离家乡。
整整走了三天整，
一禅打坐佛堂上。
庙堂焚香看香火，
爱惜飞虫灯上网。
一点灵魂全不散，
高提龙笔封神王。
赵公元帅骑黑虎，
百无禁忌镇店堂。

黄河摆阵全卷

老抄本，陆秀田藏，他称系一百年前抄本。无抄写年月，有缺字。第二页上写："黄河摆阵全卷　刘宏修著"，末尾缺页。僮子阮有江于一九九三年秋季重抄并补齐，题为《玄坛忏》(《赵公明下山》、《三仙姑摆黄河阵》)。

众神启告众子臣，
寮城西北赵家村。
所生姊妹人四个，
罗府洞内去修行。
定海明珠二十四，
又收门徒两个人。
不表公明来修炼，
桃花洞内去修行。
大姑练成金交剪，
件件法宝会拿人。
纣王天子登龙位，
屈害文武众大臣。
正宫皇后被他害，
兴周灭纣动刀兵。
太师闻仲心不服，
看守城墙大高营。
神风一阵行千里，
南山鸟望北山龙。
口中喝住自坐骑，
叫声青衣小道童。
道童听说不怠慢，
口称仙师在上听。
公明听说如此话，
会见太师老闻仲。
茶饮三杯方落盏，
来到我洞为何因。
你不问来我不说，
闻仲太师是我名。

启忏玄坛赵公明。
父姓赵来名天略，
老爷排行大长兄。
投拜师父通天主，
降龙索是贵宝珍。
姚邵司，陈九公，
再表妹妹三个人。
姐妹都在三仙岛，
二姑练成混天绫。
不表姐妹人四个，
妲己妖妃选进宫。
大夫杨任去二目，
割去二目苦伤心。
十天军摆十绝阵，
想起海东赵公明。
太师闻仲不怠慢，
过了海西到海东。
山高隔断飞来鸟，
翻身下了黑麒麟。
借你言来代我语，
急急忙忙望内行。
门外来了人一个，
连忙移步出来迎。
把他请到山洞内，
公明开言把话论。
闻仲听说回言答，
问我根由说你听。
恨人不恨别一个，

家住山东东昌县，
母亲金氏老安人。
入学官名赵公明，
炼成几件贵宝珍。
龙虎钢鞭无价宝，
各有宝贝在身中。
琼碧云霄人三个，
聚练无价贵宝珍。
三姑练成混元斗，
再表纣王无道君。
自从妖人把宫进，
比干丞相活剐心。
子牙登台拜了帅，
连破八阵伤道兄。
吩咐三军人一众，
翻身上了黑麒麟。
高处水往低处淌，
风刮推去水中鱼。
来到罗府洞门口，
报与道兄得知情。
将身来到高堂上，
自称太师名闻仲。
将身来到洞门口，
松柏香茶饮喉咙。
请问道兄哪洞府，
道兄有所不知情。
我是纣王皇叔父，
可恨子牙姜太公。

只恨姜尚无道理，
率领儿郎安步兵。
我进山洞无别事，
口称太师闻大人。
三教立下封神榜，
难免封神榜上行。
紧闭宫内常调黄庭三两卷，
身投西土封神榜上有人名。

口称太师把山下，
此事如何是怎生？
来到山中道兄请，
比你武艺欠几分。
可恨姜尚无道理，
一笔勾销总不论。
公明听说如此话，
拿话压我为何因？
太师闻仲忙不迭，
再表罗府赵公明。
二人回应我晓得，
随时带宝就动身。
龙虎钢鞭拿在手，
乱石山在面前存。
公明看见黑虎到，
吟诗一首收虎精。
利爪如勾心明亮，
才作奔腾草色斑。
念动海龙和虎豹，
前头陈塘大老营。
代我快快去通报，
急急忙忙望后行。

兴周灭纣动刀兵。
十天摆下十绝阵，
奉请道兄破周营。
别的事情我可允，
我在荒山早知情。
碧游宫内一副对，

别处山头请高明。
请将不比激将好，
有句言语说你听。
二国沙场说出你，
说出大话气煞人。
你今若把山来下，
可恨子牙姜太公。
闻仲你把山来下，
辞别道兄赵公明。
吩咐门徒人四个，
不用尊师细叮咛。
定海神珠拿在手，
师徒腾空动了身。
高山撞见一只虎，
喜在眉毛乐在心。
咆哮容容出深山，
钢牙如剑鹤胸弯。
认定群兽你为壮，
翻身上虎动了身。
师徒收云来落下，
我是罗府赵公明。
将身来到中军帐，

陛下实在心不服，
连破八阵伤道兄。
公明听说如此话，
要开杀戒万不能。
有人下山开杀戒，
二十四字记法真。

太师听说他不去，
便叫罗府赵道兄。
我与子牙来赌斗，
说你武艺比我能。
说你不把山来下，
剥你皮来抽你筋。
我今与你无仇隙，
急刻到你陈塘营。
不表闻仲回营转，
姚邵司来九陈公。
公明当时不怠慢，
降龙索的贵宝珍。
风光灼灼来得快，
遍身黑毛爱杀人。
我到西岐无坐骑，
几点英雄汗血斑。
未曾行虎风先动，
□□未应等将闲。
云光灼灼来得快，
叫声蓝旗小二军。
蓝旗小卒忙通报，
口称元帅在上听。

外面来了人三个,
将身迎接进营门。
公明下山开杀戒,
代我前去骂阵营。
来到西岐营门前,
报与子牙泼道人。
守城小将忙通报,
无事不敢乱传声。
报与元帅知道了,
要点香山一家人。

他说罗府赵公明。
把他接在中军帐,
陈塘营中动了荤。
公明急忙不急慢,
叫声儿郎守城兵。
能将上马来赌斗,
口称元帅老师尊。
外面来了人三个,
请令定夺如何行。
两个五字上下行,

闻仲太师心欢喜,
吩咐三军摆刘伶。
忙叫徒弟人两个,
翻身上虎动了身。
快快传言代我报,
弱将休要送残生。
有事我今才来报,
口口声声要相争。
子牙听说这一声,
十字串成点三军。

姜子牙坐将台威风凛凛,
点徒弟名武吉长枪在手,
黄飞虎骑神牛神通广大,
黄天爵黄天禄天祥上将,
点黄明和周计弟兄两个,
韩毒龙薛二虎弟兄两个,
点二郎神通大七十二变,
陈塘关名李靖黄金宝塔,
点晁田与晁雷弟兄二个,
周公旦召公奭弟兄二人,
点太颠与闳天英雄上将,
有叔宣与叔忧弟兄两个,
雷震子双肉翅平地飞走,
季叔乾季叔正二位爵主,
子牙骑四不像连放三炮,
姜子牙到沙场抬头观看,
姜子牙在将台忙打顿首,
赵公明在虎上回言便答,
你我们未会过并无仇隙,

杏黄旗执手中点动三军。
南公适合扇刀对阵冲锋。
黄飞彪黄飞豹两将英雄。
黄天化玉麒麟赤心鼎胸。
点龙环和吴谦两将英雄。
点独脚龙须虎上将英雄。
小哪吒风火轮地能腾空。
又金吒和木吒两个弟兄。
有韦陀降魔杵惯打英雄。
太公望毕公荣四贤三中。
点百达和百适武艺一同。
点季随与季□八俊威风。
土行孙泥里走哪个知从。
季叔午季叔坤随定元戎。
众家郎齐呐喊出了城中。
来的是三个人黑将英雄。
尊一声黑道兄哪洞仙翁。
称元帅姜道兄听我告诉。
为甚么辱骂我理好不通。

住海东拗来国罗府洞内，我姓赵字公明得道仙翁。
姜子牙听得说回言便答，与道友未会过谁骂道兄？
你我们修行人莫生毒意，切莫信外人言说谎侃空。
赵公明听得说心中大喜，我谅你不敢骂回转山上。
师徒弟人两个回转山去，有二郎和哪吒慢走从容。
既然来也难得何能回去，催动马带过虎对阵交锋。

公明听说怒生嗔，
叫我三军来交锋。
话不投机翻了脸，
一个打象往东行。
五合六合龙斗宝，
不见输赢杀手能。
拿了□□拿了□，
直奔子牙姜太公。
二目紧闭无气色，
尸首抢了转回城。
公明未曾来防备，
公明带虎转回程。
尸首抬到帅府内，
贤臣横担八百斤。
吩咐一声挂黄榜，
孤家封赠他当身。
午朝门外揭下榜，
放在子牙口当中。
太公起身忙顿首，
一驾云头出岐城。
得胜公明又骂阵，
来了古佛□燃灯。
让我前去会一阵，

骂声子牙理不通。
中过坐骑与你战，
遮拦不住动刀兵。
一合二合无胜败，
七合八合虎翻身。
公明一见心猛想，
启出宝贝□□□。
姜尚命中阻七死，
唬坏手下众门生。
二郎杨戬不怠慢，
道袍咬得碎纷纷。
不表公明回去了，
哭坏武王有道君。
倘君有个长和短，
晓喻天下有能人。
不表天子挂黄榜，
来医子牙姜太公。
五脏转流阵阵响，
谢谢黄龙老真人。
不表真人回山转，
请令定夺若何能。
燃灯道人忙开口，
看他有甚贵宝珍。

口中与我说好话，
二国沙场见雌雄。
一个催马往西走，
三合四合不输赢。
来来往往几十合，
与他杀到甚时辰？
龙虎钢鞭来祭起，
一鞭打落地埃尘。
哪吒太子不怠慢，
神獒细犬放半空。
二郎收回神獒犬，
再表元帅姜太公。
孤的江山千斤重，
孤的江山靠何人？
有人医得元帅好，
来了黄龙老真人。
葫芦取出仙丹□，
子牙苏醒把眼睁。
黄龙真人不受封，
再表二郎众三军。
可怜元帅无计策，
元帅不必忧闷心。
子牙听说忙吩咐，

千要留心万小心。
翻身上了梅花鹿,
一声炮响出东门。
古佛道人忙开口,
姓甚名谁说来听。
若要问我名和姓,
宇宙洪荒练元身。
掌中能按天地诀,
三花辛顶自当春。
姓赵公明就是我,
也把名姓说来听。
你今问我名和姓,
如冠草履白莲花。
混沌从来没多年,
睛黑□青未门人。
扭天捏地心不正,
气坏海东赵公明。
乾坤从来不计年,
先有五党法有天。
话不投机翻了脸,
一个催鹿往西行。
一个雪花来盖顶,
作家人与作家人。
来往搏斗百回合,
同他杀到甚时辰?
定海神珠拿在手,
唬坏古佛老道人。
燃灯道人前头跑,
武夷山在面前存。
一盘棋子未曾满,

燃灯回言我晓得,
手执茶条棒一根。
将身来到沙场上,
道兄你是哪里人?
公明虎上忙禀告,
听我虎上把话吟。
龙虎啸聚风云鼎,
一双草履任游行。
峨眉山上名声远,
三□能等上仙人。
燃灯道人微微笑,
听我鹿上把诗吟。
红花白藕青荷叶,
阴阳二气在天仙。
玉液丹成真道士,
徒劳工夫乐轩辕。
这些大话吓哪个,
阴阳二气在你先。
你压我来我压你,
遮拦不住动刀兵。
一个探马朝天势,
一个枯树来盘根。
燃灯越来越有力,
不见高低哪个能。
拿了罢,拿了罢,
口念真言偈来空。
看见宝贝真厉害,
公明催虎后头跟。
肖升曹宗人两个,
看见公明赶燃灯。

不用元帅细叮咛。
后跟三千人和马,
会见海东赵公明。
哪一山来哪一洞?
□上道兄你是听。
天地元黄修真道,
乌兔周旋卯时辰。
五起朝元真空事,
罗府洞内得道真。
你是得道哪一个?
口称海东赵公明。
翠竹黄须白笋芽,
三教原来是一家。
燃灯生气风未□,
六根清净落□□。
燃灯吟罢诗一首,
再听公明把诗吟。
天上未有星共月,
恼坏双双二神仙。
一个催虎往东走,
一个金鸡把翅蓬。
这是好手与好手,
公明越杀越精神。
公明虎上心思想,
放出无价贵宝珍。
满天块石望下打,
梅鹿一带走下来。
一气赶上六十里,
高山下棋定输赢。
人既怕你就罢了,

何必定要苦追寻。
公明虎上开口问,
哪山哪洞甚姓名?
我家原来住燕下,
一壶美酒是生涯。
我劝道兄回去罢,
大胆毛道压哪家。
定海明珠来祭起,
一珠打死赴神封。
接宝花篮拿在手,
降龙索祭半虚空。
取出落宝金钱盒,
再表古佛老燃灯。
你有宝来我有宝,
只奔海东赵公明。
认定公明下无情,
带动神虎望回跑,
妹妹那里借宝珍。
梅花鹿上忙顿首,
结义弟兄叫几声。
燃灯拜别他去了,
再表海东赵公明。
将身来到三仙岛,
我是仙姑大长兄。
外面来了人一个,
连忙迎接大长兄。
到我洞中为何因?
愚兄到此无别事,
恨的子牙姜太公。
愚兄下山去赌豆,

二人收局棋不下,
二位道兄口内称。
肖升曹宝微微笑,
手中金莲棋子夸。
曹宝名字就是我,
吾的道法非比他。
不要走慢不要走,
只奔双双二弟兄。
曹宝一见肖升死,
明珠落在花篮中。
曹宝一见笑吟吟,
宝贝飞入盒当中。
带回梅鹿开了口,
□□□□□□□。
若问此尺有多大,
公明不曾招架住,
不进陈塘大老营。
不说公明来借宝,
难酬道兄天大恩。
收他宝贝交还我,
曹保即刻收尸灵。
催动神虎来的快,
叫声青衣女道童。
对对女童朝里报,
口称仙姑大长兄。
把他请进桃花洞,
公明听说回言答,
特来与妹借宝珍。
恼恨姜尚无道理,
子牙不是对手人。

放走古佛拦公明。
我赶燃灯你挡路,
问我名姓把诗吟。
三尺□□为□□,
肖升名字就是他。
公明听说气煞我,
看我宝贝把你寻。
肖升未防他的宝,
急忙取出宝和珍。
公明见收明珠子,
夫子面前读真经。
三件宝贝收了去,
骂声海东赵公明。
□□□□□□□,
东京一直到西京。
打中左膀血淋淋。
公明只奔三仙岛,
再表古佛老燃灯。
曹保听说回言答,
你我日后再相逢。
不说武夷山上事,
梅花洞在面前存。
快快代我转言报,
三仙姑你是且听。
三位仙姑听得说,
问到哥哥大长兄,
三位妹妹你是听。
恨人不恨别一个,
无故寻骂我当身。
来了燃灯老古妖,

他就与我比高能，
曹保收了我的宝。
与他仇冤结得深。
我借大妹金蛟剪，
好与燃灯打交兵。
碧云二霄不开口，
难道哥哥不知情。
一句回绝大长兄，
后面来了两个人。
认得公明人一个，
三仙岛内做甚么？
你妹与我拜过的，
三位姐姐在上听。
姐姐不肯将宝借，
望姐借件宝和珍。
不是姐姐不借宝，
我在洞中久知情。
只是妹妹这等话，
只称长兄同胞人。
教你放宝收宝咒，
辞别妹妹动了身。
公明不把营来进，
叫声城头众三军。
□□□□□阵，
报与元帅姜大人。
燃灯道人忙不住，
又来复阵见高能。
不用走来慢些行，
口念真言放宝珍。
宝贝往下张开口，

兄放宝贝将他斗。
恼恨古佛老燃灯，
特到仙山无别事，
我借二妹混天绫，
我把燃灯杀的了，
琼霄开口叫长兄。
我劝哥哥回山转，
只得无奈出洞门。
采云仙，闲子仙，
就把长兄叫几声。
公明根由从头说，
我替长兄借宝珍。
长兄到此来借宝，
兄在洞外泪纷纷。
云霄娘娘忙开口，
有句话说不知情。
有人下山开杀戒，
我借宝贝大长兄。
这是一把金蛟剪，
收放之时念得真。
催动神虎来得快，
只奔西岐正东门。
快快代我转言报，
□□古佛老燃灯。
元帅听说回言答，
上前讨令会公明。
公明听说冲冲怒，
看我宝贝把你寻。
取出一把金蛟剪，
只奔古佛老道人。

武夷山上遇二人，
他放天尺来打我，
望妹借件宝和珍。
我借三妹混元斗，
宝贝还送妹妹身。
三教立下封神榜，
莫做封神榜上人。
正是公明心烦恼，
二位仙姑出洞门。
不在罗府来修炼，
二位仙姑叫几声。
说罢走进三姑岛，
看在共乳一娘情。
妹妹到此来担保，
妹妹有所不知道。
三教立下封神榜，
难免封神榜上行。
又把长兄请进洞，
借与长兄要小心。
公明答应我晓得，
前到陈塘大老营。
用手一指高声骂，
报与子牙泼道人。
守城三军忙通报，
传令请进老燃灯。
你今被我杀败了，
骂声古佛老燃灯。
口中说话不怠慢，
悠悠祭在半虚空。
剪子猛如蛟龙样，

龇牙露齿要人吞。
把脚一蹬行土遁,
见了说与子牙身。
若问此人名和姓,
口称元帅在上听。
陆压道人不骑马,
相会海东赵公明。
公明听说不怠慢,
问我名姓把诗吟。
或在东海现星月,
五兵青鸾足下登。
玄都宫内摇钱树,
闷坐高山听鹿鸣。
陆压吟罢诗一首,
你是陆压老道人。
说骂之时不怠慢,
口念真言祭了宝。
剪子朝下张仟口,
剪得凶来冒得凶。
公明一见慌着了,
这件宝贝厉害凶。
我今不如走去罢,
再表陆压老道人。
难与公明来赌斗,
必定沙场命归阴。
土台筑起三丈大,
要用钉头七剑星。
自古军中无难事,
上写海东赵公明。
声声说是不好了,

燃灯一见慌着了,
还归西岐一座城。
元帅听说无主意,
就是陆压老道人。
请我前去将他会,
步行出了正东门。
你有圣公无价宝,
来的道兄快通名。
心是浮云意是风,
或在南海化成龙。
不富不贵不提起,
自酌三点乃由寻。
不识高山空述法,
气坏海东赵公明。
三教之中不得你,
法宝囊内取宝珍。
宝贝悠悠朝下落,
把头一剪两边分。
一连剪有几十下,
这是一个怪异人。
虽然把我剪不死,
化道长虹不见踪。
将身来到中军帐,
他有剪子厉害凶。
目下要把法度造,
扎个草人像公明。
武王君主轮流拜,
一时各样总成功。
武王君主轮流拜,
头疼眼昏不安宁。

跳下梅鹿去逃生。
燃灯道人回去了,
来了搬粮运草人。
陆压道人忙开口,
看他有甚宝和珍。
将身来到沙场上,
我来与你定输赢。
陆压道人微微笑,
漂流四海不见踪。
山中虎豹俱骑尽,
玉虚宫中亦无名。
闲来棋局陪良友,
陆压到此绝公明。
用手一指高声骂,
看我宝贝把你寻。
用手取出金蛟剪,
只奔陆压老道人。
陆压念动护身法,
陆压冒了几十头。
陆压道人心思想,
剪去道行共根本。
公明一见回营转,
只称元帅在上听。
不是我的神通大,
活活咒死赵公明。
七窍点起灯七盏,
四十九天包送终。
青红纸上写大字,
公明营中不安宁。
大罗神仙不好了,

我修三千八百春。
不说公明身有病,
桃木弓箭手中存。
公明叫说不好了,
悠悠顶上走真魂。
看来这等□□恙,
可有法度救残生。
有人能进西岐城,
二目如初一样同。
姚邵司来陈九公,
去抢神灯共草人。
二人答应我晓得,
腾空进了西岐城。
土台之上草人拜,
一驾云头动了身。
掐指从头算一算,
杨戬哪吒你是听。
二郎当时摇身变,
随带神沙去赶他,
神灯草人拿在手,
喜在眉头笑在心。
二人当时摇身变,
邵司九公望内行,
□□□□□□,
打死邵司陈九公。
二人将身回来转,
再来海东赵公明,
高叫太师不好了,
金蛟剪与你当身。
我妹若把山来下,

怎样今日不安乐,
再表陆压老道人。
认定右眼射一箭,
其中有人害我身。
口中只叫不好了,
四十九日命难存。
公明听说有有有,
抢回神灯共草人。
话言未尽人来了,
高叫师父放宽心。
公明听说忙吩咐,
不用师父细叮咛。
二人空中留神望,
二人一见喜在心。
武王君臣抬头看,
晓得茶寒酒冷清。
差你二人来追赶,
变个太师老闻仲,
一把神沙撒了去,
又放宝贝伤他们。
二位神人来得快,
变个闻仲坐营门,
神灯草人来现出,
唬坏邵司陈九公。
二郎放出哮天犬,
仍将草人放台中,
眼望徒儿不回转,
两个徒儿命归阴。
我妹不把山来下,
宝贝交还你当身。

其中必定害我身。
君臣拜了七天正,
左眼吹熄一张灯。
掐指从头算一算,
陆压道人害我身。
闻仲太师忙开口,
只怕没人做得成。
七窍仍怕灯头点,
来了门徒两个人。
让我徒弟西岐进,
切要小心保你身。
到了天晚将身动,
看见武王君臣们。
神灯草人抢到手,
不见神灯共草人。
口中把不别人叫,
快赶邵司陈九公。
哪吒变个赵公明。
变个陈塘大老营。
二人听说去赶他,
追赶邵司陈九公。
哪吒变个赵公明。
喜杀杨李一双人。
哪吒乾坤圈祭起,
一口咬死陈九公。
武王君臣又来拜。
掐指一算掉真魂,
只得□□难有命,
一笔勾销总不论。
闻仲太师双流泪,

哪有计策救你身？
又拜二七十四日，
右眼吹过一张灯。
拜了三七二十一，
认定左耳射刁翎。
拜了五七三十五，
右鼻孔射箭一根。
口内不把别人叫，
自讨其辱把命坑。
就把草人来打倒，
呜呼也者断了根。
棺木停在内堂里，
上写海东赵公明。
后来不封别官职，
身骑黑虎下天门。
初二十六烧牙祭，
把话分开另讲人。

不表陈塘大本营，
桃木弓箭手中存。
公明二目射瞎了，
又来陆压老道人。
又拜四七二十八，
左鼻孔中射刁翎。
拜了四十零九天，
叫声海东赵公明。
当面一箭射了去，
神灯架起火来焚。
闻仲太师号啕哭，
只是盖住不封钉。
阴魂不奔别处去，
赵公玄坛你当身。
平昔人家不供神，
明烛真香敬真神。

再表陆压老道人。
认定右眼射一箭，
血水流淋往下淌。
桃木弓箭手中存，
右耳又射箭一根。
拜了六七四十二，
又来陆压老道人。
就是我来伤你命，
穿了前心到后心。
公明只叫一声苦，
置备棺木收尸灵。
棺材上面写金字，
只往封神榜上行。
竹节钢鞭拿在手，
生意人家当家神。
不说公明封官职，

（以上是玄坛忏上半部）

跨虎登山申公豹，
与你武王结怨深。
将身来到三仙岛，
报与仙姑得知闻。
青衣道童朝里报，
松柏香茶饮几盅。
你在洞中来修炼，
可恨陆压老道人。
土台筑起三丈六，
用的钉头七剑书。
可怜令兄死的苦，

知道死了赵公明。
说谎调皮申公豹，
叫声青衣女道童。
姓申公豹就是我，
三位仙姑出来迎。
公豹不免将言说，
可知兄长赵公明。
陆压道人良心坏，
扎个草人像他形。
拜了四十零九日，
怎不下山把冤伸？

他与公明师兄弟，
只奔桃花山上行。
代我快快朝里报，
要紧大事报仙听。
公豹接进三仙岛，
三位仙姑在上听。
借你一把金蛟剪，
无故屈害你长兄。
七孔点起七灯盏，
穿心一箭送残生。
三位仙姑流下泪，

难舍同胞共乳人。
兄长来借无价宝，
我在洞中久知情。
兄长不听我的话，
只有冤仇不能伸。
同胞姊妹看娘面，
申兄连连口内称。
口称申兄你回去，
再表仙姑下山林。
碧霄又带无价宝，
妇人净桶一样同。
他们二人山来下，
一驾云头出山门。
你说来了哪两个？
各带宝贝下山林。
仙山不来五女子，
西岐人马活遭瘟。
姐妹五人来落下，
报与太师闻大人。
小卒三军朝里报，
白阳牙荼待他们。
五位仙姑忙开口，
却是桃花洞内人。
借我一把金交剪，
想会哥哥大兄长。
不提令兄也罢了，
道袍里面血淋淋。
前前后后说一遍，
太师带路往前行。
棺头上面写大字，

云霄仙姑开了口，
我也劝过他当身。
有人下山开杀戒，
自讨其辱把命坑。
公豹说是来不得，
千朵桃花一树生。
姐姐不把山来下，
我们立即下山林。
琼霄带了无价宝，
混元金斗带在身。
二位仙姑身将动，
我今也要下山林。
叫声妹妹等等我，
却是采云闲子仙。
高叫仙姑等等我，
万话俱休总不论。
云光灼灼来得快，
叫声蓝旗一小军。
我们总在三仙岛，
闻仲太师出来迎。
问声仙姑哪里的？
口称太师闻大人。
目下有个赵公明，
直到如今无信音。
闻仲太师流下泪，
提起令兄苦煞人。
是你令兄吩咐我，
哭坏仙姑五个人。
一阵来到内堂里，
上写海东赵公明。

申兄连连口内称。
三教立下封神榜，
难免封神榜上行。
目下兄长身亡故，
三位姑仙你是听。
琼碧二霄忙开口，
做了贪生怕死人。
公豹又到别处去，
七尺红绫带在身。
这件宝贝多厉害，
云霄娘娘大着惊。
拼住性命不要了，
后山又来一双人。
也是公豹送的信，
一同下山把冤申。
仙山来了五女子，
前头陈塘大老营。
快快代我传言报，
却是桃花洞内人。
五人转进中军帐，
到我营中为何因？
我们住在三仙岛，
与我同胞一母生。
我是他妹来到此，
五位仙姑侧耳听。
拿出一把金交剪，
原物交还你当身。
又问棺木在哪块？
看见棺木在当中。
姐妹五人号啕哭，

难舍哥哥大长兄。
一点阴魂全不散,
喊叫哥哥大长兄。
大仙姑上红冠鸟,
姐妹三人出大营。
快快代我传言报,
定要陆压老道人。
陆压道人不会阵,
报与子牙姜太公。
陆压道人忙不住,
会见仙姑五个人。
陆压回言就是我,
大胆陆压了不成。
碧霄仙姑心思想,
肩头上面解红绳。
此宝开天长出来,
善教门中人受灾。
宝贝悠悠往下落,
宝贝套住他当身。
就把陆压来抓住,
吩咐吊在旗杆中。
他伤我兄七支箭,
空中来了德道人。
就在空中摇身变,
陆压道人还了魂。
口内念动舔箭法,
金蛟剪放半空中。
陆压道人抬头看,
化道长虹不见踪。
一不做来二不休,

用手揭开棺材盖,
七孔流血往外喷。
你把血迹收了去,
二仙姑金鸟骑身,
来到西岐营门外,
报与子牙姜太公。
陆压道人来会阵,
杀尽西岐一座城。
元帅听说不怠慢,
点兵步行出东门。
仙姑阵上忙开口,
气坏仙姑三个人。
无故屈死我兄长,
知道陆压手段能。
两手托起混元斗,
内按水火共三才。
若问此宝有多大,
直奔陆压老道人。
陆压道人昏迷了,
灵符一道贴顶门。
大仙姑说杀的罢,
也还七支箭刺身。
此人不是别一个,
变个黄雀飞半空。
仙姑下面放支箭,
一箭不沾上他身。
宝贝悠悠朝下落,
望见剪子利害凶。
陆压道人回去了,
要摆黄河恶阵门。

看见公明死尸灵。
妹妹一见伤心处,
妹妹替你把冤申。
碧仙姑上了白翎鸟,
叫声城头众仙军。
不要别人来走马,
一笔勾销总不论。
众家三军不怠慢,
敬请陆压老道人。
将身来到沙场上,
你是陆压老道人。
举手一指高声骂,
怎能与你善甘心?
打人不过先下手,
宝贝放在半虚空。
碧游宫内人传手,
三千人马不够收。
可能不曾招住架,
碧霄仙姑不消停。
陆压道人走不得,
二仙姑说慢从容。
眼下仙姑要放箭,
二郎杨戬举令行。
一口啄去符一道,
陆压忙乱不消停。
云霄娘娘不怠慢,
直奔陆压老道人。
我今不如走去罢,
气坏仙姑三个人。
就与闻仲太师说,

各样法度要现成。
当场摆下沉香桌,
净瓶水滴正当中。
里面大浪随风起,
口中不把别人叫,
报与子牙姜太公。
他若认得我的阵,
杀进西岐一座城。
子牙听说只一声,
双眼流泪落面门。
那里摆的甚么阵?
摆的黄河恶阵门。
武王听说怎得好,
我主万岁口内称。
武王天子流下泪,
怎做交锋打仗人?
主的洪福齐天大,
沾主洪福不损身。
三道灵符吞入肚,
保你无事不伤身。
别的书上能有谎,
却与忏书不相同。
先在坛前造过罪,
天子上马要出阵。
放了三响狼烟炮,
相会仙姑几个人。
难道西岐没能将,
叫声三仙岛内人。
三位仙姑冲冲怒,
除非兄长再还魂。

一万两千人和马,
仙师执剑射阵门。
一把黄沙洒去了,
多少龟鼋戏水心。
高叫城头众三军。
叫他来到城头上,
即刻收拾回山林。
儿郎三军不怠慢,
留神细看掉真魂。
武王天子开言问,
元帅听说忙奏君,
有人进了黄河阵,
不能不破这阵门。
如若要破黄河阵,
皇叔连连口内称。
子牙听说忙奏主,
请主镇压恶阵门。
一道灵符顶门贴,
不急不饿在阵中。
在坛诸君且慢听,
唯有忏书言语真。
请他去破黄河阵,
再表武王君臣们。
右有二郎并杨戬,
旗幡展绕出东门。
仙姑马上抬头看,
为何天子自出兵。
我劝你们回去罢,
你可是个武王君?
二郎杨戬冲冲怒,

五色旗号天地昏。
只挖三尺方圆深九尺,
变了黄河万丈深。
河口按下摄魂幡,
快快代我传言报,
看他认得我阵门。
倘若不识我的阵,
即刻去报姜太公。
看罢之时回营转,
相父连连口内称,
口称我主不好了,
一时三刻化为脓。
元帅听说忙奏主,
非要我主请出阵。
孤家会文不会武,
我主只管放宽心。
别人进了黄河阵,
二道护住前后心,
命中注定百日难,
司人有来话奉承。
武王派压黄河阵,
看书君子莫顶真。
将令更比君令大,
左有哪吒太子身。
将身来到沙场上,
望见武王御驾临。
武王马上开了口,
莫做封神榜上人。
要我黄河收了阵,
就把神犬放半空。

哪吒乾坤圈举起,
喊声武王君臣们。
碧霄仙姑不怠慢,
宝贝放在半虚空。
哮天犬放不中用,
回过头来覆君臣。
黄沙压住人和马,
报与元帅姜太公。
言语未尽人来了,
黄天禄来黄天爵,
坐骑跨的玉麒麟,
姜尚元帅忙吩咐,
不用元帅细叮咛。
将身来到沙场上,
晓得众将有宝珍。
双手托起混元斗,
见了一双覆二只。
探信三军慌着了,
便问谁能救主君。
南公适来来讨令,
大将杨任已出兵。
金吒木吒二员将,
晁田晁雷一双人。
韦陀手执降妖杵,
要会三仙岛内人。
耳听大炮三声响,
碧霄娘娘解红绳。
一声喊叫不好了,
儿郎三军报太公。
周公旦来邵公奭,

只奔三仙岛上人。
你有宝来我有宝,
肩头上面解红绳。
这件宝贝多厉害,
乾坤圈斗收当中。
君臣覆入黄河阵,
镇压君臣一众人。
太公听说魂掉了,
来了黄家府内人。
还有天祥小英雄。
黄家共有十一将,
仔细留神要小心。
放了三个出阵炮,
便叫三仙岛内人。
打人不过先下手,
宝贝放在半虚空。
众将捉进黄河阵,
报与子牙姜太公。
言语未尽人来了,
手执大刀似板门。
陈塘关上名李靖,
无名宝剑灯龙状。
天上飞的雷震子,
又来老爷邓九公。
姜尚元帅忙吩咐,
五色旗号出了城。
混元金斗来放出,
各个覆入斗当中。
子牙听报无主意,
太公望来毕公荣。

碧霄一见微微笑,
你宝灵来我宝灵。
两手托起混元斗,
盖了二人宝和珍。
先把宝贝来收住,
后覆三千王领兵。
号旗小卒慌着了,
便问谁人能破阵?
武成黄家名飞虎,
又有老者黄天化,
上前讨令要出阵。
众将答应我晓得,
摇旗呐喊出东门。
碧霄娘娘心暗想,
肩头上面解红绳。
见了一个覆一个,
黄沙压的紧吞吞。
元帅听说流下泪,
来了武吉大门人。
又来独脚龙九尾,
黄金宝塔带在身。
韩毒龙来薛恶虎,
地下走的土行孙。
众将上前来讨令,
众位出兵要小心。
众将才到沙场上,
直奔众将头上行。
众将覆进黄河阵,
四贤八俊讨令行。
仲突仲忽人两个,

叔宜叔尤一双人。
四贤八俊十二将，
又把金斗祭半空。
儿郎三军魂掉了，
又来一班爵主们。
季叔仁来季叔义，
就去也是枉费心。
三军前来又报信，
壁上拔下剑一根。
上前一把来扯住，
元帅横担八百斤。
元帅流下伤心泪，
我的元帅掌甚兵。
仁义过天周王主，
我今不能来掌兵。
燃灯道人又开口，
要摆香案祝告神。
不讲子牙拜北斗，
心血来潮一阵昏。
口内不把别人叫，
拜请十二弟子身。
两翅腾空来得快，
赤精仙子里面存。
仙姑摆下黄河阵，
去破黄河大阵门。
阴阳宝镜随身带，
九仙山在面前存。
我奉师命差来的，
番天宝印带在身。
将身飞进珞珈山，

伯踏伯适两员将，
前来讨令要出阵。
十二员将不中用，
又报子牙姜太公。
季叔巽来季叔震，
叔信叔智八个人。
一个一个来捉住，
苦坏元帅大总兵。
双手搂头请自尽，
口称元帅大总兵。
倘若有个长和短，
口称大人三先生。
渭水河边鱼来钓，
封为元帅我掌兵。
不如寻条无常路，
对天祝告把香焚。
姜尚双膝来跪下，
惊动元始老天尊。
掐指灵头算一算，
白鹤童儿你是听。
白鹤童儿领法旨，
前面到了一山林。
我是师父差来的，
捉去武王君臣们。
赤精仙子称晓得，
一驾云头动了身。
将身飞进桃花洞，
请你去破恶阵门。
白鹤童儿来得快，
拜请慈航老真人。

季随季□二英雄。
可恨碧霄无道理，
个个套进阵当中。
元帅听说怎得好，
季叔乾来季叔坤。
一班爵主来讨令，
收入黄沙里面存。
只听一声不好了，
怕坏大人散宜生。
万岁江山千斤重，
主的江山靠何人？
西岐大将捉进了，
文王拜请我当身。
今日君臣捉进阵，
才能对过我主君。
一句话说来提醒，
宝香点在炉内焚。
天尊玉虚宫中坐，
晓得徒弟有灾星。
十二山来十二洞，
要救子牙姜太公。
太华山上云霄洞，
请你去破恶阵门。
请你早把山来下，
不用白鹤细叮咛。
白鹤童儿来得快，
拜请广成老真人。
广成老祖称晓得，
普陀山在面前存。
慈航大士哪一个？

就是南海观世音。
白鹤童儿开了口，
净瓶杨柳带在身。
将身飞进金光洞，
白鹤童儿又动身。
拜请道行老天尊，
两翅腾空来得快，
拜请灵宝大天尊。
白鹤童儿他去了，
拜请玉鼎老真人。
白鹤童子他又走，
普贤大士里面存，
玉龙山来文殊洞。
白鹤童子又动身，
黄龙真人不怠慢，
拜请道德老真人。
十二山来十二洞，
十字转成数真君。

观音大士是男样，
请你下山破恶阵。
白鹤童儿将身动，
拜请太乙老真人。
将身飞到夹龙山，
带了八宝珍珠伞。
崆峒山在面前存，
带了子母钱宝贝，
玉泉山在面前存。
玉鼎真人忙不住，
又往九宫山上行，
无钩宝剑随身带。
拜请广法老天尊，
二仙山来麻姑洞，
铁嘴银牙带在身。
道德真人忙不住，
山山真君总来临。

十恶大罪点化人。
观音答应称晓得，
乾元山在面前存。
带了九龙神火罩，
金亭山上玉虚洞。
白鹤童儿又动身，
将身飞进云阳洞，
去破黄河恶阵门。
一翅飞入今霞洞，
斩仙宝剑手中存。
九宫山上白云洞。
白鹤童子又动身，
灯笼宝桩随身带。
拜请黄龙老真人。
青峰山来紫霞洞，
带了一根钻心钉。
两个五字上下行，

白鹤童在仙山领师法旨，　　十二山十二洞拜请仙人。
太华山云霄洞赤精仙子，　　九仙山桃园洞广成真人。
普陀山珞伽洞慈航道长，　　乾元山金光洞太乙真人。
夹龙山飞云洞衢留孙佛，　　玉泉山金霞洞玉鼎真人。

云雾滔滔来得快，
迎接香山众师兄。
师兄不必多烦恼，
看见武王在阵中。
三教立下封神榜，
莫做封神榜上人。

前到西岐一座城。
迎罢顿首称难为，
我们前去破阵门。
广成大帝开了口，
难得你们不知情。
仙姑听说回言答，

姜尚掐指算一算，
一家仙人把话论。
众仙云头朝下落，
叫声三仙岛内人。
劝你收阵回山转，
十二大帝口内称。

你是禅教门下客,　　我是截教门内人。　　禅教截教皆一样,
三教原来一家人。　　恼恨你教无道理,　　欺我截教不能行。
要我收了黄河阵,　　除非哥哥转还魂。　　广成大帝开言说,
叫声三仙岛内人。　　你若不收黄河阵,　　我们即刻破阵门。
三教赐我番天印,　　打破阵门确实真。　　说罢之时放宝贝,
各仙齐放宝和珍。　　碧霄仙姑微微笑,　　十二大帝你是听。
你有宝来我有宝,　　你宝灵来我宝灵。　　仙姑这里不怠慢,
肩头上解小红绳。　　双手托起混元斗,　　宝贝祭在半虚空。
前前后后说一遍,　　急坏元始老天尊。　　口内不把别人叫,
金鹤童子你是听。　　代我去到碧游宫,　　请你师叔到来临。
他放徒女人三个,　　叫他收服三门生。　　金鹤童子不怠慢,
插翅腾空往前行,　　行上行下进仙宫。

金鹤童在仙山领师法旨,　　前来到碧游宫细看分明。
红的桃白的杏红红白白,　　翠的竹青的松紫竹青松。
飞的燕舞的蝶来来往往,　　弯的松直的柳层层密密。
藤绕柳柳绕藤鸦鸣鹊噪,　　山接雾雾接山虎啸龙吟。
龙透甲凤连衣光辉婉转,　　有斑鸠枝头上呼雨唤风。
有莺歌在空中口吐言语,　　大老鹳凌空挂鹤顶鲜红。
山洞里八宝池蛟龙出水,　　山西里有条蟒打洞吞人。
山南里朝阳地百花开放,　　山北里背阴地滴水成冰。
山头上有猿猴攀枝摘果,　　山底下格嘣嘣虎啃青松。
碧游宫一重门抬头观看,　　金牙仙银牙仙左右来分。
走进了二重门抬头观看,　　蟒蛇仙虬龙仙口念真经。
碧油宫三重门抬头又望,　　有龟灵老圣母顿手相迎。
正殿上坐的是通天教主,　　两旁站的是龙鳖蛇虫。
金鹤童到殿前双膝跪下,　　尊一声师父听我回文。
我乃是玉虚宫领师法旨,　　请师叔下仙山去破阵门。
桃花洞三仙岛姐妹三人,　　摆黄河恶阵门苦坏君臣。

通天教主忙开口，
又回门徒三个人。
金鹤童儿不回转，
前到陈塘大老营。
忙把太极图按下，
姐妹跪在地埃尘。
三教立下封神榜，
难免封神榜上人。
仙姑听说回言答，
除非各个转还魂。
你今不听我的话，
师父连连口内称。
你今再不回山转，
可恨当年不小心。
我若被他来捉住，
大胆徒女拗师尊。
教主说罢因去了，
见了天尊说分明。
待我去到南天门，
回往去到八青宫，
好收三仙岛内人。
仙翁面前说一遍，
老君骑牛下天门。
云光灼灼来得快，

金鹤回复你师尊。
鸟灵圣母备宝辇，
跟随教主一同行。
留在空中轻下落，
再表三仙岛内人。
通天教主忙开口，
难道你们不知情。
劝你收了黄河阵，
师父连连叫几声。
通天教主冲冲怒，
五雷轰顶把你轰。
在你山头服你管，
看我金斗覆你身。
混元金斗盗了去，
才会笑坏多少人。
你若不听我的话，
气坏金鹤一道童。
元始天尊冲冲怒，
奉请南极仙翁身，
去请师伯下山林。
金鹤童子忙不住，
我师请你破阵门。
元始天尊来等候，
前到西岐一座城。

即刻我把山来下，
通天教主驾动身。
一驾云头来得快，
果然黄河怕杀人。
知道师父来到此，
大胆徒女骂几声。
有人下山开杀戒，
重到高山去修行。
要我收了黄河阵，
不守清规小畜生。
碧霄仙姑回言答，
不在山头怕什么。
通天教主听得话，
叫我无宝收他们。
只得说句硬撑话，
祸到临头莫怪人。
连忙回到玉虚宫，
可恨师弟理不明。
过宝葫芦破阵门。
装仙盒子随身带，
一翅飞到南天门。
八青宫内请老君，
打个顿首□□□。

（后缺）

都 天 忏

此神书是在做"瘟人会"、"退送会"时唱。内容讲昊天王都天神为吕岳,溧阳人,进京赶考,误了考期,只得靠算命为生。一日来到仪征,栖身柳树洞中。夜间看到奉玉帝旨意来散瘟的五个人,为了保全百姓性命,吕岳主动偷吃了五人所带丹药,替一地百姓承受瘟疫。死去之后,五人将他的灵魂带去见玉帝,玉帝见他心善,封他为昊天王都天神,职责是查处阳间灾星。此忏故事与《封神演义》和神书《斩五岳》都不同。此神书实际上有四本:《请神》(不全)、《魏九郎出世》、《玄坛忏》、《都天忏》。

献上王前酒在斟，
神门忏启本家门。
吕家门中亲生子，
名叫吕岳小娇生。
十六岁上入了学，
皇上又开贡院门。
三篇文章九中举，
各州各县总知情。
辞别高堂双父母，
祖上未有积阴功。
路上盘缠用完了，
哪有面目见双亲。
我要要饭回家去，
装作先生算命人。
将身来到仪征地，
家家关起守护门。
正在今日三十天，
看见柳树路边存。
吕岳躲在树孔里，
来了行瘟五个人。
吕岳树孔来走出，
我是南京省里人。
今日树孔过一夜，
因何在外不回程。
我乃玉皇差来的，
差我到此把瘟行。
有人吃了我的药，
把它撒在水当中。

启忏旻王都天神。
家住江南溧阳县，
余氏堂前小外孙。
七岁攻书到十五，
考中黉门秀才身。
不觉南京开大选，
七篇鸿文中头名。
吕岳当时知道了，
行李书箱带在身。
在路遭了连阴雨，
万岁关了贡院门。
江南科举去迟了，
笑坏一路多少人。
在路行程来得快，
日落西山渐渐昏。
吕岳当时慌张了，
家家过年换新颜。
我今无处去安身，
睡在里边不做声。
闻了一阵生人气，
你是谁人问我身？
今日赶考回来了，
明天大早就回程。
五人听说这一声，
天差敕令把瘟行。
五人总有灵丹药，
重症重病带在身。
有人染了大郎药，

若问老爷家何住？
溧阳溧水是家门。
父母所生人一个，
满腹文章记在心。
吕岳长成十八岁，
劳动天下学子们。
一个雷声天下响，
也要赶考到龙门。
皆因吕岳时不济，
行船又遇挡头风。
若要回家没盘费，
我今难得转回程。
吕岳心中来思想，
仪征早在面前存。
身上无钱难下店，
哪里落地去安身？
吕岳路边抬头看，
就在柳树里边存。
两眼朦胧打瞌睡，
谁人躲在树孔里。
我今不是别一个，
无处借宿去安身。
你在此处做什事？
叫声公子你是听。
仪征地界人有难，
散与黎民百姓人。
大郎有粒青色药，
浑身怕冷了不成。

二郎有颗红丸药,
浑身好似火烧身。
有人当住三郎药,
把它散在草当中。
五郎有味黄色药,
出身香汗得安宁。
南京科举未曾中,
我为百姓代灾星。
你说你有灵丹药,
把药放在他手中。
不怪你们行瘟的,
吕岳把药一口吞。
天灵盖上一声响,
根根汗毛如钢针。
把我丸药吃掉了,
又说我们未害人。
一驾云头来得快,
星主在上你是听。
他把丸药吃的了,
星主在上你听真。
是我把药来吃掉,
下方也有好心人。
封你不为别神位,
蓝袍绿衬外装金。
执掌一个善恶簿,
大显威风立庙门。
行善人家空走人,
本是都天大帝神。
一分钱粮火烧化,

把它撒在火当中。
三郎有颗白色药,
叫他头上歹怪疼。
有人染了四郎药,
化成清水往下冲。
吕岳听说这一声,
哪有面目转回程?
吕岳上前开言叫,
借我看看也可能。
吕岳把药接在手,
后头又来五个人。
一个跟头来跌倒,
脑门炸出一眼睛。
五人掉过头来望,
叫我不得转回程。
五人万分无可奈,
灵霄殿在面前存。
你今差我行瘟去,
带他魂灵上天宫。
你今差他行瘟去,
我与百姓代灾星。
你有好心有好报,
旻王都天你为尊。
腰系牙牌白玉带,
查定阳间有灾星。
三月十五神生日,
作恶之人不容情。
传与当家各会首,
答谢旻王都天身。

有人当住二郎药,
把它散在五谷中。
四郎有粒黑色药,
叫他骨骨节节疼。
有人当住五郎药,
心中思想在心中。
不如把药吃掉了,
便叫行瘟五个人。
五人不在其中意,
陡生一计哄五人。
哄得五人掉头望,
发得头青脸又青。
身上疙瘩鸡蛋大,
看见吕岳不像形。
要与玉皇知道了,
带他魂灵上天门。
五人上前来跪下,
下方遇见不良人。
吕岳上前来跪下,
因何带药做圣门。
玉皇大帝听得说,
我来封赠你当身。
头戴冕旒冠一顶,
粉底乌靴足下蹬。
尸首丢在仪征地,
千门万户把香焚。
来坛非是一官兵,
茶封钱粮火上焚。
都天老爷高宝座,

执献堂上受香灯。

（注：此本开头有一段《开坛词》，接着是《魏九郎出世》和一段《隋炀帝下扬州》。然后才转入正文《赵公元帅玄坛忏》。最后是《都天忏》。）

灶君忏（张大刚休妻）

原本封面题字：阮有江抄本　九四年元月立

又名《张大刚休妻》、《葛丁香》。做会时如果打破了杯盘碗碟则必须唱。此神书讲花花公子张大刚见葛丁香俊美，便与她成婚，并生下一双儿女。后大刚有外遇，休了丁香。丁香改嫁穷人范三郎。丁香与三郎通过劳动致富，发家后又乐善好施。玉皇命火星烧毁大刚家，使他沦为乞丐，到丁香家乞讨。除此抄本外，还有竹林堂光绪十一年抄本，此本缺页缺字。

金炉重重把香装，
有名有姓有家乡。
庄上有个张百万，
缺少香烟后代郎。
斋僧布施多行善，
偌大家财无人当。
是男是女有一个，
一口怨气透上苍。
知道了来晓得了，
启奏星主驾在上。
夫妻二人多行善，
赐他一子到下方。
哪位星君该下界，
忙差星君到下方。
八败星投到张家去，
叫声太白不应当。
太白金星微微笑，
张仙送子到下方。
徐氏睡到三更后，
六甲怀胎在身上。
十月怀胎完满了，
员外点烛来烧香。
三天烧过娘娘纸，
三天喂他九遍浆。
员外当做擎天柱，
一桩岔事到门上。
东请医生不下药，
病重如山睡在床。

启忏灶君张大刚。
家住西京洛阳县，
妻子徐氏女大娘。
东庙烧香求儿子，
修桥铺路为儿郎。
你我年龄将半百，
也能烧纸立坟堂。
太白金星云端过，
我到灵霄奏玉皇。
小贤庄上张百万，
斋僧布施广烧香。
玉皇大帝听得说，
快快差他下天堂。
八败星和财帛星，
财帛星投到葛家庄。
既然张家多行善，
还有正财到卜方。
下了三十三天界，
梦见仙桃进厢房。
光阴似箭催人老，
腹中生下小儿郎。
香汤沐浴洗过澡，
乳名叫做小张郎。
痧麻痘疹一百日，
安人当做驾海梁。
谁知员外得了病，
西请医生不开方。
徐氏来到厢房里，

若问老爷家何住？
离城不远小贤庄。
万贯家财多豪富，
西庙拜佛念《金刚》。
夫妻常常来苦恼，
到老无子靠何方？
想到此处叹口气，
拨开云头朝下望。
金星来到灵霄殿，
缺少香烟后代郎。
要望星主发慈悲，
叫道金星听衷肠。
太白星君忙不住，
两位星宿下天堂。
玉皇大帝冲冲怒，
因何八败做儿郎。
玉皇大帝将头点，
变个仙桃进厢房。
佳人梦吃仙桃子，
日月如梭昼夜忙。
稳婆报道是男喜，
红绫包裹上牙床。
一天喂他三遍乳，
喜坏夫妻人一双。
一家大小团圆过，
睡在床上不安康。
求神拜佛没有用，
眼泪汪汪叫夫郎。

我夫得了什么病？
孤儿寡母靠何方？
偌大家财能度日，
不久就要见阎王。
徐氏听说嚎啕哭，
来了阴司二鬼王。
徐氏听说忙不住，
连忙帮他穿衣裳。
员外一命归地府，
安童梅香泪汪汪。
看看到了百日后，
来到一周父先亡。
光阴似箭催人老，
请个先生教文章。
先拜圣人孔夫子，
号名叫做张大刚。
上大人来认不得，
捧在手里问师娘。
祖上是个打猎的，
或放猪来或放羊。
徐氏母亲来看见，
眼泪汪汪为哪桩？
我的名字认不得，
骂我是个蠢才郎。
说我不能把书读，
埋怨先生不应当。
修金银子来拿出，
教训我儿念文章。
太太说是怎样好，
再请教师教拳棒。

叫我日夜挂愁肠。
员外听说流下泪，
领带孩儿过时光。
我若有个长和短，
叫声儿父放心肠。
员外说道不好了，
翻箱倒箧取衣裳。
将把衣服穿齐备，
哭坏女子人一双。
置办棺木来入殓，
带他殡葬入坟堂。
好个佳人徐氏女，
日月如梭昼夜忙。
备办香烛和纸马，
然后起名念文章。
光阴不觉三年整，
百家姓总念不上。
却被先生来看见，
哪有福分做书郎。
张郎被骂号啕哭，
便叫我儿张大刚。
张郎听说回言答，
捧在手里问师娘。
祖上是个打猎的，
叫我回家放猪羊。
好好我儿将书读，
打发先生早出庄。
光阴又是三年整，
请个先生管田庄。
拳棒习学精通了，

夫君若有长和短，
喊声贤妻听衷肠。
病入膏肓难得好，
拜托贤妻把家当。
正是夫妻来谈说，
快快给我穿衣裳。
香汤沐浴来洗澡，
呜呼哀哉一命亡。
徐氏佳人号啕哭，
请僧超度念《金刚》。
张郎命注一条枪，
带领孩儿把家当。
相公长成十六岁，
忙送相公入学堂。
先生起名张九保，
一字不识是怎样。
自己名字认不得，
骂声张家蠢才郎。
早早给我回家转，
眼泪汪汪回家乡。
为何不把书来读？
喊道一声老亲娘。
却被先生来看见，
哪有福分念文章。
徐氏听说心烦恼，
不该辱骂他身当。
经馆先生请一个，
还与从前一个样。
祖上是个打猎的，
跑马射箭耍刀枪。

无事不在书房里，
狼牙箭儿插两旁。
正逢清明寒食节，
口称千金大姑娘。
奴到花园去打扫，
连忙移步进厢房。
两个五字并一双，

荒郊打猎散心肠。
张郎每日来打猎，
要到花园散心肠。
寒食清明天气好，
你在绣楼巧梳妆。
端过梳妆花粉盒，
串成十字巧梳妆。

左带弯弓如秋月，
再表西庄葛丁香。
丫鬟就把绣楼进，
去到花园散心肠。
姑娘听说心欢喜，
青铜明镜照姣娘。

葛丁香在绣楼梳妆打扮，
搬一面青铜镜照见人体，
象牙梳拿在手漾了三漾，
脑前头梳一个看家虎样，
左梳龙右梳凤分为左右，
有金花和银花两面插起，
脑前头戴一朵珠花翡翠，
将头上只梳得齐齐备备，
奴上身穿一件桃花小袄，
小金莲穿化鞋刚刚三寸，
笑一笑不露齿千金贵体，
扭一扭好像那嫦娥降世，
葛丁香只打扮齐齐整整，
这一榔十字鼓梳妆打扮，

花粉盒捧在手四角争方。
打开来青丝发三尺多长。
桂花油滴几点喷鼻清香。
脑后头梳下来插花两行。
当中间梳一个丹凤朝阳。
金簪子银别子绕日争光。
耳戴副八宝环拖到肩上。
拿钥匙开箱笼取出衣裳。
奴下身百褶裙大滚大镶。
藕色鞋满帮花跌断桥梁。
走三步不露足盖世无双。
好一似昭君娘娘去和番邦。
不亚似玉皇女偷下天堂。
还下榔原七字会见张郎。

丫鬟来到绣楼上，
快到花园散心肠。
罢罢花园去顽耍，
开开箱笼取衣裳。
两个丫鬟不打扮，
后头走的女丁香。
推开花园两扇门，

便叫千金大姑娘。
丁香姑娘心欢喜，
你们也穿好衣裳。
两个穿的玫红袄，
裹裹金莲配红装。
手扶栏杆将楼下，
走进姑娘小梅香。

花园打扫齐齐备，
便叫丫鬟小梅香。
丫鬟听说心欢喜，
两个穿的细鹅黄。
六个丫鬟前头走，
主仆来到花园墙。
小姐来到花园里，

百花开放满园香。
桃花开放红似火,
梨花开放白如霜。
丁香佳人朝前走,
便叫丫鬟小梅香。
外套衣服来脱下,
汗巾勒在腰间上。
跟随丫鬟有几个,
后打蛟龙下长江。
一众丫鬟唬坏了,
便叫丫鬟小梅香。
一套秋千打完了,
阵阵香汗湿衣裳。
家中别了生身母,
今日打猎到西庄。
不言张郎去打猎,
指定婚姻配成双。
张郎见兔心欢喜,
巧巧射在兔子上。
玉兔带箭跑得快,
雕翎插在墙头上。
甩镫离鞍下了马,
只见雕翎墙头上。
花园门来未关起,
骂声丫鬟小梅香。
快把玉兔交还我,
定要当官去告状。
奴与姑娘来顽耍,
快快滚出花园旁。
青丝挽的盘龙景,

蜜蜂对对寻花蕊,
柳树枝头绿漾漾。
盆子里栽万年青,
秋千架在面当阳。
罢罢来到花园里,
紧身小袄穿身上。
头上青丝拢一拢,
想打秋千帮帮忙。
金莲勾住红绒索,
两手抱住女红装。
非是姑娘失了手,
太湖石上乘乘凉。
不言丁香花园事,
荒郊打猎散心肠。
张郎连忙上了马,
太白金星下天堂。
太白金星摇身变,
攀只雕翎射他娘。
玉兔带箭先头走,
前面顶到大贤庄。
张郎快步来赶上,
手扶墙头朝里张。
张郎来到花园里,
闯进沿山打猎郎。
把我玉兔来藏起,
一笔勾销总不讲。
丫鬟听说怒冲冲,
何方打猎草寇王?
张郎正把兔子要,
压发金钗亮堂堂。

蝴蝶双双戏海棠。
又见苍松和柏木,
虎耳草长在墙头上。
丁香佳人心欢喜,
打套秋千散心肠。
八幅罗裙来抄起,
脚上花鞋摸摸帮。
先打鲤鱼三跌子,
把手一松足朝上。
丁香姑娘摇摇手,
金钩挂瓶有名堂。
姑娘多用几分力,
再表打猎小张郎。
昨日打猎东庄去,
弯弓雕翎插两旁。
知道张郎来打猎,
变只玉兔在路上。
嗖的一箭射了去,
后跟打猎张大刚。
玉兔一跳花园去,
不见兔子在何方。
不见玉兔在何处,
只见姑娘小梅香。
张郎当时冲冲怒,
雕翎插在墙头上。
不把玉兔交还我,
骂声沿山打猎郎。
谁人见你玉兔子,
抬头看见女丁香。
八宝珠环耳上坠,

黄金嵌宝过耳堂。
不搽杭粉自来白,
一笑两个酒窝堂。
小足金莲真真好,
不亚昭君和番邦。
你家千金贵小姐,
便叫沿山打猎郎。
若问小姐姻缘事,
至今未有配门当。
张郎当时又开口,
地名叫做小贤庄。
回家就把媒婆请,
连忙上马转还乡。
花园游玩方已毕,
再表大刚转回乡。
甩蹬离鞍下了马,
拜见身母老亲娘。
离此不到三十里,
一表人才世无双。
太太听说回言答,
一事包在娘身上。
丫鬟答应我晓得,
会见媒婆人一双。
丫鬟报到媒婆到,
张郎开口说短长。
离此不到三十里,
名字叫做葛丁香。
两个媒婆听得说,
一事包在我身上。
倘若不肯发庚帖,

眉毛弯弯如秋月,
不点胭脂自红光。
浑身上下多俊俏,
看样只得三寸长。
张郎看见心欢喜,
可曾相配有门当。
姑娘姓葛丁香女,
红帖拣了几十张。
张郎听说心欢喜,
一众梅香听衷肠。
父亲叫做张百万,
来讨红帖转还乡。
不表张郎他去了,
带领丫鬟把楼上。
快马加鞭来得快,
急急忙忙到后堂。
昨日打猎东庄去,
地名叫做葛家庄。
明日去把媒婆请,
我儿只管放心肠。
次日太太丫鬟叫,
急急忙忙出了庄。
刘媒婆来张说谎,
张郎迎接到厅上。
今日请你无别事,
地名叫做葛家庄。
请你二人为正媒,
相公只管放心肠。
他若同意发庚帖,
我们与他拼一场。

多情秋波好模样。
不讲不笑也罢了,
巧手难画女姑娘。
好比嫦娥离月殿,
便叫丫鬟小梅香。
丫鬟听说回言答,
地方叫做大贤庄。
高不成来低不就,
阿弥陀佛念《金刚》。
离此不到三十里,
我名叫做张大刚。
张郎说罢花园出,
回文再表葛丁香。
不表主仆楼上话,
自家门在面当阳。
将身来到后堂内,
今日打猎到西庄。
他家有个丁香女,
讨个庚帖转还乡。
吃过晚饭安心睡,
快请媒婆到我庄。
将身来到长街上,
二人请到小贤庄。
媒婆就把太太问,
有事拜托人一双。
他家所生一女儿,
讨他庚帖转还乡。
我们前去将媒做,
一笔勾销总不讲。
太太吩咐快办酒,

款待媒婆人一双。
三十里路来得快,
葛婆开口问短长。
两个媒婆回言答,
特为令爱事一桩。
有一财主张百万,
错把珍珠朝外扛。
张老员外归西去,
要望员外来赏光。
虽然张家多富豪,
要发庚帖休指望。
你要早发年庚帖,
我们自杀在府上。
说着说着就动手,
仰起头来割颈项。
叫声奶奶休动手,
同到楼上问姑娘。
媒婆说是好好好,
恭喜千金大姑娘。
姑娘一听红了脸,
有何喜事到楼上。
男大当婚女当嫁,
莫要错过好时光。
小贤庄上张员外,
文武全才件件强。
你家祖上阴功好,
年纪同你也相仿。
文如夫子无二样,
惯做沿山打猎郎。
一言说出打猎话,

两个媒婆吃饱了,
前面到了葛家庄。
二位到此有何事?
口称员外你在上。
离府不到三十里,
水旱良田不可当。
并无三男和四女,
丢下母子人一双。
葛老员外摇摇手,
他是沿山打猎郎。
媒婆听说心烦恼,
万话勾消总不讲。
张家当官告一状,
剃头刀子拿一张。
葛老夫人慌张了,
与你计较再商量。
姑娘同意无话说,
同到楼上问姑娘。
恭喜你来贺喜你,
奶奶说的哪一桩?
媒婆听说回言答,
这大姑娘在娘房。
到你楼上无别事,
所生一子小张郎。
五经四书皆念过,
不愁榜眼状元郎。
郎才女貌来配合,
武艺好比刘关张。
姑娘听说会打猎,
莫非前日打猎郎。

辞别母子出了庄。
走进大门就恭喜,
到我舍下为哪桩?
今日到府无别事,
地名叫做小贤庄。
六月初三晒小麦,
所生一子张大刚。
与你令爱将媒做,
媒婆说话欠商量。
别的事情我准口,
葛老员外听我讲。
你若不发年庚帖,
拿你老命来抵偿。
左一挡来右一挡,
一把抓住叫亲娘。
姑娘大了难做主,
若不同意无法想。
媒婆来到高楼上,
有桩喜事到门上。
未出绣楼黄花女,
叫声姑娘听衷肠。
自古万物皆宜早,
不知姑娘可赏光?
万贯家财多富豪,
只等明年下考场。
二九青春十八岁,
讨杯喜酒是怎样?
马上马下俱皆会,
一锤打在鼓中央。
有心亲自来准口,

怎能对起我亲娘。
父母生我雪花命，
如何来问我姑娘。
将身来到前厅上，
请发年庚帖一张。
我们夫妻无后代，
照看夫妻人一双。
若要提起张大刚，
自然承领你身当。
取过一张红梅纸，
三月初三丑时养。
忙把庚帖写好了，
员外夫妻送出庄。
我们回家扯个谎，
姑娘配与范三郎。
谈谈讲讲来得快，
望媒婆如同望亲娘。
两个媒婆摇摇手，
姑娘许配范三郎。
滚到东来滚到西，
剃掉辫子做和尚。
盘古到今未见过，
现有庚帖转高堂。
张郎庚帖接在手，
连忙点烛来焚香。
吩咐厨中快办酒，
喜坏相公张大刚。
成也好来合也好，
管账先生听我讲。
先把日子选好了，

思前想后有主意，
随风飘落哪一方。
媒婆听说好好好，
尊声员外你在上。
葛老员外听得说，
单单生下女丁香。
两个媒婆回言答，
不是忘恩负义郎。
葛老员外心欢喜，
文房四宝在手上。
左写长命并富贵，
交把媒婆人一双。
两个媒婆朝前走，
哄哄相公张大刚。
媒婆说出无意话，
前面顶到小贤庄。
一见媒婆开口问，
便叫相公听衷肠。
张郎听说这句话，
举起拳头打胸膛。
两个媒婆哈哈笑，
哭天呼泪要婆娘。
快把庚帖拿了去，
揩揩眼泪笑嚷嚷。
磕几个头来爬起，
款待媒婆人一双。
庚帖到家一个月，
一定鸳鸯配成双。
代我选个好日子，
我要收拾娶新娘。

陡生一计叫亲娘。
上有父来也有母，
扯住太太来前堂。
太太姑娘都有意，
叫声媒婆人一双。
夫妻年老无依靠，
员外只管放心肠。
后来若有长和短，
就把庚帖写停当。
乙酉年来属鸡的，
右写金玉共满堂。
辞别夫妻将门出，
陡生一计在心上。
就说做媒去迟了，
后来定配范三郎。
唯有张郎不怕羞，
可有庚帖转还乡。
只因做媒去迟了，
一个跟头地平阳。
这个日子不过了，
耻笑相公张大刚。
哄道你来哄道你，
家堂面前烧烧香。
庚帖压在香炉脚，
连忙恭喜到厅上。
媒婆吃过他走了，
不曾损坏哪一样。
张郎来到账房内，
行财下礼上他庄。
管账先生忙不住，

打开通书看几行。
张郎听说心欢喜,
张郎连忙出账房。
太太一听心欢喜,
快请媒婆人一双。
吩咐一声将茶献,
太太开口把话讲。
我把彩礼办齐备,
一事拜托你身当。
礼物盒担来挑起,
大贤庄在面当阳,
葛公葛婆来迎出。
葛老员外把话讲,
媒婆当时忙开口,
鞋子跑坏好几双。
一来下礼二通信,
媒婆说话不在行。
衣服要做十几套,
再过几年接姑娘。
只有择日娶媳妇,
误了青春理不当。
员外当时又开口,
男方自办也何妨。
不把嫁妆办好了,
他门扯到我门上。
四块金砖垫庄脚,
蚂蝗骨头打牙床,
乌鸦空中四个屁,
王母娘娘铺牙床。
八洞神仙来吹打,

本月十六黄道日,
就在本月称心肠。
将身来到后堂内,
我儿做事理应当。
媒婆来到张家内,
然后又把点心装。
请你到此无别事,
十月十六娶过房。
媒婆听说我晓得,
两个媒婆出了庄。
媒婆来到大门口。
迎接媒婆人一双,
二位又来有何事?
葛老员外你在上。
今日到此下聘礼,
十月十六娶新娘。
这个日期太近了,
鞋子要做几十双。
媒婆听说忙开口,
哪有择日嫁姑娘?
员外听说心中想,
便把媒婆叫一场。
他把嫁妆办齐备,
轿子休想上我庄。
要对白鹅双颈项,
八根银索晒衣裳。
苍蝇脑子要半斤,
给我姑娘浆衣裳。
四大金刚来抬轿,
细吹细打上我庄。

十月十六娶新娘。
选了两个黄道日,
禀告养育老亲娘。
差了丫鬟人两个,
见了母子人一双。
两个媒婆吃饱了,
行彩下礼到他庄。
我把日期择好了,
一事总有我承当。
在路行程来得快,
两条狗子咬汪汪,
媒婆接在家槛里。
快把根由说短长。
代你姑娘办喜事,
各色彩礼都停当。
员外听说这句话,
姑娘还要做衣裳。
不能不能真不能,
员外说话欠商量。
男大当婚女当嫁,
陡然一计在心上。
女家嫁妆来不及,
十月十六接姑娘。
要他一匹长头布,
当叮当叮上我庄。
蜻蜓翅膀做帐子,
蚊子心肝要四两。
玉皇大帝领轿子,
轿子顶上放毫光。
红皮腊子一百个,

白皮腊子五十双。
我今要他这几件，
折成金银两皮箱。
媒婆酒饭吃饱了，
前面到了小贤庄。
请你前去下财礼，
相公拿去张一张。
将身来到账房内，
要一样来买一样。
你家岳父羊儿疯，
张郎一听着了慌。
他将难事来难我，
请我岳父帮帮忙。
银子当时送了去，
等我明日下南乡。
太太说是用不得，
愁甚家财共田庄。
忙差安童人两个，
上面封皮贴两张。
抬的抬来扛得扛，
力小还在半路上。
媒婆钥匙来拿出，
都是银子白如霜。
这些银子都不要，
单单生下女丁香。
脚夫酒饭吃饱了，
张郎开口说短长。
张郎说是怎样好，
便叫相公放心肠。
夫妻二人归天去，

红皮腊子放喜火，
不可缺少哪一样。
礼单帖子写完了，
辞别员外出了庄。
将身来到大厅上，
可有礼单转还乡。
张郎一字认不得，
管账先生你在上。
先生礼单接在手，
菩萨名字写纸上。
左思右想无奈何，
我拿银子压他娘。
只是丈人老面子，
要请岳丈放心肠。
拿把算盘算一算，
万贯家财搞个光。
万贯家财是小事，
嫁妆店里买皮箱。
喊了脚夫人一众，
都把皮箱抬出庄。
箱子抬到葛家去，
葛老夫人开皮箱。
人说张家多豪富，
给我抬回他府上。
要是二老归天去，
又把皮箱抬出庄。
这些银子他不要，
叫我心下无主张。
他家二老无后代，
他说两庄并一庄。

白皮腊子放炮仗。
若还少了一件宝，
交与媒婆人一双。
在路行程来得快，
张郎开口说短长。
媒婆回言有有有，
唧唧吧吧乱搭腔。
岳父写的礼单子，
拍手巴掌笑嚷嚷。
从头至尾念一遍，
陡生一计在心上。
这些宝贝没得买，
每样折银两皮箱。
大小腊子不要紧，
整整去了十八箱。
张郎说道不要紧，
不得婆娘不中样。
装满银子来锁起，
总到厅上抬皮箱。
力大抬到葛府上，
葛老夫人看端详。
开一箱来并二箱，
话不虚言果然强。
夫妻一生无后代，
只是两庄并一庄。
银子抬到张家里，
依然抬了转还乡。
媒婆说道不要紧，
单单生下女丁香。
张郎听说心欢喜，

拍手巴掌笑嚷嚷。
忙请先生过过数，
款待媒婆人一双。
且把张家话不表，
忙给姑娘办嫁妆。
不表葛家嫁女儿，
张郎收拾娶丁香。
如今娶亲花轿子，
红绿彩纸上面妆。
各人吃过酒和饭，
披红插花人一双。
骡车歇在大门口，
拜见夫妻人一双。
太太来到厢房里，
起来梳洗做新娘。
丁香姑娘不肯起，
十字串成劝丁香。

银子不曾来花费，
银子抬了进库房。
两个媒婆吃饱饭，
回文再表葛家庄。
十铺十盖陪女儿，
回文再表小贤庄。
忙差丫鬟人两个，
当初骡车娶新娘。
诸亲六眷来饮酒，
媒婆领车出了庄。
一路行程来得快，
葛公夫妻作了忙。
员外吩咐摆下酒，
叫声我儿听为娘。
丁香姑娘听得说，
来了丫鬟小梅香。

白白送我大姑娘。
吩咐一声快办酒，
辞别相公出了庄。
自从张家择日子，
各色衣裳陪丁香。
到了十月十六日，
快请媒婆人一双。
忙把骡车来抬出，
男男女女闹嚷嚷。
笙歌细乐多热闹，
前面到了葛家庄。
两个媒婆来恭喜，
厅前奏乐喜洋洋。
恭喜我儿喜日到，
两眼汪汪睡在床。
太太坐在床边上，

老太太在一旁开言便叫，
恭喜儿贺喜儿喜日来到，
有丫鬟一个个前来解劝，
老太太上前来双手抱住，
是人家还有个三兄四弟，
一来我是姣儿终身有靠，
丁香女听娘说回言便答，
你女儿来出嫁终身大事，
苦命爹苦命娘年龄高大，
老太太听儿说心中难受，
这件事你父母早就想到，
我女儿到张家去做媳妇，

叫一声我女儿细听为娘。
我的儿快起来巧扮梳妆。
小姑娘不起身懒在牙床。
喊一声小乖乖不必悲伤。
你父母单生下惯养丁香。
二来是双父母也有下场。
苦因因流下泪喊声亲娘。
丢下来双父母依靠何方？
好一似风前烛草上之霜。
喊一声女孩儿听娘衷肠。
我的儿过了门合并一庄。
学三从学四德儿要贤良。

我的儿学一个贤德女子，你的娘差丫鬟常来张张。
倘若是全不听为娘言语，从此后休怪娘不上你庄。
只劝得丁香女回心转意，住了哭起了身来穿衣裳。

丁香姑娘来爬起，
太太开口把话讲。
孝顺公婆为第一，
晚上与婆浴脚汤。
无事休要大门站，
不比在家靠亲娘。
我有几句知心话，
接我家来看灯光。
三月清明寒食节，
接我家来奉金刚。
六月里来三伏天，
待我看看巧云光。
年年有个九月九，
做件寒衣送老娘。
怕的遇到进门喜，
太太果子手中央。
又把圆眼与儿吃，
早生贵子状元郎。
核桃不把我儿吃，
父母挽住出厢房。
欲把姣儿上面坐，
又怕穷了二姨娘。
姑娘上了骡马车，
女儿不想娘家庄。
倒在床上只是滚，
哭上几句才兴旺。

丫鬟代他穿衣裳。
儿到张家为媳妇，
房中敬重丈夫郎。
若还丈夫吃醉酒，
少要引人话短长。
丁香答应我晓得，
一事拜托我亲娘。
年年有个二月二，
接我回家祭坟堂。
年年有个五月五，
带我家来乘乘凉。
八月有个中秋节，
待我家来过重阳。
十一月里莫要接，
肚大腰圆难出庄。
先把栗子与儿吃，
圆圆泛泛过时光。
又把白果与儿吃，
疙里疙达会刚嗓。
家堂里面拜四拜，
怕的穷了张大刚。
抱定孩儿中央坐，
笙歌细乐闹出庄。
不言骡车姑娘走，
哭声乖乖女丁香。
且住葛家话不表，

姑娘忙把乌云整，
三从四德要贤良。
早上与婆洗脸水，
儿要与他醒酒汤。
是非只为多开口，
不用亲娘挂心肠。
正月十五元宵节，
娘带女儿理正当。
四月初八佛爷生，
待我回家庆端阳。
七月初七生七巧，
待我家来敬月光。
十月里来将儿接，
有话吩咐我亲娘。
姑娘吩咐方已毕，
力气刚强把家当。
又把枣子与儿吃，
白头到老过时光。
姑娘梳洗方已毕，
父母抱儿坐车上。
要把姣儿下面坐，
两家发财是一样。
地下泼了一盆水，
太太房中哭汪汪。
从前古人说的好，
再表骡车在路上。

吹吹打打来得快，
站在草堆头顶上。
怕他在家性子怪，
夫妻二人拜家堂。
二人来到厢房里，
大家齐去看新娘。
一众书生心欢喜，
上面绣的耍鸳鸯。
牙床生来七尺长，
方的上头站凤凰。
夫妻领我双杯酒，
也来恭喜说吉祥。
相公领我双杯酒，
有的说要安子香。
要吃喜果我有得，
丫鬟送到你门上。
不表众人都散去，
两碟果子在桌上。
丁香姑娘不曾吃，
手拿果子丁香尝。
床公床母只独脚，
富贵烛点在桌上。
有福之人夫先死，
莫叫奴在夫后亡。
你看张郎不像话，
盖在手巾冠儿上。
就打今日压住你，
红绫被里结成双。
三朝分过大和小，
房中敬重丈夫郎。

前面到了小贤庄。
众人说道抱下车，
捺捺性子也何妨。
拜过天来拜过地，
富贵烛点亮堂堂。
福寿双全前面走，
说说好话闹新娘。
鸳鸯口衔灵芝草，
地下圆来上头方。
手提银壶亮堂堂，
来年生下状元郎。
一个年高八十岁，
同我年高是一样。
张氏太太忙坏了，
一事总在我身上。
众人听说心欢喜，
丫鬟奉酒又进房。
你看张郎多好吃，
都被张郎吃个光。
丁香把嘴只一歪，
好对鸳鸯不久长。
姑娘偷眼只一看，
无福之人夫后亡。
这是丁香心内话，
坐在姑娘大腿上。
脚下乌靴来脱下，
下次不爬我头上。
一夜夫妻如山重，
合家安乐过时光。
娶了丁香一年整，

张郎真正不怕丑，
张郎说道不要忙。
姑娘下了骡车轿，
夫妻二人进厢房。
一众亲友都说好，
手提银灯进厢房。
门帘生来七尺长，
千年富贵万年长。
圆的底下站鹦鹉，
斟杯美酒与新娘。
还有两个年高的，
一个年高四十双。
有的说要喜果子，
众位相公听衷肠。
诸位你们回家去，
打躬作揖出了庄。
夫妻对饮交杯酒，
端起碗来略尝尝。
大刚来敬丁香酒，
玉杯打的碎瀼瀼。
丁香姑娘说不出，
一支短来一支长。
宁叫奴在夫前死，
夫妻解带脱衣裳。
头巾帽子来除下，
巧巧放在花鞋上。
鸳鸯枕上千般样，
二夜夫妻似海长。
孝敬公婆为第一，
门前长起万行桑。

娶了丁香二年整，
起了一片瓦楼房。
金花银花人两个，
一桩岔事到门上。
殡葬丈人和丈母，
举丧出殡入坟堂。
苦是苦的丁香女，
又无姐妹共排行。
娶了丁香六年整，
江里舟船排成行。
娶了丁香九年整，
谁知张郎变心肠。
古人良言说的好，
西庄又结老姑娘。
那日张郎去顽耍，
与你细细来商量。
张郎听说摇摇手，
三从四德他知详。
老姐听说心焦躁，
下次不许上我庄。
我今要把丁香退，
我有一计在心上。
将刀藏在靴筒内，
自然给你脱衣裳。
抓住丁香将他打，
你就结交有情郎。
这个主意好不好？
老姐主意甚高强。
不表张郎起歹意，
知道婚姻分两张。

买了安童共梅香。
娶了丁香四年整，
丁香抚养在厢房。
葛公葛婆身亡故，
请僧超度念《金刚》。
将把丧事办完了，
喜是喜的张大刚。
丁香姑娘流下泪，
槽上骡马扣成双。
娶了丁香八年整，
泥里挖到八仙缸。
东庄开了杂货店，
穷人发财乱发狂。
无事不在家栏里，
老姐开口说短长。
你把丁香休掉了，
老姐说话欠思量。
别的事情我准口，
一把抓住张大刚。
张郎听说这句话，
教我主意退丁香。
上街去到铁匠店，
假装醉酒转家乡。
他若给你脱靴子，
骂道丁香变心肠。
假意给我衣服脱，
早早回家休丁香。
张郎急便回家转，
再表太白在上方。
一驾云头归下界，

娶了丁香三年整，
生下儿女人一双。
娶了丁香五年整，
收尸入殓张大刚。
看看过了一百日，
已然两庄并一庄。
又无门房并叔伯，
每日终朝哭爷娘。
娶了丁香七年整，
置下南庄共北庄。
娶了丁香十年整，
又到南庄开槽坊。
东庄结交胡大姐，
不到东庄到西庄。
我今有句知心话，
奴家与你配成双。
说起佳人丁香女，
要休丁香休指望。
若还不休丁香女，
叫声老姐莫着慌。
老姐说是有有有，
打把钢刀七寸长。
丁香是个贤德女，
钢刀掉在榻板上。
几天未曾回家转，
暗藏钢刀杀夫郎。
张郎听说心欢喜，
老姐后头送出庄。
太白金星掐指算，
变个算命在街坊。

周家桥有个楚馆楼,
便叫先生听衷肠。
先生连忙拱拱手,
多算一个不灵光。
今天多算一个命,
要算就要算一双。
就把年庚来报出,
三月初三丑时养。
先生听说算一算,
留情算命不灵光。
三斗三升珠宝命,
八败星君降下方。
猛然一阵狂风起,
麻雀衔去做干糠。
八宝堂堂男子汉,
命苦不发少年郎。
命运不通真晦气,
先生越说火三光。
先生听说忙开口,
头高尾翘元宝样。
同在鸡鸣丑时养,
十弟兄来到街坊。
张郎被笑红了脸,
命书撕得碎瀼瀼。
盘古至今千万载,
娶了妻子吃粗糠。
休了妻子穷了我,
打死先生也何妨。
不要急来不要慌,
那边又来算阴阳。

就在楼前算阴阳。
我请先生算一命,
叫声相公听衷肠。
大刚当时忙开口,
明天少算也何妨?
张郎听说好好好,
要请先生算吉祥。
男命女命同年的,
连忙开口把话讲。
女命是个正财命,
珍珠就在柜里藏。
三斗三升粗糠命,
粗糠刮个净大光。
男命二十七岁寿,
靠着妻子过时光。
交过今年八月节,
休妻讨饭入西行。
男女命运同时养,
算命张郎不在行。
男命鸡子回声养,
一时三刻可知详。
都与大刚结拜过,
手指先生骂一场。
举手就把先生打,
哪有男沾女的光。
我要妻子有甚用,
我就准你在街上。
先生被他打急了,
叫你烧死在锅膛。
哄得张郎掉头望,

张郎上前忙开口,
要望先生算吉祥。
一天派算十个命,
先生在上听衷肠。
先生听说忙开口,
代算我妻葛丁香。
乙酉年来属鸡的,
同月同日同时养。
自古算命不留情,
财帛星君降下方。
算到男命真个丑,
粗糠挂在树枝上。
剩下几个谷嘴子,
女命八十七岁亡。
命书上面有几句,
家破人亡各分张。
大刚听说冲冲怒,
为何两命分高强?
女命鸡子开口养,
头低尾低不像样。
张郎正把命来算,
个个耻笑张大刚。
走上前来忙动手,
迎面打了几巴掌。
不娶妻子有饭吃,
不如回家休妻房。
休了妻子还富贵,
骂道一声小张郎。
你今如若不相信,
先生脚下驾祥光。

不表金星归上界，
决定回家休丁香。
将刀插在靴筒里，
自家庄在面当阳。
佳人听说这句话，
为妻挽你进厢房。
就把靴子来脱下，
一把抓住葛丁香。
假意代我脱衣裳，
几乎一命刀下亡。
钢刀是你靴筒里，
下身就拿脚来撞。
将身来到后堂内，
酒醉糊涂转家乡。
暗藏钢刀靴筒里，
打得浑身都是伤。
太太听说还了得，
还看婆婆情分上。
丁香犯了什么法，
假意啼哭泪汪汪。
假意代我衣服脱，
几乎一命刀下亡。
太太听说摇摇手，
三从四德多贤良。
张郎听说号啕哭，
万话勾开总不讲。
太太听说这句话，
万贯家财谁人当。
叫声我儿休要哭，
再请三叔做主张。

再表失时小张郎。
抬头看见铁匠店，
假装醉酒转还乡。
丫鬟报到丁香女，
连忙移步出厢房。
一程来到厢房里，
钢刀掉在踏板上。
几天未曾回家转，
暗藏钢刀杀夫郎。
丁香听说魂不在，
这事叫我多冤枉。
打得丁香疼难忍，
喊声婆婆老萱堂。
儿媳代他脱衣裳，
说我拿刀杀夫郎。
要请婆婆做好事，
叫声媳妇女贤良。
将身来到厢房内，
因何回家打妻房。
几天未曾回家转，
暗藏钢刀杀儿郎。
不愿与他为夫妻，
我儿做事莫要慌。
别的事情娘准口，
叫声老娘听衷肠。
若还不准休丁香，
手摸胸前细思量。
死掉媳妇倒板墙，
为娘准你休丁香。
大刚听说三叔到，

一头走来一头想，
打把钢刀亮堂堂。
在路行程来得快，
相公酒醉转还乡。
你在哪块吃醉酒，
连忙上前脱衣裳。
张郎听见刀声响，
你就看上有情郎。
不是我的眼儿快，
两眼不住泪汪汪。
上头就拿拳头打，
去请婆婆把情讲。
丈夫外方吃醉酒，
钢刀掉在踏板上。
我今无故被他打，
代我前去把情讲。
若还我儿得罪你，
骂声蠢才张大刚。
张郎看见母亲到，
谁知贱婢变心肠。
亏得你儿眼儿快，
情愿休掉分两张。
说起佳人丁香女，
要休丁香切莫想。
要准你儿休丁香，
三头撞死在厢房。
若把我儿急死了，
死了我儿绝一房。
太太说罢他走了，
栽他几句有何妨？

只说丁香偷哪个,
我今不要女丁香。
张郎来到账房里,
写张休书纸一张。
田契事情我会写,
骂道先生瞎眼膛。
再说休书不会写,
叫声相公莫要慌。
先生手提羊毫笔,
休得妻子葛丁香。
假意代夫衣服脱,
几乎一命刀下亡。
随他跟人随他嫁,
现有休书纸一张。
张郎来到厢房内,
现有休书纸一张。
佳人看罢休书纸,
晓得丈夫变心肠。
三个两个随你娶,
只当丫鬟与梅香。
不看金刚看佛面,
还看夫妻面上情。
带领成人并长大,
张郎只当耳风旁。

原来与你有勾当。
三叔听了好没趣,
叫声先生你在上。
先生听说回言答,
要写退婚不在行。
你在我家过日子,
莫怪打发你出庄。
真心要休我就写,
大刚嘴里说短长。
丈夫外面去吃酒,
暗藏钢刀杀夫郎。
从此恩断义又绝,
哪怕削发入庵堂。
就把休书写好了,
开口就骂葛丁香。
丁香接住休书纸,
哀求丈夫你在上。
看上哪个多娇女,
奴不阻挡丈夫郎。
绫罗缎匹我不要,
不看鱼情看水情。
纵然不看夫妻面,
奴家削发入庵堂。
佳人心内忍不住,

你说他好就跟你,
面带羞容出了庄。
有件事情想请你,
叫声相公你莫慌。
张郎听说冲冲怒,
怎说在行不在行。
先生听说回言答,
忙写退婚纸一张。
上写退婚张大刚,
谁知贱人变心肠。
亏得丈夫眼儿快,
情愿休掉他身当。
倘若后来有反意,
手螺脚印押在上。
你今给我快快走,
犹如钢刀刺心上。
知道了来明白了,
央媒说合娶过房。
莫把奴家当妻子,
粗布衣裳穿身上。
鱼情水情都不看,
还看儿女人一双。
丁香哀求多一会,
十字串成骂张郎。

　　葛丁香在高堂前思后想,
　　可记得十年前你去打猎,
　　请媒婆来说合父母不肯,
　　有媒婆硬强逼红帖发出,
　　在你家撑门户当家立业,

骂一声无情汉负义夫郎。
为一眼雕翎箭看上丁香。
要寻死要上吊要做和尚。
选黄道并吉日娶奴过房。
敬重老看顾小伏侍夫郎。

奴就是家常事并无差错，
从奴家进了门光阴十载，
奴还是不正当偷僧养汉，
丧良心到后来没有好处，
到后来若走到落难之处，
有天地和房产被火烧尽，
葛丁香只骂得如同酒醉，

做针工并不曾剪坏衣裳。
谁知道无情郎改变心肠。
你为何起歹意休我丁香。
自有那过往神天理昭彰。
到长街来乞化想起丁香。
倒河坎睡庙堂讨饭花郎。
张大刚只当做耳边风旁。

丁香骂得如酒醉，
你的心肠硬如钢。
狠心爹爹休了我，
照看儿女人一双。
若还晚娘要打你，
身上冷来要衣裳。
儿女听说只是哭，
叫声狠心丈夫郎。
张郎说是有有有，
巧巧牵过牛魔王。
家堂面前拜四拜，
床公床母听贤良。
金索银索拜四拜，
祝告财神听衷肠。
朝着婆婆拜四拜，
再也不来奉茶汤。
哭哭啼啼朝前走，
放声大哭出了庄。
一头走来一头哭，
望他几望也何妨。
走二里来望二望，
舍不得儿女人一双。

恨的丈夫薄情郎。
佳人哭到伤心处，
你父必定娶偏房。
娶的人家不贤德，
口口声声叫亲娘。
未到天明你先起，
难舍我的老亲娘。
当初娶我骡车子，
与你骡车早出庄。
丈夫今日休了我，
又拜东厨张灶王。
狠心丈夫休了我，
下次不来晒衣裳。
是我财来跟我走，
万福婆婆听衷肠。
佳人哭到伤心处，
丫鬟梅香送出庄。
没有亲房并叔伯，
手摸胸前自思想。
走一里来望一望，
舍不得南庄共北庄。
走四里来望四望，

别人心狠犹自可，
哭完儿女叫一场。
娶的人家贤惠女，
终朝打骂我姣养。
肚里饿来要饭吃，
给你妹妹穿衣裳。
佳人忍住伤心泪，
还要骡车我出庄。
也是张郎该倒运，
拜拜菩萨好出庄。
象牙床来拜四拜，
再也不来配成双。
迎着库房拜四拜，
不是我财与张郎。
你家儿子休了我，
别了儿女人一双。
佳人上了牛车子，
又无姊妹并排行。
狠心丈夫休了我，
舍不得家财好楼房。
走三里来望三望，
舍不得前门千棵桑。

走五里来望五望，
舍不得泥里八仙缸。
走八里来望八望，
舍不得舟船帮靠帮。
张郎家财多豪富，
前面到了土地堂。
佳人上前来跪下，
连忙上车出庙堂。
畜牲能通人言语，
哭坏佳人葛丁香。
佳人下车抬头看，
鼻子拖到嘴唇上。
范老婆子抬头看，
阿弥陀佛念《金刚》。
丁香说道不是的，
骡车拖到你门上。
范老婆子听得说，
怕的窑灰落身上。
昨日打柴升半米，
只见窑堂放毫光。
两脚奔跑来得快，
只见活佛坐门旁。
老娘为何不懂事，
叫声我儿范三郎。
夫妻二人来淘气，
叫声姑娘女贤良。
丁香佳人听得说。
骡车拖到你门上。
不嫌奴家容面丑，
莫要折坏我身当。

舍不得婆婆老萱堂。
走七里来望七望，
舍不得骡马扣成行。
走十里来望十望，
却被佳人望个光。
佳人下了牛车子，
祝告公公土地王。
畜生驮我好处去，
直奔前面破窑堂。
不怪丈夫心肠狠，
望见窑堂范老娘。
穿了一件破棉袄，
看见姑娘葛丁香。
自幼吃的胎里素，
我是西庄葛丁香。
我今不到别处去，
莫要折坏我身当。
不表丁香来谈谈，
今天只换三升糠。
范郎说是不好了，
前面到了破窑堂。
将身来到窑堂前，
佛到门前不烧香。
她今不是别处的，
骡车拖到我窑堂。
若是夫妻来吵嘴，
叫声相公范三郎，
我今不愿别处去，
情愿与你配成双。
我今若还收了你，

走六里来望六望，
舍不得安童共梅香。
走九里来望九望，
舍不得狠心丈夫郎。
正行举目抬头看，
连忙移步进庙堂。
祝告一场来爬起，
随你驮到哪一方。
来到窑堂停了步，
奴家命苦睡窑堂。
烧饼脸来黑麻子，
草绳扣腰紧梆梆。
婆子一见慌张了，
观音点化到窑堂。
只因丈夫休了我，
情愿在此过时光。
姑娘外面略坐坐，
再表打柴小范郎。
范郎抬起头来看，
莫要烧死我亲娘。
不见哪块有甚火，
叫到一声老亲娘。
老娘听说回言答，
她是西庄葛丁香。
范郎听说忙开口，
我娘送你转回乡。
狠心丈夫休了我，
情愿在此过时光。
范郎听说只句话，
怕的张郎去告状。

当官一状告准了，
叫声相公范三郎。
范郎接过休书纸，
原来休书纸一张。
当初你父休了我，
留下姑娘葛丁香。
虽然范郎多寒薄，
恭喜我儿与丁香。
锅里煮的碎米粥，
丁香未吃一口汤。
高楼大屋无福住，
苦命睡在灰堆上。
佳人哭得肝肠断，
骂声不贤女丁香。
怪不得张郎休了你，
哭坏姑娘女丁香。
猛然一阵狂风起，
不知何处把身藏。
窑堂有个大蒲包，
上头刚刚齐颈项。
上无帽子下无鞋，
失笑我儿不像样。
才交半夜三更鼓，
叫道一声女贤良。
我今不是别一个，
金索银索到窑堂。
财神说过他走了，
不觉五更天又亮。
走到东山烧吊了，
哪有米粮过时光。

铁锁链子锁颈项。
相公你要不相信，
一字不识问亲娘。
丈夫把他休掉了，
上面也有黑巴掌。
佳人只得无奈何，
也是星君降下方。
罢罢我儿是喜事，
吃饱肚子再商量。
母子有说也有笑，
奴家命苦住窑堂。
鸳鸯枕来无福枕，
不觉惊醒范三郎。
受罪不成受的好，
明天也休你身当。
外面不觉三更鼓，
窑堂刮个净大光。
范郎说是不好了，
套在身上做衣裳。
前头有个大鸭蛋，
赤脚巴天苦难当。
一阵狂风刮过去，
财神托兆与丁香。
你在梦中休睡着，
我是财神叫崔刚。
拿锹就在泥里挖，
惊醒佳人葛丁香。
范郎不做别营业，
来到西山烧个光。
正行举目抬头看，

佳人听说忙开口，
现有休书纸一张。
不错不错真不错，
上面还有黑巴掌。
母子二人心欢喜，
就与范郎配成双。
范老婆子忙开口，
老娘给你来铺床。
母子二人吃饱了，
哭坏姑娘葛丁香。
八铺牙床无福睡，
油头枕在土垡上。
范郎一见冲冲怒，
动不动哭哪一桩？
范郎说罢睡着了，
谁想风婆到下方。
破衣裳被刮掉了，
范老婆子泪汪汪。
下头刚刚齐屁股，
后头有块大生姜。
范婆子一见微微笑，
三人一齐睡窑堂。
财神来到窑堂内，
我来告诉你身当。
明天日出卯时后，
泥里又来十八缸。
三更以后不曾睡，
还去打柴上山冈。
范郎说道不好了，
两条蟒蛇在山冈。

手执斧头望下砍,
当做铁链在地上。
这件东西倒还好,
让我回家问丁香。
我今山上将柴打,
叫声相公听衷肠。
金索丢在窑堂里,
买些东西还家乡。
粗布衣服买几件,
拿了银索上街坊。
正行举目抬头望,
买块烧饼度饥荒。
来到店里抬头望,
又宽又大领又长。
锅碗瓢铲买一套,
他就买个小砂缸。
这件衣裳买得好,
实是相公不在行。
范郎说道不识货,
白天把他穿身上。
范郎又说不识货,
白天拿他做水缸。
说起丁香多巧妙,
给我婆婆穿身上。
左一锹来右一锹,
泥里挖起十八缸。
买了一块平阳地,
又起东西两边厢。
门前扣下高头马,
喜坏母子人一双。

金索银索在山冈。
弯腰将它来拾起,
也能换它几升糠。
将身来到窑堂内,
拾来铁链转家乡。
此物不是铁链子,
银索拿去上街坊。
先把锹锄买一把,
买个马桶转还乡。
当了银子五十两,
烧饼店在面当阳。
吃饱肚子朝前走,
和尚衣服挂在上。
母亲身上无衣服,
打把锹锄弄墙框。
连忙扛到家栏去,
又宽又大领又长。
叫你买件女衣裳,
叫声妻子不在行。
叫你买个马桶子,
妻子说话不在行。
当家晓得柴米贵,
就给婆婆改衣裳。
范郎晚饭吃饱了,
锹锹挖在缸口上。
范郎一见心欢喜,
砖瓦木头买停当。
范郎从此走大运,
又买南庄共北庄。
门前挂下斋僧榜,

唯有范郎不识货,
把它放在肩头上。
范郎就把山来下,
叫声我妻葛丁香。
丁香佳人仔细看,
金索银索到窑堂。
当典里面当银子,
锅碗瓢铲买停当。
范郎回言我晓得,
散碎铜钱在身上。
不知哪天吃的饭,
折衣店里张一张。
这件衣服倒还好,
买它两件与老娘。
丁香叫他买马桶,
告诉佳人葛丁香。
佳人抬起头来看,
和尚衣服买还乡。
夜里也能当被盖,
你要买个小砂缸。
夜里拿他做马桶,
一物两用也何妨?
先把小衣改一件,
手拿铁锹来打墙。
范郎低头朝下望,
赶快收拾起楼房。
前穿堂来后穿堂,
又买安童共梅香。
万贯家财多豪富,
晓谕天下讨饭郎。

有人再喊范花子，
赏他银子与口粮。
自从休了丁香女，
每天偷米去换糖。
张郎买了两匹布，
做条裤子没有裆。
一件褂子两个袖，
张郎说话不在行。
说起老姐多邋遢，
马子盖上切生姜。
马子满了他不倒，
一股臭味好难当。
老姐说是不要骂，
马桶跌在地中央。
太太骂他坏东西，
他就抓住裤子裆。
老姐被他蹬急了，
惊动天宫张玉皇。
火龙火马火鸽子，
火鸽落在屋梁上。
张郎一箭射上去，
各房各屋冒火光。
安童梅香被烧死，
烧死邋遢坏婆娘。
该因张家不绝后，
可恨苍天太没良。
田地房产无其数，
绝了香烟后代郎。
玉皇大帝冲冲怒，
变成花猫跑个光。

一棍打死见阎王。
不表范家多豪富，
就把老姐娶过房。
儿子在旁要糖吃，
叫声老姐做衣裳。
张郎一见冲冲怒，
多个袖子为哪桩。
多个袖子做口袋，
又邋遢来又肮脏。
裹脚条子锅里洗，
漫了满地踏板上。
张郎一见冲冲怒，
你我二人抬出房。
张氏太太冲冲怒，
开口就骂老烂框。
太太蹬他一小脚，
拿把火叉烫他娘。
玉皇大帝冲冲怒，
下方去烧张大刚。
张郎一见慌张了，
肩头上面放毫光。
东楼烧到西楼阁，
烧死牛马并猪羊。
可怜太太跑不动，
狗洞爬出张大刚。
烧掉楼房也罢了，
量你天火烧不光。
张郎说下欺天话，
三番两次烧张郎。
不曾过了日子久，

有人喊他范老爷，
回文再看小张郎。
说起老姐多好吃，
迎面打他几巴掌。
做件褂子三只袖，
骂声老姐拙婆娘。
老姐说道不识货，
上街下乡要口粮。
毛缸板上切萝卜，
拿个尿壶去舀汤。
张郎来到厢房里，
骂道老姐懒婆娘。
将身抬到堂屋里，
就与老姐一场扛。
太太打他一巴掌，
他屁股一拍跳得慌。
说起佳人多作恶，
差了火星下天堂。
四条火龙挂四角，
手执雕翎射得忙。
凡火上去接天光，
南楼烧到北楼房。
一双儿女烧死了，
谁知一命见阎王。
站在上风只是哭，
可怜老娘一命亡。
可惜儿女烧死了，
火德星君奏玉皇。
金银财宝无其数，
请人说合卖村庄。

南北二庄都卖掉，
请来匠人起楼房。
张郎说是不好了，
谁知又被火来扬。
上无片瓦难遮体，
搭个棚子到坟堂。
古人言语说得好，
谁知风婆降下方。
张郎正在为难处，
里面半缸泥水浆。
挖到五缸并六缸，
腰罗筷子有一双。
日间沿街去乞化，
西庄讨饭骂张郎。
张郎掉下伤心泪，

卖了银子五百两。
一所房屋起好了，
又卖田地起庄房。
张郎只叫一声苦，
下无稻草怎安康？
仅仅剩了半升米，
祸不单行定成双。
猛然一阵狂风起，
想起泥里十八缸。
挖到三缸并四缸，
田鸡蛤蟆把嘴张。
打狗棍上一行字，
晚上睡在破庙堂。
大人拿棍就要打，
十字串成奔外乡。

选定良辰并吉日，
二次天火烧个光。
三次兴工来起造，
巴巴结结苦难当。
张郎只叫怎样好？
又被老鼠吃个光。
正交半夜三更鼓，
把个棚子刮个光。
挖到一缸并二缸，
缸里清水里面藏。
挖到七缸并八缸，
命该讨饭张大刚。
东庄讨饭人不把，
小孩唤狗咬张郎。

张大刚到坟堂双膝跪下，
可晓得你孩儿身穷落魄。
又无柴又无米怎样过活，
哭一声我父母可有神灵，
我若是到门前沿街乞化，
如若是我不去沿门讨要，
白天里在街坊沿门讨要，
张大刚哭一场连忙爬起，
到东庄来讨要拿棍要打。
老的老少的少男男女女，
葛丁香他是个三从四德，
贤德妻你不要人人痛恨，
没良心起歹意有甚好处，
到如今只落得身穷落魄，

哭一声双父母你在何方。
有田地和房产卖个精光。
坟堂内来住下陪伴爹娘。
苦命儿带了去同见阎王。
我本是富家子打落下邦。
把你儿活活的饿死坟堂。
到晚来歇宿在古庙神堂。
手提着破腰箩哭出坟堂。
到西庄唤狗子咬我张郎。
总骂我无情汉负义之郎。
听旁人来挑唆休了妻房。
反娶那胡大姐家败人亡。
遭天火把家业烧个精光。
在坟堂睡庙堂讨饭花郎。

虽然你想当初家财富贵，　　有多少贫苦人并无相帮。
张大刚被人骂无言可对，　　拖棍子提罐子早奔外乡。

不表张郎多受苦，　　再表佳人葛丁香。　　菩萨来到厢房里，
叫声佳人葛丁香。　　想你当初落了难，　　许下愿心在庙堂。
如今豪富多发达，　　你要了愿放茶汤。　　神人说罢他去了，
惊醒佳人葛丁香。　　一夜五更何曾睡，　　次日五更天又亮。
丁香佳人忙开口，　　叫声丈夫范三郎。　　你我当日身受苦，
许下愿心土地堂。　　如若后来有好处，　　从修庙宇放茶汤。
范郎听说心欢喜，　　贤妻说话理应当。　　选定良辰并吉日，
连忙起造土地堂。　　四面八方刷帖子，　　惊动多少讨饭郎。
凤凰庄上范老爷，　　夫妻行善放茶汤。　　也有老来也有少，
男男女女领茶汤。　　不表范家将粮放，　　再表失时张大刚。
听说范家将粮放，　　连走带跑领茶汤。　　一个跟头来跌倒，
罐子跌得碎瀼瀼。　　张郎说是不好了，　　拿什么东西盛茶汤。
无巧不巧真真巧，　　见个破盆墙头上。　　拿在手里望一望，
没有底来没有帮。　　今天去到凤凰庄，　　只吃馒头不喝汤。
张郎来到凤凰庄，　　多少狗子闹嚷嚷。　　有条花狗真厉害，
大腿咬得血汪汪。　　大刚就在西头等，　　只等庄上来放粮。
不表大刚来等候，　　再表庄丁来放粮。　　庄丁就打东头放，
放到西头放个光。　　大刚一见泪汪汪，　　我还没有领到汤。
庄丁一见忙开口，　　叫声花郎听衷肠。　　一天只派一担米，
不准多放一粒粮。　　明天请你早来到，　　早早前来领茶汤。
张郎一听双流泪，　　拖住棍子转庙堂。　　肚子无食饥寒冷，
浑身冻得像筛糠。　　盼到五更天明亮，　　早早起来领茶汤。
昨天我在西头等，　　他从东头放茶汤。　　今天我在东头等，
第一就放我身当。　　不表大刚来等候，　　再表庄丁来放粮。
昨天我从东头放，　　放到西头放个光。　　有个花郎未放到，
哭哭啼啼转回乡。　　今天我从西头放，　　第一就放他身当。
就从西头朝东放，　　放到东头又放光。　　大刚一见号啕哭，

没有弄到一口汤。
哭哭啼啼朝前走,
浑身冻得冷梆梆。
战战兢兢来爬起,
随他从哪一头放。
头天我从东头放,
眼泪汪汪转回乡。
有个花子未领到,
随他哪头领到汤。
大刚一见号啕哭,
饿得前墙贴后墙。
头天西头小花子,
也未弄到一口汤。
此事叫我无办法,
庄丁在上听我讲。
自古要饭无路走,
叫道一声张大刚。
庄丁来到后堂内,
他名叫做张大刚。
要把花子饿死了,
可能赏他两碗汤。
狠心丈夫来到此,
自己亲手下面汤。
手上戒指来抹下,
庄丁端去与花郎。
我妻会下龙须面,
蛤蟆戒指碗中央。
张郎不能来吃面,
骂道花郎张大刚。
张郎听说忙开口,

我的命运多么苦,
前面到了土地堂。
一夜五更未合眼,
手拿棍子出庙堂。
不言大刚来等候,
放到西头没有汤。
昨天我从西头放,
手提篮子哭出庄。
庄丁就从两头放,
一交跌倒地平阳。
庄丁一见忙开口,
没有弄到一口汤。
今天中间碰到你,
不准多放一粒粮。
东头西头皆是我,
恐怕饿死张大刚。
你在这里莫要哭,
喊声太太老板娘。
来到庄上三天整,
人命关天在庄上。
丁香佳人听得说,
我来赏他一碗汤。
下了一碗龙须面,
蛤蟆戒指碗中央。
张郎把面接到手,
莫非她是葛丁香。
这个戒指我认得,
可怜两眼泪汪汪。
端着面来你不吃,
庄丁在上听我讲。

两天没吃一口汤。
又无被来又无草,
一直哭到天大亮。
今天我在中间等,
再表庄丁把粮放。
有个花子未放到,
放到东头放个光。
今天我从两头放,
放到中间又放光。
三天没有吃一口,
喊道一声小花郎。
二天东头小花子,
放到中间没有粮。
大刚听说号啕哭,
中间命苦张大刚。
庄丁听说这句话,
让我禀告老板娘。
外面有个小花子,
没有领到一口汤。
要望太太生慈悲,
想起前夫张大刚。
移步就把厨房进,
五味调和用生姜。
丁香把面下好了,
两眼不住泪汪汪。
拿起筷子抄一抄,
丁香套在手中央。
庄丁一见冲冲怒,
为何啼哭为哪桩?
下面人与我会一面,

死在九泉闭眼堂。
丁香听说这句话，
会他一面也何妨。
张郎听说不怠慢，
看见妻子葛丁香。
怪我怪我真怪我，
万贯家财烧个光。
剩下一个单身汉，
你我重新配成双。
狠心不过男子汉，
要想重婚理不当。
夫妻谈到伤心处，
没有地方来躲藏。
锅堂里面未断火，
变个灰扒掏锅堂。
若要当官告一状，
不如自尽见阎王。
一连三个满满旋，
两条人命在身上。
丁香个得地方死，
三条人命在庄上。
四个阴魂他不散，
玉皇大帝把话讲。
大刚不封别神位，
一年一次上天堂。
要问灶君生辰日，
井泉神童你身当。
年年有个正月半，
问你好坏与吉祥。
四人得封官和职，
青史留名万古扬。

庄丁听说忙通报，
手摸胸前自思想。
快叫庄丁传他进，
连忙移步到厨房。
上前一把来扯住，
不该休了女贤良。
母亲可怜烧死了，
讨饭无路到你庄
丁香听说忙开口，
你的心肠硬如钢。
好马不吃回头草，
外面来了范三郎。
掉过头来望一望，
该因烧死张大刚。
范郎说是不好了，
我的性命活不长。
掉过头来望一望，
呜呼哀哉见阎王。
活在世上无面目，
一头拱下毛厕缸。
只要老命没得用，
飘飘荡荡奔天堂。
罢罢你们归了位，
封你东厨管火光。
自从玉皇封尊过，
八月初三把香装。
丁香你在毛厕缸，
有人请你受真香。
范老婆子死的苦，
叩诚四拜谢玉皇。
此书又名《戒指记》，

报与夫人葛丁香。
三郎不在家栏里，
厨房相会张大刚。
来到厨房抬头看，
叫声贤妻葛丁香。
自从把你休走了，
烧死儿女人一双。
可能回心来转意，
狠心丈夫骂一场。
从前的话我不说，
好女不嫁返夫郎。
大刚一见不好了，
一头拱进里锅堂。
连拽是拽一条腿，
人命关天在家乡。
要这性命有何用，
一头跳进吃水缸。
丁香一见不好了，
不如自尽入幽邦。
范老婆子慌张了，
一头撞死灰堆上。
一直来到凌霄殿，
我来封赐你身当。
年年腊月二十四，
千门万户受真香。
范郎不封别的位，
封你毛缸七姑娘。
人间大事你晓得，
灰婆婆封赠你身当。
传成一本《灶君忏》，
晓谕诸君散心肠。

军 王 忏

原本封面题字：阮有江抄本　一九九一年三月立

　　此神书用于养殖户、猎户做会时唱。书叙盐城崔家兄弟五人，以打猎为生。一日在庙中打拳比武行乐，吵闹神灵不安。东岳神震怒，推倒庙宇，压死五人。五人的灵魂归天后，东岳封他们为五军王。原本与闲书《孙二娘开店》合为一本，十六开竖写。

重神启忤重子臣，
坛前献上五花盆。
远望盐城好风光，
金氏堂前外甥郎。
两山一水生五子，
兄宽弟忍奉高堂。
正月打猎正逢春，
四月打猎麦子黄，
七月打猎金秋凉，
十月打猎天气凉，
打猎正逢二八月，
手下儿郎你是听。
金夹横秋银踏镫
二爷骑上小红江。
只有五爷年纪小，
三爷弹弓带上腰。
九架黄鹰三条犬，
篾丝笼装海东青。
大爷打猎山东去，
四爷打猎虎丘山，
长山巷口穿心过，
正好军王摆战场。
三爷西方布下阵，
站在徐山头顶上。
小网布在山脚下，
四方小旗按四方。
打猎打到辰时候，
不见野物在里拱。

启忤崔家五家王。
请问老爷家何住，
盐城搭界崔家庄。
崔家门中生三子，
五个孩童一个娘。
弟兄不做别买卖，
二月打猎昼夜平，
五月打猎端阳节，
八月打猎雁门关，
十一月打猎草上霜，
正是军王摆战场。
槽头牵过能行马，
描金嚼口亮堂堂。
三爷骑上白龙马，
身骑黄马押坠梢。
四爷钢叉拿在手，
九鹰三犬卜围场。
听见上方天鹅叫，
二爷打猎望南行，
五爷不到别处去，
徐山早在面前存。
大爷东方布下阵，
四爷北方去叉獐，
按下金木水火土，
飞虎旗插正中央。
团团布下青丝网，
辰时打到午时辰，
打猎打到日歪西，

一条红线绕坛宽，
什么州县有家门？
父姓崔来崔家子，
田家门中生一双。
弟兄五人多恩爱，
沿山打猎把网张。
三月打猎清明节，
六月打猎热难当，
九月打猎菊花黄，
十二月打猎过年忙。
大郎上方传下令，
驾上雕刻五色鞍。
大爷骑上银鬃马，
四爷骑上小乌嘴。
大爷枪来二爷刀，
五爷黄鹰膀上抱。
牵着犬来架着鹰，
开笼放出海东青。
三爷打猎盐城去，
一心打猎上徐山。
徐山好个平阳地，
二爷南方去叉獐，
只有五爷年纪小，
七星旗子插在四角上。
大网布在山顶上，
只等野鸡共兔獐。
打猎打到日正中，
不见鹌鹑共野鸡。

昨日打猎挑不动,
三爷气来嘴儿尖,
五人正走徐山过,
二爷就叫连根斩。
星星之火不打紧,
无翅畜牲火烧身。
烧出鹿来驴子大,
不会做事单会喊。
大爷喊叫拿活的,
鲨鱼袋里取张弓。
野猪被伤身带箭,
一阵鲜血望外冒。
打猎许下井网愿,
抬住大爷紫金枪。
野猪抬到神堂上,
染了红旗挂庙堂。
破下头来扒肚肠,
五爷年小点酒浆。
大爷喜欢猪头肉,
四爷喜欢炒肝肠。
手下儿郎没得吃,
还有两桶倒肠汤。
一请掌天大元帅,
十字串成到庙堂。

今日打猎轻微微。
四爷就叫收了网,
栗树挡住不能行。
三爷马上来看见,
火烧徐山映天红。
烧得好来烧得好,
烧出蟒蛇比人高。
山凹一阵人嘈号,
二爷马上动枪伤,
箭头不高又不短,
睡在山凹把脚捎。
本当山前来杀你,
抬到庙里愿心了。
抬的抬来挑的挑,
弓弦吊在二梁上。
这张猪皮无用处,
抬在神前敬神王。
烧过纸来烧过香,
二爷喜欢尾巴桩。
只有五爷年纪小,
骨头骨脑去熬汤。
庙堂摆下一席酒,
二请三军和儿郎。

大爷愁来二爷焦,
收了网来转家乡。
大爷就叫动刀砍,
点起火来把他焚。
有翅畜牲高飞起,
烧得癞子是稀毛。
烧出瞎子三只眼,
山冈烧出野猪跑。
三爷马上来看见,
刚刚中了野猪腰。
手下儿郎来拔箭,
又怕热血伤禾苗。
抬的抬来扛的扛,
挑住二爷鬼头刀。
这盆血子无处用,
蒙面神鼓来烧香。
两个烧香两个拜,
弟兄五人来分赃。
三爷喜欢热血子,
猪蹄一副煨煨汤。
看会僮子没得吃,
请请众兵乐贤王。
两个五字一样长,

弟兄们到庙堂焚香礼拜,
一殿上忙摆下虎皮交椅,
弟兄们吃的是满洲打猎,
军王们吃的是陈皮腊肉,
整猪羊熏熟了香香喷喷,
叫三军你替我去放炮仗。
军王们坐下来说说家常。
解手刀象牙筷有圆有方。
陈皮酒木瓜酒喷鼻清香。
军王们放开量一扫净光。

弟兄们吃醉了个个唱曲，唱俫调淮北腔总有名堂。
大军王叫贤弟休要吃酒，可有宝来献上比个高强。
大军王取出宝松鼠一对，知三纲并五常言语贤良。
讲前朝并后汉知文答礼，读四书念五经会做文章。
二军王取宝贝名为野兽，额头上长支角弯弯朝上。
浑身上长毛衣花斑五色，弟兄们吃过了好不风光。
三军王取宝贝玉兔一对，打番语说俫话能转阴阳。
阴共晴花甲子颠倒转算，几日阴几日阳并不慌张。
四军王取宝贝乌金玉石，石头上放光明雾气洋洋。
弟兄们一看见心中欢喜，这等的无价宝真个高强。
五军王献宝贝黄金狮子，浑身上一身毛犹如金装。
朝天上叹口气百般仙景，赛过了广寒宫圣母娘娘。
五弟兄献宝贝世间少有，叫三军前开道散散精神。
弟兄们前来到龙楼凤阁，只看见东洋海一片汪洋。
这一梆十字鼓军王献宝，还下板东洋海要封神王。

酒后吃得熏熏醉，庙前庙后拜一场。一路长拳打进去，
一路短拳打回来。一打狮子大张嘴，二郎朝天一炷香。
上打雪花来盖顶，下打枯树去盘根。雪花盖顶不漏雨，
枯树盘根不透风。吵得东岳怒气生，推到庙堂磕死人。
多年古庙倒掉了，砸死军王五个人。弟兄五个归了位，
东岳庙前把神封。封你官大莫夸大，封你职小莫嫌轻。
封你不为别神位，五位军王你为尊。头戴五顶钢叉帽，
五色红袍穿在身。腰系五根丝鸾带，五双皂靴足下蹬。
徐山顶上新盖庙，各户人家把香焚。传与当家各会首，
五份钱粮火上焚。五份钱粮火烧化，答谢军王转庙门。
五位军王留表忏，法摆銮驾又请神。

长 生 忏

原本封面题字：阮有江抄　一九九一年三月立

　　此神书用于小孩做"抓周（晬盘）会"时唱。书叙灌口杨家庄穷汉杨天佑，以卖水为生。玉皇大女儿私自下凡，与他结成夫妻。生子取名杨二郎。玉皇得知后，将女儿压在黑风洞。二郎长大后决心救母，带着母亲留下的金钗见到了王母。在王母指点下，劈开桃山，救出母亲。玉皇称二郎为杨戬外甥，封他为长寿星君。该故事与小说、民间故事中的二郎神传说都不同。

紫金炉里把香装，
离城不远杨家庄。
没有本钱做生意，
再表上界张玉皇。
唯有大姑娘人品好，
应该与我配成双。
就把主意想好了，
灌州城在面当阳。①
大仙姑娘忙开口，
我来问问你身当。
你的年龄有多大？
我来搭救你身当。
我家离此二里路，
丢下我一人过时光。
我今正交二十整，
喊声天佑听衷肠。
天佑听说忙开口，
姓甚名谁哪一方？
我家离此没多远，
母亲王氏老萱堂。
我的婚姻自做主，
赶快带我转家乡。
将身来到家槛里，
破床破被有一张。
我有纹银五十两，
连床被窝买停当。

启忏寿星杨二郎。
父亲名叫杨天佑，
全靠挑水过时光。
所生姑娘人七个，
心想下凡配才郎。
他在灌州将水卖，
一驾云头下天堂。
收云落雾归下界，
叫道卖水听我讲。
你家离此有多远，
家中可曾娶妻房？
天佑听说忙开口，
地名叫做杨家庄。
我名叫做杨天佑，
哪有银钱娶妻房。
不嫌姑娘容貌丑，
喊道小姐女红装。
姑娘听说回言答，
地名叫做张家庄。
所生姐妹人七个，
无人干涉我当身。
天佑一见无办法，
两间破屋通天亮。
姑娘一见忙开口，
赶快拿去上街坊。
天佑一见心欢喜，

家住灌州城一座，
身穷落魄不像样。
不表天佑来卖水，
描龙绣凤样样强。
过天星君杨天佑，
我来搭救他身当。
云头招招来得快，
抬头看见卖水郎。
你把水桶来歇下，
家中可有二爹娘？
你把姓名告诉我，
叫道姑娘听我讲。
二老爹娘死的早，
身穷落魄不像样。
大仙姑娘忙开口，
我今与你配成双。
家住何州并何县？
叫声天佑听我讲。
父亲有名张员外，
我是排行大姑娘。
你把水桶来挑起，
就带小姐转家乡。
堂屋靠住连锅灶，
叫道天佑听我讲。
打些酒来买些菜，
怀揣银子上街坊。

---

① 面当阳：面前。

自古有钱好办事，
夫妻二人下厨房。
夫妻吃过富贵酒，
大仙姑娘又开腔。
先把房屋砌好了，
夫妻和睦过时光。
看看十月怀胎满，
起名叫做杨二郎。
王母娘娘蟠桃会，
不见女儿大姑娘。
你们姐妹都在此，
不说责罚你身当。
去年七月初七日，
大姐没有转回乡。
玉皇听说冲冲怒，
为何下凡配夫郎？
王母听说如此讲，
王母站在半空上。
私自下凡将婚配，
听父责罚你身当。
大姑娘来忙开口，
可惜生下小儿郎。
王母一听冲冲怒，
定要打死你身当。
我把小儿交待你，
宝贝交待你身当。
我今不是别一个，
把我拉去见父王。
天兵天将忙动手，
带到天宫见玉皇。

各样东西买停当。
一起办有七八样。
洞房花烛配成双。
金银财宝我都有，
厢房又办好嫁妆。
没有过了几个月，
腹中生下小儿郎。
不表仙姑凡间事，
众仙都来饮酒浆。
玉皇大帝忙开口，
大姑娘不来为哪桩？
七仙姑娘忙开口，
天仙池里来乘凉。
他今去到灌州城，
骂到一声王母娘。
快把姑娘收回转，
带领天兵和天将。
站在云端冲冲怒，
恼怒你父张玉皇。
你今如若来违拗，
喊道一声老亲娘。
小儿才交一周岁，
量天尺在手中央。
大姑娘一见号啕哭，
好好抚养在身旁。
等我孩子长大了，
我是玉皇大姑娘。
天佑金钗接在手，
捉住公主大姑娘。
玉皇一见冲冲怒，

一程来到家槛里，
坐下夫妻人一双。
夫妻成婚三日后，
赶快准备砌瓦房。
桌椅条台办齐备，
仙姑怀孕育身上。
三天烧过娘娘纸，
再表天宫王母娘。
玉皇抬起头来看，
叫到六个女姑娘。
你把实话对我说，
叫声父王听儿讲。
我们姐妹回宫去，
要与天佑配成双。
养的儿女不教训，
万话休提总不讲。
将身来到灌州城，
骂道一声大姑娘。
赶快跟我回上界，
叫你小命活不长。
女儿心想跟娘走，
他今怎能离了娘？
你今如若不回去，
喊声天佑丈夫郎。
头上拔下金钗子，
拿这宝贝去找娘。
今有母亲来捉我，
可怜两眼泪汪汪。
一驾云头来得快，
骂道贱人大姑娘。

私自下凡将婚配,
桃山压在你身上。
天神一见忙不住,
抬座桃山压身上。
饿了吃些石丸子,
再表天佑他身当。
把他领到十三岁,
上山打猎过时光。
正在山中来打猎,
叫道一声杨二郎。
二郎听说忙开口,
没有见过老亲娘。
为人没得生身母,
叫他告诉你身当。
此丹名叫大力丹,
万斤力气在身上。
望公公留下名和姓,
叫道一声杨二郎。
公公说罢他走了,
叫道父亲听衷肠。
我的母亲在哪里?
叫道我儿听衷肠。
只因与我婚姻配,
王母收回你的娘。
我儿要想念母亲,
金钗接在手中央。
手拿金钗朝上指,
双膝跪在丹墀上。
说罢金钗来拿出,
才知外孙杨二郎。

你的罪过不可当。
忙叫金刚人四个,
带住仙姑大姑娘。
仙姑可怜身有孕,
渴饮山泉水流长。
自从仙姑来分手,
聪明伶俐不可当。
豺狼虎豹被他打,
遇见公公老年昌。
你在山中来打猎,
叫道公公老年昌。
公公上前忙开口,
老子怎能养儿郎?
公公怀中摸一把,
把它吃到肚中央。
二郎听说如此话,
我要报答你身当。
我今不是别一个,
一驾云头转天堂。
我今长到十三岁,
望父告诉我身当。
你娘不是凡间女,
生下我儿小姣养。
你娘临走关会我,
拿这个金钗去认娘。
转过脸来双膝跪,
一条天路上天堂。
口口就把外婆喊,
我拿宝贝认亲娘。
伸手外孙来搀起,

把你打在黑云洞,
六丁六甲在何方。
把他带进黑云洞,
坐在洞中泪汪汪。
不表仙姑来受苦,
每天带领小儿郎。
自小攀弓来射箭,
獐猫鹿兔打个光。
老公公来忙开口,
家中可有老亲娘?
家中只有我的父,
叫道一声杨二郎。
回家去问你的父,
金丹一粒手中央。
你到后来将母救,
连忙跪在地平阳。
公公听说忙开口,
我是太白老年昌。
二郎老爷回家转,
只有老子没有娘。
天佑听说双泪流,
她是玉皇大姑娘。
后来玉皇知道了,
金钗一根手中央。
二郎听说心欢喜,
告别父亲找亲娘。
二郎来到斗牛宫,
我是你外甥杨二郎。
王母接过金钗子,
两眼不住泪汪汪。

可恨你外公心肠狠,
劈开桃山救亲娘。
你拿金钗去借斧,
辞别外婆出宫房。
磕头如同鸡吃米,
我是灌州杨二郎。
张大仙姑是我母,
外婆指点我身当。
我把亲娘来救出,
叫道徒儿人一双。
二郎上前抬头看,
他的力气不可当。
老君一见把头点,
辞别老君下天堂。
祝告天来祝告地,
只劈桃山莫伤娘。
只听喀喳一声响,
里面坐个女贤娘。
杨戬上前忙跪下,
是你孩儿杨二郎。
我的父亲告诉我,
外婆指点我身当。
劈开桃山将母救,
我儿心肝叫一场。
母子正在谈话时,
仙风道骨多漂亮。
我娘受苦山洞里,
叫道我儿杨二郎。
外祖母来知道了,
压在桃山受凄凉。

你娘压在桃山上。
斗率宫里李老君,
劈开桃山救亲娘。
将身来到老君房,
老祖在上听衷肠。
玉皇是我外祖父,
如今被压桃山上。
说你有把开山斧,
斧头送到老君堂。
待我打开宝仓库,
斧头倒有三丈长。
就把斧头来拿起,
快快拿去救亲娘。
将身来到山足下,
祝告日月共三光。
祝告一场来爬起,
桃山一劈两分张。
身上泥土堆多厚,
亲娘妈妈听衷肠。
我今长到十三岁,
宝贝交待我身当。
八景宫里老君会,
赶快跟儿下山冈。
不是我儿将我救,
后边走出小姑娘。
杨戬上前忙开口,
哪有这个小姑娘?
当初自从生下你,
把我收回上天堂。
为娘洞中来生养,

你今要想亲娘会,
他有开天斧一张。
二郎听说如此话,
双膝跪在地平阳。
我今不是别一个,
外婆就是王母娘。
我这有个金钗宝,
劈开桃山救亲娘。
老君听说忙开口,
抬出开山斧一张。
二郎吃过大力丹,
轻轻举到半空上。
二郎得了开山斧,
双膝跪在地平阳。
斧头神来斧头王,
斧头举到半空上。
劈开桃山朝里望,
头上结成罗罗网。
我今不是别一个,
不知亲娘在何方?
斗牛宫里去过了,
借来开天斧一张。
大仙姑娘忙开口,
我今怎能离山冈。
年龄总在十一二,
亲娘妈妈你在上。
大仙姑娘忙开口,
你娘怀孕在身上。
外祖父来心肠狠,
生下一个小姑娘。

多亏山神老土地，
这是你的大兄长。
三人来到灵霄殿，
要望爹爹来原谅。
他为母亲行孝道，
名叫花月仙姑娘，
叫道我儿大姑娘。
下次不准将凡下，
谢谢父亲张玉皇。
为救母亲行孝道，
长寿星君你身当。
灌州砌座二郎庙，
亦要封赠你身当。
下界有个花月山，
家家户户把香装。
天宫要做蟠桃会，
各奔庵堂受真香。
传与当家各会首，
答谢天仙杨二郎。

鲜桃鲜果来抚养。
兄妹二人见过礼，
跪将下来尊父王。
这是你的外孙子，
斧劈桃山救母亲。
莫要责罚你姑娘。
你的罪款已满了，
不准下凡配夫郎。
玉皇连忙又开口，
外公公封尊你身当。
不老不少常十八，
你在庙堂受真香。
你在桃花山洞养，
花月山上砌庙堂。
人家无儿送儿子，
也来赴会上天堂。
弟子祝庆长生会，
一份钱粮火上扬。

我儿上前快见礼，
母子三人下山冈。
你儿当初犯下罪，
名字叫做杨二郎。
洞中生下一女子，
玉皇听说忙开口，
七星宫里去安康。
仙姑听说将恩谢，
叫声杨戬外孙郎。
封你不为别神位，
天河两岸打鸳鸯。
外孙女儿花月仙，
还到下界受真香。
逢到初一并十五，
人家无孙送孙郎。
兄妹二人心欢喜，
请老爷坛前受真香。
一份钱粮火烧地，

老 人 忏

又名《彭祖忏》。为老人祝寿做会时唱。书叙彭铿为苏州乌国县彭老庄人,是颛顼后代。幼小时无人抚养,到处漂泊。他曾娶过四十四个妻子,儿孙死去五千人。共有四十八代保护殷朝。他死而复生,活到八百八十岁,玉帝称他为地仙,封他为老人星君。此本为僮子阮有江1991年3月抄本,抄时与《长生忏》合为一本。

金炉重重把香烧,
哪州哪县说根苗。
未曾出世父亲死,
无收无管随他漂。
后来成人并长大,
没有哪个伴到老。
有事就把朝来上,
手拿金弓银弹子,
迎住公公把尿甩。
打得黄犬动了怒,
骂声娃娃不得了。
今日欺我年纪老,
普天之下有多少?
你今活到八百八,
娃娃说话真好笑。
二郎听说微微笑,
算你吃饭一蒲包。
下次淮河再要干,
一驾云头落阴曹。
我走苏州乌国县,
把他名字勾掉了。
判官听说忙不住,
没有公公老年高。
阎王上前忙抓住,
多少生死不知道。
大账上面找不到,
叫声鬼士听根苗。
鬼士一听忙不住,

拜请彭祖老年高。
家住苏州乌国县,
三岁母亲死掉了。
若问彭祖根本事,
起名彭铿老年高。
儿孙死了五千四,
无事河边把鱼钓。
黄毛细犬跟住跑。
公公一见冲冲怒,
撕掉手巾和凉帽。
把你祖宗带住走,
少年人与你怎开交?
二郎听说回言答,
看见天河干几遭?
我今本是凡人体,
尊声公公老年高。
我今长到十八岁,
把你公公带去瞧。
将身来到森罗殿,
彭老庄上老年高。
阎王听说忙开口,
忙把簿子打开瞧。
二郎听说这句话,
二郎老爷听根苗。
阎王老爷亲动手,
纸捻找出老年高。
勾魂票子交待你,
一阵阴风动了身。

若问老爷家何住?
彭老庄上老年高。
可怜无人来领带,
他是颛顼后代根。
娶过妻子四十九,
四十八代保殷朝。
再表二郎游荒郊,
将身来到河边上,
手拿竹竿把犬敲。
公公一见冲冲怒,
把你亡人带住跑。
我今活到八百八,
叫声公公老年高。
公公听说忙开口,
天宫事情怎知道。
年纪大来过作了,
看见天河干两遭。
说罢之时朝前走,
叫声阎王叶根苗。
他的阳寿可曾绝,
叫声判官查簿瞧。
查来查去查不到,
抓起簿子就要烧。
你把簿子来烧掉,
就把簿子抖开瞧。
阎王一见心欢喜,
快拿彭祖老年高。
阴风荡荡来的快,

顶到苏州土地庙。
我是阎王差来的，
沙河边子把鱼钓。
将身来到河边上，
不知哪个是彭老高？
彭祖一看微微笑，
未见石头水上漂。
鬼士连忙附了体，
赶快跟我入阴曹。
土地庙里等一等，
叫道玄孙听根苗。
香汤沐浴洗个澡，
睡下彭祖老年高。
两个五字一担挑，

鬼士上前忙开口，
来拿彭祖老年高。
鬼士听说朝前走，
多少老者把鱼钓。
鬼士一想有主意，
这个事情多奇巧。
彭祖说了漏机话，
喊道一声老年高。
彭祖打个冷寒噤，
让我回家换衣帽。
我的寿命不长久，
赶快替我换衣帽。
人长千年也是死，
十字串成汉年高。

叫道一声土地老。
土地回言不在家，
河边去找老年高。
鬼士说是不好了，
搬片石头水上漂。
我今活到八百八，
两个鬼士知道了。
你的阳寿已绝了，
叫道鬼士听根苗。
彭祖来到家槛里，
鬼士拿我入阴曹。
堂屋铺下稻草铺，
树长千年打柴烧。

老彭祖回家转慌忙开口，
我在那沙河边将鱼来钓，
我今天回家转料理后事，
众玄孙听得说慌忙不住，
有绫罗和绸装老祖穿起，
老彭祖把衣帽穿戴齐备，
自古道年纪大总是怕死，
想当年遭兵乱漂流在外，
娶过了姣妻子四十八个，
我儿孙死去了五千多个，
恨只恨杨二郎太无道理，
我在那沙河边把鱼来钓，
也怪我一时间心中动怒，
欺负我年迈人不大要紧，
他说我活到了八百多岁，

叫一声众玄孙听我根苗。
有鬼士来拿我身入阴曹。
让我来香汤沐浴更换衣帽。
拿钥匙开箱子取出衣帽。
晾尸床摆停当让你睡倒。
可怜他睡上铺心如刀绞。
把玄孙喊过来关会一交。
到后来九十九才保殷朝。
倒没有哪一个伴我到老。
倒有那四十八代保过当朝。
带住了哮天犬游玩荒郊。
迎着我跷着腿把尿来撒。
骂一声小娃娃怎样得了！
欺负了少年人怎得开交？
天宫里天河干见过几遭？

我说是天河干天宫事情，我乃是凡夫人怎能知道？
他说是我才交一十八岁，天宫里天河干我都知道。
我今天说的话你不相信，下一次天河干带你瞧瞧。
二郎神说过话他就走了，他到那地府里把状来告。
五阎王听他说慌忙不住，差鬼士拿牌票拿我年高。
我今天身死后罢他罢了，众玄孙要把我尸首看好。
你把我埋在那荒郊野外，只等那天河干我要瞧瞧。
老彭祖可怜他言说不尽，再表那地府里鬼士来了。
摄魂牌朝彭祖晃了三晃，老彭祖顶门上真魂走了。
众玄孙一看见号啕恸哭，合家子老共小个个穿孝。
把棺材只供在高堂上面，有诸亲和六眷前来吊孝。
只等到孝服满棺材来出，抬的抬扛的扛埋在荒郊。
这一梆十字鼓彭祖归位，还下梆原七字二郎来了。

不表彭祖归了位，再表二郎回天曹。二郎站在天河口，
看见天河又干了。二郎老爷心中想，想起彭祖老年高。
当初对他说过的，天河再干带他瞧。如今彭祖死掉了，
把他尸首带来瞧。二郎来到龙宫里，叫声龙王听根苗。
苏州有个老彭祖，八百多岁死掉了。当年对他说过的，
天河一干带他瞧。如今天河干掉了，我要带他上天瞧。
要请雷公和电母，把他坟墓打开了。龙王听说好好好，
雷公电母走一遭。二郎一听心欢喜，辞别龙王就走了。
带住雷公和电母，来到苏州野荒郊。雷公闪电施法力，
三个霹雳震九霄。就把坟墓来打开，尸首提到九云霄。
尸首放在河塘埂，二郎伸手摸摸瞧。自古人死心不死，
彭祖心血还在跳。二郎下方招招手，招他魂灵上天曹。
二郎当时开了口，叫声彭祖老年高。当初与你说过的，
天河一干带你瞧。如今天河干掉了，带你天宫来瞧瞧。
二郎说过这句话，彭祖尸首化掉了。尸也化来心也死，
一阵狂风刮走了。曾记古人有句话，这句古话要记牢。

不到黄河心不死，
一直传留到今朝。
将身来到灵霄殿，
他的年龄真不小。
要望星主行方便，
叫声彭祖老年高。
老人星君封赠你，
千门万户把香烧。
一份钱粮火烧化，
一到黄河心死了。
二郎当时忙不住，
尊声星主听根苗。
他今活到八百八，
封他位职在天曹。
你今活到八百八，
逍遥自在在天曹。
传与当家各会首，
答谢彭祖老年高。
这是彭祖传留下，
带他灵魂上九霄。
他是下方老彭祖，
普天之下真正少。
玉皇听说忙开口，
要算地仙你为高。
自从玉皇封赠过，
查份钱粮火上烧。

太 尉 忏

原本封面题字：阮有江抄本　一九九一年三月立　共六页

又名《圈神忏》。"圈"在江淮方言中，意为养猪之处。此忏在求神庇佑家畜肥壮、繁殖兴旺的做会时所唱。书叙常州无锡县人李慧郎，三岁丧父，随母改嫁马家，继父不容，由姑母抚养。长大后做贩盐生意，遇官兵搜查，他祈祷神灵，第一次将盐变成了糖，第二次又将盐变成了生姜。后被官兵识破，慧郎只得投水自杀。东岳齐王封他为圈神，掌管猪羊，人称李侯王。

金炉重重把香装，
启忏太尉李侯王。
家住常州无锡县，
母亲侯氏女大娘。
三岁父亲去了世，
又被邻居劝得慌。
慧郎外面贪玩耍，
两脚奔波回家乡。
来到厨房张一张，
亲娘房中巧梳妆。
不逢年来不过节，
便把姣儿叫一场。
侯王听说着了慌，
叫你姣儿靠何方？
防爷种来防爷奸，
随娘晚带马家郎。
前娘丢下亲生子，
晚儿穿的破衣裳。
汤交饭来多好吃，
晚儿打了放猪羊。
头上帽子又无顶，
结打结来匡大匡。
白天不敢归家去，
我到他家过时光。
没有亲房并叔伯，
嫁在维扬赵家庄。
我儿日后有好处，
黄昏以后才出庄。

熟献堂上请神王。
若问老爷家何住？
根生土长李家庄。
所生老爷人一个，
七岁离娘泪汪汪。
东邻西舍都来劝，
花花彩轿到门上。
推开大门张一张，
不见亲娘烧茶汤。
侯王当时开言叫，
穿什么衣裳梳什么妆？
只因年小难守节，
扯住亲娘泪汪汪。
亲娘当时冲冲怒，
防死亲娘改嫁妆。
到了马家半个月，
把老爷当做外人旁。
亲儿吃的汤交饭，
粥交汤来苦难当。
赶了羊来猪又跑，
脚下鞋子又无帮。
脚下裂口如鱼嘴，
晚上便问老亲娘。
母亲听说泪汪汪，
只有一个老姑娘。
你到他家过日子，
休要忘记你亲娘。
你在路上要小心，

启义高来重上良，
神门道起他家乡。
父姓李来李家子，
乳名叫做小慧郎。
亲娘年轻难守节，
劝我亲娘改嫁郎。
慧郎一见着了慌，
不知亲娘在何方？
来到厢房张一张，
亲娘在上听衷肠。
亲娘当时回言答，
我今改嫁马家郎。
我娘今天来改嫁，
没头没脑几巴掌。
舍不得亲娘跟娘走，
晚爷肚里两条肠。
亲儿穿的好衣服，
晚儿吃的粥交汤。
亲儿打扮书房里，
赶了猪来跑了羊。
穿件褂子没得领，
后跟鲜血淌成汪。
可有亲房并叔叔，
我儿你且听衷肠。
姑母名叫李瞒子，
长大成人再认娘。
白天不敢朝外走，
莫要错认路方向。

开了鸳鸯门两扇，
不知哪条到维扬？
玉皇大帝知道了，
一驾云头到下方。
公公当时开言问，
根生土长哪一方？
你今要往何处去？
公公在上听衷肠。
父姓李来母侯氏，
母亲改嫁与外郎。
没有亲房并叔伯，
离城不远赵家庄。
来到此处迷了路，
叫声孩童听我讲。
慧郎听说心欢喜，
直奔维扬赵家庄。
前面就是扬州地，
公公足下驾祥光。
过了河来朝前走，
大娘打水洗衣裳。
此处可是维扬地，
看见孩童站路上。
大娘当时忙开口，
根生土长那一方？
或投亲来或访友？
大娘在上听衷肠。
家住常州无锡县，
所生一个小慧郎。
跟个晚爷心肠狠，
出嫁维扬赵家庄。

辞别亲娘赶路忙。
睡在地下号啕哭，
便差金星下天堂。
太白金星摇身变，
叫声孩童听我讲。
爹姓甚来娘什么氏？
为何啼哭泪汪汪？
家住常州无锡县，
所生我一个小儿郎。
谁知晚爷心肠狠，
只有一个姑母娘。
听得母亲对我说，
望公公指点我身当。
你上维扬跟我走，
多谢公公老年昌。
那时走了多一会，
远远望见赵家庄。
公公驾云他去了，
前面到了赵家庄。
侯王上前忙施礼，
这里可是赵家庄？
这个孩童非凡相，
喊道孩童问衷肠。
爹姓甚来娘甚氏？
你把真言对我讲。
你不问来我不说，
根生土长李家庄。
三岁离父去世早，
终朝打骂放猪羊。
名字叫做李瞒子，

将身来到三岔路，
一口怨气透上苍。
太白金星领了旨，
变个公公站路旁。
家住何州并何县？
所生弟兄与排行？
慧郎听说忙开口，
根生土长李家庄。
三岁离爷去世早，
终朝打骂放猪羊。
她今住在维扬地，
一心要认姑母娘。
老公公来听得说，
同行几里也何妨？
跟住公公朝前走，
公公开口把话讲。
哄得侯王掉头望，
路旁夭下李侯王。
侯王抬起头来看，
大娘在上听衷肠。
大娘抬起头来看，
一定是个富家郎。
家住何州并何县？
因何来问赵家庄？
侯王听说双流泪，
说起家乡根又长。
父姓李来母侯氏，
随娘嫁到马家庄。
我父有个同胞妹，
他就是我姑母娘。

姑娘听说双流泪，　　一把搂抱小姣养。　　不顾干净和邋遢，
双手搂抱合胸膛。　　若是有我哥哥在，　　怎得漂流到外方？
二五一样长，　　　　十字串成会姑娘。

香焚炉炉焚香香焚宝鼎，　金瓶水杨柳枝洒进坛场。
老姑娘听得说双眼流泪，　叫一声心肝肉听我衷肠。
想当初你父在家中寒薄，　把奴家早嫁了赵家门上。
你姑母出了嫁没有一载，　你父亲寿命短早见阎王。
没有人来送信我怎晓得，　谁知道你母亲改嫁夫郎。
在家中长思想心中挂念，　不知道母子们好歹时光。
我心想来看你山遥路远，　这几年疏远了不知情长。
若有个亲叔伯也能照护，　把孩儿苦坏了这等模样。
说不尽家常话悲悲切切，　把孩儿手挽手回转家乡。
这一梆十字鼓姑侄相会，　还下梆原七字赵家抚养。

且将十字收留住，　还将七字接前因。　手挽侄儿朝前走，
来到自家高堂上。　姑父抬起头来看，　便问孩儿哪家郎？
姑娘听说回言答，　是我娘家侄儿郎。　姑娘当时忙不住，
连忙移步下厨房。　随茶便饭吃饱了，　浑身上下换衣裳。
未曾过了三五月，　送他攻书上学堂。　老爷攻书十八岁，
满腹文章在胸膛。　姑娘当时开言道，　叫声侄儿听衷肠。
你今成人并长大，　打发你回家认亲娘。　与你银子五百两，
你去回家过时光。　你父陪我金钗子，　我今送与侄儿郎。
侯王当时来跪下，　多谢姑母老年昌。　姑父姑母抚养我，
拜谢姑母好心肠。　金钗一支拿在手，　做个买卖转家乡。
姑娘不免又开口，　喊声侄儿听衷肠。　祖上是个卖盐的，
你还卖盐过时光。　一心要把盐来卖，　钉只舟船装盐浆。
长的木头买几根，　短的木头买几双。　别人造船先造底，
老爷造船先造帮。　大大的舟船造一双，　篷桅刀索总停当。
先护头公人两个，　后护艄公人一双。　有风就把篷来扯，

无风架起浆来趟。
来到白驹场一座,
装船私盐到湖广。
侯王当时冲冲怒,
一人做事一人当。
猛然一阵锣声响,
必有私盐在船舱。
祝告天来祝告地,
满船私盐变洋糖。
官兵抬起头来看,
每人抓上两把糖。
正行开船朝前走,
又来官兵几十双。
船后有滩黄沫子,
双膝跌跪在船舱。
祝告一场来爬起,
不是盐浆是生姜。
不表官兵他走了,
前面来到三闸上。
船后有滩黄沫子,
斗他一战也何妨?
战来战去多一会,
头闸官兵转回乡。
一口糖水来吃下,
我们上了他的当。
二闸官兵回家去,
每人烧他一碗汤。
官兵说是不好了,
架起船来赶他娘。
将身赶到三闸口,

未曾行得多时候,
买了私盐到船上。
开船未曾烧神符,
孽障连连骂一场。
邵白镇上穿心过,
来了官兵几十双。
老爷一见慌张了,
祝告日月共三光。
祝告一场来爬起,
不是私盐是洋糖。
不表官兵他走了,
前面顶到二闸上。
官兵当时来扎住,
必有私盐在船上。
要望上苍搭救我,
来了官兵到船上。
为有官兵多爱小,
连忙开船朝前忙。
将身来到三闸口,
定有私盐在船舱。
他磨箭来我磨枪,
不分胜败两下忙。
一把洋糖抓在手,
不是洋糖是盐浆。
赶快上船将他赶,
伤风咳嗽不可当。
就把姜汤吃一口,
我们上了他的当。
头闸口赶到二闸口,
看见两下动刀枪。

前面来到白驹场。
江西湖广盐有价,
乌鸦当头叫得慌。
曾记古人说的好,
来到瓜州大关上。
船后有滩黄沫子,
跪在船舱祝上苍。
可有神灵帮助我,
来了官兵到船上。
这些官兵多爱小,
老爷骇得汗淌淌。
将身来到二闸口,
连忙开口把话讲。
老爷一见慌张了,
一船私盐变生姜。
官兵抬起头来看,
每人弄他几块姜。
顺风顺水来得快,
来了官兵几十双。
侯王一见慌张了,
两下杀的血汪汪。
不表老爷来交战,
弄碗糖水点心肠。
官兵说是不好了,
一直赶到二闸上。
就把生姜来拿出,
不是姜汤是盐浆。
官兵就把船来上,
二闸口赶到三闸上。
一众官兵来围上,

把老爷困在正中央。
可有天兵助我战，
私盐变做石灰扬。
弹子打来疼难忍，
两眼迷得不通光。
量想我今难逃脱，
树长万年进锅塘。
阳寿不绝为神道，
圈神菩萨你身当。
头戴两耳乌纱帽，
粉底乌靴足下装。
传与当家名会首，
答谢太尉转庙堂。

侯王一见慌张了，
许下整猪与白羊。
下风就拿弹子打，
石灰扬来苦难当。
侯王说是不好了，
不如自尽入幽邦。
手拿木篙跳下水，
齐王御笔封神王。
赶羊鞭子拿在手，
葱绿袍上用金装。
弟子祝庆老爷会，
一份钱粮火上扬。

双膝跪在船头上。
就在船头跺三脚，
上风就拿石灰扬。
一众官兵迷住了，
巡私官司打身上。
人生千年也是死，
可怜一命见阎王。
封你不为别神位，
管定阳间猪与羊。
腰系丝罗拖到地，
请到坛前受真香。
一份钱粮火烧化，

观 音 忏

原本封面题字：阮有江抄本　一九九一年古历七月立

又名《大香山》或《观音得道》。昔时僮子做会时，坛堂中必供有观音神位，此神书也是必唱的内容。书叙妙庄王三女儿妙善，持斋念佛，拒绝婚配，虽受惩罚，不改初衷。妙庄王要绞死她时，玉皇差太白金星帮助她，后为猛虎救出，在大香山修行。妙庄王患病，久治不愈。太白金星化成僧人来诊治，说要亲人的手眼做药引，方能治愈。两个女儿都不愿意，妙善知道后，毅然挖出眼珠，割下双手做药引，使父病痊愈。深受感动的父亲为女儿祷告，使妙善长出千眼千手。故事与一般佛教传说相同。

皈命礼南无大香山观世音菩萨上部

观音大士，	悉号圆通，	十二大愿誓宏深，
苦海渡迷津，	救苦寻声，	无刹不现身。

法　　　　　法　　　　　宗亲
归命十方一切佛　　　佛　　　　　轮常转度众生
僧　　　　　僧　　　　　亡灵

原夫观音大士，	悉号圆通。	常开救苦之门，
现千手千眼，	度众生无量无边之心，	起清净极乐之邦，
登弥陀莲池海会。	无生无灭，	利亡利人。
君资三有，	若以现前大众，	各愿虔诚。
入香山三昧之道场，	诵大悲圆通之妙典。	若得净土花开处，
急出娑婆念佛时。	灭多罪垢，	稽首和南，
一心顶礼。		

释迦如来　　　证盟功德
弥陀如来　　　慈悲摄受

造立法船苦游海，	搬运众生无尽休。	香山宝卷初展开，
诸佛菩萨降临来。	有缘念佛同时去，	无缘错过几春秋。
大悲菩萨本自圆通，	断臂救父亲。	慈悲喜舍，
普渡有情。	随心自在，	宝地莲城。
了灭生死，	果证无漏因。	

菩萨号圆通，　　誓愿渡众生。
寻声多救苦，　　即证佛牟尼。

金炉重重把香装，	观音菩萨受真香。	若问菩萨名和姓，
神门道启他家乡。	当初有个妙庄王，	万里江山掌朝纲。
君有道来臣又忠，	国泰民安无惊慌。	龙楼日日生紫雾，
凤阁朝朝接祥光。	风又调来雨又顺，	五谷丰登都安康。

人人都说君有道，
缺少子嗣接朝纲。
大女名字叫妙因，
描龙绣凤件件强。
为有妙善多行善，
心想出家入庵堂。
西凉国来打战表，
吓的胆战心又慌。
文武百官忙启奏，
午朝门外挂皇榜。
有人平服西凉国，
玉印盖在年月上。
不表皇榜朝门挂，
宣上金殿见庄王。
封你平西大元帅，
人马滔滔奔西凉。
元豹上殿忙启奏，
招为驸马在宫房。
庄王听说忙开口，
寡人宣上三姑娘。
公主来到金銮殿，
快把良言对我讲。
父王宣你无别事，
夫荣妻贵把福享。
公主听说忙启奏，
全愿修行念《金刚》。
定要叫儿招驸马，
骂道我儿三姑娘。
宫装衣服来脱下，
粗茶淡饭粥加汤。

太平歌声处处扬。
庄王一生无儿子，
妙缘本是二姑娘，
大女二女招驸马，
吃斋把素念《金刚》。
不表公主修行事，
要与庄王动刀枪。
孤家朝中无能将，
我主人王驾在上。
庄王听说心欢喜，
招为驸马在宫房。
黄门官员差两个，
来了一人揭皇榜。
庄王一见心欢喜，
校场上面领兵将。
平服西凉三年整，
我主人王听衷肠。
为臣平服西凉地，
叫声贤臣莫作慌。
传宫太监传圣旨，
三拜九叩见父王。
庄王听说忙开口，
将臣招赘做东床。
你要听了父王话，
父王在上听衷肠。
伏望爹爹行方便，
论死儿不招东床。
既然不愿招驸马，
浑身穿的粗衣裳。
白天挑水浇花草，

可惜庄王心不喜，
只生三个好姑娘。
三公主名字叫妙善，
妙善年幼在宫房。
一心修心来办道，
再表庄王坐朝纲。
庄王接住战表看，
谁人领兵平西凉。
要想平服西凉国，
金銮殿上写皇榜。
一道榜文写好了，
五凤楼前挂皇榜。
揭榜之人王元豹，
寡人有福出能将。
点了三万人和马，
班师回朝交旨章。
主公当初说过的，
不知何日招东床。
你今暂且归班去，
宣上公主三姑娘。
父王宣儿有何事？
喊声我儿三姑娘。
男成双来女成对，
大贤大德女贤良。
女儿不愿招驸马，
放我出家入庵堂。
庄王一听冲冲怒，
罚在花园受凄凉。
珍肴美味无他用，
挨肩步担苦难当。

又无宫娥和彩女，
每日终朝受凄凉。
两个姐姐知道了，
一齐劝劝三姑娘。
两个姐姐来扯住，
喊声我儿三姑娘。
上下忙，

到晚独自睡在床。
不表公主身受苦，
母女三人来商量。
夫人来到花园里，
不觉两眼泪汪汪。
为娘到此将你劝，
十字串成劝姑娘。

公主来到花园里，
再表夫人老亲娘。
我们就把花园进，
看见女儿受凄凉。
夫人上前忙开口，
何必痴心为哪桩。

银台上高点起长生宝烛，
太夫人在花园慌忙开口，
你母父所生你姐妹三个，
今日里想把你招为驸马，
招驸马在皇宫多么快乐，
住高楼和大厦心中自在，
每日间吃的是珍肴美味，
夫妻们在皇宫恩恩爱爱，
劝我儿早些个回心转意，
可晓得修行人吃辛受苦，
三公主听得说双眼流泪，
你说是修行人没有好吃，
在皇宫招驸马有甚好处，
住高楼和大厦能有几载，
有一日无常到命归地府，
有金银和财宝眼前富贵，
吃珍肴吃美味一时享受，
穿绫罗和绸缎一时好看，
招驸马恩和爱有甚好处，
养儿女受多少千辛万苦，
为人生受不尽红尘苦处，
有一日修行人成了正果，

金炉里万寿香香透天堂。
喊一声我的儿妙善姑娘。
大姐姐二姐姐都招东床。
我的儿心不愿所为哪桩。
男成双女成对把福来享。
有宫娥和彩女服侍姑娘。
浑身上穿的是绸缎衣裳。
生下儿育下女后代儿郎。
吃甚斋把甚素念甚《金刚》。
早烧香晚换水礼拜佛堂。
喊一声两个姐我的亲娘。
我说是出家人大有指望。
那一种肮脏福享受不长。
为人生在世上难免无常。
只落得一棺材尸体来装。
无常到没哪个带在身上。
无常到吃不香难把口张。
无常到只落得粗布衣裳。
无常到同林鸟两下分张。
无常到没哪个替父还阳。
倒不如出了家口诵《金刚》。
超了凡脱了俗逃出无常。

劝母亲劝姐姐快快回去,　　莫要把女孩儿挂在心肠。
母女们被他说无言可对,　　也只好回宫去奏与庄王。
这一梆十字鼓母女相劝,　　还下梆原七字再表庄王。

庄王来到皇宫里,
相劝妙善三千金。
庄王一听冲冲怒,
忤逆不孝罪不轻。
你要出家就出家,
白雀寺里去修行。
主持僧人宣上殿,
名叫妙善女千金。
今日到你庵堂去,
重修庙宇再装金。
尼僧听说这句话,
一众尼僧出来迎。
公主听说忙开口,
不必相劝我当身。
庄王听说冲冲怒,
早打暮骂他当身。
尼僧听说如此话,
喊道妙善你是听。
寺里僧人有五百,
晚上提锣要打更。
未曾到中要吃饭,
戒尺打在你的身。
只说修行来办道,
双膝跪在地埃尘。
弟子有心来修道,
一口怨气透天门。

夫人上前奏原因。
谁知姑娘心意决,
骂声姑娘不成人。
既然不愿招驸马,
叫你庵堂受苦情。
寺里尼僧有五百,
庄王开口把话论。
孤王叫他招驸马,
你要劝劝他当身。
劝不得公主回心转,
带着公主回庵门。
个个上前来相劝,
叫道一声众尼僧。
尼僧听说这句话,
喊道一声老尼僧。
庵堂苦事派他做,
辞别庄王转庙门。
出家不能吃闲饭,
烧锅煮饭你一人。
打鼓撞钟也是你,
一到天明要点心。
公主听说这句话,
谁知遭下磨难心。
祝告天来祝告地,
众神保佑我当身。
玉皇大帝知道了,

我今去到花园里,
论死相劝不回心。
父母言语你不听,
非要出家来修行。
离城不远白雀寺,
其中有个主持僧。
寡人有个三公主,
他要出家来修行。
劝得我儿招驸马,
把你庵堂一扫平。
公主来到白雀寺,
劝劝公主早回心。
我的心意早决定,
来到金殿奏当今。
既然他不回心转,
看他回心不回心。
尼僧来到庵堂里,
有事吩咐你当身。
白天担柴来运水,
扫地抹桌要当心。
哪件事情来违拗,
可怜两眼泪纷纷。
公主来到厨房里,
祝告虚空过往神。
祝告一场来爬起,
便叫太白李金星。

下方有个白雀寺,
他在寺中受难心。
波罗揭谛跟你去,
带着天神下凡尘。
一众尼僧来看见,
来到金殿奏当今。
叫他担柴来运水,
喊道一声老尼僧。
不表尼僧他走了,
孤家吩咐你当身。
团团围住白雀寺,
庵堂架起火来焚。
殿前校场领了旨,
一众尼僧尽遭瘟。
五百尼僧都烧死,
绑在法场做罪人。
夫人上前来扯住,
哭声我儿三千金。
今日母女来分别,
亲娘代你讲人情。
女儿情愿遭刀死,
譬如未养我当身。
转过脸来姐姐叫,
莫要啼哭来伤心。
莫得别的关会你,
问寒问暖要当心。
母女说不尽分离苦,
赶走母女三个人。
监斩官把时辰报,
公主不动半毫分。

有个善人来修行。
你今下凡将他救,
又差六丁六甲神。
众神来到白雀寺,
个个吓得战惊惊。
公主不是凡间女,
多少神人助威风。
你今代我快回去,
再表庄王万岁君。
赐你三千人和马,
不准走脱一个人。
若要捉住三公主,
领兵带将动了身。
点起一把无情火,
只剩公主一个人。
正要开刀来除斩,
妙因妙缘泪纷纷。
只因不愿招驸马,
不知今生能相逢。
公主听说双流泪,
不招驸马在宫门。
空养女儿成人大,
喊声姐姐一双人。
人长千年也是死,
亲娘拜托你当身。
你把亲娘照应好,
刽子手提刀要斩人。
刽子手来不怠慢,
午时三刻要斩人。
即将二刀斩下去,

名叫妙善三公主,
暗中保护他当身。
太白金星领了旨,
担柴运水不消停。
主持尼僧心害怕,
原来他是一仙人。
庄王听说如此话,
我来处治他当身。
便叫朝前文共武,
白雀寺里捉贱人。
放他一把无情火,
绑在法场问罪刑。
团团围住白雀寺,
烧得通天彻地红。
却被校卫来捉住,
来了母女三个人。
可怜夫人嚎啕哭,
可怜小命归了阴。
我儿能够回心转,
亲娘莫要来伤心。
亲娘日后莫想我,
未报亲娘半点恩。
我劝姐姐莫流泪,
树长万年被火焚。
早晚要你来服侍,
我死九泉也甘心。
刽子手来一声喊,
手执钢刀亮铮铮。
咔嚓一刀斩下去,
身上斩个大白痕。

又将三刀斩下去，刀上斩的冒火星。剑子手说不好了，
不是凡人是金人。监斩官来忙不住，启奏庄王万岁君。
庄王听说这一声，监斩官员你是听。既然钢刀斩不动，
白绫绞死他当身。监斩官员忙不住，三尺白绫手中存。
二次来到法场上，扣子做的现现成。扣子套在颈子上，
两边一勒两下分。公主断了三寸气，尸首倒在地埃尘。
夫人上前来抱住，姐姐哭得像泪人。你死一生也罢了，
不把亲娘放在心。不表母女来啼哭，再表大仙到来临。
太白金星摇身变，变只白虎吓坏人。一阵虎风来到此，
飞沙走石眼难睁。法场众人吓坏了，只剩公主地埃尘。
老虎张开血盆口，背住公主动了身。一阵虎风来的快，
尸佗林在面前存。即将公主来放下，朦胧苏醒把眼睁。
公主睁开昏花眼，见一童子面前存。公主问道是何处？
童子开口把话论。我奉阎罗天子命，来接公主女善人。
青衣童子前引路，后跟公主女善人。公主来到地府内，
乌洞洞来黑沉沉。要问公主生与死，下卷之中再说明。

皈命礼南无大香山观世音菩萨下部

二五一并梛，十字串成入幽邦。
三公主到地府抬头观看，前来到地府里雾气洋洋。
朝上望望不见星斗日月，朝下望望不见地土山冈。
朝前望望不见生意买卖，朝后望望不见来往客商。
阳世间明朗朗人人好走，地府里雾腾腾没得太阳。
三寸宽茅草路人人难走，两旁边柞刺槐挂破衣裳。
前来到枉死城抬头观看，有多少屈死鬼眼泪汪汪。
有一等大人们没得儿女，到后来无常到无人领丧。
有一等小孩子早丧父母，有大伯和婶娘难比亲娘。
有一等男人家没得妻子，前头走后头空没得指望。
有一等小女子缺少丈夫，倒下来艰难事无人抵挡。

三公主枉死城又朝前走，
老尼僧上前来一把扯住，
为只为你不肯招为驸马，
你不愿招驸马死的不屈，
今日间枉死城找到与你，
三公主一听得心中害怕，
我今天来祷告非为别事，
望菩萨望神圣前来保佑，
三公主来祝告慌忙爬起，
来的是地藏王云端站定，
叫一声众鬼士休要啼哭，
三公主听得说心中欢喜，
枉死城三公主走了过去，
眼望见刀山狱那边好苦，
阴世间不孝男刀山受苦，
刀山狱血湖池言说不尽，
七扇桥八扇桥分为左右，
木桥上走的是吃斋把素，
铜桥上走的是行凶霸道，
桥前头有三只斑斓猛虎，
行善人在桥上莲花托住，
三公主他本是修行得道，
三公主奈河桥言说不尽，
东廊上挂的是陈皮画鼓，
大堂上有板子头号二号，
有牛头和马面分为左右，
三公主到堂前心中骇怕，
五阎王上前来躬身施礼，
请你到地府里前来看看，
冤报仇仇报冤冤仇相报，
来一个老尼僧眼泪汪汪。
喊一声三公主你不该当。
连累我众尼僧命丧无常。
白雀寺被火烧实在冤枉。
同到那森罗殿要命还阳。
连忙忙跪下来祝告上苍。
为只为众尼僧实在冤枉。
救出了众尼僧免受冤枉。
只见得半空中来个道长。
手捧着五色莲慌忙开腔。
我救你出苦海接引西方。
望空中拜四拜菩萨还乡。
前来到刀山狱胆战心慌。
千张刀万张刀大放光芒。
阴世间不孝女血湖灾殃。
前来到奈河桥一片汪洋。
奈河桥在当中雾气洋洋。
土桥上走的是白发苍苍。
滑油桥走的是男盗女娼。
桥后头有蟒蛇乱把人伤。
作恶人打下桥寸骨寸伤。
有长幡和宝盖渡过桥梁。
前来到森罗殿雾气洋洋。
西廊上有口钟一撞汪汪。
二堂上杂树枷里圆外方。
有三班和六房站立两厢。
五阎王来看见走下公堂。
喊一声女善人莫要惊慌。
阴与阳阳与阴可是一样？
善报恶恶报善明明朗朗。

在阳间吃斋人他有好处，　　身死后龙华会口念《金刚》。
在阳间修行人大有好处，　　送他到极乐世接引西方。
在阳间作恶人没有好处，　　十八关十八狱苦处难当。
五阎王转过脸开言便叫，　　叫一声崔判官听我衷肠。
你代我生死簿打开看看，　　查一查女善人可能还阳。
崔判官听得说慌忙不住，　　生死簿打开来细看三行。
查到了三公主名字之下，　　阳未终寿未绝还要还阳。
在阳间他还要修行得道，　　超了凡脱了俗免掉无常。
五阎王听得说心中欢喜，　　叫一声崔先生送他还阳。
有金童和玉女前面引路，　　有长幡和宝盖送他还阳。
三公主听得说心中欢喜，　　森罗殿拜四拜辞别阎王。
这一梆十字鼓魂游地府，　　还下梆原七字公主还阳。

公主来到尸陀林，悠悠苏醒转还魂。此处好块修行地，
不如此处来修行。猛然抬起头来看，有条苍龙面前存。
张开口来血盆大，身长数丈怕死人。有心此处来修道，
又怕苍龙害我身。不表公主心骇怕，再表太白李长庚。
领了佛祖的法旨，变个公公老年人。公公上前忙开口，
问道公主什么人。公主一听忙开口，叫声公公年老人。
庄王就是我的父，我是妙善公主身。只因不肯招驸马，
一心出家来修行。父王将我来绞死，魂游地府见阎君。
阎王放我还阳转，想在此处来修行。又怕苍龙将我害，
倒叫我今无章程。公公听说如此话，叫声公主女善人。
此处不是修行地，快快跟我一同行。我今送你香山去，
大香山上好修行。公主听说心欢喜，跟住公公往前行。
来到香山观真望，山明水秀好修行。此处修行明真性，
成仙成佛度众生。公主上前将恩谢，谢谢公公老年人。
公公送我来到此，肚中饥饿是怎生？三朝两日无饭吃，
哪有精神来修行。公公听说如此话，就在怀中一把伸。
仙桃一个拿在手，送与公主一口吞。公主仙桃吃下肚，

身轻体快有精神。
不表金星他走了,
起早带晚苦修行。
伽蓝土地心怀恨,
寺里尼僧被你坑。
玉皇大帝知道了,
便差鬼士一众人。
我有一颗瘟病药,
波罗大病害在身。
不是疼来叫声痒,
仙丹妙药总不灵。
午朝门外挂皇榜,
午朝门外挂榜文。
来人不是别一个,
他说能治庄王病。
庄王一听心欢喜,
连忙收拾把脉诊。
主公造下冤和孽,
缺少药引药不灵。
庄王听说这句话,
怕什么引子莫处寻。
别的东西不管用,
保证主公病离身。
死囚牢里找一个,
非要亲人药才灵。
寡人两个亲女儿,
就把公主宣进宫。
父王病体可曾好,
我儿心肝叫几声。
有一高僧能治病,

跟住公公观山景,
丢下公主在山根。
不表公主修行话,
骂声庄王无道君。
是你造下冤和孽,
发道御敕到幽冥。
你们去到皇宫里,
代我放在他的身。
庄王得了波罗病,
昼夜疼痛到天明。
文武百官来启奏,
招选天下众医生。
皇榜挂有几日整,
他是太白李长庚。
黄门官员来看见,
快把医生宣进宫。
僧人搭过脉来看,
波罗大病带在身。
虽有仙丹和妙药,
便把僧人喊几声。
僧人听说好好好,
亲人手眼要现成。
庄王听说忙开口,
取他手眼孤医病。
庄王说是有有有,
快快宣来见寡人。
公主来到皇宫内,
孩儿到此问安宁。
不提父病倒还罢,
灵丹妙药总现成。

公公背后驾祥云。
公主来到庵堂里,
再表白雀古寺中。
自从烧毁白雀寺,
我到灵霄奏天庭。
五殿阎王忙不住,
去找庄王无道君。
只要粘上我的药,
遍体脓疮不安宁。
请医下药没有用,
启奏主公万岁君。
庄王听说将头点,
来了一位道德僧。
伸手揭下皇王榜,
奏与庄王万岁君。
僧人来到皇宫里,
我主万岁你是听。
贫僧能治主公病,
没有引子药不灵。
龙心龙肝总有得,
这个引子真难寻。
若有亲人手共眼,
金爪武士两个人。
僧人说是不管用,
亲人手眼现现成。
传宫太监传圣旨,
父王爹爹喊几声。
庄王听说忙开口,
提起父病说你听。
缺少亲人手共眼,

做引煎汤药才灵。
我儿可能行孝道，
父王爹爹在上听。
人无手眼有何用，
得罪父亲儿回宫。
养儿养女有何用，
叫声主公万岁君。
这个仙人多慈悲，
也能疗治病离身。
差你去到大香山，
辞王别驾动了身。
将身来到庵堂内，
哀告仙人发慈心。
有个僧人来医治，
做引煎汤药才灵。
求得仙人手共眼，
站在旁边把香焚。
庄王是我亲生父，
才能治疗病离身。
我今要把父亲救，
救苦救难发慈心。
金刀一把拿在手，
后割两手疼到心。
不表公主昏过去，
连忙收拾转回程。
求得手眼来到此，
药方配的现现成。
吃了一副到二副，
浑身毛病退干净。
庄王病好心欢喜，

没得亲人手共眼，
割去手眼救父亲。
别的事情儿同意，
活在世上残废人。
庄王一听心中苦，
儿女不能替父亲。
离此有个大香山，
救苦救难度众生。
庄王听说忙不住，
求得手眼转回程。
两个使臣来的快，
双膝跪在地埃尘。
我主庄王身有病，
缺少引子药不灵。
仙人是个大慈悲，
救我主公病离身。
公主听说如此话，
可怜得病带在身。
我今不把父亲救，
又恐小命活不成。
爷的骨头娘的肉，
大叫一声下无情。
公主暂时昏迷了，
再表使臣两个人。
将身来到皇宫里，
快治主公病离身。
就把手眼来放下，
病体好了二三分。
没有过了几日整，
要办宴席待僧人。

仙丹妙药总不灵。
两个公主来跪下，
舍去手眼万不能。
父亲恕儿不孝罪，
两眼不住泪纷纷。
道德高僧忙开口，
大香山上有仙人。
求得仙人手共眼，
便差使臣两个人。
两个使臣不怠慢，
大香山在面前存。
口里不住来祷告，
浑身脓疮疼到心。
要得亲人手共眼，
救苦救难度众生。
祝告一场来爬起，
手按心头自评论。
要得亲人手共眼，
不忠不孝是罪人。
公主一生行孝道，
哪把生死摆在心。
先把两眼来割下，
浑身鲜血不像形。
使臣得了手共眼，
叫道一声老僧人。
道德高僧忙不住，
叫声主公把药吞。
忙把三副吃下去，
回复如初有精神。
办下素斋并素宴，

特意款待出家僧。
僧人当时忙开口，
多亏香山一仙人。
你今快到大香山，
吩咐文武两班臣。
龙车凤辇来的快，
夫人抬头看分明。
夫人上前仔细看，
问道你是什么人。
庄王本是我的父，
罚在法场问罪刑。
阎王天子生慈念，
来到香山苦修行。
需要亲人手共眼，
舍去手眼救父亲。
为的父亲身有病，
世上能有几个人？
庄王双膝来跪下，
神圣保护他当身。
诸佛菩萨来保佑，
我儿到底是仙人。
庄王一见忙开口，
大慈大悲度众生。
封你不封别的位，
千手千眼观世音。
净瓶一个托在手，
洒上几点就安宁。
若问菩萨生辰日，
法号圆通渡众生。

酬谢金银和宝物，
叫声主公在上听。
仙人舍了手共眼，
烧香了愿谢仙人。
快替孤家摆銮驾，
香山早在面前存。
只见一人无手眼，
好像妙善三千金。
可怜公主忙开口，
我是妙善三千金。
法场上面被绞死，
差人送我转还魂。
只因父亲生了病，
做引煎汤药才灵。
庄王听说双泪流，
连累我儿苦伤心。
儿有孝心来救父，
祷告上苍诸佛神。
孝心感动天和地，
公主手眼又重生。
只说今生难相会，
叫道我儿女善人。
我儿手眼重生长，
仙手仙眼观世音。
当时菩萨法身现，
杨柳枝子插几根。
自从庄王封赠过，
二月十九把香焚。
串成一本《观音忏》，

丝毫不受半毫分。
你今不要来谢我，
主公大病才离身。
庄王听说忙开口，
孤与夫人一同行。
将身来到庵堂里，
血肉模糊不像形。
夫人上前开言问，
我把根由说你听。
只因不愿招驸马，
一道阴魂到幽冥。
仙人带我香山上，
波罗大病害在身。
因此女儿行孝道，
喊声我儿三千金。
割去手眼行孝道，
我来祝告上苍神。
女儿真心行孝道，
庄王虔心惊动神。
夫人一见心欢喜，
谁知枯木又逢春。
救苦救难亏的你，
我来封赠你当身。
菩萨当时听错了，
千手千眼长在身。
净瓶盛的甘露水，
千门万户把香焚。
赐你就在大香山，
庄王传留到如今。

愿意此功德， 普及于一切。
宣忏度众生， 皆供成佛道。

南无大香山广大灵感观世音菩萨

黄 桂 香

老抄本　无封面　无抄写人及抄写日期

又名《黄氏女对金刚》。书叙黄桂香诚心念佛,历经磨难而矢志不渝。

紫金炉内把香焚，
善乐村里是家乡。
万贯家财多豪富，
吃斋布施广烧香。
黄金坝上做功德，
员外打轿去烧香。
家人担了前面走，
烧香拜佛敬神王。
本城有个赵员外，
都来烧香求儿郎。
赵员外来开言叫，
我生一女配儿郎。
和尚当时为媒证，
再表三世黄桂香。
二世修行黄氏女，
一直修行在天堂。
道人六十零三岁，
他要转世回家乡。
魂魄未曾归地府，
夜梦鲜花戴头上。
一日三来三日九，
把话分开另有讲。
推磨上吊一个死，
观音救活送还阳。
撇下此言俱不讲，
房中生下女姑娘。
安童向前开言说，
员外听说喜非常。

拜请三世黄桂香。
父亲文昌黄员外，
缺少香烟后代郎。
东庙烧香求儿子，
子孙堂内念《金刚》。
香烛纸马多齐备，
员外坐轿后头忙。
三酬四谢完满了，
也到庙内去烧香。
两人说的一样话，
黄兄你且听我讲。
我若生下男子汉，
两下说合转还乡。
一世烧香庙堂内，
看经念佛嫁赵郎。
先把一世从头讲，
腰曲头低不安康。
员外烧香回家后，
跟了员外转家乡。
梦吃鲜桃男子汉，
看看有孕在身上。
命内注定三更死，
父亲救他转还阳。
地府对簿三个死，
秦氏有孕在身上。
员外坐在高厅上，
员外在上听衷肠。
自从生下姣生女，

家住扬州江都县，
母亲秦氏老萱堂。
秦氏佳人多行善，
西庙拜佛为儿郎。
本城有个泗州寺，
放在拆盘内面装。
一程来到庙堂内，
安童前来放炮仗。
两下烧香来相会，
两下相会喜非常。
倘若你家生一子，
你生令爱配我郎。
不表两人回家转，
做了道人过时光。
三世修行状元中，
做了道人在庙堂。
时时刻刻念《金刚》，
道人一命赴无常。
安人睡在销金帐，
梦戴仙花女姑娘。
这是一世投胎事，
命比黄连苦难当。
法场绞刑第二死，
阎王送他转还阳。
刚刚十月怀胎满，
忽然闻见桂花香。
夫人厢房生一女，
取名叫做黄桂香。

不表员外心欢喜,
员外听说喜洋洋。
赵家聘礼来送过,
再表秦氏老萱堂。
一周两岁娘怀养,
年长七岁念《金刚》。
知南晓北多仁孝,
关怀生身老亲娘。
正是欢喜愁又到,
三朝五日不起床。
员外一见心烦恼,
女儿仁孝服侍娘。
桂香小姐慌张了,
快快前来救我娘。
养儿不曾养育报,
阴司地府服侍娘。
员外看见桂香哭,
眼泪汪汪哭得慌。
我妻若有长和短,
苦命丈夫听衷肠。
浆洗衣裳无人管,
哪个晓得寒与凉?
为妻今日吩咐你,
早晚不可离家乡。
千万不可后婚娶,
我死怎得闭眼堂。
口叫夫君不好了,
叫声丫鬟共梅香。
桂香小姐号啕哭,
一家大小泪汪汪。
赵家送信到府上。
亲翁有福生男子,
指腹为媒配成双。
自从生下桂香女,
三周四岁不出房。
桂香吃的胎里素,
三从四德又贤良。
不说老爷心欢喜,
一场祸事到门上。
当初只说劳伤起,
桂香女子着了忙。
安人得病一个月,
扶住牙床哭一场。
我娘若有长和短,
娘也亡来儿也亡。
眼睛哭得青烟起,
犹如钢刀刺心肠。
求神服药难救你,
父女怎样过时光?
我若有了差错事,
谁人裁剪做衣裳?
吩咐一场方才了,
切切牢牢记心肠。
抚养桂香三五载,
娶了后娘两条肠。
此事为妻吩咐你,
快快代我穿衣裳。
快代安人穿衣裳,
秦氏安人赴幽邦。
员外当时来入殓,
昨晚生下姣生子,
我家无福生姑娘。
不表两人亲来做,
犹如架海紫金梁。
五周六岁知南北,
五荤未曾入腹脏。
喜煞厅上老员外,
表起秦氏老萱堂。
秦氏夫人身有病,
浪内淘沙似长江。
快请先生来下药,
病重如山一般样。
叫声父亲在哪里,
料想奴家命不长。
阳世三间恩难报,
足下花鞋绽断帮。
向前就把妻子叫,
叫我如何是怎样。
秦氏听说流珠泪,
谁人照看我桂香。
谁人梳头来裹足?
扯住丈夫泪汪汪。
奴家生死也罢了,
出门之时再商量。
倘若暗害姣生女,
不觉两眼闭了光。
员外向前开口叫,
把他供在后堂上。
魂魄归在地府内,
收尸入殓在后堂。

请了和尚并道士，　　七七扯幡做道场。　　灵牌供在高堂上，
桂香小姐哭断肠。　　请些诸亲和六眷，　　安童小厮在孝堂。
两个五字并一双，　　十字串成哭孝堂。

　　黄桂香入孝堂号啕痛哭，　　哭一声生身母养育亲娘。
　　我母亲身亡故你到地府，　　丢下我孤单单守孝灵床。
　　是人家还有得三兄四弟，　　奴命苦并不得姊妹排行。
　　我母亲生下我望长久远，　　怪只怪奴命苦妨克亲娘。
　　向前来手扶灵声声啼哭，　　叫一声我的娘听我衷肠。
　　往日间父女们同欢同乐，　　半路上丢下我苦命桂香。
　　苦命娘在世上并无后代，　　吃长斋念弥陀各庙烧香。
　　他只望生一子接父后代，　　谁想到生下我苦命桂香。
　　喊一声我亲娘还阳转世，　　领带你孤单女好过时光。
　　每日间只哭得如人酒醉，　　好一比尽油灯又被风狂。
　　孝堂内没一个闲人来往，　　只落得孤单女手扶灵床。
　　夜晚间打草铺将身伴母，　　早晚间烧末香念卷《金刚》。
　　保佑我苦命娘魂归三界，　　望如来接我去度上西方。
　　西方路想凡人怎能得到，　　惟人生在世上难逃阎王。
　　想前朝有多少只行孝道，　　养育恩劬劳苦必报亲娘。
　　有丁兰为双亲刻木恭敬，　　小王祥卧寒冰侍奉双亲。
　　小杨香为打虎将父来救，　　汉郭巨去埋儿天赐黄金。
　　有董永为葬母将身来卖，　　郭三娘来割股救婆还阳。
　　有目连为母亲身游地府，　　到西方见活佛救活亲娘。
　　只怨得我的娘不生不灭，　　无罪过无收管儿去心肠。
　　有三灾和八难神人暗佑，　　眼看经口念佛只到天光。
　　一日间三时刻时时念佛，　　惟有望白云飞搅扰经堂。

桂香伴灵来守孝，　　时刻何曾离经堂。　　烧纸烧得地皮黄，
点酒点酒酒成汪。　　地皮黄，酒成汪，　　不见亲娘尝口汤。
美味珍馐何曾吃，　　单受灵前一炉香。　　想娘想到三更后，

哭娘哭到大天光。
倘若早晚哭成病，
父亲在上听贤良。
这个日子怎样过，
少要啼哭在孝堂。
不表桂香来守孝，
自小为人会放狂。
转弯抹角来得快，
哥哥无情太不良。
员外听说泪汪汪，
家中无人乱忙忙。
每日家中来啼哭，
叫她少要乱想娘。
一直来到孝堂内，
双膝跪下泪汪汪。
今日姑母来到此，
妙贞开口叫桂香。
若还早晚哭成病，
下次不可乱想娘。
看我今日身穷苦，
农忙过去送上庄。
自从母亲身亡故，
与我父亲去商量。
我今对你父亲说，
钗环首饰借我当。
当初我娘身在日，
何曾看你还上庄。
我娘死了七未满，
要借钗环你莫想。
妙贞听说心大怒，

员外叫女休啼哭，
谁人前来送茶汤。
想我母亲恩难报，
不如阴司找我娘。
桂香听说泪汪汪，
回文再表姑母娘。
闻知嫂嫂身亡故，
走进大门会嚎丧。
前日嫂嫂身亡故，
姑娘连连叫一场。
你的嫂嫂身亡故，
朝朝不离在孝堂。
妙贞听说朝后走，
惊动姑娘女桂香。
往日姑母来到此，
我娘阴灵在何方。
你娘一命身亡故，
谁人前来送茶汤。
我有一件小谨事，
家家户户种黄秧。
桂香听说回言答，
钥匙不在我身上。
妙贞听说微微笑，
小事不在他手上。
桂香回言说没有，
借去银子未还乡。
小衣小裳无其数，
又我家到借钱粮。
桂香不理她的事，
大胆桂香骂一场。

为父心内满腹伤。
桂香听说回言答，
叫我怎样不想娘。
员外便叫姣生女，
不言不语守凄惶。
姑母名叫妙贞女，
且到他家走一场。
一把扯住兄长手，
就该送信上我庄。
礼当前去送个信，
哭坏姑娘女桂香。
妹妹快去将她劝，
急急忙忙到孝堂。
抬头看到姑母到，
我娘远远接上庄。
大哭一场方才了，
人死不能转还阳。
姑母今日相劝你，
为姑与你来商量。
散碎银子借几两，
姑母在上听我讲。
你若要借钱和钞，
肉儿心肝叫一场。
我儿身边无钱钞，
姑母别处去商量。
借三两来募三两，
碎布碎线上车装。
孝衣孝服随你要，
手敲木盒念《金刚》。
有得没得也罢了，

这种形象待孃孃。
眉头一皱朝前走，
只说桂香要晚娘。
从此上了我的当，
中厅早在面当阳。
桂香姑娘对我说，
叫我心下自思量。
父亲逐日多在外，
桂香姑娘好凄惶。
梳梳头来裹裹脚，
哥哥心下自思量。
你嫂死了未尽七，
我去削发做和尚。
万贯家财哪个管，
早晚何曾放心肠。
忠厚妻子娶一个，
家中无人好凄惶。
员外听说无可奈，
不知后来是怎样。
员外万分无可奈，
只要贤良把家当。
一头走路一头想，
此人守寡在家乡。
转弯抹角来得快，
大嫂连连叫一场。
开下后门看一看，
甚么风刮到我庄上？
手搀手儿朝后走，
未曾吊孝到门上。
马氏听说回言答，

心中焦躁如热火，
即刻想起恶心肠。
我把哥哥说醒了，
定叫丫头赴无常。
开口便把兄长叫，
好似钢刀刺心肠。
她说母亲身亡故，
家中无人把家当。
多多拜上生身父，
早晚做伴把家当。
员外听说泪珠滚，
何能娶妻把家当。
妙贞听说回言答，
哪个照看女桂香。
若还不听妹子话，
也就团圆过时光。
员外听说无可奈，
就依妹妹娶后房。
我今不把后婚娶，
妹妹你来听我讲。
妙贞听说心欢喜，
心中想起狠婆娘。
说起此人忒作恶，
后门早在面当阳。
马氏听得人喊叫，
拍手打掌笑一场。
贵人你来踏贱地，
妙贞开言说短长。
目下日月可好过，
双眼流泪叫姑娘。

可恨贱人小桂香。
等我定下牢笼计，
娶个晚娘把家当。
转弯抹角来得快，
哥哥在上听短长。
转身拜上生身父，
家中无人好凄凉。
万贯家财无人管，
娶个晚娘把家当。
妙贞姑娘说有理，
妹妹说话欠主张。
三年孝满女出嫁，
兄长说话欠商量。
在外日多在家少，
万贯家财不久长。
万贯家财非小可，
满眼流泪实可伤。
我今就把后婚娶，
又恐气坏女桂香。
你到街坊访一访，
辞别哥哥往前忙。
想起本城马氏女，
名字喊叫五阎王。
手扶窗棂高声叫，
不知何人到门上。
东风大，西风强，
有何贵干到寒门？
耳听大哥身亡故，
侯七可能把家当。
不幸丈夫身亡故，

丢我现在苦难当。
柴米油盐四个字,
大嫂听我说短长。
不如今日依了我,
叫声嫂嫂听我讲。
若还嫁个坏人家,
大嫂在上听短长。
是我哥哥黄员外,
家内无人把家当。
马氏听说心欢喜,
不知后来可久长?
妙贞听说心欢喜,
有了喜信到门上。
夫君今年身亡故,
快快约人接上庄。
小轿一顶具齐备,
轿子来到后门上。
我把马氏娶到家,
马氏庄在面当阳。
一阵来到高厅上,
浑身打扮做新娘。
马氏上轿前头走,
大门早在面当阳。
诸亲六眷来饮酒,
再表员外进厢房。
前日秦氏身亡故,
千万照看女桂香。
马氏听说吟吟笑,
带到你家过时光。
员外听说心欢喜,

侯七冤家不孝顺,
日食三餐在何方?
我今到此无别事,
老实改嫁后夫郎。
若还嫁个好人家,
不知死活过他娘。
你老有心来改嫁,
万贯家财不可当。
不知大嫂可依我,
嫂嫂你且听我讲。
权且依了你的话,
当时告诉他兄长。
城东有个马氏女,
寡妇娘儿过时光。
员外听说无可奈,
且把马氏接上庄。
妙贞坐在轿子上,
只怕桂香不久长。
来到马氏大门口,
叫声大嫂换衣裳。
打扮一场方才了,
侯七后头跑得忙。
马氏门前下了轿,
员外忙得甚停当。
将身来到厢房内,
我今娶你把家当。
你若照看桂香女,
丈夫在上听衷肠。
我今有子你有后,
高叫黄福听短长。

终日不离赌钞场。
妙贞假意淌眼泪,
有话同你来商量。
马氏听说泪珠滚,
照样我家过时光。
妙贞听说微微笑,
有个财主在东庄。
前妻死了未尽七,
等我喜信到门上。
我今改嫁也罢了,
听凭姑娘作主张。
来到中堂高声叫,
自幼忠厚又贤良。
今日就是黄道日,
黄能黄福听我讲。
二人听说忙不住,
心中想起恶心肠。
不曾停了灵一会,
妙贞一直往内忙。
马氏听说忙脱孝,
当时收拾上轿忙。
在路行程来得快,
拜过家堂换进房。
不表诸亲回家转,
贤妻你且听衷肠。
万贯家财非小可,
秦氏阴灵也不忘。
我生一子叫侯七,
做你香烟后代郎。
你把好衣取几件,

快带侯七换衣裳。
马氏房中开言叫,
带到后来看看娘。
一阵来到孝堂内,
叫我娶个晚妻房。
桂香听说慌张了,
你是钢打铁心肠。
一头撞死孝堂内,
谁人前来说短长。
是你对你姑母说,
提起姑母话又长。
当初我娘身在日,
不知本利在何方。
不曾依了她的话,
只怕奴家命不长。
花言巧语将我劝,
且到楼上见你娘。
一阵来到高楼上,
冷水浇头作了慌。
马氏即便开口叫,
梳头裹足我承当。
桂香听说叫声母,
哭哭啼啼入孝堂。
不觉光阴有一载,
许多账目在心上。
员外想了少一会,
我儿你且听衷肠。
桂香听说泪汪汪,
万事俱是娘承当。
员外听说如此话,

侯七得了安身处,
员外你且听我讲。
员外听说朝前走,
桂香姑娘叫一场。
今日依了你的话,
无情爹爹太不良。
我娘死了七未尽,
手扶灵前哭一场。
员外听说泪汪汪,
因何说我狠心肠。
她到我家将钱借,
朝朝何曾离我庄?
今日我娘身死了,
她今狠了在心肠。
员外一听心焦躁,
下次不许上我庄。
桂香万分无可奈,
忍住眼泪叫亲娘。
口内不说心内想,
叫声姑娘女桂香。
每日楼上来解闷,
儿要守孝在灵床。
自从娶了马氏女,
员外心想上淮邦。
我今若要淮安上,
且到孝堂问姑娘。
为父要把淮安上,
叫声爹爹听衷肠。
今日我娘身死了,
桂香女儿听衷肠。

安童服侍入学堂。
房中有个桂香女,
孝堂早在面当阳。
我今听你姑母说,
前去看看你晚娘。
说你狠来真个狠,
心血未干娶晚娘。
若是有我亲娘在,
桂香姑娘叫一场。
桂香听说忙回答,
要把银子借几两。
借去三两又三两,
又到我家借口粮。
今日上了姑母计,
大胆妙贞骂一场。
叫声我儿休啼哭,
双眼流泪出孝堂。
马氏抬起头来看,
一身重孝见老娘。
早晚跟我在楼上,
免得早晚思你娘。
再三再四留不住,
桂香永不出孝堂。
欲要不把淮安上,
叫我如何放心肠。
来到孝堂开口叫,
去讨账目转还乡。
当初有我亲娘在,
父亲怎能离家乡?
为父不把账来讨,

坐吃山空不久长。
库房钥匙交还你,
后楼交与老亲娘。
理当交与你的母,
早晚不可离家乡。
你们父女说的话,
员外收拾甚停当。
员外来到后堂上,
取讨账目早还乡。
这是钥匙交代你,
莫倚安童与梅香。
员外又到孝堂内,
账完之时快还乡。
不表员外淮安上,
将身来到厢房内。
谁知分成两条肠。
侯七听说不是的,
库房钥匙与桂香。
取出银子几百两,
等我前去问桂香。
不把钥匙来交出,
母亲在上听衷肠。
马氏听说动了气,
今日送你见阎王。
宁可把我来打死,
一跤掼在地中阳。
水浸皮鞭拿在手,
好似鸭子落长江。
青的青来紫的紫,
我命难逃五阎王。

我儿不可苦留我,
早晚收在你身上。
员外听说这句话,
不知她人甚心肠?
不言父女来分别,
把我母亲当晚娘。
就把账目来取出,
安人连连叫一场。
多日只在一个月,
唯恐佃户发种粮。
马氏听说称晓得,
桂香开言泪汪汪。
员外哭上高头马,
钥匙交与女桂香。
叫声母亲听衷肠,
员外他把淮安上,
把你当做是晚娘。
问她钥匙来要出,
娘儿日后过时光。
她把钥匙来交出,
你同我去看库房。
我今才交十二岁,
大胆丫头骂一场,
桂香一听忙跪下,
钥匙不在我身上。
拳打足踢无其数,
桂香打得喊亲娘。
水浸皮鞭打一会,
皮开肉绽不可当。
叫声我娘饶了把,

安分守己过时光。
桂香听说我不要,
我儿连连叫一场。
钥匙今日交代你,
侯七躲在外账房。
不表侯七他去了,
放在包袱内面藏。
为夫去把淮安上,
少只半月就还乡。
家中事情全要你,
不必丈夫挂心肠。
父亲淮安去讨账,
桂香哭得入孝堂。
再表侯七黑心肠,
只说一家过日子,
钥匙交与女桂香。
大门钥匙交代你,
等我前去开库房。
马氏听说为此话,
一笔勾销总不讲。
桂香听说泪汪汪,
钥匙不在我身上。
不把钥匙来取出,
亲娘在上听我讲。
马氏听说心大怒,
把她吊在二梁上。
打一下来转三转,
浑身打得血汪汪。
桂香只叫一声苦,
莫要打死我身当。

马氏听说高声骂，
闭了双双二眼眶。
人不伤心不得死，
连头带脚几巴掌。
只见皮鞭朝下打，
钥匙扣在裙带上。
日间挑水三十担，
明日天亮要面量。
我今若是磨坊进，
又怕马氏恶心肠。

手拿皮鞭望下装。
马氏见她身死了，
半个时辰又还阳。
桂香抬起头来看，
咬定银牙骂一声。
打骂之时还不算，
夜晚挨磨到天光。
桂香一见如刀绞，
浑身疼痛苦难当。
七字八字到九字，

桂香被打身死了，
将她放在地中央。
马氏看见桂香活，
马氏好像五阎王。
浑身衣裳来脱下，
今日差你下磨坊。
八斗小麦上磨子，
哭哭啼啼进磨坊。
我今不把磨坊进，
十字串成进磨坊。

黄桂香进磨坊不敢啼哭，
见一盘大磨子推挨不动，
怨只怨我姑母狼心狗肺，
实只望娶晚娘照看与我，
为一把劳钥匙时时拷打，
奴不曾遂他意千般拷打，
口内骂手内打皮鞭不住，
可怜我孤单女哪个晓得，
世人苦难比我十分苦处，
谁想到日挑水三十三石，
一更天黄桂香号啕痛哭，
这一盘大磨子搬摇不动，
二更天桂香女心如刀绞，
可晓得你儿女自遭大难，
三更天桂香女悲悲切切，
早来了父女们还得见面，
四更天桂香女放声大哭，
这小麦磨不了怎样是好？
五更天黄桂香魂飞天外，

泪汪汪如刀绞忍在心肠。
脚又尖足又小疼痛难当。
巧言语哄我父娶了晚娘。
谁想到这恶妇杀人心肠。
哪晓得爹与我害了身当。
浑身上衣扯下吊在东廊。
打得我浑身上俱是痕伤。
被她骂挨她打受她刑杖。
年七岁母去世念佛烧香。
夜晚间挨磨去直到天光。
拿张斗量小麦送入磨坊。
年又轻力又小实在难当。
哭一声我的娘你在何方？
日挑水夜挨磨好不凄凉。
哭一声我的父早早还乡。
迟来了一日后两下分张。
忽听得金鸡叫好不惊慌。
再被她一阵打性命难当。
东方白天明亮哪有面粮。

肚内饥心中饿筋酥力软，眼朦胧打瞌睡倒在磨床。
且不言桂香女磨坊睡觉，再表起土地神速镇灵光。
看经的念佛人有甚好处，行善人作恶人天理昭彰。

次日五鼓天明亮，
只见桂香睡盘上。
水浸皮鞭拿在手，
哭哭啼啼叫亲娘。
马氏开言高声骂，
明日早上把面量。
只学看经并念佛，
连忙起本奏城隍。
日间挑水三十担，
又被晚娘打一场。
我今差你无别事，
阵阵旋风进磨坊。
停当鬼使去挑水，
再表马氏恶心肠。
只见小麦磨完了，
今日因何磨了光。
快快给我从直说，
扯住皮鞭叫亲娘。
叫声亲娘饶我命，
照定桂香打一场。
马氏提鞭她去了，
磨不完来打个慌。
抛砖打了佛殿瓦，
不如一命赴无常。
不想桂香寻自尽，
淮安城在面前存。

再表马氏恶心肠。
看见小麦不曾磨，
惊动桂香好心慌。
便叫亲娘饶我罢，
下次把我不当娘。
马氏提鞭就要打，
谁知挑水进磨坊。
看经念佛黄氏女，
夜间挨磨到天光。
城隍菩萨传下令，
去到磨坊救桂香。
推的推来磨的磨，
八斗小麦磨了光。
水浸皮鞭拿在手，
马氏肚内好着慌。
磨坊结上哪一个，
免得皮鞭打身上。
我本三贞九烈女，
饶我一次也何妨。
水浸皮鞭拿在手，
可怜哭坏女桂香。
前世修行修不到，
折毁庵观古庙堂。
阳世之间无我分，
磨坊土地作了慌。
员外账目讨完了，

一阵来到磨坊内，
马氏肚内起不良。
双膝跪在尘埃地，
念我疼痛苦难当。
少打几下记住你，
桂香哭得好凄惶。
磨坊土地着了慌，
晚娘逼她下磨坊。
鞋尖足小磨不动，
一众鬼使听我讲。
鬼使依了城隍令，
扫的扫来忙的忙。
桂香睡到天明亮，
急急忙忙进磨坊。
昨日如何磨不了，
相与何方少年郎？
桂香一见泪汪汪，
知道三纲并五常。
马氏听说气昂昂，
犹如雪上又加霜。
磨完之时也是打，
今日苦死女桂香。
想我难逃她人手，
阴曹地府服侍娘。
一阵旋风来得快，
睡在招商饭店堂。

土地公公将言说，
可知桂香受凄惶。
早早回家还见面，
惊醒员外好作慌。
连忙起来穿衣服，
再表桂香女娥皇。
关上磨坊门两扇，
看见经书摆桌上。
桂香上前拜四拜，
谁想晚娘黑心肠。
忙把经卷来收起，
十字串成出经堂。
员外在上听衷肠。
妻子逼他桂香女，
迟回家中见阎王。
醒来却是南柯梦，
黑夜备马转还乡。
慢慢挨到天明亮，
哭哭啼啼奔经堂。
看见如来三尊佛，
满肚思量痛心肠。
今生不能将经念，
收在经箱内面藏。
你在这里呼呼睡，
自尽无常入幽邦。
土地公公托梦去，
一身香汗湿衣裳。
不表员外回家转，
手拿汗巾离家乡。
一阵来到经堂内，
四大金刚站两旁。
只想时时将经念，
转世投胎再烧香。
两个五字一样长，

黄桂香出经堂不敢啼哭，
出后门朝前走哪顾性命，
黑夜里不平路高高凹凹，
自小儿未出门闺门之女，
谁想到晚娘逼磨坊受苦，
一头走一头哭心如刀绞，
前来到母亲坟双膝跪下，
苦命娘你死了丢下与我，
磨不完拿皮鞭浑身乱打，
黄桂香只哭到伤心之处，
急忙忙出坟茔悲悲切切，
手扳扣朝里望陡然想起，
小奴家身吊死倒也罢了，
早回来父女们还得相会，
黄桂香只哭到伤心之处，
且不言桂香女坟茔自尽，
黑夜里淮安城路途遥远，
心悲切如刀绞好不凄凉。
千般苦不敢哭闷在心肠。
鞋又尖足又小疼痛难当。
早烧香晚换水口念《金刚》。
日挑水夜挨磨好不悲伤。
猛抬头观仔细到了坟茔。
哭一声生身母苦命亲娘。
可怜儿被晚娘逼下磨坊。
磨完了也是打雪上加霜。
叹一声长吁气有甚风光。
把汗巾做个扣眼泪汪汪。
哭一声我的父早早还乡。
丢下你老人家怎放心肠？
迟回来一时刻两下分张。
把扣子吊树上套在颈项。
再表起黄员外行路慌忙。
猛抬头观仔细到了坟茔。

黄员外在马上抬头观看，见一女黑夜里吊在树上。
　　有安童向前来仔细观看，认他是桂香女自家姑娘。
　　黄员外一听得桂香女子，心胆颤魂飞散跌下坎茔。
　　这一榔十字鼓坎茔上吊，还下榔原七字桂香还阳。

安童向前忙不住，
苦命心肝叫一场。
又无三男和四女，
坎茔上面滚成塘。
娇儿若还不回转，
等父一同见阎王。
悠悠叹了一口气，
我身疼痛苦难当。
员外听说如刀绞，
口口声声叫亲娘。
我父淮安去讨账，
继母好似五阎王。
她今与我钥匙要，
一跤掼在地中央。
三股麻绳来吊起，
冷水喷面又还阳。
日间挑水三十担，
磨完之时也受伤。
不是爹爹回来了，
大胆贱人骂一场。
这是桂香头次死，
一马双驮转家乡。
你走后门经堂进，
假意与她作商量。
昨日小麦磨一半，

桂香放在地中央。
为你吃斋来还愿，
单单生下小桂香。
儿的心肝回来罢，
你父撞死在坎塘。
秦氏阴司忙坏了，
口口声声叫亲娘。
今日小麦磨不了，
搂抱桂香女娥皇。
桂香苏醒多一会，
晚娘逼我下磨坊。
爹爹上马不多远，
我回爹爹带身旁。
口骂脚踢不算数，
水浸皮鞭打身上。
这般打骂还犹可，
夜间挨磨到天光。
你儿难脱她人手，
你儿一命见阎王。
黄家哪里亏负你？
父亲救活转还阳。
员外马上开言叫，
我走大门进家堂。
不表员外回家转，
今日为何磨个光？

员外抱住号啕哭，
念佛诵经广烧香。
员外哭得喉咙哑，
父女回家过时光。
鬼门关上等一等，
急保桂香转还阳。
叫声亲娘饶我罢，
明日小麦磨个光。
是你父亲回来了，
抱住爹爹泪汪汪。
钥匙好似勾死鬼，
母亲即刻到经堂。
一把扯住青丝发，
衣服剥得精大光。
可怜打得断了气，
逼你孩儿下磨坊。
磨不完来也是打，
只得自尽赴无常。
员外一见双泪流，
害我娇儿是怎样。
手抱娇儿上了马，
我儿心肝叫一场。
我看贱人怎样说，
再表马氏黑心肠。
莫非有人帮她磨，

将来捆绑人一双。
将身来到磨坊内,
不知逃到哪一方。
侯七听说不妨事,
结识过路少年郎。
马氏听说呵呵笑,
员外父女转还乡。
侯七向前忙迎接,
安童使女献茶汤。
员外假意呵呵笑,
家中难为你身当。
马氏听说开言叫,
装模作样说家常。
只说桂香看经卷,
夜晚拐走奔他方。
罢了罢了真罢了,
咬定银牙骂婆娘。
拳又打来足又踢,
百般打骂女桂香。
磨完之时也是打,
照样桂香吊东廊。
这样打骂还犹可,
捆起马氏黑心肠。
皮鞭打了八十下,
怪我当初欠主张。
只求丈夫饶我罢,
速速前去见爹娘。
马氏看见桂香到,
怪我当初太不良。
叫声我父饶娘罢,

左邻右舍人知道,
只见灯火亮堂堂。
叫声我儿怎得好,
母亲只管放心肠。
他们两人情义重,
我儿妙计甚高强。
桂香后门经堂进,
包袱行李搬进房。
取出酒来他不吃,
贤妻你且听贤良。
一来照看家中事,
花言巧语哄夫郎。
不提桂香也罢了,
谁知结上少年郎。
四面着人寻不到,
坏了门风不可当。
一把抓住青丝发,
浑身上下总打伤。
你要钥匙有何用?
磨不完时受刑杖。
安童使女不敢劝,
照样桂香吊东廊。
水浸皮鞭望上打,
马氏被打叫亲娘。
千不是来万不是,
惊动经堂女桂香。
桂香连忙来到此,
救命姑娘喊一场。
桂香皮鞭来掇过,
还看孩儿面上光。

钢刀底下把命亡。
不见桂香入坊内,
他父回来要算账。
只说桂香看经卷,
黑夜私奔哪一方。
母子两人算计好,
员外大门转家乡。
员外来到高厅上,
取出饭来他不尝。
我上淮安去讨账,
二来照看女桂香。
未曾开言先假哭,
提起桂香话又长。
她与外人情义重,
不知流落在何方。
员外脸上无好色,
一跤掼倒地中央。
黄家哪件亏负你,
打她挑水下磨坊。
千谋万害还由可,
总是恶妇太不良。
三股麻绳拿在手,
怒气冲冲不可当。
叫声丈夫饶了我,
还看夫妻面上光。
莫是爹爹将娘打,
看见爹爹打我娘。
为你爹爹将我打,
双膝跪在地中央。
员外被儿来劝解,

马氏放在地中央。
日落西山天色晚,
花言巧语劝夫郎。
马氏见蹬无言语,
口中不说自思量。
油纸捻子拿在手,
我娘睡在踏板上。
侯七心中生毒计,
钢刀一把手中藏。
田地房产归于我,
再表夫妻人一双。
员外被他咬醒了,
马氏爬上象牙床。
只见贱人床上睡,
侯七只奔后院旁。
轻轻走到厢房内,
侯七巧巧出厢房。
明日收尸入了殓,
神明鉴察暗照亮。
一身香汗湿衣裳。
莫是杀了亲娘母,
喊了一声母亲娘。
枕头席子都是血,
抱住亲娘泪汪汪。
正是伤心来想起,
员外父女杀我娘。
开言就把侯七叫,
谁想杀了你的娘?
三日斋来四日醮,
我儿拿去娶妻房。

苦劝爹爹饶了罢,
马氏佳人进了房。
员外一听全不睬,
就是由头起祸殃。
不见房中多言语,
来到房中张一张。
百般打骂也罢了,
要害继父黄文昌。
我把老头杀死了,
万贯家财我承当。
床公床母虱子咬,
翻身爬起象牙床。
员外来到厢房内,
我今睡在踏板上。
糙石磨来细石荡,
取出钢刀杀他娘。
来到西厢心思想,
勒逼桂香做妻房。
员外起来叫梅香,
明明是我杀死了,
忙穿衣服到厢房。
母亲杀死在床上,
头身两段在床上。
只说养儿防身老,
反说员外杀我娘。
员外来到厢房内,
莫要喊叫乱慌忙。
你今把娘杀死了,
七七扬幡做道场。
自古清酒红人面,

桂香转厅念《金刚》。
来到厢房衣服脱,
一脚蹬倒踏板上。
侯七在外亲听得,
莫是我娘寻无常。
员外只在床上睡,
他把母亲当梅香。
轻轻走到厨房里,
桂香逼嫁做妻房。
不表侯七伤天理,
认定员外咬得慌。
来到外面将屋出,
看见贱人睡在床。
不表二人换了睡,
拢在袖口转还乡。
只听床上脚一掼,
今日才中我心肠。
也是侯七伤天理,
侯七听见吃一惊,
为何起来叫梅香?
一阵来到厢房内,
侯七看见作了慌。
侯七看见魂掉了,
谁想误中杀了娘。
就在娘房来喊叫,
只见尸首血染汪。
你今拿刀将我杀,
收尸入殓做道场。
取出银子二百两,
惟有财帛动心肠。

侯七得银二百两，
马氏安葬入坟场。
一日三来三日九，
二百银子用个光。
你娘死了日子浅，
多少与你几十两。
我娘犯了何条罪？
不然当官去告状。
你娘被你杀死了，
你娘安葬入坟场。
代书名叫徐见鬼，
嫁与黄家做妻房。
前日就要来告状，
将我赶了出门旁。
连忙把保请到此，
直奔县堂喊冤枉。
申冤状子来呈上，
两边喝叫鬼神忙。
我母马氏三十九，
父女同杀我的娘。
把我母亲安了葬，
替我娘亲申冤枉。
江都县内出了票，
快去快锁人一双。
在路行程来得快，
员外行礼坐两旁。
几位公差有何事，
员外看见作了慌。
桂香经堂来走出，
锁起父女人一双。

听凭员外是怎样。
侯七得银他去了，
朝朝不离赌钱场。
剩了银子二三两，
还同员外要亲娘。
侯七来到家槛内，
父女同杀我的娘。
员外见说日子多，
反来索诈我身当。
侯七被他骂急了，
侯七投拜说短长。
不曾过了大半载，
被他哄骗在家乡。
代书要钱五百个，
冤枉状子写停当。
江都县把大人接，
带上侯七坐公堂。
侯七跪在丹墀下，
嫁与黄家做填房。
又不许我将门出，
随即赶我出门傍。
害一命来偿一命，
头名快手差一双。
四班快手领了旨，
前面到了黄家庄。
安童献茶方停盏，
有何贵干到我庄？
一连看了三行字，
看见签票泪汪汪。
员外就把安童叫，

请了和尚来超度，
相与朋友是魍魉。
不曾顽了半个月，
众人撮弄起不良。
若还骂你莫开口，
又同员外要亲娘。
快把母亲交还我，
大胆侯七骂一场。
斋醮供果全不少，
江都县内喊冤枉。
我母马氏三十九，
父女同杀我的娘。
他见日久安了葬，
取个押保写词章。
侯七得了申冤状，
回衙侯七喊冤枉。
江都知县李学海，
号啕痛哭放悲场。
未曾过了大半载，
被他哄定在家乡。
伏望老爷来做主，
朱衣代代坐公堂。
差速签子点珠笔，
不敢迟延下了乡。
快手来到堂屋内，
员外开言说短长。
公差火签来拿出，
两膀摇铃似筛糠。
不由分说长和短，
取出银包在身旁。

看守门户要勤谨，
到了江都县大堂。
两旁衙役如狼虎，
带上父女人一双。
江都老爷开口叫，
串成十字审文昌。

闲下无事莫出庄。
大小堂事俱审过，
吆班喝道好惊慌。
公差门口来伺候，
醒案一拍问文昌。

在路行程来得快，
连忙前来做公堂。
江都老爷坐公堂，
凡人双膝跪大堂。
两个五字一样长，

江都县李学海公堂坐下，
叫公差人二个犯人带上，
江都县拍醒案高声大骂，
你妻子马氏女有何大罪，
你认了杀妻子开脱与你，
黄文昌急忙忙爬上半步，
我乃是乡下人老实之汉，
复娶了填房妻马氏之女，
不信教学魍魉贪嫖遥赌，
夜晚间回家转偷开库房，
叫安童将侯七赶出门外，
那畜生伤天理将我来杀，
照律条杀亲娘千刀万剐，
江都县听口供心中不服，
黄桂香上前来爬上几步，
小奴家年七岁身母去世，
小奴家吃长斋看经念佛，
今年交年十岁烧香拜佛，
我父亲本是个忠厚老实，
小侯七在后门哀哀痛苦，
江都县站起身公案一拍，
自盘古到如今千万余载，
叫左右将文昌紧紧捆起，

吆声喝如狼虎神鬼皆慌。
父女们战兢兢只喊冤枉。
骂一声黄文昌狠心不良。
为甚么伤天理杀害妻房。
你若要含糊涂刑法难当。
叫青天大老爷禀告冤枉。
我秦氏身亡故赴了无常。
小侯七随娘带到我家乡。
偷米粮盗钱钞当了衣裳。
巧遇我来撞见打他几掌。
黑夜里拿钢刀回转家乡。
神不知鬼不晓误杀亲娘。
反行供移害我倒喊冤枉。
叫一声黄桂香听我衷肠。
叫青天你做主听我冤枉。
复娶了马氏娘如同亲娘。
知三纲并五常学的贤良。
我怎敢拿钢刀杀害亲娘。
怎行凶将娘杀老爷参详。
杀一命偿一命父女抵债。
叫左右拿夹棍掼在公堂。
哪有个子杀父儿杀亲娘。
脱靴子上夹棍好不惊慌。

黄桂香见夹父魂飞天外，法堂上将头碰刀割心肠。
有两班衙役到如同狼虎，三股绳来收起赴了无常。
浑身上出冷汗刑法松了，昏死了尘埃地口喊冤枉。

苏醒半会将他放，
加上刑法命难当。
我今不如招了罢，
不认刑法也是亡。
桂香上前爬几步，
总是奴家伤天良。
一头说来一头哭，
再添一竖命不长。
禁子领了牢门进，
犹如尖刀刺心肠。
请医服药来诊治，
衙门里边铺监房。
牢头得银二百两，
看见女儿押床上。
身上又是捺担子，
五花板上面前桩。
禁子叫声不要哭，
见了爹爹哭一场。
你父一生无后代，
谁想今日遭冤枉。
牢头禁子还不肯，
父女二人哭一场。
你们照看我的女，
员外难舍女桂香。
空中掉下无情剑，
不得精神转家乡。

莫要糊涂假装腔。
桂香听说魂不在，
免得爹爹受灾殃。
不如我替父亲罢，
青天爷爷听短长。
半夜三更将娘杀，
口供写得甚停当。
手铐脚镣来戴起，
知县忙把批文详。
浑身疼痛难行走，
手拿钥匙开库房。
知县老爷得五百，
员外送饭进牢房。
左边又是铁绳绑，
头发绕在柱子上。
员外看见刀割胆，
等我松刑吃茶汤。
员外抱住女儿哭，
单单只生你姑娘。
不如老身替你死，
员外见说泪汪汪。
茶饭酒肴都不吃，
我把银子送监房。
父女难说家常话，
斩断父女人一双。
不表员外回家转，

你今若不来招认，
又加刑法作了慌。
认了口供也是死，
前生遭罪是冤枉。
母亲不是爹爹杀，
连累我父受灾殃。
写了一横犹自可，
身穿罪衣入牢房。
员外见女牢门进，
叫人抬了转家乡。
取出银子一千两，
三班六房三百两。
员外抬起头来看，
右边铁索响呛呛。
脸上又是照面板，
监牢里面滚成塘。
桂香站起浑身战，
肉儿心肝叫一场。
只说父女同到老，
怎能把你送监房？
员外顿足号啕哭，
取出银子二十两。
禁子得银心欢喜，
放声大哭出牢房。
员外啼哭出牢去，
再表知县批文详。

得了银子轻了罪，
秋后出斩黄桂香。
忙把祭片来提起，
泪如雨下湿胸膛。
满肚苦处说不出，
招子旗插脊背上。
人人个个都掉泪，
只等时辰斩桂香。
父亲早晚要保重，
是她送我见阎王。
倘若再娶黑心女，
转世投胎报父亲。
今世修行修不到，
自有神明暗昭彰。
看经念佛有甚好，
看看午时绞桂香。
蒲包套在头颈上，
员外放在地中央。
三日斋来四日醮，
七七扬幡做道场。
观音大士闻知道，
一驾云头落下方。
净瓶杨柳枝头水，
和尚道士跑个光。
惟有员外他不怕，
神人搭救转还阳。
桂香依旧经堂内，
又去当官申冤枉。
三告员外桂香女，
路过扬州马头上。

改了绞罪出了详。
员外听说京详到，
绳捆索绑出监房。
斩酒片肉他不吃，
哭哭啼啼泪汪汪。
破锣破鼓咚咚响，
个个都说是冤枉。
桂香法场开言叫，
切莫挂念你姑娘。
千两黄金丢了罢，
没得女儿抵法场。
遭冤负屈前生定，
前世烧了断头香。
世人命苦难比我，
十岁死在法场上。
三声炮响惊天地，
三绞不放见阎王。
眼睛勒成灯笼头，
请僧超度上西方。
孝心感动天和地，
南斗六星降下方。
抬起头来观仔细，
桂香苏醒又还阳。
亲戚邻友跑干净，
哭声我儿又还阳。
父女抱头号啕哭，
再表侯七起祸殃。
一告知县贪赃利，
得买钱放不抵偿。
侯七跳河来扯住，

不表京详催命鬼，
忙办酒礼祭桂香。
桂香看见生身父，
两目圆睁起红光。
一阵来到法场上，
刽子手提刀亮堂堂。
斩将官在法场上，
叫声爹爹听我讲。
千万莫听姑母话，
切莫后来娶填房。
今生不能报答父，
非怪爹爹惹祸殃。
前生作孽今生受，
七岁就把母亲丧。
催命锣来送命鼓，
朱笔一勾赴无常。
桂香姑娘被绞死，
员外收尸转还乡。
亲戚朋友来吊孝，
虔心感动达上苍。
速去搭救桂香女，
善乐村在面当阳。
叫声爹爹在哪块？
只说作怪又还阳。
桂香棺木来站起，
谢天谢地谢三光。
今日侯七知道了，
二告三班并六房。
巧巧巡按将京上，
跪在船头喊冤枉。

前前后后说一遍，
连忙上轿到县堂。
就把状子从头看，
因何得银又买放。
差个三班票名子，
锁起父女人一双。
知县得银从头说，
大人在上听贤良。
他被老身亲责罚，
谁知误杀他的娘。
我女自幼多行善，
神人搭救又还阳。
盘古到今千万载，
王子犯法到法场。
黄家父女又问罪，
将她又送监牢房。
他母本是侯七杀，
顷刻之时雾洋洋。
侯七提到法场上，
反把人命害桂香。
神人若不说明白，
惊动多少人谈讲。
为人在世行善好，
神明照鉴我身当。
看见员外将言说，
她家看经念佛娘。
员外听说心欢喜，
良辰吉日娶门房。
员外一见心欢喜，
犹如亲娘一般样。
得钱买放不抵偿。
来到江都大堂上，
知县三班并六房。
卑职怎敢将赃受，
快拿父女到公堂。
父女来到县堂上，
休要胡说法难当。
终朝暮夕恋嫖赌，
半夜回家把人伤。
反到本县将状告，
只在厢房念《金刚》。
巡按大人一声喝，
哪有死后又还阳？
知县论理要削职，
两班站立是六房。
观音大士云端站，
不怪父女人一双。
当头一个金光闪，
一雷打死见阎王。
桂香法场来绞死，
父女怎得转还乡？
行善自有天保佑，
莫做违条犯法郎。
员外父女回家转，
将来与你做媒娘。
今年才交四十岁，
媒人你且听衷肠。
三娘娶到家中内，
与你孩儿念《金刚》。
母爱桂香亲生女，
巡按大人状子看，
坐下巡按细思量。
王子犯法庶民罪，
法场绞死怎还阳。
差人来到黄家内，
大人开言问短长。
文昌父女哀哀哭，
半夜回家开库房。
只说把我来杀死，
屈打成招抵了偿。
法场将女来绞死，
哪有儿子杀亲娘？
这是装模并作样，
欺君灭主又贪赃。
又把桂香问成罪，
巡按大人听贤良。
先是青天明朗朗，
霹雳将军照得详。
侯七自把母亲杀，
观音救她转还阳。
侯七天雷来打死，
作恶之人天昭彰。
行好得好终身好，
江都县回自金邦。
对过有个王嫂嫂，
又无男女人一双。
礼物银子俱齐备，
娶了贤良女姑娘。
桂香同她念《金刚》，
桂香敬母甚停当。

桂香见母心欢喜，
又来照看我身当。
将身来到高厅上，
许配门当户对郎。
媒人又来将言说，
他生一子有名郎。
相貌堂堂男子汉，
千万拜托你身当。
来到高厅忙行礼，
媒婆开言把话讲。
年方十六家槛门，
媒婆在上听衷肠。
郎才女貌天生定，
杀猪宰羊过时光。
桂香回言将夫劝，
免得地府受灾殃。
赵芳听说心大怒，
缺少口食米和粮。
早死早归东岳庙，
快如风火亮堂堂。
哑口畜生无言语，
一把抓住尾巴桩。
忙把麻绳来改①下，
褪去毛衣白如霜。
前后四足都割下，
案子上面碎分张。
一阵来到高厅上，
杀牲害命无好处，

果然好个继母娘。
不言桂香心中喜，
丈夫在上听我讲。
员外听说心欢喜，
员外在上听我讲。
只有赵芳与妻子，
正是门当户对郎。
媒人听了员外话，
赵家还礼甚停当。
善乐村内黄员外，
看经念佛广烧香。
选定良辰并吉日，
拜过年高父亲娘。
赵芳宰杀为生意，
夫君你且听衷肠。
作恶在世成何用，
妻子说话欠主张。
世上不把猪羊杀，
免得猪羊在世上。
猪羊见刀魂飞散，
两眼不住泪汪汪。
双膝跪在软肋上，
抓住后腿几梃杖。
高高挂起分两块，
腰子弯弯在两旁。
卖完之时忙收拾，
去往厨中煨蹄汤。
冤冤相报你身当。

好比亲娘又出世，
再表王氏女贤良。
桂香长成十六岁，
便请月老到门上。
本城有个赵长老，
年交二八在家乡。
员外就把月老叫，
将身来到赵家庄。
坐下先奉茶三盏，
所生一女黄桂香。
长老听说心欢喜，
桂香娶过赵家庄。
赵芳不做别营业，
便叫妻子去烧汤。
丈夫不必猪羊杀，
还是修行第一强。
为何不把猪羊杀？
千年难得见阎王。
手中这把钢刀举，
无处躲来莫处藏。
走上前来忙动手，
颈下一刀透心膛。
汤盆内边洗个澡，
扒去心肝并五脏。
一担挑到云阳市，
慌忙移步奔家乡。
妻子看见开言劝，
我劝丈夫回心罢，

---

① 改：方言，解开的意思。

你我二人拜佛堂。
我做营业我承当，
怨天恨地罪难当。
桂香听说无言语，
枉变女子在世上。
早晚桂香经来念，
丈夫你且听衷肠。
堂屋厨房分两下，
再莫开言问妻房。
不搽妆粉花不戴，
一担俱在你身上。

说得赵芳心大怒，
哪有嫂嫂替姑娘。
我杀猪是男子汉，
低头不住泪汪汪。
若还是个男子汉，
每日拜佛念《金刚》。
就打今日来分下，
只留一间做经堂。
好衣好裳你们换，
不点胭脂不梳妆。
两个五字上下忙，

叫声妻子听衷肠。
打骂男女也有罪，
比你女子胜高强。
前生不曾修得道，
剃头削发做和尚。
走上前来端端拜，
我今与你两分张。
有话只向女儿说，
我今穿的旧衣裳。
掉下天来我不管，
十字传成到经堂。

黄桂香进经堂别了夫主，
有男女人二个交代与你，
我丈夫时运转成家立业，
黄桂香入经堂烧香拜佛，
吃的是无油盐粗茶淡饭，
最喜的静悄悄无人吵闹，
为人生在世上吃斋把素，
行善的念佛的还有好处，
想丈夫在世上猪羊来杀，
叹不尽阳世间乾坤日月，
清早起念《金刚》二十四卷，
到晚间念弥陀八十八卷，
一更天黄桂香烧香念佛，
念一声叨一声口中念佛，
二更天黄桂香满眼流泪，
求我佛来念我开我心慧，
三更天黄桂香悲悲切切，
如来佛释迦佛六部大经，

吃长斋念弥陀默诵《金刚》。
望丈夫来教训送到书房。
生男女来长大记在心肠。
一烧香二拜佛三理道场。
穿的是破衣服粗布衣裳。
怕的是闹哄哄搅扰经堂。
到地府罪过小引到西方。
行凶的作恶的难逃阎王。
逃不过地府里五殿阎王。
焚香烛敲木鱼口念《金刚》。
乐善经法义经记在心肠。
到五更敬佛主又念《金刚》。
怕生死做工夫免受灾殃。
求我佛慈念我引上西方。
心不明意朦胧梦见阎王。
一明白苏醒了到此西方。
坐一面拜四拜念卷《金刚》。
受千般并万苦也是凄惶。

四更天黄桂香随时睡倒，
早精神到佛前拈香拜佛，
五更天黄桂香苦求哀告，
这一梛十字鼓将经来念，
眼朦胧打瞌睡打坐经堂。
拜文殊并普贤地藏佛王。
拜我佛慈念我接到西方。
西方路莲花台亮亮堂堂。

桂香日夜将经念，
震动地府十阎王。
青衣童子前来奏，
自幼七岁念《金刚》。
左右判官前来奏，
好好请她对《金刚》。
来去限你三日正，
出了幽冥望前忙。
阴差望见张土地，
看见霞光亮堂堂。
看见桂香端端拜，
善人你且听衷肠。
因你敲动木鱼响，
请你地府对《金刚》。
儿又小来女又小，
每日杀猪并宰羊。
二位若还饶了我，
失笑看经黄氏娘。
阎王注定三更死，
只要拿人到幽邦。
青衣童子开言叫，
错过时辰最难当。
一双儿女休要睡，
请我速去念《金刚》。
怕你心肠来改变，

时时刻刻把香装。
森罗殿上坐不住，
阎罗天子你在上。
二十九岁还念佛，
五殿阎罗驾在上。
阎王依了判官奏，
去请看经黄桂香。
来到扬州江都县，
土地引路到禅堂。
二人看见忙作揖，
手敲木鱼《金刚》念。
我乃本县阴间的，
震动地府十阎王。
桂香一见痴呆了，
怎能舍得离家乡。
让我再过三五载，
送你纸锞一千两。
阳世三间能买命，
谁人留得到天光。
桂香一见流眼泪，
叫声桂香听衷肠。
依了阴间人两个，
丈夫在上听衷肠。
二人现在经堂内，
另娶一个把家当。

木鱼敲得咚咚响，
耳红面热不安康。
有个看经黄氏女，
她今命绝见阎王。
她是阳间善女子，
就差金童请桂香。
金童玉女领了旨，
望见赵家一座庄。
金童玉女抬头看，
低头下拜入禅堂。
金童玉女忙开口，
我是幽冥人一双。
我是阎王差来的，
哀告阴司人一双。
没曾劝得夫回转，
儿配婚来女嫁郎。
金童玉女哈哈笑，
人人总要入幽邦。
我们不爱钱和钞，
等我前来别夫郎。
速去速来三个速，
哭哭啼啼出经堂。
阴司差了人二个，
特来吩咐你身当。
日后生下儿和女，

不问前妻黄桂香。
好茶好饭你们吃，
莫信他人说短长。
又无病来又无痛，
顷刻与你两分张。
母子哭得如酒醉，
好好收拾见阎王。
再三再四难脱手，
五娘肚内细思量。
魂魄当时出了窍，
哭坏儿女人一双。
城隍不住来收拾，
口内不住念《金刚》。
离了头关朝前走，
作恶之人受灾殃。
长幡宝盖前迎接，
个个关上接桂香。
夜叉小鬼雄似虎，
正殿坐下五阎王。
善人送到西方路，
牛头马面站两旁。
桂香低头来下拜，
一一从头说来讲。
自小七岁离了母，
日夜看经到天光。
《金刚经》几十几百零几字？
多少善女信男郎？
甚字起头甚字了？
送你地狱受灾殃。
《金刚经》五千七百零九字，

好衣好服你穿去，
我的娇儿喝清汤。
赵芳听说作个慌，
好好见鬼乱猖狂。
再也莫想生身母，
来了玉女人一双。
奉请玉女来做下，
四双八拜二五娘。
家财儿女带不去，
慢慢悠悠见阎王。
忙买棺木来入殓，
文牒交代黄氏娘。
五娘见说将恩谢，
幽冥地府好风光。
报到一声善人到，
迎接看经黄氏娘。
黑夜地府都走过，
牛头马面赛霸王。
判官拿的生死簿，
恶人地府受灾殃。
二十四司齐合掌，
阎王站起把话讲。
黄氏听说称地主，
吃斋把素念《金刚》。
阎王听说心欢喜，
几十几个须菩提？
什么二字在中央？
桂香见说回言答，

我儿穿的破衣裳。
只要丈夫情义重，
你是疯癫是魍魉？
黄氏抱儿嚎啕哭，
苦命心肝哭一场。
叫声桂香休要哭，
口内不住念《金刚》。
摄魂牌儿拿在手，
独自一人赴无常。
赵芳家中来啼哭，
请僧超度黄氏女。
你若过关恶狗山，
低头下拜见城隍。
行善之人犹自可，
把关之人作了慌。
层层地狱莲花献，
来到森罗宝殿上。
二十四司分左右，
天下人名在簿上。
阴差迎接善人到，
迎接阳间女贤良。
你在阳间做好事，
十殿阎王你在上。
早晚看经念佛王，
便叫看经念佛娘。
多少分数报来听。
若还对得差错字，
五殿阎王听我讲。

二十个信男善女郎。
法字起头行字了，
句句说得有高强。
（中缺）
□□□□并吉昌，
□□□□□送信。
□□□□□□□，
□□□□□□□，
家在深山有人请。
□□□□心欢喜，
□□□□□门旁。
□□□□□□□，
闷闷沉沉在高堂。
今日贪恋洪福大，
只想削发做和尚。
新科状元天下少，
一一从头对我讲。
为儿不望娶亲事，
后来不久见阎王。

九十九个须菩提，
阿弥陀佛在中央。
状元收拾离京邦。
状元来到自家乡，
□□□□□添喜，
□□□□□□□。
□□□□□□□，
我儿得中状元郎。
□子痴呆无好处，
□□□□好文章。
□□□□□□□，
日后怎好见阎王。
父母听说这一声，
一举成名天下扬。
状元跪在尘埃地，
我是看经黄氏娘。
状元不愿官来做，

三十二字在中央。
从头至尾说一遍，
□□□□□□□，
□□□□□□□，
哪个不喜状元郎。
□□□□□□□，
□□□□□□□，
□□□□□□□，
两个女儿又高强。
只因寿廷心不悦，
□□□有状元郎。
情愿不把状元做，
寿廷你且听衷肠。
我儿你是因何事，
父母在上听我讲。
今生不修来生苦，
只要修心上山冈。

（原本至此，下缺）

华 主 忏

老抄本　无堂名、抄者姓名及抄写年月

　　此神书一般是在做"抓周会"时唱。这是最简短的小忏。书叙篾匠张公公，江西修水人，做工致富，笃信神佛。后修行得道，到洪山伏虎，为民除害。他还能为产妇接生。死后阎王封他为华主神，又称为"送子真君"。一说华主神是后蜀主孟昶，即花蕊夫人的丈夫。此故事与《历代神仙通鉴》卷九、《七修类稿》所载相同。现在洪山香火神会坛堂，不挂张华主神像。据说洪山戏初期演出时，挂张华主神像，像中华主神用丝绦牵着一只被驯服的老虎。

众神启告众子臣，
右阁楼上住本根。
卖得银钱无处用，
儿孙满堂子孙多。
火炉炼出白丹药，
吃人无数怕煞人。
将身来到洪山上，
惊动山头土地神。
老虎看见公公到，
把虎扣了奔家中。
见一老者门前站，
明天早上就动身。
我家小女生临产，
老身有法念催生。
公公来到家槛里，
厢房生下小姣生。
天明有送无价宝，
一桌筵席谢公公。
老虎四足往上跳，
即时到了见阎君。
头戴三山小红帽，
粉底乌靴足下蹬。
也曾山上收老虎，
是男是女早降生。

启忏化主张公进坛门。
自幼不做别营生，
买得纸马敬天神。
公公年老多有德，
白天寒月学天文。
公公一见生慈念，
看见老虎出洞中。
土地即差小鬼到，
双膝跪在地平阳。
行到路中天色晚，
便把公公叫几声。
老者听说回言答，
她今喊叫不安宁。
老者听说这一声，
香茶三盏饮喉咙。
一家老小心欢喜，
公公不收半毫分。
公公得胜回家转，
公公吓死地平阳。
封你不为别神位，
黄袍一领穿在身。
火炉一个拿在手，
也曾房中就催生。
三月廿四生辰日，

家主江西宿水县，
苇叶做篮过光阴。
一年二季家豪富，
保养元气长精神。
洪山顶上出老虎，
手拿拐杖离家门。
公公念动真言咒，
看守老虎没伤人。
腰中解下丝罗带，
没又招商饭店门。
我到你家过一宿，
便把公公叫几声。
公公听说这一声，
便把公公请进门。
公公念动真言咒，
亏得公公年老人。
忙办酒席来款待，
忽然有患病在身。
魂灵飘飘归地府，
化主张公你为神。
腰中系的丝罗带，
拐杖一根手中存。
催生房内皆神管，
千门万户受香灯。

牛 栏 夫 人

原本封面题字：阮有江一九九一年古历八月抄

　　此神书用于"斩刀"法事后唱，但现在很少唱。书叙兴化县周家庄老汉钱国庆，有妻张氏，属温饱之家。三个儿子都已娶妻，除了三媳刘氏，其他子媳都忤逆不孝。钱国庆死后分了家，张氏由三家轮流奉养，但老大老二两家都不接受，使张氏挨饿受冻。大年三十，三媳妇接婆母到家中吃饭，却被三儿子赶出。玉皇命雷公将三个儿子与两个媳妇劈死。三媳生子，为东斗星君投胎，长大做了高官，全家受封。刘氏寿高一百零三岁，死后玉皇封她为牛栏夫人。此本与闲书《朱买臣》合为一本。

世间人间子弟,
媳妇敬重公婆。
雷公闪电照鉴,
三皇五帝立乾坤。
五日风来十日雨,
再表兴化出奇闻。
有个老者钱国庆,
安分守己过光阴。
长子官名叫钱震,
都是攻书上学人。
三媳娶的刘氏女,
都是违拗忤逆人。
每日堂前来侍奉,
忙坏张氏老安人。
每日街坊贪玩耍,
忙坏刘氏三媳身。
公公若有长和短,
只愁孩儿不孝顺。
生死簿子勾了账,
闭了双双二眼睛。
忙把棺木买一个,
送入祖茔立新坟。
诸亲六眷都请到,
各支烟囱各开门。
一日三来三日九,
交到数九过寒冬。
三媳送饭与婆吃,
骂声婆娘下贱人。

须要敬重双亲。
倘若你不孝敬,
专打忤逆之人。
乾隆皇帝登龙位,
五风十雨润黎民。
离城不足十里路,
荆妻张氏老安人。
夫妻所生三个子,
次子官名叫钱坤,
大媳娶的王氏女,
她是一个贤孝人。
大媳二媳皆不孝,
敬重公婆一双人。
三个儿子不问信,
哪把父母放在心。
每日三餐来服侍,
丢下婆婆年老人。
正是婆媳二人想,
谁人留他到五更。
三个儿子忙不住,
收尸入殓老父亲。
父亲未曾尽了七,
高低产业搭三分。
安人三家轮流过,
残冬过去又逢春。
夏天老人正好过,
婆婆怕冷难动身。
他们两家不问信,

为子敬重父母,
上苍天地难容。
自从盘古分天地,
风调雨顺国安宁。
不表我王多有道,
周家庄上出奇闻。
置下良田有百亩,
抚养孩儿不成人。
三子名字叫钱兑,
二媳娶的李氏人。
可恨孩儿人三个,
三媳是个贞惠人。
公公国庆得了病,
不问父母是怎生?
大媳二媳皆不问,
烧茶递水哪稍停。
张氏安人号啕哭,
阎王发票鬼拿人。
喉咙断了三寸气,
做了披麻执孝人。
过了三日棺材出,
弟兄吵闹把家分。
各人执掌各人业,
一家三天过光阴。
不觉又是一年整,
年老之人怕寒冬。
三子不住高声骂,
要你服侍为何因?

她今就是冻死了，
叫声丈夫不孝顺。
自古良言说得好，
积谷防饥防后程。
你今开口将我骂，
抓住青丝发万根。
嘴里打得吐鲜血，
不准服侍她当身。
喊声苍天不睁眼，
难舍婆婆年老人。
婆婆临到大儿子，
大儿关起两扇门。
连喊几声无人睬，
二儿家中走一行。
二媳李氏不开口，
拿块咸肉下锅中。
她就端与婆婆吃，
这些肉饭吃不成。
勉强只吃半碗饭，
站起身来要动身。
热菜热饭你不吃，
下次不许你上门。
来到三儿大门口，
莫要冻坏我娘亲。
你儿不在家槛里，
我来办饭与娘吞。
就把饭菜办好了，
怕的丈夫转回程。
婆婆听说这句话，
肚中饥饿好难忍。

每人预办几千文。
她是你的亲生母，
几句良言道得真。
你今这般忤逆子，
过头三尺有神灵。
就将佳人按在地，
浑身打得紫与青。
刘氏被打疼难忍，
因何出了忤逆人。
家家户户送过灶，
手拄拐杖往前行。
太太站在门外喊，
门里无人来答应。
来到二儿家槛里，
摆出脸嘴怕死人。
肉在锅中烧一滚，
婆婆一见泪纷纷。
肚里饿来身上冷，
卡住喉咙不作声。
二媳李氏忙开口，
反说下人不孝顺。
太太听说双流泪，
三媳远远出来迎。
拿出一个火炉子，
他到街坊未回程。
煮了一升白米饭，
双手端来与娘亲。
如若你儿来看见，
好比钢刀刺在心。
如若吃了这碗饭，

刘氏女子开言说，
你不养她骂谁人。
自古养儿防身老，
下代儿孙照样行。
三子听说动了气，
拳打脚踢不容情。
我今把你打死了，
暗里悲伤苦在心。
不表刘氏房中苦，
三十晚上到来临。
来到大儿大门口，
叫声我儿快开门。
太太没得主意想，
二儿上街未回程。
她到锅上去煮饭，
煮饭未等米过心。
口里牙齿掉光了，
这个样子好难行。
太太把碗来放下，
气鼓唠叨把话论。
你要走来你就走，
手拿拐杖动了身。
亲娘请到家里坐，
与娘烘烘再理论。
婆婆肚中饥饿了，
又拿咸肉下锅蒸。
叫声亲娘快些吃，
他要打骂我当身。
如若不吃碗中饭，
吃饭如同吃钢针。

前生造下什么孽,
唯有三媳贤惠人。
三儿看见老太太,
捧住屁股推出门。
嘴里不住高声骂,
谁人叫你把饭吞。
不表夫妻来口扛,
眼泪汪汪放悲声。
该因命薄多受苦,
自尽身亡倒干净。
哭住哭住朝前走,
我在牛汪来自尽。
太太一命身亡故,
报与城隍得知情。
玉皇大帝听得奏,
串成十字雷打人。

偏偏生下忤逆根。
一碗未曾吃的了,
心中有气不作声。
把娘推出大门外,
骂声婆娘不是人。
狗捉老鼠多管事,
再表太太年老人。
早知不吃他的饭,
活在世上做什么。
太太哭得如酒醉,
牛汪①造在面前存。
大叫三声不过了,
忙坏城隍土地神。
城隍老爷天庭上,
忙差雷公闪电神。

三个儿子不孝顺,
只见三儿转家门。
上前将碗来夺下,
顺手关起两扇门。
他今不派我家养,
哪怕饿死她当身。
被儿推出大门外,
连累三媳贤惠人。
不如寻条无常路,
好比乱箭穿在心。
喊声丈夫等等我,
一头拱在牛汪心。
日值功曹忙去报,
报与灵霄张玉尊。
二五一整行,

银台上高点起长生宝烛,
张玉皇听得奏心中动怒,
我差你到下方将人来打,
雷公神得了令慌忙不住,
先前的是晴天明明朗朗,
有雷公和电母金鞭来显,
左执锥右执钻雷声响亮,
有雷公和电母神通来显,
将太太只提到家槛坐下,
三个儿两房媳一共提出,
三媳妇在旁边心中害怕,

金炉内万寿香香透天庭。
差雷公和闪电二位将军。
专打那不孝子忤逆之人。
一驾云前来到兴化省城。
霎时间变做了雾气腾腾。
照着那钱家的弟兄三人。
唬坏了周家庄一众之人。
牛汪里提出来张氏夫人。
风是风雨是雨霹雳连声。
天井里跪下来夫妻五人。
只吓得婆媳们胆战心惊。

① 汪：方言，水塘。

只听得半空中雷声响亮，
有左邻和右舍前来观看，
五个人他本是忤逆不孝，
只一梆十字鼓雷打不孝，
五个人来打死睡在埃尘。
你一言我一语背后议论。
今日间遭雷打苍天报应。
还下梆七字锣再表夫人。

且将十字收留住，
回到灵霄交旨文。
可怜掉下伤心泪，
劝劝婆婆年老人。
该因苍天睁了眼，
跟我回家养精神。
你今带我回家转，
没有香烟后代根。
三分家私归一处，
六甲怀胎孕在身。
连连三个紧阵子，
后来不愁人上人。
京城就把龙门跳，
合家老小受皇恩。
玉皇见她身受苦，
请你坛前受香灯。
当家会首朝上拜，
传与凡间世人。
为人不敬双父母，
也照他人一样行。
一份钱粮火烧化，

还将七字接前因。
雨过天晴明朗朗，
一雷打死五个人。
弟兄三人皆不孝，
打死忤逆不孝人。
婆婆当时忙开口，
真真唬坏我当身。
两房媳妇也死了，
总归三媳贤孝人。
看看十月怀胎满，
厢房生下小官人。
攻书攻到十六岁，
鳌头独占头一名。
太太活一百零三岁，
封她牛栏太夫人。
师人读过《搜神记》，
拜拜牛栏太夫人。
想劝世间男和女，
问你根打何处生。
牛栏夫人留表忏，
答谢夫人转庙门。

雷公五人来打死，
再表张氏老安人。
三媳刘氏来相劝，
二个嫂嫂忤逆人。
我劝婆婆莫要哭，
贤惠媳妇叫几声。
三个儿子都死了，
如今只剩你一人。
该因三媳不绝后，
腹中临盆要降生。
东斗星君降了世，
满腹文章无比伦。
金銮殿上封官职，
白鹤驮她上天门。
弟子祝庆牛栏会，
才把家乡判来听。
夫人歇坐花台上，
总要敬重二双亲。
媳妇不把公婆敬，
一份钱粮火上焚。